Lord of Seduction
by Nicole Jordan

瑠《る》璃《り》色の海に誓って

ニコール・ジョーダン
水野 凜［訳］

ライムブックス

親愛なる読者の皆様へ

このたびの大地震と津波によって亡くなられた多くの方々のご冥福をお祈りするとともに、皆様の深い悲しみをお察し申しあげます。わたくしも胸ふさがれる思いで報道を見ております。作家という職業柄、時代や場所を越えて登場人物の気持ちになりきるのを常としてまいりましたが、皆様が直面されているご心痛はいかばかりかと想像するに余りあります。被災された方々の芯の強さや、品格ある態度や、忍耐力には敬服いたしております。これほどすばらしい国民の皆様であれば、かならずや以前にも増してよい形での復興を遂げられることと固く信じております。

心より応援いたしております。

皆様に癒しがもたらされますように。

ニコール・ジョーダン

瑠璃《るり》色の海に誓って

主要登場人物

ダイアナ・シェリダン……………画家
クリストファー・ソーン…………〈剣の騎士団〉のメンバー。子爵
ナサニエル・ランスフォード……ダイアナのいとこ
エイミー・ランスフォード………ダイアナのいとこ。ナサニエルの妹
マダム・ヴィーナス………………娼館の女主人
レディ・ヘネシー…………………ソーンの伯母。伯爵未亡人
ガウェイン・オルウェン卿………〈剣の騎士団〉の指導者
レジナルド・ナイリー……………エイミーの求婚者
ジョン・イェイツ…………………〈剣の騎士団〉のメンバー
トーマス・フォレスター…………〈剣の騎士団〉のことを調べさせていた人物

プロローグ

一八一四年三月
ロンドン

激しいキスに、子爵のクリストファー・ソーンは面食らった。きつくしがみつかれ、思わず足を踏ん張る。ロザモンドがいとおしそうに彼の髪に手を差し入れ、狂おしく唇を重ねてきた。

ソーンはたった今、ここセント・ジョンズ・ウッドにあるしゃれた屋敷に着き、二階の応接間に通されたばかりだった。つい最近、大金をかけて改装した部屋だ。彼が外套《がいとう》を脱ぐや、ロザモンドがため息をもらしながら抱きついてきた。

「ああ、会いたかったわ」そう言って、唇を情熱的に押しつけてくる。

ロザモンドがどうしてそんなに感情的になっているのか、ソーンには見当もつかなかった。我慢できないとばかりに、必死にキスを浴びせてくる。たしかに女性をその気にさせるのは得意だが、今日はまだそこまで興奮させるほどのことはなにもしていない。ただその豊かな胸をてのひらで包みこみ、甘い吐息を引きだしただけだ。

ソーンはロザモンドの両手をそっとおろさせ、二カ月前から愛人にしている女性をつくづくと眺めた。青い目と透き通る肌をしたとびきりの美人で、小柄ながらも抜群の体つきをしている。ソーンよりはるかに明るい色合いの金髪がしどけなく肩にかかる姿は、あたかも今しがたベッドから抜けだしたばかりで、ソーンを誘ったらすぐにまた戻ろうとしているかのようだ。無造作におろした髪といい、薄手のネグリジェを腰まではだけてバラ色の乳首をのぞかせているところといい、熱い血が通った男であればその気にならないはずがないと計算しているのは明らかだ。

「歓迎してくれるのはうれしいが、そんなに急がなくても時間はたっぷりある。今夜は泊まっていくつもりだよ」ソーンはたしなめた。

「わかっているわ。でも、一瞬たりとも無駄にしたくないの。こっちへ来て」

ロザモンドはソーンの手を取り、香水を振りまいた隣の寝室へ連れていった。蠟燭《ろうそく》の明かりが室内を金色に染め、暖炉には火が入り、淡い色のシーツをかけた大きなベッドが照らしだされている。

ソーンは手を引かれるままにベッドに腰をおろし、体を押されて半ば横たわった。ロザモンドは優雅な身のこなしでネグリジェを肩から腰へ、そして絨毯《じゅうたん》へと滑りおとし、色香に満ちた体を熱い視線にさらした。

ソーンの体がうずいた。

ロザモンドが彼の足元にひざまずいた。服を脱がせるところから始めようとしているのだろう。好きにすればいいと思い、ソーンは黙って見ていた。ロザモンドはサテン地であつらえた夜会服のズボンの前を開け、硬くなった彼の欲望の証《あかし》を出した。

温かい手で握りしめられて、ソーンの体に力が入った。先端を舌でたどられ、快感が走る。ソーンはロザモンドの頭に手をやり、高まる興奮に目を閉じた。張りつめたものを口に含まれ、巧妙に刺激される。彼はうめき声が出そうになるのをこらえて、巧みな愛撫《あいぶ》が繰りだす恍惚感《こうこつかん》に身を任せた。

ところがふと、ロザモンドがもらしているのがあえぎ声ではなく、すすり泣きの声であることに気づいた。

気分が高揚して声をこぼしているのではなく、本当に泣いているのだ。

ソーンは当惑して目を開け、足元にひざまずく美しい女性に目をやった。ベッドの相手に絶頂感から来るむせび泣きの声をあげさせたことは何度もあるが、これはどう見てもそういうたぐいではなさそうだ。

彼はロザモンドの手首を握って愛撫をやめさせ、彼女を立ちあがらせた。白い頬に涙の跡がつき、青く大きな目に寂しげな色が浮かんでいる。

「どうした?」ソーンは優しく尋ねた。

「許してちょうだい。こらえきれなくなってしまったの」ロザモンドは涙をぬぐった。「もう二度とあなたにキスをされることも、抱かれることもないのかと思うと泣けてくるのよ」

「なんだって？」ソーンは聞き違いかと思った。

「会うのは今夜が最後ですもの」ロザモンドが悲しげな声で言う。

ソーンは少々気分が冷めた。「どうしてそうなるんだ？」

「近いうちにあなたが誰かに求婚するとお父様からうかがったわ」

あのいかめしい父がかかわっているのだと知り、いっきに気持ちがなえた。レッドクリフ公爵は幼いころから息子の人生を支配したがり、とりわけここ数年はまともな結婚をさせようとあの手この手を尽くしている。その策略をいかにしてかわすかは、昨今のソーンにとってゲームのようになっていた。

「結婚するなんてひと言も話してくれなかったわね」ロザモンドが色っぽい唇をとがらせる。

すっかり興が冷めてしまったソーンはロザモンドの手首を放した。

「それは、結婚して鎖につながれる気なんてさらさらないからだ」

「お父様はそうはおっしゃっていなかったわ」

「そうだろうとも」彼は皮肉っぽい口調で言った。高潔きわまりない父に対して、おもしろがるべきか腹を立てるべきかさえわからない。

「高貴な人たちの考えはよくわかるわ。あなたは公爵の地位を継ぐひとり息子。お父様は、あなたがちゃんとした奥様をめとって、跡継ぎとなる息子をもうけるのを見たくてしかたがないのよ。わたしがいては、あなたがしかるべき方と結婚する際に妨げとなるわ。それに、お父様が選ぶ資産家の令嬢は、あなたが愛人を持つことを喜びはしない。少なくともお父様はわたしにそうおっしゃったわ」

「父が選んだ女性と結婚するつもりはない」ソーンは吐き捨てるように言った。

「たとえそうでも、やっぱり別れるしかないのよ……」ロザモンドの目にまた涙がこみあげた。「お父様からの申し出を受けてしまったの」

「申し出だと？」

「パトロンになってくれるとおっしゃったわ」ロザモンドは告白した。「あなたと縁を切れば、オペラの主役にすると約束してくださったの」

「父がきみを買収したのか？」ソーンは両方の眉をつりあげた。これこそ笑うべきか悪態をつくべきかわからない。父が女性関係に具体的な形で介入してきたのは初めてだ。だが、それにしてもやりすぎだろう。息子を裕福な家のうぶな令嬢と結婚させるために、愛人に餌《えさ》をちらつかせて別れさせるとはひどい話だ。

ソーンはののしりの言葉をのみこみ、今度、父に会ったら嫌みを言ってやろうと心に誓った。

「買収されたわけじゃないわ」ロザモンドが反論した。「わたしのためというより、あなたにとっていいことだと思ったのよ」

「ぼくの心配などしてくれなくていい」彼は辛辣《しんらつ》に言った。

なにを言ってもしらじらしい弁解にしか聞こえないと気づいたのか、ロザモンドが唇を噛《か》んだ。

「わたしも別れるのは本当につらいのよ。愛人として、あなたほどすてきな人はいないもの」

「それはうれしいよ」

ロザモンドは化粧を施した目で媚《こ》びるようにソーンを見た。

「わたしに腹を立てているのね？」

ソーンはズボンの前を閉めながら、どうだろうかと考えた。愛人が自分よりオペラの主役を選んだと知って、たしかに自尊心は傷ついた。ましてやそれが父の仕業だと思うと、腹立たしいことこのうえない。

もちろん、さらにいい条件をロザモンドに提示する手もある。だが、忠誠心は売り買いできるものだと考えている不実な愛人を囲っておきたいとは思わない。ソーンの口元に皮肉な笑みが浮かんだ。ロザモンドは魅力的な女性だが、しょせんは高値になびく売り物なのだ。

今回は父の勝ちだ。そう思うと、意外にも愉快な気分になった。ロザモンドを失うのが惜しくないと言えば嘘《うそ》になる。情事に長《た》けた男から見ても、ベッドでの彼女はすばらしいからだ。だが、それくらいは我慢できる。

ソーンは無理にほほえみ、親指でロザモンドの下唇をなぞった。

「腹を立ててなんかいない。胸は痛むが、きみが女優業を優先させる気持ちはわかる」

「宝石と馬車は返すわ……そうしてほしいなら。まだ二カ月足らずしかつきあっていないし――」

「取っておけばいい」

「本当に？　まあ、なんて寛大なの」ロザモンドがキスをしようとしたが、ソーンはむきだしの両肩をつかんでそれを制した。

「来週にはここを引き払うようにするわ」彼女はきっぱりとした口調で言った。

「急がなくてもいいよ。どうせきみの次にと思う女性がいるわけじゃない」

「でも、どちらにしてもわたしは劇場の近くに住む必要があるもの」

「これはぼくとしたことが、気がつかなくて失礼した」ソーンは顔をしかめた。

「理解してくれて本当に感謝するわ。せめて……今夜は泊まっていって。いつまでも忘れられない一夜にしてあげる」

ソーンはなまめかしい裸体を一瞥《いちべつ》し、心残りを覚えながらも首を振った。

「いや、もう帰る」

ロザモンドがふたたびしがみついてキスをしてきた。ソーンはそっとその腕を引きはがした。

また泣きはじめたロザモンドを残して階段をおりると、厚手の外套を手に取り、裏口を出て馬屋へ向かった。

今夜は泊まる予定だったため、馬はすでに馬屋に入っていた。チェッカーのゲームを楽しんでいた御者は、主人の姿を見ると驚いて馬車の支度を始めた。

底冷えのする夜だった。ソーンは馬車の用意がととのうのを待ちながら、寒さのあまり足踏みした。これほどの厳冬は初めてだと思うと、暖かいキュレネ島が恋しくなった。年に数カ月を過ごす地中海西部の小島だ。これほどイングランドでの任務が多くなければ、向こうに定住していただろう。

おかしな話だが、人生を大きく変えられたことについては父に感謝していた。何年か前、ソーンはある愚行を犯して父を激怒させ、改心してこいとキュレネ島へ送られたのだ。そして、島に本拠地を置く秘密結社に入会した。〈剣の騎士団〉だ。それは何百年も前にヨーロッパから悪と暴政を根絶する目的で結成された組織であり、そこに所属する者たちはかつて伝説の王が掲げた古代の理想を信奉していた。

ソーンは美しい島を愛するようになったばかりか、自分の無謀さや危険を好む性分が〈剣の騎士団〉の任務に適していると悟り、優秀な同志のひとりとなった。それでも、公爵である父との不和は続いた。お互いに愛情を抱いてはいるのだが、ソーンが無鉄砲な行動を改めようとしなかったからだ。

御者が馬を馬車につなぐのを見ながら、ソーンはほんの一カ月ほど前に父と交わした会話を思いだした。父に呼びだされ、決闘に加わったことを叱責《しっせき》されたのだ。

「いいかげんにしろ！　おまえも、ろくでなしの友人どもも、まったくもって社交界のくずだ。たいがいにしないと堪忍袋の緒が切れるぞ」

「もうすでに切れていると思っていましたよ」ソーンは気だるい口調で答えた。その決闘が現在かかわっている極秘任務の一部であり、緻密《ちみつ》に計算されたうえでの行動だと話すわけにはいかなかった。

父も秘密結社の存在は知っている。フランス革命の際、危うく断頭台送りとなるところだった親戚《しんせき》が何人も〈剣の騎士団〉に命を救われたからだ。それからというもの、組織に快く寄付を続けてはいるが、その実態についてはまったく知識がない。そしてソーンはといえば、たとえ相手が肉親といえども任務に関しては秘密をもらさないと宣誓しているため、事実をしゃべることができない。

父は明らかにいらだったようすで、ハシバミ色の鋭い目を細めた。

「わたしが死んだら、きっとおまえはほっとするのだろうな」

それは言いすぎだ、とソーンは思った。父も若いころはかなりのむちゃをしたと聞いている。見かけも性格もよく似た親子だと世間では言われているのだ。ふたりとも背が高く、濃い金髪で、顔立ちは彫りが深くて顎が角張っている。どちらも生まれつきやんちゃな気性で、赤ん坊のころからその魅力を振りまいてきた。だが父のほうは長らく政治に携わってきたせいで退屈なほどまじめな男になり、今ではなんとしても息子を結婚させようとやっきになっている。

「いいえ」ソーンは正直な気持ちを答えた。「父上が亡くなったら、きっと悲しみますよ」

「だったらいいかげんに結婚しろ。おまえももういい年だ」

寒空の下でソーンはかぶりを振った。自分は血の気が多く、じっとしていると落ち着かない活発な性分だ。良縁だと薦められる女性たちでは物足りない。

ソーンは友人からよく図太いと言われるが、それは違う。危険を前にすると血が騒ぐだけだ。〈剣の騎士団〉の任務で困難やリスクに直面すると心がはやり、自分が生きているのだと実感できる。手ごわい敵を相手に知恵や腕を競うことに、情事よりも大きな興奮を覚えるのだ。

女性を追いかけるのは楽しいが、格好の結婚相手とばかりに獲物にされるのは好きではない。この顔立ちと財産と爵位のせいで、まだ大人になりきる前から女性たちにつきまとわれてきた。相手は社交界にデビューしたばかりの薄っぺらな令嬢や、玉の輿《こし》を狙《ねら》う美しくも欲深き未亡人ばかりだ。そのせいで長年のあいだに魔の手から逃れるのがすっかり得意になり、父の策略を平然とかわせるようになった。

それができたのは、ひとえに亡くなった母のおかげだろう。母が莫大《ばくだい》な財産を遺《のこ》してくれたために独立でき、父の支配を受けずにすむようになった。

両親みたいな平凡でつまらない政略結婚はしたくない。いつか妻をめとるとしても、父が選ぶ従順な女性だけは絶対にごめんだ。〈剣の騎士団〉のメンバーの妻にふさわしい勇気と気概にあふれた相手がいい。

対等に渡りあえるような女性だ。

その点に関して妥協する気はまったくない。

父の政治的野心と後年になって身につけた良識を満足させるためだけに、黙って言うことを聞くつもりはない。息子が跡継ぎをもうけないまま死ぬのではないかという父の不安は理解できる。だが任務で命を落とす可能性があるのに、それを隠したまま結婚するのは相手にも申し訳ない。

爵位の継承ということを考えると、いずれは子供を持たざるをえない。けれども、いつ結婚するか、そして誰を妻にするかは自分で決める。

そのときが来るまでは〝ろくでなしの友人〟たちとともに独身生活を楽しみ、しばしば危険を伴う〈剣の騎士団〉の任務を続けるまでだ。

御者がソーンのために馬車の扉を開けた。

「お屋敷へお戻りになりますか？」

その言葉を聞き、ソーンは愛人から別れを告げられたことを思いだした。振られるというのは新鮮な経験だ。たいがいはこちらが望めば、どんな女性でもなびいてくる。

「いや、家には帰らない。〈マダム・ヴィーナスの館《やかた》〉へやってくれ」

ソーンは馬車に乗りこみ、ヴェルヴェットのクッションにもたれかかった。〈マダム・ヴィーナスの館〉とは高級娼館《しょうかん》と賭博《とばく》場を兼ねたクラブだ。気分が乗ればなまめかしい女性を相手にしてもいいし、愉快な仲間たちとカードやさいころに興じることもできる。常連客には友人が多かった。みな良家の子息であり、父に言わせればごくつぶしの連中ばかりだ。

親しい友人のひとりに、同じく〈剣の騎士団〉に所属しているナサニエル・ランスフォードという名の男がいる。ナサニエルは今夜遅くに〈マダム・ヴィーナスの館〉へ行くと言っていた。ソーンは誘いを断った。今夜は美しい元愛人の優しい腕のなかで一夜を過ごすつもりだったからだ。

ソーンは顔をしかめ、三〇分ほどの道のりに備えて腰を落ち着けた。そして、愛らしいロザモンドにかきたてられた体のうずきを静めることに集中した。まったくいまいましいかぎりだ。

馬車が停《と》まったころには平静を取り戻していた。大きな館の窓から柔らかな明かりがもれている。ソーンは玄関先の石段をあがり、客たちの陽気な会話を耳にしながら図体《ずうたい》の大きい野獣のような従僕に招き入れられた。

連日にわたるマダム・ヴィーナスの夜会は、極上のワインと、活気ある賭け事と、刺激的な性的饗宴《きょうえん》で知られており、店には用心棒として腕っ節の強い男たちも雇われている。酔っぱらいや手に負えなくなった客に対処するためだ。

客が集まるのは広くて優雅な応接間だ。片端に低い舞台があり、そこで官能的な余興が行われたり、ダンスを楽しむ客のために楽団が音楽を演奏したりする。室内には豪華なブロケード地のソファや、カード用のテーブルもいくつか置かれていた。一階にはほかに、賭博で真剣勝負をする客のための小部屋が何室かある。また二階には、気に入った女性を連れて入れる寝室も並んでいた。女性の数が複数になることも珍しくない。

今夜もいつものごとく、一〇人ばかりの美女たちが応接間のなかを歩きまわっていた。胸をあらわにし、挑発するように唇と乳首に紅を塗っている。飲み物と体を客に提供するのが彼女たちの仕事だ。

ソーンはブランデーを受け取り、性的なもてなしは断って室内を見まわした。ナサニエルはまだ来ていない。彫像のように均整の取れた体型をした赤毛の女主人、マダム・ヴィーナスの姿も見えなかった。

名前を呼ばれ、ソーンはひとつのテーブルに近寄った。

「ほら見ろ！　ヘイスティングズ、二〇ギニーの貸しだぞ。ソーンはここへ来ると言っただろう？」座っている紳士が高らかに言った。

「おいおい、ブース」ヘイスティングズがだるそうに答えた。「ぼくたちが賭《か》けたのは、こいつがご立派なお父上の勝利を認めるはめになるかどうかだぞ。ソーン、どうだ？　ロザモンドに肘鉄砲を食わされたか？」

厳密に言えば少なくとも今夜は彼女から歓迎されたのだが、ソーンは体裁を取り繕う気にもなれず、自虐的な笑みを浮かべて負けを認めた。「哀れなものだろう？」

「お父上に抵抗はしないのか？」

レッドクリフ公爵が息子から愛人を取りあげたという噂《うわさ》はすでに広まっているらしい。父はロザモンドを餌で釣ったばかりか、社交界じゅうにその件を話してまわったようだ。おかげでぼくは友人たちから、からかわれるはめに陥っている。

「あきらめたよ。そこまでの気力がわいてこない」

賭け事に興じる気分ではなかったが、ソーンは椅子を引いて仲間に加わり、楽しんでいるふりをしながらカードにつきあった。会話はソーンに関することに集中した。

「最後にはお父上が負けることになる。ソーンはうなぎみたいにのらりくらりと縁談をかわしているからな」

「きみほど結婚に慎重な男もいないぞ。妻を持つのもそう悪いことじゃないのに」

「じたばたせずにあきらめたほうがいいんじゃないか？　お父上なら未来永劫《えいごう》、きみの愛人を買収し続けるだけの財産がありそうだ」

「ひとつ忠告してやろう。お父上の裏をかきたければ島へ逃げろ。公爵もあそこまでは追ってこない」

「たしかに」ソーンはまじめな顔で答えた。

誰かが肩に軽く触れた。顔をあげると、目を見張るほどに美しいマダム・ヴィーナスが、同情に満ちたほほえみを浮かべながらこちらを見おろしていた。

館の女主人は身をかがめ、多くの常連客を魅了してやまないつやめいた声で耳打ちした。

「公爵様は奥様をめとれとおっしゃりすぎですわ。結婚に魅力を感じるようなご子息ではございませんのに」

「まったくそのとおりだ」ソーンはそう答えつつも、マダム・ヴィーナスが彼の傷ついた虚栄心をなだめようとするのは客を手玉に取るためであることはわかっていた。

マダム・ヴィーナスは挑発するようにソーンの顎を指でなぞり、先ほどよりもさらに小さな声でささやいた。「よい憂さ晴らしの方法がございましてよ。ロザモンド・ディクソンのことなどすっかり忘れてしまうような……」

ソーンは男心をくすぐられた。マダム・ヴィーナスがこの商売で大成功をおさめているのもうなずける。彼女は男に王様になった気分を味わわせ、同時に涎《よだれ》を垂らした奴隷の感覚を体験させる。

マダム・ヴィーナスはひとりか、あるいはそれ以上の娼婦を勧めているのだろう。女主人がみずから客とかかわることはまずない。だが、この館に雇われている夜の女性たちなら、次の愛人を見つけるまでのあいだ、男の欲求を充分に満足させてくれるはずだ。

「それもいいかもしれないな」

そのときだった。応接間のにぎわいの向こうから騒々しい物音と怒鳴り声が聞こえた。

「ソーン、いるのか？　ソーン！」

ソーンがマダム・ヴィーナスの背後に目をやると、若い男が客を押しのけながらこちらへ突き進んでくるのが見えた。昔からの顔なじみであるローレンス・カーステアズだ。普段はやけにめかしこんでいる男だが、今はクラヴァットが曲がり、長い距離を走ってきたのか息を切らしている。

「ソーン、来てくれ」彼は悲痛な表情で言った。「ナサニエルが……やつが……」

「深呼吸をしろ。なにがあった？　ナサニエルがどうしたんだ？」

「信じられん……あいつが……殺された」

その言葉の意味がのみこめず、ソーンはローレンスを凝視した。肩に誰かの指が食いこんでいるのに気づいて目をあげると、マダム・ヴィーナスが真っ青な顔をしていた。

きっとなにかの間違いだ、とソーンは放心したまま思った。自分の友人が殺されるなんてことがあるわけがない。

「殺された？」かすれた声で繰り返した。まるで他人がしゃべっているかに聞こえる。

「ナイフで……胸を刺されたんだ。セント・ジェームズ通りから少し入った路地だ」ローレンスは涙声になった。「多分、強盗だろう。まだその場から動かしていない。当局には連絡したが……きみも来てくれ」

「わかった」ソーンは立ちあがろうとしたが、足に力が入らなかった。

頭から血の気が引き、倒れるのではないかと思った。マダム・ヴィーナスがソーンの肘をつかんでいる。彼を支えようとしているのか、彼女自身がめまいを起こしているのかはわからない。

ソーンはマダム・ヴィーナスの手を離し、呆然《ぼうぜん》としたままローレンスについて館を出た。前裾《まえすそ》を斜めにカットした夜会用の上等な上着を通して冷たい夜気がしみこんできたが、寒さには気づきもせず、現場に向かってメイフェア近くの薄暗い通りを急いだ。さらに数ブロックほど行くと、ローレンスが暗くて小汚い路地に入った。

ソーンは鼓動が速まり、思わず歩みを緩めた。汚物やごみが散乱しているが、息ができないのはそのにおいのせいではない。

路地の奥で誰かがオイルランプを掲げ、数人の野次馬が仰向《あおむ》けに倒れている男をのぞきこんでいる。

心は拒絶していたが、ソーンは無理やり足を前に進め、遺体のそばへ寄った。間違いなく親友の顔だ。

ソーンは打ちのめされ、がくりと膝をついた。

外套と黒い上着とベストの前が開けられ、白いシャツが血で赤黒く染まっている。

ソーンは震える指をナサニエルの首筋に当てた。

「財布がなくなってますぜ、旦那《だんな》」見物人のひとりが言った。

脈もない。

なんてことだ。ナサニエルの死に顔は安らかだった。昔、若気のいたりで一緒にさんざん飲んだときのように、酔いつぶれて眠りこけているふうにしか見えない。

怒りに包まれたソーンはこぶしを握りしめた。涙がこみあげ、嗚咽《おえつ》がもれそうになる。ナサニエルは本当に死んでしまったのだ。

「旦那、この遺体はどうしますか？」

ソーンは答えられなかった。

ローレンスが隣で膝をつき、かすれた声で言った。

「家族に知らせてやらないと……。妹さんはさぞショックを受けるだろうな」

ソーンは虚脱状態のままうなずいた。ナサニエルには妹といとこがひとりずついる。

だが、今はまだ先のことも遺族のことも考えられなかった。自分の悲しみに耐えるのに精いっぱいで、とても他人の心痛を思いやる余裕はなかった。

1

一八一五年三月
キュレネ島

絵に描《か》きたい、とダイアナ・シェリダンは思った。紺碧《こんぺき》の海を背景にした美しい裸体だ。鼓動が速まり、穏やかに泡立つ波間からあがってきたクリストファー・ソーンの姿に目が釘《くぎ》づけになる。

キュレネ島は絵のように美しい岩海岸が連なり、孤立した小湾がいたるところに点在している。この崖下《がけした》にある日光が降り注ぐ入り江は、さぞすばらしい風景画の題材になるだろうと思われた。ところどころにヤシの木が生えた金色の砂浜、白く長い岩の岬、陽光を受けてきらきらと輝く果てしない地中海……。でも、いちばん目を引くのは、海水に濡《ぬ》れたたくましい体だ。

ダイアナは乾いた唇を湿らせた。

もう何年も前に一度だけソーンを見たことがある。そのときもハンサムな男性だとは思ったけれど、今はその外見に一瞬で魅了されてしまった。画家としても、そしてひとりの女性としても、惚《ほ》れ惚《ぼ》れと眺めずにはいられない。

全裸の男性は見たことも描いたこともなかった。人体構造や油絵の技術を学ぶために、著名な画家のスケッチや絵画を模写したり、古代の石膏《せっこう》像を観察したりしたことはある。だが、絵は動かないし、像は色もなければ生きてもいない。

彼は違う。

大巨匠と呼ばれる芸術家でさえ、これほど生命力にあふれたモデルを目の前にすれば心が躍るだろう。

ダイアナはそれなりの絵の技量はあるつもりだったが、ソーンを描ききれるかどうかは自信がなかった。あの生き生きとした雰囲気や、引きしまったしなやかな筋肉の動きや、暖かい日差しが恋人に触れるように肌を愛撫するさまをキャンバスに写し取れるかしら？

まるで獅子《しし》のようだ。濃い金髪から水がしたたり、たくましい胸に生えた毛が腹部にかけて細くなっていき、脚の付け根で広がっている。ソーンは身のこなしも優雅に細い浜辺へあがり、砂に敷いたリネンのタオルに寝転がった。

ダイアナは目を離せなかった。広い肩、頼もしい背中、細い腰、締まった臀部《でんぶ》、鍛えられた脇腹《わきばら》……。

心臓が早鐘を打っているうえに、肌までほてってきた。それどころか、体の奥がうずいている。

「いいかげんにしなさい」彼女は小声で自分を叱《しか》った。「外見に惹《ひ》かれるなんて愚かだわ」

ほてっているのは、きっと慣れない気候のせいだろう。まだ三月の半ばなのに、ここはイングランドの夏より暖かいくらいだ。何週間も船に揺られたせいで気分が落ち着かないのも理由のひとつかもしれない。キュレネ島にはほんの二時間前に、年下のいとこのエイミーとともに着いたばかりだ。まだ体が揺れている気がする。

ソーンに会うために長い旅をしてきた。ロンドンを発《た》ち、寒風の大西洋を渡り、ポルトガルとスペインの大地が広がる半島をまわり、ジブラルタル海峡を越え、バレアレス諸島のイビサ島とマヨルカ島、メノルカ島を通り過ぎ、ようやくキュレネ島に唯一ある港に着いて色彩に富んだ小さな町に上陸した。

町で馬車を雇い、ソーンの家へやってくれと頼むと、東部の海岸沿いにある立派な屋敷に連れてこられた。彼は屋敷の裏手にある崖下の入り江にいるかもしれないと使用人から教えられ、紅茶を飲んでいるエイミーをひとり残して崖の上から捜してみた。すると泳いでいる男性の姿が見えたため、足元に気をつけながら、断崖《だんがい》に造られた石段をおりてきた。ところが海岸にたどり着いたとき、相手が一糸まとわぬ姿であるのに気づいて足が止まったというわけだ。

ソーンなら裸で泳ぐくらいのことはするだろうと察するべきだった。魅力的だが奔放な一面があることは、この何年か、今は亡きいとこのナサニエルに聞いたり、新聞を読んだりして知っている。大胆で無鉄砲なところがあり、あえて常識に逆らうことを平気でする男性なのだ。

　女性にとって憧《あこが》れの結婚相手であるのは当然だ。現在は子爵を名乗り、将来は公爵となる人物なのだから。すでに莫大な財産を所有しているというのに、いずれは父親の広大な領地を相続することまで決まっている。

　こうして本人を目の前にすると、どうして女性にもてるのかがよくわかる。罪作りなほど美しい顔立ちをしているのだ。けれどもダイアナは過去に一度、ハンサムな男性との恋愛に失敗し、世間から後ろ指を差された経験があった。

「顔にだまされてはだめよ」彼女は自分を戒めた。

　岩陰で気持ちを落ち着けながら、このまま立ち去ろうか、それとも挨拶《あいさつ》に行こうかと迷った。

　ソーンとふたりきりで話す必要がある。それもできれば早いほうがいい。ナサニエルは妹エイミーの後見人としてソーンを指名していた。そして当のエイミーは、今や相当な遺産を相続し、年齢も一九歳になり、財産目当ての男性たちから格好の標的にされている。

　ナサニエルの遺言に驚きはなかった。ソーンはナサニエルの長年の友人だ。一方、女性が法的な後見人に選ばれることはまずない。だいたい過去に醜聞を引き起こした独身女性など、世間はまともな後ろ盾だとは認めないだろう。

　けれどもソーンも後見人にふさわしい人物とは言えない。たとえ本人がナサニエルにエイミーの面倒を見ると約束したとしてもだ。

甘ったれではあるが愛らしい年下のいとこを、ダイアナはなんとしても守りたかった。数年前におじが亡くなってからは、法的な後見人こそナサニエルだったが、実質的には自分が育てたようなものだ。道義的な責任や血のつながりだけでなく、純粋な愛情からエイミーには責任を感じていた。妹のように、いや、それ以上に娘のように思っている。今となってはお互いがただひとりの肉親だった……。

一年前にナサニエルが衝撃的な死を遂げて以来、田舎の領地で一緒にひっそりと喪に服してきた。だが、そんな静かな暮らしのせいで、エイミーは男性から注目されたりお世辞を言われたりすることに敏感になった。そのあげく、クリスマスのころから近づいてきた財産目当ての二枚目に恋をしてしまった。

エイミーには自分と同じ過ちは犯させたくなかった。あんなつらい思いは味わわせたくない。

そのために浮き名を流してきたソーンと話さなければならないというなら、そうするまでだ。

彼の評判に臆《おく》するつもりはなかった。それだけは自尊心が許さない。引きこもるのはもうやめようと誓ったのだ。過去を気にして萎縮《いしゅく》するようなまねは二度としない。世間がなんと言おうと気にしたりしない。

わたしは自立した新しい人生を歩むと決めたのだ。これは本当の自由を手に入れられるかどうかの最初の試練だ。

まさか自分がこんな美しい島へ来る日が来ようとは思ってもいなかった。輝く太陽も、爽《さわ》やかな潮風も、すばらしい景色もすべてが目に新しい。これまでは海を見たことすらなかった。七歳のときに両親を亡くして以来、人生の大半をダービーシャーにあるおじの屋敷で過ごしてきたからだ。

ダイアナは背筋を伸ばした。たとえ相手が危険な香りのする男性であろうが、顔立ちが美しかろうが、裸だろうが、そんなことに負けて臆病になったりしないわ。

勇気を振り絞って深呼吸をすると、裾を引きずらないようにモスリンのスカートを持ちあげ、陽光のなかへ踏みだした。

ソーンは見られていることに気づいていた。

直感的に危険を感じたため、脱いだ服のほうへさりげなく視線を向け、いつも持ち歩いているナイフが手近にあるのを確認する。

目をつぶっているふりをしながら気だるげに伸びをし、近づいてくる侵入者を確かめようと仰向けになった。

スカート？

個人所有の入り江で女性がなにをしているんだ？　しかも、服装から察するに貴族らしい。

ソーンはいらだちを覚えた。最後にぼくの裸を見た女性は結婚を迫ってきた。

じつのところその嘆かわしい事件のせいで、二カ月前、ソーンはキュレネ島に逃げてきたのだ。今年の一月、ある家族からカントリーハウスへ泊まりがけのパーティに招待されたとき、社交界にデビューしたばかりの小ずるい娘が、ソーンが眠っている寝室へ忍びこんできた。そして裸で一緒にいるところを、欲の皮の突っ張った母親に目撃させた。

母親はショックを受けたふりを装い、ソーンを娘と結婚させろとレッドクリフ公爵に訴えた。ソーンは運命を受け入れて名誉ある行動を取れと父親から叱責されたが、身に覚えもないのに下手な芝居に引っかかるのはごめんだと拒否した。そして、その時点でかかわっていた〈剣の騎士団〉の任務を終えるや、うるさい父親と面倒事から逃れ、キュレネ島へ逃げてきたのだ。

ソーンはいやな予感に包まれ、薄目を開けて相手を観察した。女性は少し離れた場所で足を止めて、魅せられたようにこちらを見ている。

玉の輿狙いならさっさと追い払ってやる。そうでないなら……。

美しい女性だというのは認めざるをえなかった。優美に整った顔立ちときめ細かな白い肌の持ち主で、すばらしい体型をしている。ウエストラインが高い位置にある濃紺のドレスが、ほっそりとした体の曲線と胸の形を際立たせていた。ソーンの下腹部が思わず反応しそうになる。

いつも自分を追いまわしている女性たちに比べると、やや年齢が高そうだ。二〇代半ばというところだろうか。豊かな焦げ茶色の髪をシンプルに結いあげ、輝く黒い瞳に称賛の色をたたえてこちらを見ている。

ソーンはゆっくりとまぶたを開けて、相手と視線を合わせた。

一瞬で目を奪われ、不覚にも甘い衝撃を受けた。

相手も同じように感じているという確信があった。彼女は体をこわばらせ、落ち着かないようすでソーンを凝視している。まるで女性としての本能が警戒しろと叫んでいるかのようだ。こちらは男としての本能がむくむくと頭をもたげている。

困ったことに、下半身に力がみなぎりはじめていた。これほど若く愛らしい女性に全身を見つめられているのだから、なにも感じるなというほうが無理だ。

ソーンはいらだちにかられながら体を起こし、片肘をついた。「ここは個人の所有地だぞ」

「あなたがここにいるかもしれないと使用人から聞いたの」

低くハスキーな声が魅力的だ。「父がきみをよこしたのか？　もしそうなら先に言っておくが、きみと結婚する気はないからな」

女性は目をしばたたいた。「なんの話？」

「この前ぼくの裸を見たお嬢さんは、自分を傷物にしたのだから結婚しろと迫ってきた。きみもそういうことを言いだすつもりなら、まわれ右をしてさっさと帰ってくれ」

女性が苦笑した。

「誓ってそんなことはしないと約束するわ。結婚なんてまったく考えていないから」

それを聞いてソーンはいくらか安心したが、それでも警戒を解く気にはなれなかった。

「ぼくの体にいたく興味を覚えているみたいだが？」

彼女は頬を染めた。とくと眺めていたのに気づかれ、動揺しているようだ。「許してちょうだい。芸術家の目で見ていたの。もしあなたを絵にするとしたら、どう描くだろうと考えていたのよ」

ソーンは冷ややかな笑みを浮かべた。「新たな手だな。そういう言い訳は初めて聞いた」

女性が顎をあげる。「嘘じゃないわ。わたしは画家なの」

ソーンはしばらく彼女を眺めていた。

「もしそれが本当なら、きみの審美眼にかなって光栄だよ」

「本当だわ。あなたが題材なら、すばらしい肖像画を描けそうだもの」

「それだけかい？　ぼくはきみの目に、絵のモデルとしてしか映らないというのか」ソーンはなじるように片方の眉をつりあげた。「男としての魅力は少しも感じていないと？」

「がっかりさせて申し訳ないけど、答えはイエスよ。筋肉の美しさに見とれていただけ」

「ひどいな。ぼくは死にそうなほど傷ついた」

女性は愉快そうに笑った。「かえってほっとしたんじゃない？　軍隊並みの数の女性たちが群がってくると聞いているわ」

「少なく見積もっても連隊級だな」ソーンはうんざりした声で言い、身震いしてみせた。

「しかも誰も彼もが結婚のことばかり考えている」

「でもあなたは、足かせをつけられるのはごめんだと思っているんでしょう？」女性は同情するようにうなずき、一歩前へ進んだ。「安心して。わたしは結婚する気はないから。ましてやあなたみたいな恥知らずな人とは」

「ぼくは恥知らずなんかじゃない」

「本当は紳士だというのなら……」彼女はソーンの下半身に一瞥をくれた。「隠してもらえないかしら？」

ソーンは下腹部がこわばっているのに気づき、シャツに手を伸ばした。

「美しい女性に見られていると思うと、体が反応してしまうんだ」

ぱっと頬を染めた女性の姿はかわいらしかった。ソーンは正直に言って、なんてすてきな女性だろうと思いはじめていた。大胆な物言いから察するに、従順な性格ではないらしい。ぼくを追いかけまわす、世間知らずでおつむの軽い娘たちとはずいぶん違う。ぼくがこういう態度を取っても、恐れおののいて逃げださないところをみると、それなりの人生経験を積んでいるのだろう。これは楽しみだ。

ソーンはシャツを腰にまわして袖《そで》を結び、立ちあがった。「これでいいかい？」

「ええ……」

「ぼくは紳士だよ。もっともこの見解に、父はときどき異議を唱えるけれどね。そう言うきみはなんだ？」ソーンは相手の体に視線をはわせた。「こんな人けのない入り江で見知らぬ男が裸で海水浴をしているところには、普通、まともなレディは近づかないものだ」

女性はむっとした顔をした。「わたしはれっきとしたレディよ」

「だがひとりでこんな場所へ来るし、こういうぼくの姿を見てもためらわないんだな」

「個人的に話したいことがあったから。言っておくけど、わたしをひるませようとしても無駄よ。かえってわたしをあおるだけだわ。怖《お》じ気《け》づいたりはしないもの」

ソーンはだんだん愉快になってきた。彼女を追い払いたいと思う気持ちはどこかに消え失《う》せた。それどころか、どうやって引き留めようかと考えているくらいだ。

「まあ、そういうことならここにいてもかまわない。だが、きみばかり何枚も服を着ているというのはどうだろう。そんなのは脱いだほうが快適だよ」

この厚かましい提案に、女性は目を丸くした。

「きみもひと泳ぎしないか？」ソーンは前に進みながらもうひと押しした。「水は少しばかり冷たいけれど、気持ちいい」

「わたしは泳げないの」

「喜んで教えるよ」

女性は作り笑いを浮かべ、嘆かわしげに頭を振った。

「噂は事実かもしれないと覚悟しておくべきだったわ。あなたって根っから女癖が悪いのね」

「そんなことはない」ソーンは女性の前で立ち止まった。「本当に手の早い男なら、せっかくふたりきりでいるのだからキスのひとつも奪おうとするはずだ」

悪ふざけがすぎるとよく言われるので、相手が本気にしないことに驚きはなかった。ところが女性はふとまじめな顔になり、冷静な目で彼を見あげた。

挑むようにまっすぐこちらを見据えている。ソーンは挑まれると応じずにいられない性分だった。まして相手がこれほど魅力的な女性となればなおさらだ。

形のいい唇がすぐ近くにあり、悩ましい体の線がしきりに思い起こされる。このまま砂浜に押し倒してゆっくりとドレスを脱がせ、その曲線美を手や唇で堪能《たんのう》したい……。

想像しただけで純粋に欲求がこみあげてくる。

ソーンは体が触れそうなくらい接近してみた。われながら驚くほど、彼女が欲しくてしかたがない。会うなりその女性を求めたのは初めての経験だ。

そして、ダイアナも同じ気持ちだった。

ソーンにまた目が釘づけになる。なんという瞳だろう。金と緑がまじったハシバミ色だ。そして吸いこまれそうなほどに深い。

ふたりの距離があまりに近いことに不安を覚え、彼女はかすかに震えながら息を吸った。育ちのいい女性なら、相手が裸だとわかった時点ですぐに立ち去るものだろう。けれども動揺しながらも、今は彼に触れてみたいという思いがわき起こっている。肌は見た目どおりに温かくて、弾力があるのかしら？　筋肉や腱《けん》は思っているほどに硬いの？　美しい唇に触れたら、想像しているとおりに官能的な気分になれるのかしら？

ソーンはこちらのジレンマを察しているらしい。見おろす目に愉快そうな表情が浮かんでいる。そこに漂う官能的な魅力に、ダイアナは思わず胸が高鳴るのを感じた。

体のぬくもりが伝わってくるほど距離が近い。腰にシャツを巻いているだけましだが、それでも上質のキャンブリック地は透けるほど薄く、どうしてもその男性的な部分が気になってしまう。それに反応して自分の体が熱くなっていることにも困惑していた。彼の腕に抱かれた多くの女性たちもこんな感情を覚えていたのかしら？

ソーンがゆっくりとほほえみを浮かべたのを見て、ダイアナは息が止まった。

軽いめまいを起こしつつも、彼は危ない男性だと自分を戒めた。

そんな笑みを見せられたら、女性はいちころだ。抵抗できなくなってしまう。ソーンはそれをよくわかっているに違いない。

ソーンが首を傾けた。キスをされるのだと思い、ダイアナは胸がどきりとした。あまりに堂々とした態度に、とっさには警戒心さえわかなかった。どのみち命を脅かされるほどの脅威ではない。触れんばかりに唇が近づいてきても、彼女は魔法をかけられたように身動きできなかった。

彼の温かい息がかかり……唇が重ねられた。唇が触れると、ふたりのあいだに衝撃が走った。ダイアナの鼓動が速くなる。

異国の果物を初めて味見するようなキスだった。いつのまにか開いた唇に、ソーンの舌がなまめかしく分け入ってきた。絡みあう舌にぞくぞくする火花が散る。

濃厚なキスだった。自信たっぷりの口づけに、ダイアナは抗《あらが》うことができなかった。驚きのあまり声をもらすと、甘いキスから逃げられないように、ソーンに長くしなやかな指で顎を押さえられた。

キスをされたのはこれが初めてではない。結婚するつもりだった男性と何度か経験がある。昔の恋人は壊れやすいガラス細工にするように、そっとあがめるかのごとくキスをした。けれども、この男性はわたしを生身の女として扱っている。彼がわたしを求めているのが伝わってくる。

ソーンは顔を傾け、さらに濃厚なキスをしてきた。唇のあいだから押し入れられたシルクのような熱い舌に、ダイアナは体を震わせた。いつしか、相手の肩にしがみついていた。太陽に温められた肌に抱かれ、筋張った筋肉に身を預ける。

ソーンがダイアナの腰に両手をかけて引き寄せ、情熱の高ぶりを下腹部に押しつけた。最初のうちはよくわからなかったけれど、やがてダイアナもそれがなにを意味するかを理解した。生々しい感覚に胸と腿のあいだがうずく。体がふしだらな反応を示したことにたじろいだが、彼に欲望をかきたてられたことは否めなかった。

ソーンが彼女の顎から首筋へと手を滑りおろしていき、乳房を包みこんだ。ダイアナははっとした。昔の恋人はこんなふうにわたしを燃えあがらせてはくれなかった……。

ダイアナが本能的に体をすり寄せると、ソーンは満足げな低いうめき声をもらした。彼はダイアナのドレスの四角い襟ぐりに指をかけ、シュミーズのなかに手を入れて胸のふくらみを探って硬くなった乳首を見つけだした。

快感が体を貫き、ダイアナの膝から力が抜けた。

手の甲で胸の先を愛撫され、甘い吐息がこぼれる。そのとき、夢見心地だった脳裏に、ひと筋の理性が戻ってきた。新たな自由の限界を試してみたいとは思ったけれど、これは行きすぎだ。ふたりとも熱くなりすぎている……。

ダイアナは息をのみ、ソーンの胸を押しやった。

荒い呼吸に胸を上下させながら彼を見据える。

ソーンは長いあいだ、彼女の視線を受け止めていた。瞳の色が暗くなり、金色のまじった深緑色に変わっている。表情は硬かった。ダイアナのことも、つかのまふたりのあいだに炎が舞いあがったことも、信じられないという顔だ。

ようやくソーンがかすれた声を出した。

「思ったとおりだ。きみの唇は見た目の印象と同じくとても刺激的だ」

無礼な振る舞いに及んだというのに、謝罪や悔恨の言葉を口にする気はないらしい。

ダイアナは困惑し、鼓動を静めようとみぞおちを押さえ、あとずさりをしてソーンから離れた。恍惚感はすぐには消えなかったし、動悸《どうき》もおさまらなかったが、それでも精いっぱいなんでもないふりを装った。

「あなたって本当に自分を止められないのね。出会った女性を片っ端から口説くとは噂に聞いていたけど」

「誘うのは興味を覚えた相手だけだ」ソーンが悩ましい笑みを浮かべた。ダイアナの脈拍はゆっくりになるどころか、かえって速まった。「きみには心惹かれるよ。もっともそれは、島の魔法のせいかもしれないけれどね」

「魔法？」

「島に伝わる伝説を聞いたことがないのかい？　その昔、太陽神アポロンが精霊キュレネに恋をしたんだ。だがすげなくされたので、ここに楽園の島を作り、キュレネが自分を愛するようになるまで閉じこめた。そのとき島にかけた呪文《じゅもん》のせいで、ここを訪れると誰でも気分が高揚して情熱的になるんだ」

　ダイアナは、まさかとばかりにソーンを見た。島の美しさに心が躍るのはたしかだが、魔法がかけられているなどという話はとても信じられない。

　ソーンに視線を据えたまま、彼女は皮肉をこめた笑みを口元に浮かべた。

「自分の手の早さを正当化するために、伝説を言い訳に使っているように聞こえるわ」

「そうかもしれない」ソーンがまたもや心がとろける笑みをちらりとこぼした。「初めて見る顔だな。島には来たばかりかい？　島の女性たちならみんな知っているし、きみに会っていれば忘れるわけがない」

「ええ、実際に会うのは初めてよ」

　ダイアナの駆け落ちが失敗に終わって間もないころ、たまたまソーンはナサニエルを訪ねて屋敷に来ていた。だが、おじはダイアナを客人の前に出さなかった。ソーンは遊び人であり、姪《めい》はそういう男に弱いと考えていたからだ。

　ダイアナはナサニエルの葬儀にも参列していない。葬儀はロンドンで行われたのだが、ダイアナはそこから馬車で数日かかるランスフォードの領地で暮らしていた。訃報《ふほう》を知らされたとき、ナサニエルはすでに埋葬されたあとだった。エイミーは社交界へのデビューに向けてロンドンに滞在していたため、兄の葬儀に出席できた。

だけど、わたしの名前に聞き覚えくらいはあるはずだわ、とダイアナは思った。この一年のあいだに用事があって、何度か手紙を書き送っている。ただし、返事をよこすのはいつも弁護士だったが。

「ナサニエルのいとこのダイアナ・シェリダンよ」

ソーンは啞然《あぜん》とした顔でしばらく彼女を見たあと、ようやく口を開いた。

「それならそうと早く言ってくれ」

後悔の響きが含まれているのに気づき、ダイアナは思わず笑みをもらした。

「どうして？　そうだとわかっていれば手を出さなかったとでも？」

「そのとおりだ。名誉に懸けて、きみにはなにもしなかった」ソーンは後ろを向き、腰をかがめてリネンのタオルを取りあげて肩にはおった。それがちょうど古代ローマ人のゆったりした外衣のようになり、肌の大部分は覆い隠された。

「あなたにもいくらか良心らしきものがあると知ってうれしいわ」ダイアナはそっけなく言った。

「ほんの少しだけれどね」ソーンはまじめな顔で鋭い視線を彼女へ向けた。「きみはこの島でなにをしているんだ？」

「あなたはキュレネ島にいるだろうとロンドンの弁護士から聞いたの。なかなか居場所を教えてくれなかったけど、どうしてもエイミーの正式な後見人に会う必要があると言って無理やり訊《き》きだしたのよ」

「ぼくと話をするために、はるばるキュレネ島まで来たのか？」

「あなたがちゃんとロンドンにいてくれれば、こんな長旅をする必要もなかったわ。突然、姿を消すから、話が複雑になってしまった。でも、エイミーにとってはちょうどいい機会かもしれないと思うことにしたの。妹に困ったことがあったら力になってくれと、ナサニエルから頼まれていたんでしょう？　エイミーは今まさに困っているのよ」

「なにがあった？」

「あの子が莫大な遺産を相続したことは世間に知られているわ。そのせいで少し前から、財産目当ての男性に熱心に言い寄られているの。エイミーはその人を愛していると思いこんでいる。だから、しばらく離れていれば熱も冷めるかと思ってここへ連れてきたの。それにあなたならエイミーを説得できるかもしれないし……。せめて社交シーズンの一年目が終わるまで結婚を決めるのは待てと言い聞かせてくれないかしら？　少し時間を置けば、もっとまともな人と縁があるかもしれないわ。わたしでは説得しきれなくて」

「ぼくの言葉なら聞くというのか？」

「エイミーはあなたが大好きだもの。少なくとも耳は貸すに違いないわ。どちらにしてもあなたとは、エイミーのデビューをどうするか相談する必要があったし」

ダイアナはソーンが腑《ふ》に落ちるのを待った。ソーンはエイミーの後見人として法律上の義務は果たしているが、財産管理などの仕事は弁護士に任せきりだ。そろそろ被後見人の将来についてまじめに考えてもらわなくては困る。

この一年間は喪中だったため、世間のしきたりにならって社交行事から遠ざかり、エイミーの社交界デビューも見送った。しかしいとこはもう一九歳で、一般的に社交界へ出る年齢を過ぎている。

「ぼくと相談するだって？」ソーンが警戒した口調で言った。

ダイアナはうなずいた。「この春からの社交界デビューに力を貸してくださるよう、レディ・ヘネシーにお願いしてもらえないかしら？」ソーンの伯母であるレディ・ヘネシーは社交界の大立て者だ。彼女が後ろ盾になってくれれば、エイミーはすんなりと社交界に溶けこめるはずだ。

ソーンは顔をしかめ、濡れた髪を荒っぽく手ですいた。

「社交界デビューに責任を持つなんて考えただけでもぞっとするよ。正直なところ、最初から後見人になんてなりたくなかったんだ。ぼくはそういう役目にふさわしくない」

「わたしもそう思うわ」ダイアナはさらりと言った。「でもナサニエルはあなたを信頼して、妹のことを頼んだの。レディ・ヘネシーの力添えがあれば、エイミーにとっては大きな助けになるはずだわ」

「たしかにそうだ」ソーンがしぶしぶ同意する。

「あなたに会いたかったのは、もうひとつ大きな理由があるのよ。ナサニエルがあなたに宛《あ》てて書いた手紙を持ってきたの」

ダイアナはドレスの袖に手を入れ、きっちりと丸められた羊皮紙を取りだしてソーンに手渡した。「万が一の事態に備えて、死の直前に書かれたものだと思われるわ」

走り書きの太い文字で自分の宛名《あてな》が書かれたその手紙を、ソーンはじっとにらんでいた。怒りの表情を浮かべている。いまだ友人の死を深く悲しんでいるのだろう。

ナサニエルの死にはダイアナも打ちのめされた。いとこというよりは大切な兄のように慕っていたからだ。

「これをどこで？」ソーンがかすれた低い声で尋ねた。

「ナサニエルが遺言で妹に遺した私物のなかにあったの。この島へ来るためにエイミーの荷造りをしていたときに見つけたのよ。あなたに渡すようにという一文がついていた。エイミーはきっと見落としていたんだわ」ダイアナは言葉を切り、どこまで話そうかと迷った。「手紙は封がされていたし、一年も前のものだったけど、なにか重要なことが書かれているといけないと思って内容を読ませてもらったわ」

ソーンが刺すような視線を彼女に向けた。「それで、大事な手紙だったのか？」

「そう思うわ」ダイアナははっきりと答えた。「ひとりで読みたいでしょうから、わたしは屋敷に戻っているわね」

彼女は一瞬ためらい、ソーンを見た。その目から暗い陰を消してあげられたらいいのに。

「その手紙やエイミーのことについてはあとで話しあいましょう。あなたがちゃんとした服を着てからね」

挑発するようなからかいの言葉を聞いてソーンはちらりと笑みを見せたが、すでにダイアナは眼中にないとばかりに彼女が立ち去るのも待たずに手紙を開いた。

きみがこの手紙を読んでいるということは、おそらくぼくはもう死んでいるのだろう。

ソーンはまずざっと目を通したあと、衝撃的な告白が書かれた手紙を最初から一字一句丁寧に読み返した。事の重要性を理解するにつれ、鼓動が波の音をうわまわるほどに大きくなった。

この数日間というもの、誰かにつけられている感覚をぬぐえず、何度も肩越しに振り返っている。

多分、尾行がついているのだろう。数週間前、われわれの名前をフランスに売り渡そうとしている売国奴がいることに気づき、調査を始めた。密通者はあの愛らしいマダム・ヴィーナスではないかと疑っている。だが、はっきりしたことがわかるまで、本人を糾弾したくはない。

もうひとつ、恥を告白しなければならない。ぼくは秘密にしておくべき情報をマダム・ヴィーナスにもらしてしまった。とんでもないことをしでかしてしまったのはわかっている。

あの色香と美しさにだまされたわけだが、どう言い繕ってみたところで弁解の余地はないし、慰めてもらえる話でもない。

だが、S・Gにご報告する前にせめてもの罪滅ぼしをしたいと思い、今、Vの過去を洗っている。

もし本当にVが密通者なら、彼女の仲間がぼくの動きを快く思わず、止めようとするかもしれない。もしぼくが不審な死を遂げることになったら、どうか調査を引き継いでほしい。

それを願い、この手紙を妹に託す。きみが引き受けてくれるものと信じている。

手紙には走り書きで〝N〟とだけ署名されていた。

ソーンは顔をあげ、見るともなく青緑色の海へ目をやった。胸のうちでは苦々しい思いが渦巻いている。ナサニエルがそんな調査をしていたとは知らなかった。まったく気づきもしなかったのだ。

ぼかした表現やイニシャルが指し示す意味はすべてわかる。〝われわれ〟とはイングランドを含むヨーロッパ全土でひそかに活動している六〇名あまりの同志のことだ。〝S・G〟はその優秀な指導者であるガウェイン卿《サー・ガウェイン》を指している。妹であれ、いとこであれ、誰かが偶然にもこの手紙を読んでしまう場合を想定し、あえて組織の名前は出さなかったのだろう。〈剣の騎士団〉が秘密裏に活動しているのはわけあってのことだ。隠密《おんみつ》行動のほうが任務が成功する可能性ははるかに高い。

重要な情報をマダム・ヴィーナスにしゃべってしまったとなれば、ガウェイン卿に告白する前に少しでも取り繕いたいと思ったのは当然だろう。

ソーンは悪態をついた。ナサニエルが大失態を隠しておきたかった気持ちは理解できる。許せないのは自分のまぬけさだ。どうしてあの殺人事件の裏に陰謀がうごめいているかもしれないと考えなかったのだろう。

なんという頭の悪さだ。当時、当局はナサニエルの死を通りすがりの強盗の仕業だということで処理した。裕福な格好ゆえに路地に連れこまれ、刃物で刺されて財布を奪われたのだろうと結論づけたのだ。だが、たとえ不意打ちに遭ったとしても、ナサニエルほど格闘術に長けた同志があっさりやられるとは考えにくかった。ところが一週間にわたり聞きこみを行っても目撃者や容疑者は見つからず、犯人につながる手がかりもなく、ほかに動機もなかった。

今となれば、ナサニエルは口封じのために殺された可能性が高いとわかる。

ソーンは改めて罪の意識に駆られ、がくりと頭を垂れた。そもそもナサニエルを〈剣の騎士団〉に誘ったのはぼくだ。その結果として友人は死んだのかもしれない。

手紙を握りしめる手に思わず力が入った。

なんとしてもナサニエルが調べていた裏切り者の正体を暴いてみせる。命を懸けても殺人犯を見つけだすのだ。

2

「ソーンには会えたの？」

二階の客用寝室にいたエイミーは、ダイアナの姿を目にするなり尋ねた。

ダイアナは思わず頬が緩むのをこらえられなかった。たしかに会えた。それどころか、たっぷりと目の保養をさせてもらった。「ええ、海岸にいたわ」

「どんな返事だった？　レディ・ヘネシーにわたしのことを頼んでくれるって？」

「だめだとは言わなかったけど、泳いでいたからあまり話はできなかったの。すぐに屋敷へ戻ってくるわよ」

いとこは唇をとがらせた。エイミーはカールした金髪を今風の短い髪型にし、愛くるしい顔立ちと生き生きとした青い目の持ち主だ。性格も明るいのだが、困ったことにときどき我を通そうとする。今もうるさいダイアナから逃れてロンドンへ行き、ソーンの伯母であるレディ・ヘネシーの後ろ盾を得たいという望みを前面に押しだしてはばからない。

エイミーがじれったそうに部屋のなかを行き来するのを、ダイアナは無表情で見つめた。

「早く来てくれればいいのに」エイミーは不平を口にした。「何週間も海の上で暇を持て余していたから、頭がどうにかなりそうだわ」

「乗馬服に着替えてきたら？　きっと喜んで馬を貸してくれると思うわよ」

エイミーが顔を輝かせた。馬好きの家族に囲まれて田舎で育ったせいか、エイミーはなかなか荒っぽい乗り方をする。ダイアナの乗馬はもっと穏やかだ。ただし腕前はエイミーに引けを取らない。社交界から締めだされて以来、はかりしれないほどのときを鞍《くら》の上で過ごし、ランスフォード領の周辺を散策してきたからだ。この六年間というもの、楽しみといえば馬と絵画ぐらいしかなかったのだから。

「いいわね！」エイミーが声をあげた。「ダイアナも一緒に来る？」

ずっと船のなかで過ごしてきたのだ。のびのびと体を動かし、美しい島を見てまわれたらどんなに楽しいだろう。けれども今は、エイミーの先々のことを早く決めてしまいたいという思いのほうが強い。

「わたしはソーンが戻るのを待つわ。きっとあなたには馬丁をつけてくれるわよ」

エイミーは皮肉めいた笑みを浮かべた。

「わたしを見ず知らずの男性とふたりきりで出かけさせることに不安はないの？　わたしがその人の胸に飛びこんでしまったらどうする気？」

ダイアナは相手にしないように努めた。この二、三カ月間で刺《とげ》のある物言いを受け流すのには慣れた。エイミーは恋路を邪魔されて怒っているのだ。こんなときは軽くあしらうにかぎる。

「たとえあなたのことは不安でも、ソーンの召し使いは信用できるもの」ダイアナは淡々と続けた。「それに、屋敷の使用人を相手にあなたがそんなことをしたら、ソーンは悩むでしょうね。あなたを社交シーズンのあいだじゅうレディ・ヘネシーに預けていいものかどうかと」

エイミーはふてくされた子供のように顔をしかめた。とても一人前の女性には見えない。家族に溺愛《できあい》されて甘やかされて育ったため、エイミーにはわがままな一面がある。だがダイアナ自身、それを大目に見てきたのも事実だ。とりわけ、つらい日々が続いたこの一年間はそうだった。三年ほど前に父親を亡くしたばかりだというのに、続けて兄を失ったエイミーの悲しみは察するに余りある。

家族を亡くすつらさも、孤児になる寂しさもダイアナにはよくわかった。それればかりではなく、恋に落ちるのがどういうことかも知っている。もっとも、今のエイミーに関してはただ一時の熱に浮かされているだけだと思っているが。

エイミーがどんな返事をするかはわかっていたので、それを聞いてもとくにがっかりはしなかった。

「レジナルドへの気持ちは変わらないわ。わたしをこの離れ小島にいつまで幽閉しようが無駄よ」

「幽閉だなんて。社交シーズンにはロンドンに帰るのよ」

「どうせ自由にさせる気はないくせに。ダイアナはわたしをお金持ちの気取り屋と結婚させて、早くほっとしたいだけなのよ」

この一、二カ月というもの、同じことで何度口論になったかわからない。

「わたしにそんなつもりがないのは、あなたもよくわかっているでしょう？」

「嘘よ。自分と同じ過ちを犯させたくないんでしょう？　だけどダイアナがお金目当ての男性に傷つけられたことがあるからって、わたしに求婚する男性がみんな財産を狙っているとはかぎらないわ」

「そのとおりよ。でも、相手にお金がない場合はその可能性が高いの」

「レジナルドはわたしを愛しているわ。もちろん、わたしもよ」

「今はそうかもしれない。だけど、いつまでも同じ気持ちでいられるとは思えない。もし本当に彼を愛しているなら、初めての社交シーズンのあいだくらい結婚の返事を延ばしたところで、どうということもないでしょう。それにロンドンではたくさんの男性と会う機会があるもの。レジナルドよりもっと愛せる男性とめぐりあえるかもしれないわ」

「それまでのあいだが寂しいの」

「かわいそうだとは思うわよ。でも一生みじめな結婚に縛られるくらいなら、しばらく寂しいほうがましだわ」ダイアナは言葉を切り、不機嫌な顔でこちらを見つめるいとこと目を合わせた。「あなたの幸せを願うからこそ、わたしみたいに人生を台なしにするようなまねはさせたくないの。ちゃんと自分の気持ちを見きわめて」彼女は静かに諭した。「あなたには選択肢を持ってほしいの。わたしはうぶだったから、みずからそれを手放してしまった」

エイミーはしばらく神妙な顔をしていたが、やがて顔をそむけ、背を向けて着替えはじめた。

ダイアナはため息がもれそうになるのをこらえて、ひと休みしようと隣にある自分の寝室へ向かった。

見知らぬふたりの女性がメイドを引き連れて玄関先に現れたのを見て、ソーンの使用人は当然ながらいぶかしんだ。だが近侍がロンドンでエイミーを見かけたことがあり、顔を覚えていたため、荷物を二階へ運び入れるよう指示してくれたのだ。

寝室に入ったダイアナは、称賛のまなざしで室内を見まわした。明るくて風通しのいい優雅な部屋で、バルコニーに出られるフレンチドアがある。ソーンの屋敷はスペインの大農場によくある様式からなる豪華な建物で、四棟が中庭を囲むように立ち、それぞれに外回廊の役割を果たすバルコニーがついている。ダービーシャーにあるランスフォードのカントリーハウスも立派だが、こちらの屋敷のほうが贅沢《ぜいたく》な造りだ。

ダイアナは景色に引き寄せられてバルコニーに足を踏みだし、きらきらと輝く紺碧の地中海を眺めた。ふと空腹を覚え、紅茶と軽食にありつき損ねたことを思いだして、しぶしぶ寝室へ戻ると手を洗って髪を整えた。いつもに比べればずっと手早くすんだ。昨日は船の上で絵を描いたが、今日は絵筆もペンも手にしていないので指には絵の具もインクもついていない。

今朝はずっと島の美しい景色を眺めていた。切りたった崖と危険な岩礁に守られた海岸線。

三箇所の要塞《ようさい》と、小湾や入り江を監視するいくつもの見張り塔。なだらかに続く丘、緑に覆われたふたつの山。ブドウやオリーブなどの果樹園が続く肥沃《ひよく》な谷。そして、屋敷の崖下にある孤立した入り江。エメラルドやサファイアやトルコ石などの宝石を思わせる海と、それを背景にした獅子のような男性……。

そのすべてを紙やキャンバスに写し取りたくて指がむずむずする。けれども残念ながら、芸術的欲求はあとまわしにするしかない。

弧を描く階段をおりて広い玄関広間へ行くと、ソーンの執事が出てきて、中庭に紅茶を用意すると言われた。ダイアナは喜んで頼み、案内されるままに廊下を通って、フレンチドアから屋敷に囲まれた広い中庭へ出た。

そこは美しい庭園だった。たっぷりと陽光が差しこんではいるが、ヤシの葉がほどよい木陰を作り、ブーゲンビリアやハイビスカス、キョウチクトウ、ゼラニウムなどの草花や蔓《つる》植物が甘い香りを放っている。中央では大理石の噴水が陽気な調べを奏でていた。

庭園の片隅にティーテーブルが用意され、ダイアナが席につくや、お仕着せ姿の従僕たちが、紅茶とスコーン、ひと口大のサンドイッチ、それにピッチャーに入ったフルーツジュースを運んできた。執事によれば、ザクロとオレンジと桃のミックスらしい。

ダイアナはゆったりと腰かけ、珍しい味を楽しみ、心地よいひとときを満喫した。三週間前にロンドンを発ったときは雪が積もっていたのが嘘みたいだ。

無意識のうちに目をつぶっていたらしい。のんびりした静けさを破って愉快そうな男性の声が聞こえた。

「くつろいでもらえているようでうれしいよ、ミス・シェリダン」

今度こそ見とれてはいけないと自分に言い聞かせ、ダイアナはまぶたを開けた。ソーンが目の前に立っている。キャンブリック地のシャツにズボンとブーツという姿で、胸元をはだけているためたくましい首と胸毛がのぞいている。気がつくとダイアナは、胸から腰へ向かって細くなっていく彼の体の線を眺めていた。

一糸まとわぬ姿を思いだして頰を赤らめ、視線を引きはがしてソーンの顔を見あげた。だが、それが間違いだった。

濃い金髪はすでに乾いてくしゃくしゃに乱れ、前髪がひと筋、額に垂れていた。まるで今ベッドから起きだしてきたばかりみたいだ。きれいな唇に気だるそうな笑みが浮かんでいるのを見て、ダイアナの鼓動は速まった。海岸で目が釘づけになったあのハシバミ色の瞳が、長いまつげの下からまっすぐにこちらを見ている。

なんてハンサムで人を惹きつける魅力があるんだろう。そのふたつの組みあわせはとても危険だ。

またしても見とれていたことに気づき、ダイアナは心のなかで毒づいて姿勢を正した。今度はソーンがこちらをじろじろと見ていた。ナサニエルの手紙を受け取ったときのような拒絶する態度ではない。

あからさまな視線にダイアナは落ち着かなくなり、ジュースをひと口飲んで咳払《せきばら》いをした。

「さっきはひとりでいるところを邪魔してしまってごめんなさい。もう少し都合がいいときを待つべきだったわ」

「かまわないよ」ソーンはさらりと答え、テーブルを挟んだ椅子に座った。「おかげでぼくたちはとても……親しくなれたわけだから、堅苦しい会話から始めずにすむ。後見人を務める女性のいとこともなれば、ぼくにとってきみは赤の他人というわけでもないしね」

彼は背の高いグラスにジュースを注《つ》ぎ、ダイアナに視線を戻した。

「ナサニエルからきみの話を多少は聞いていたが、こんなに美人だとは知らなかった」

ダイアナは困った顔をした。「どう返せばいいの？　そんなことはないと言えば純情ぶって見えるし、そうだと答えればうぬぼれているように聞こえるわ。でも、それがあなたの目的かもしれないわね。わたしを言葉に詰まらせることが」

ソーンがそうだとばかりに明るい笑みを浮かべた。

「作戦に気づかれてしまったな」グラス越しにダイアナを見る。「正直に言うと、ずっときみに興味があったんだ。ぼくは大学でナサニエルと友人になってランスフォード家の人々を知っているが、どういうわけかきみには会ったことがない。きみもランスフォード・ホールで暮らしていたんだろう？」

「ええ。子供のときに馬車の事故で両親を失って、おじとおばに引き取られたの」

「きみは世捨て人のように世間から隠れていたみたいだね。ロンドンへは来なかったのかい？　たしかご家族は、社交シーズンには毎年来ていたはずだ。ミセス・ランスフォードが亡くなってからもそれは続いていた。あれはたしか八年前だったかな？」

探るような質問をされ、ダイアナは体をこわばらせた。世間体の悪い出来事を起こしてしまうまでは、毎年、一緒にロンドンへ行っていたのだ。詳しい事情は知らないかもしれないが、ソーンも噂くらいは耳にしたことがあるだろう。だが今、その話はしたくなかった。

「ぼくがランスフォード・ホールを訪ねたとき、たしかきみは病気だったことがあった」

もう作り話を押し通す必要はない。

「あれは嘘よ」ダイアナはこれ見よがしに愛想のいい顔をしてみせた。「おじが、わたしをあなたに会わせたくなかっただけ。あなたの評判はいろいろと聞こえていたから」

ソーンが片方の眉をつりあげる。「エイミーとは親しくさせてもらったぞ」

「エイミーはまだ子供だったもの、女癖の悪いあなたが相手でも大丈夫だろうと考えたんでしょう」

「またそんなことを言う。それは誤解だよ」

「多くのスキャンダルにまみれてきたことは否定しないでしょう？」

「まあね」ソーンはまたもや小憎らしい笑みを浮かべた。「だが、ひと言弁解させてもらえるなら、きみが耳にした話にはきっとずいぶん尾ひれがついていたと思うよ」

それは事実だろう、とダイアナは思った。ナサニエルには人を見る目があった。その彼が親友に選んだ相手なのだから、本当に悪い人間ではないはずだ。それに自分の過去にも汚点が皆無なわけではないことを思えば、人をとやかく言える立場ではない。それでもダイアナは簡単にはソーンを解放しなかった。

「あなたが自分で言うほど清廉潔白だとはとても思えないわ。浜辺でわたしにあんなことをしたんですもの。普段の行いがあの半分もお行儀よかったとしても、浮いた噂がついてまわるのは当然でしょうね」

ソーンは感情を害したふうもなく、淡々としたようすでダイアナを見つめた。

「きみにもいくらか非はある。キスをしてもいい相手だと思ったのは、きみがぼくの裸をじろじろ見ていたからだ」

ちょうどジュースのグラスに口をつけていたダイアナは、そのひと言を聞いてむせ返った。手で口を覆って咳《せ》きこみながら、ちらりと相手に目をやる。

ソーンは悪びれもせず、平然としていた。目をいたずらっぽく輝かせているところをみると、わざとダイアナを動揺させようとしたのだろう。

ダイアナはなんとか気を取り直し、努めて穏やかな声で言った。

「わたしをからかって楽しんでいるんでしょう？」

「そうだ」謝罪のひと言すらない。「だけどぼくも、やっていいこととそうでないことの区別は心得ている。キスをしたことは後悔していないが、きみが誰だかわかっていたら手は出さなかった。〝名誉に懸けて、きみにはなにもしなかった〟と言ったのは本心だよ」

そのとおりなのだろうとダイアナは思いはじめていた。ただしソーンが言うところの名誉は、きっと誰にもわからない独自の定義があるに違いない。

「きみたちがここに泊まるつもりなら、世間の噂にならないよう、滞在中は付き添いの女性《シャペロン》をつけるとしよう。若い女性ふたりが評判のよろしくない独身男の屋敷に滞在しているとなれば格好のゴシップだ。後見人を務めている女性の評判に傷はつけたくないからね」

ソーンは言葉を切らずにそのまま話題を変えた。

「それで、エイミーに言い寄っているごろつきとは誰だ？」

「ごろつきと言えるかどうかはわからないけど、財産狙いであるのは間違いないわ。名前はレジナルド・ナイリー。ご存じかしら？」

ソーンが眉根を寄せた。「顔は知っている。賭け事が好きで、いつも金がない」

ダイアナはうなずいた。「ダービーシャーに遠縁がいるとかで、クリスマスごろから姿を見せるようになったの。でも、どうやら金貸しの取り立てから逃げてきたらしくて。レジナルドはわたしの知らないうちにエイミーを口説いて、密会するまでになっていたのよ。エイミーはそのことをわたしに話さなかった。わたしがどんな反応をするかわかっていたからでしょうね」それを知ったときのことを思いだし、彼女は顔をしかめた。「もっと早くに怪しむべきだったわ。わたしが気づいたときには遅かった。エイミーは彼を愛していると勘違いするようになっていたの」

ダイアナの気持ちを察したのか、ソーンもまた顔をゆがめた。

「すぐにエイミーをレジナルドから引き離さなければと思ったわ。でもロンドンにとどまろうにも、あなたは行方不明でしょう？　それに社交シーズンが始まる四月半ばまでにはまだ間があるから、この島に来たのよ」

「この春、社交界にデビューさせるつもりなのか？」

「本当は去年のつもりだったの。だけど、ナサニエルの喪に服していたので機会を逃してしまって。もう遅いくらいだわ。それに、社交界に出るようになれば、エイミーももっときちんとした人を好きになるかもしれないと思ったのよ。財産目当てではなく、ちゃんとエイミーを愛してくれる男性と結婚させるのがわたしの望みなの。恋愛結婚がいちばんだけど、たとえそうではなくても、エイミーを大切に思って守ってくれる人と一緒になってほしい。そうすれば、もう財産を狙われたり、女癖の悪い男性に口説かれたりすることもないもの」ダイアナはわざとらしくソーンにちらりと視線を向けた。

ソーンはそれを無視して話の核心を突いた。

「具体的にはぼくになにをしろというんだ？」

「エイミーを社交界にデビューさせてくださるよう、伯母様であるレディ・ヘネシーにお願いしてほしいの」

「きみが後ろ盾になればいいじゃないか」

ダイアナは首を振った。もう社交界とは縁がないし、過去の醜聞がつきまとっている。悪い噂のあるわたしがエイミーと一緒にいては、良縁の妨げになるだけだ。

「わたしはレディ・ヘネシーほど社交界に顔が利かないし、つてもないから。それに、あなたにエイミーを任せるわけにもいかないわ。後見人としてふさわしいかどうかさえ疑問なのに」

ソーンがにやりとした。「その点に異論はないよ」

「もうひとつ、どうしてもレディ・ヘネシーに頼みたい理由があるの。あなたは知らないかもしれないけど、エイミーはあなたのいとこのセシリーと寄宿学校で一緒だったの。セシリーもこの春、レディ・ヘネシーのもとから社交界デビューする予定だわ。ともに行動できれば、年の近い友達がそばにいることになるし、わたしより話も合うと思うの」

ソーンは考えこむように両手の指を合わせた。

「エイミーが社交界になじんでくれれば、ぼくも安心できる。あの子のことは昔から気にかけているし、ナサニエルに対しての務めも果たしたい。もちろん、ぼくもエイミーを財産目当ての男から守りたいという点については同感だ」

「それならレディ・ヘネシーにお願いしてもらえる？」

「その前にエイミーと話をしよう。どういう状況なのか自分で確かめてみたい」

「ええ、ぜひそうして」ダイアナは力なくほほえんだ。「ただ、もしかするとエイミーはちょっと……反抗的な態度を取るかもしれない。わたしが恋路を邪魔したと言ってとても怒っているから」

「さもありなんだな」ソーンが皮肉を含んだ口調で言った。「だが、きみが彼女をここへ連れてきたのは正解だ」

そのときエイミーが中庭に姿を見せ、うれしそうな声をあげた。「ソーン！」

ソーンが立ちあがると、エイミーは笑い声をあげて駆け寄り、彼の首筋に抱きついて頬にキスをした。ソーンはその手をそっと離し、エイミーの両肩を持って腕を伸ばした。

「やあ、おちびちゃん」愛情のこもった声で言う。

エイミーは青い目をきらきらさせてソーンを見あげた。

「おちびちゃんはやめて。わたしはもう立派な一人前の女性よ」

「たしかにそうだな。きれいになった」

「そうよ」

エイミーはヴェルヴェットの乗馬服を見せびらかすようにくるりとまわった。そしてソーンが腰をおろすのも待たずに、さっさと椅子に座った。

「会えてうれしいわ。それに、この美しい島に来ることができて感激しているの。あなたから島や伝説についていろいろと聞いていたから、一度は訪れたいと思っていたのよ」

ダイアナはひそかに顔をしかめた。わたしに脅されていやいや定期船に乗ったくせに。そう思いながらも、エイミーが機嫌よく受け答えをしているのを見てほっとした。ふたりは互いにからかえる気楽な仲らしい。エイミーにとって、亡くなった兄の代わりになるような年上の男性がそばにいるのはいいことだろう。

「ダイアナから聞いた？　ねえ、レディ・ヘネシーに頼んでくれる？」

「ああ、話は聞いた。考えてみよう」

「ソーン、お願い」エイミーは身を乗りだし、ソーンの腕に手を置いて特上のほほえみを浮かべた。

ソーンはとくに心を動かされなかったらしい。

「どうぞ好きなだけお目々をぱちぱちさせてくれてかまわないが、きみよりずっと百戦錬磨の女性たちでもぼくを手玉に取ることはできなかった。ぼくは、考えてみようと言ったんだ」

「じゃあ、急いで考えて。この一年はロンドンに行けなかったし、お友達にも会えなくて本当につまらなかったの。それに、近ごろのダイアナときたら恐ろしく厳しいのよ。社交界にデビューするなら、レディ・ヘネシーやセシリーと一緒のほうがずっと楽しいわ。レディ・ヘネシーなら、ダイアナみたいにいつもわたしのそばにつきまとったり、一挙一動に目を光らせたりしないはずだもの」

「そう思っているとしたら、それは伯母を知らなさすぎだな」

エイミーは唇をとがらせかけたが、そこでなにかを思いついたらしかった。

「わたしのためだけにお願いしているわけじゃないの。ダイアナのためでもあるのよ。ダイアナはわたしをレディ・ヘネシーに預けてしまっても寂しくなんかない。それどころか本当はさっさとわたしを追い払って、絵に専念したいと思っているんだから」

「エイミー！　わたしがそんなことを考えているわけがないでしょう」

エイミーは純情可憐《かれん》な瞳をダイアナへ向けた。

「だってダイアナが学校へ入ってしまったら、わたしのための時間なんてなくなるでしょう?」

「学校だって?」ソーンが興味深げに訊いた。

ダイアナが答えた。「英国美術院に入学させてもらえるかもしれないの」

「あの王立芸術院と並ぶ芸術学校かい?」

「ええ」

「もし入学を許可されたら、とても名誉だわ」エイミーが口を挟んだ。「英国美術院が女性を受け入れたことは一度もないの。でもダイアナは過去にスキャンダルを起こしているから、それが妨げになるかもしれないと心配しているのよ」

ソーンが眉をつりあげたのを見て、ダイアナは赤面した。じろじろと見られているのを感じ、落ち着きなくカップに紅茶を注ぐ。エイミーは重大な秘密を打ち明けるように、低い声でソーンにささやいた。

「ダイアナはね、なんというか節操のない女性だと世間から思われているの。スキャンダルのせいよ。その件があるから、自分でわたしを社交界にデビューさせようとはしないし、執念のかたまりになっている。昔、財産目当ての男性に捨てられたことがあるんですって。だから、世の中の男性はみんなそういうものだと思っているの」

「エイミー」ダイアナはいとこを制した。「彼はうんざりしているわ」

ソーンはわずらわしそうにエイミーを見た。

「そのとおりだ。今の話を聞いて、きみには子供のときにげんこつのひとつも落としておくべきだったと悟ったよ」

その口調がおかしかったのか、エイミーは声をあげて笑った。

「ソーンがわたしを叩《たた》いたりするわけがないじゃない」

「あることないこと言いふらすのはやめて、ちゃんと謝らないと、今からでもその気になりかねないぞ」

エイミーはしょげ返り、おとなしく従ったほうが身のためだろうかと考える顔つきになった。やがて、いかにもしぶしぶといったようすで謝罪の言葉を口にした。

「ごめんなさい、ダイアナ。そんなにひどいことを言っているつもりはなかったの」

「もういいわ」エイミーがこんなにあっさり折れるとは驚きだった。

「散歩でもしてきたらどうだ？　そのあいだに伯母に頼む件について話を進めておくから」

「わかったわ……あの、馬を借りてもいい？」

「ああ、かまわないよ。馬丁頭に言って出してもらうといい。馬車の手綱は握らせたくないけれど、馬ならいいだろう。この前、馬車の御し方を手ほどきしたときは溝に落としてくれたが、馬ではそういうこともないだろうからな」

「まあ、ソーン、あれはわたしだけが悪いわけじゃないわ。あなたの気難しい馬が荷馬車に驚いて飛びのいたのがいけないのよ。それにわたしだって、今ならもっと上手に――」

「ぼくの高価な馬でそれを試したいとは思わないね。乗馬で我慢するんだ。つい最近、アラブ種の牝馬《ひんば》を何頭か買ったばかりだ。きみにはちょうどいいだろう。馬も運動が必要だし」

「アラブ種ですって？　すごいわ！」エイミーは満面に笑みを浮かべて椅子から飛びあがり、ソーンの頬にキスをした。ソーンが手をひらひらさせて追いやると、エイミーは鼻歌まじりにスキップをしながら立ち去った。

そんないとこの楽しそうなようすを、ダイアナはほほえましい思いで見ていた。そしてソーンもエイミーを見送っているのに気づき、胸のうちを言葉にした。

「ナサニエルが亡くなってからというもの、エイミーのあんなにうきうきした姿は初めて見たわ。思うに任せぬ恋を忘れさせるためには、やっぱりここへ連れてくるのが正解だったのかもしれないわね」

ソーンは不愉快そうに唇をすぼめた。「きみの悩みはよくわかるよ。あのくらい美人で財産もあれば、格好の餌食《えじき》になる。だが、性格にかわいげがなくなったな」

「いらだちをためこんでいるだけでしょう」

ソーンはちらりとダイアナの表情をうかがった。

「さっきエイミーが言っていたのはどういうことなのか話してもらえないか。きみは過去につらい出来事があったとは聞いているが、ぼくは詳しい話はなにも知らないんだ」

ダイアナはちらりと笑みを浮かべてみせた。ソーンに説明しなくてはならない義理はどこにもない。しかし、彼にはわかってほしい気がした。

「一部は本当よ」努めて明るい口調で話しはじめた。「わたしは男性に捨てられたの。わたしがまだ財産を相続できないことがわかってしまったから。彼はわたしの資産がもっと多いと勘違いしたうえに、おじを甘く見ていたの」

「だからこそエイミーには自分と同じ轍《てつ》を踏ませたくない、財産目当ての男と恋に落ちるようなまねはさせたくないと思っているわけだな」それは質問ではなかった。ソーンは返事を求めてはいない。「スキャンダルがあったのはもう何年も前の話なんだろう？」

「ええ。あれはロンドンの社交界に出ていたときのことよ。わたしは一八歳で、今のエイミーよりもまだ一歳若かった」

ダイアナは握りしめた自分の手を見おろし、当時のことを考えた。あのときの出来事を思いだすと、今も失恋の痛手がよみがえってくる。エイミーが昔の自分と似たような恋をしているせいで、また心の傷が口を開き、胸の痛みが戻ってくるのかもしれない。

「わたしはある男性と恋に落ちた。彼もわたしと同じ画家だったわ。本当はそれほど悪い縁談でもなかったはずなの。爵位を持っている人だったから。でも彼は懐が寒くて。おじのバジルは結婚を許してくれなかった。だから彼に誘われるまま、駆け落ちに同意したの」

ダイアナはくすりと笑った。

「恥ずかしい話だけれど、わたしが愚かだったのよ。彼は画家の魂と、詩人の言葉を備えた男性だった。わたしはそれに惹かれて、現実が見えていなかった」ソーンの視線を避け、そばに咲いているブーゲンビリアの花に目をやると、声を落として話を続けた。「きっとすばらしい将来が待っていると信じていたわ。彼とわたしで絵を描いて、名声も富も手に入ると思っていたの。彼にそうしてほしいと言われれば、わたしは屋根裏部屋にだって喜んで住んだわ。でも、彼の計画はもう少し狡猾《こうかつ》なものだった。結婚してしまえば、おじが根負けするだろうと考えていたの」

「スコットランドへ逃げたんだね？」

「そのつもりだったわ。だけど雇った馬車がロンドンを出た翌日に故障して、おじに追いつかれてしまった。おじはきっぱり宣言した。わたしが二一歳になるまで財産は使わせないぞと。それを聞くなり彼は泣きだして、借金で困っているからお金を貸してほしいと懇願しはじめたの」自嘲《じちょう》の念がこみあげ、口元がゆがむ。「そのあとはあなたの想像どおりよ。わたしは傷物として扱われるようになった」

ダイアナは覚悟を決めて視線をあげた。ソーンがさげすみや哀れみの表情をたたえていたとしても、屈しないつもりだった。けれども、ソーンの顔に浮かんでいたのは好奇心だった。同情も少し含まれているかもしれない。

「これでわかったでしょう」ダイアナは力なく言った。「わたしが自分でエイミーを社交界にデビューさせられないわけが」

ソーンはうなずいた。「だが、本当は去年デビューさせるつもりだったのなら、ナサニエルはなにか方法を考えていたはずだ」

「きちんとした未亡人の方をシャペロンとして雇うつもりだったの。ダービーシャーで屋敷の近くに住んでいた女性だった。でも、その方は昨年、他界されたの」

一瞬置いて、ソーンはまたうなずいた。「芸術学校の件は？」

話題が変わり、ダイアナはほっとした。

「英国美術院の校長から、今度ロンドンへ行ったときに面接しようと招待されているの」

「王立芸術院ならぼくは毎年美術展を見に行くし、父はパトロンに名前を連ねているが、新しいほうの学校についてはよく知らないんだ」

「王立芸術院の厳格で保守的な傾向に反発して、数年前に創設されたの。どちらの学校も女性を受け入れたことはないわ」

「それなのに入学が検討されているということは、きみはよほど優秀なんだね。得意なのは風景画かい？　それとも肖像画かな？」

「どちらも描くわ。最近は油絵ばかりだけれど」

「女性が油絵を描くのは珍しいな」

ダイアナはほほえんだ。「そうね。女の子はだいたい水彩画を少しかじる程度ですものね。わたしは子供のころから絵を描くのが大好きだったの。ありがたいことに、それに気づいたおじが絵の先生をつけてくれて、油絵の基礎を学ばせてもらえたの。ここ二、三年は、ランスフォード・ホールの近くで隠居生活を送っている年配の画家の先生についているわ」

「きみは絵で名声と富を手に入れたいと思っているのかい？　金のために絵を描くようには見えないが」

「別に収入は必要ないの。わたしひとりが暮らしていけるくらいのお金はあるから。でも、作品は売りたいと思っているわ。腕試しになるからよ。幸い地元では評判がよかったけれど、ロンドンは市場がまったく違うから。だけど英国美術院で学べば、多くの人に支持してもらえるかもしれない」

「そうすれば、自分の将来は自分で決められるようになる」ソーンは考えこみながら言った。

ダイアナは思わず目を見開いた。わたしの野心の裏にある本当の動機を察するなんて驚きだ。

二一歳でおじを亡くしたとき、自分の将来は自分で決めると心に誓った。画家として人生を送る夢を追いかけることにしたのだ。よき指導者とめぐりあい、技量を磨くこともできた。やがて自分より腕が勝ってきた弟子に、師匠はロンドンへ行けと勧めた。

それはすばらしい将来に思えた。芸術界で画家として名を馳《は》せれば、これまでは知らなかった自由を味わえるだろう。駆け落ちが失敗に終わって以来、初めて心躍る目標を見つけた。新しい人生は自分のためだけに築きたい。もう社交界に翻弄《ほんろう》されるのはごめんだ。

けれども、エイミーより夢のほうが大事なのかとソーンに思われるのも避けたかった。

「言っておきますけど……」ダイアナはようやく口を開いた。「もちろん、仕事よりエイミーのほうが大切よ。彼女をさっさと追い払おうなんて、これっぽっちも考えていないわ。ただ、わたしは表に出ないほうがエイミーのためになると思うの」

ソーンは称賛にも似た表情を浮かべ、まじまじとダイアナを見つめた。

「きみはたぐいまれな人だな」静かな声で言う。

ダイアナは思わず顔を赤らめた。からかわれているのではなく、褒められているのだとわかったからだ。「お茶はいかが？」

返事も待たずに紅茶をカップに注ぎ、砂糖とミルクを入れた。

赤く染まった頬がかわいらしいと思いながら、ソーンはダイアナの気もそぞろなしぐさを見ていた。たぐいまれな人だと言った言葉に嘘はない。絵にかける情熱といい、いとこを守ろうとする姿勢といい、彼女はこれまでに出会った女性たちとはまったく違うなにかを持っている。

ダイアナには強く惹かれるものを感じる。ひとつには、彼女がぼくと同じく社交界の異端児だからだろう。それを否定しようとも、言い訳しようともしないところも好ましい。その潔さにかえって好感を持った。

つらい過去や、そのあとの苦労を思うと、本能的に守ってあげたいという気持ちがこみあげてくる。彼女とぼくが経験してきたことは、言わば同じコインの表と裏だ。ダイアナは財産を相続していなかったばかりに男性に捨てられ、ぼくは爵位と資産を持っているために女性たちから追いまわされている。

もちろん、美貌《びぼう》が彼女の最大の魅力であることは認めよう。つややかで豊かな髪は漆黒とまではいかない焦げ茶色をしている。ピンを抜き、髪をおろして愛しあったあと、それがどんなふうに乱れるのかをぜひ見てみたい。その色っぽい唇に目が行くと、体を重ねたいと思わずにはいられない。

入り江ではキスより多くのことを求めたい衝動に駆られた。ダイアナも同じ気持ちだったに違いない。ぼくは女性経験が豊富だから、彼女がぼくの唇や体に反応していたのを見誤るはずがない。

今、こうしていても、ダイアナはぼくを強く意識している。それはぼくのほうも同じだ。それなのに、手を出してはならない女性だというのは残念きわまりない。ベッドではさぞすばらしいパートナーになってくれるだろうに。だが、ひねりの利いた冗談のやり取りを楽しむくらいはかまわないはずだ。ダイアナは頭の回転が速く、話がおもしろい。これほどの美女を相手に粋《いき》な会話を楽しめるのかと思うとわくわくする。彼女ならぼくと対等に渡りあえるだろう。

ところが敵もさる者で、唐突に話題を変えてきた。

「ナサニエルの手紙はじっくり読んだ？」ダイアナが紅茶のカップを手渡してきた。

不意を突かれ、ソーンは飲みたくもない紅茶を口にするはめになった。

「ああ、読んだよ」

「あなたなら、いくつかの謎《なぞ》めいた言葉の意味もわかるんでしょうね」

「謎めいた言葉？」

「あの手紙を読んで、ナサニエルの死に疑問を感じないかしら？　金銭のためではなく、なにか別の理由があって殺されたに違いないという気がするの」

ソーンはまさかという表情に見えるよう、ゆっくりと片方の眉をつりあげた。

「ミス・シェリダン、もしかしてきみもエイミーと同じく、〈ミネルヴァ・プレス〉社の本を読みあさっているのかい？」

ダイアナが冷ややかな表情になった。

「お言葉だけど、わたしは絵画以外では空想の世界におぼれたりしない。それに、愚か者でもないわ。ナサニエルはすばらしい人だった。兄のように慕っていた男性なの。だからどうかもう一度、事件を調査してほしいの。あなたが動かないなら、わたしが自分で調べるまでよ」

鋭い口調で言い返され、ソーンは方針を転換することにした。なんと頭が切れる女性なのだろうと思うと、また称賛の気持ちがわき起こってくる。それに腹も据わっているようだ。おそらく作り話ではごまかせないだろう。

だがもちろん、彼女の懸念は軽くいなすつもりだ。〈剣の騎士団〉の存在を教えるわけにはいかないため、なにをどう話すかはおのずと慎重にならざるをえない。

ソーンは悲しげにほほえんでみせた。「ぼくもナサニエルを兄弟のように思っていたよ。きみを侮辱するつもりはなかった。ただ、彼の秘密を守ろうとしただけなんだ。知っている人は少ないんだが、じつはナサニエルはときどき外務省の仕事をしていてね」

ダイアナはソーンの顔をしげしげと見た。

「だったらなおのこと、単なる強盗目的ではなかった可能性があるわけね」

「そうとも言える。どうかわかってほしい。これ以上はなにも話せないんだ。だが、事件は必ず調べ直すと約束しよう。もし任務絡みの陰謀で殺されたのなら、犯人には鉄槌《てっつい》を下す」

ダイアナは思案顔で長いあいだソーンを見つめていた。「それで納得するしかなさそうね」

「申し訳ないが、そういうことだ」ソーンは話題を変えた。「今の件について、エイミーには話していないと思っていいのかい？」

「もちろんよ。手紙も読ませていないわ」ダイアナは眉をひそめたまま言った。「あなたに話してからと思ったものだから」

「気遣いに感謝するよ。じゃあ、ぼくはちょっと失礼して……」ソーンは腰をあげ、ダイアナに軽く会釈をした。「早速調べてみよう」

不安そうな視線が追いかけてくるのを感じながら、ソーンはその場をあとにした。

3

オルウェン城の門をくぐりながら、ソーンはダイアナ・シェリダンのことを頭から追い払おうと努めた。今はナサニエルを殺した犯人と、〈剣の騎士団〉のメンバーの名前をフランスに売り渡そうとしている売国奴を突き止めるのが先決だ。

城ではガウェイン卿が待っているはずだった。驚くべき内容の手紙を読んだあと、すぐに面会を求める手紙を届けさせたからだ。

ナサニエルが外務省の仕事をしているとダイアナに言ったのは、必ずしも嘘ではない。〈剣の騎士団〉の一員であることや極秘任務に携わっていることを隠したいとき、同志はみな外務省を盾に使う。

おおやけには、ガウェイン・オルウェン卿は外務省の少数精鋭部隊を率いていることになっている。それが少数ではなく実際はかなり大規模な組織であることや、イングランドやヨーロッパの社交界に多くの同志が入りこんでいることはあまり知られていない。まして組織のなりたちにまつわる驚異の物語を知っている者はごくわずかだ。

〈剣の騎士団〉は一〇〇〇年以上も前にイングランドから島に流れ着いた、ひと握りの伝説的な戦士たちによって結成された。現在はその子孫が組織を受け継ぎ、おもにヨーロッパで活動している。キュレネ島に拠点を置いているのは、警戒すべき頻度で危機的状況が発生している大陸の各地に距離が近いからだ。

組織はガウェイン卿を指導者と仰ぎ、さまざまな人脈と充分な財源を有し、言わば現代の傭兵《ようへい》部隊として機能している。ただし志は高く、弱き者や不遇をかこつ人を守り、専制政治と闘うことによって人々に貢献するのが大義だ。

この三〇年間ほどはおもに、フランス革命と、それに引き続くナポレオンの世界征服が生みだした難しい局面に対応している。外務省が携わるにはあまりに困難で危険の多い仕事を引き受けているのだ。

そういった命懸けの任務を重ねることによって、組織にはおのずと冒険好きが集まり、同志たちの絆《きずな》は深まった。仲間のためなら、そして大義を守るためなら、死をもいとわない者たちの集団になったのだ。

ソーンも組織のためなら、いつでも命を差しだす覚悟はできている。結社が掲げる気高い理想に誇りを抱いているからだ。〈剣の騎士団〉に入会することによって、ソーン自身も救われた。昔は放蕩《ほうとう》と破滅の道を突き進むわがままで自堕落な男だったが、今ではこの危険と興奮を求める気持ちが任務によって満たされ、人生のまっとうな目的ができた。

そんな組織をつぶそうともくろむ者には怒りを覚えるし、ナサニエルがその標的になったのかと思うとはらわたが煮えくり返る。

もしナサニエルが売国奴によって殺害されたのなら、なにに代えても仇《かたき》は討つ。そのためには作戦を練らなければならない。

ソーンが厩舎《きゅうしゃ》に入ると、アレックス・ライダーがいた。

ライダーは背が高くてたくましく、髪も目も黒い。同志のなかでもとりわけ危険な男だ。以前は本物の傭兵として活躍し、武器と火薬を扱わせたら右に出る者がいないまでに腕を磨いた。ソーンとは違い、キュレネ島育ちだ。

「ナサニエルが陰謀の疑惑を記した手紙をおまえに遺したんだろう?」馬をおりようとするソーンにライダーが訊いた。

「そうだ。死の直前に書かれたようだから、もう一年も前の手紙だ。妹に託されたものだが、結局、いとこのダイアナ・シェリダンが届けてくれた」

「ふたりは今日、島に着いたのか?」

「ああ。こっちもびっくりだ」

ライダーがにやりとした。「きみはいつも女性に追いかけられているな。磁石みたいなやつだ。スカートをはいた者なら誰でも引きつける」

ソーンは渋い顔をした。

「しばしの休息を得られるなら、そんな幸せは喜んで献上するよ」

彼は馬を馬丁に預け、ライダーとともに外壁で囲まれた敷地を抜けて、大広間へと続く巨大な木製の玄関扉へ向かった。

オルウェン城は何百年も前からガウェイン卿の一族が所有してきた城砦《じょうさい》だ。低地のため、もっとも攻撃を受けやすい島の南端に築かれており、堅牢《けんろう》な城壁に囲まれ、屋上には大砲が並んでいる。

城の内部はそれほどものものしい雰囲気ではない。高級なタペストリーや絨毯、つやのある家具などが石の冷たさを和らげている。ただし、甲冑《かっちゅう》や剣、鎚矛《つちほこ》や盾といった骨董品《こっとうひん》がいたるところに置かれていた。その多くは、一〇〇〇年以上も前に島へ流れ着いた騎士たちが所有していたものだ。

ソーンとライダーは足早に大広間を抜け、石造りの廊下を通り、準男爵であるガウェイン卿が書斎として使っている広くて居心地のいい部屋へ入った。年配の男性が机に向かっている。

ガウェイン卿はふたりを見ると立ちあがった。細身で長身の彼は威厳があり、すべてを見通すような鋭い水色の目をしている。しわの刻まれた顔には、二〇年にわたって〈剣の騎士団〉を率いてきた責任の重さがのしかかっているような厳しい表情が浮かんでいた。歩くときは少しばかり片脚を引きずる。それが遠い昔の任務で怪我《けが》をしたせいだということをソーンは知っていた。

「待っていたよ」ガウェイン卿が机の後ろにある呼び鈴の紐《ひも》を引いた。「今、ジョンを呼ぶ」

ふたりはゆったりとした椅子に腰をおろして待った。すぐに、木製の義足をつけた若者が入ってきた。ジョン・イェイツは元騎兵隊中尉で、半島戦争で片脚をなくし、今はガウェイン卿の秘書を務めている。

二年前、イェイツは傷口が化膿《かのう》して瀕死《ひんし》の状態に陥ったが、今は明るい金髪をくしゃくしゃにしながらも健康そうな顔色をしている。今日は茶色い目に真剣さをたたえながらソーンとライダーに挨拶をし、自分も椅子に座った。

ソーンは手短に経緯を説明した。ダイアナ・シェリダンがエイミーの所有していた品々のなかから手紙を見つけたこと、〈剣の騎士団〉のメンバーの名前をフランスに売ろうとしている者がいるとナサニエルが気づいたこと、それが娼館を経営するマダム・ヴィーナスではないかと疑っていたことなどだ。

故人の名誉のため、ナサニエルがマダム・ヴィーナスにだまされ、極秘情報をもらしてしまったことは黙っていた。

説明が終わると、アレックス・ライダーが口を開いた。

「不運だったな。どうやらナサニエルは、〈剣の騎士団〉を叩きつぶそうとする陰謀の犠牲になったらしい。もしそうなら、向こうは本気でかかってきたということだ」

ソーンはうなずいた。激戦のあげくに敗れたフランスにしてみれば、ナポレオンの世界征服を邪魔した秘密結社を壊滅に追いこみたいと考えるのは当然だろう。

イェイツが顔をしかめて考えこんだ。「誰かが組織のメンバーについて探ろうとしたのは、これが初めてではありませんよ。去年の九月にも同じようなことがありましたからね。あなたは島にいないときでしたけれど」

ソーンは昨年の秋の事件を思いだした。島に滞在していたピーターとダニエレのニューハム兄妹が〈剣の騎士団〉のメンバーの名前を探ろうとしてつかまったころ、自分は任務で島を離れていた。

「ニューハムはイングランド人の男に雇われたと白状したんだったな？」

「そうです。名前はトーマス・フォレスターです」

「たしか、同志をやって調べさせたが、途中で足取りが途絶えたとか？」

「調査は行きづまりました。トーマス・フォレスターという男は実際に存在していたんです。ロンドンに住んでいました。でも、火災で焼け死んだあとだったんですよ」

「ふむ、おもしろい」ガウェイン卿が重々しい口ぶりで言った。「一見まったく関係のないふたつの事件につながりが見えてきたな」

「もしかするとマダム・ヴィーナスが、その死んだ男とつながりがあったのかもしれませんね」ライダーが言った。

「その可能性はありそうだ」ガウェイン卿が答える。

「調べてみます」ソーンは申しでた。

「ナサニエルはどうかかわっていたんだ？　マダム・ヴィーナスと寝ていたのか？」ライダーが訊いた。

「そうだとしても驚かないな」ソーンはあいまいに答えた。「殺される前、ナサニエルは足しげく〈マダム・ヴィーナスの館〉に通っていた。彼女とフランス側のかかわりを調べていたことも手紙に書かれている。寝物語に秘密のひとつも訊きだそうとしたのかもしれない」

　イェイツはまだ顔をしかめていた。「これからどうするんです？」

「なるべく近いうちにロンドンへ戻る」ソーンは言った。「ナサニエルが殺害される前の数日間になにをしていたか洗い直してみるよ。それとは別に、〈マダム・ヴィーナスの館〉に誰かを潜入させたい。マッキーはどうだ？　なんといっても元役者だ。男前だし、芝居がうまい。ひとつ色男を演じてもらおうじゃないか」

　ライダーが眉をつりあげる。「ボー・マックリンをマダム・ヴィーナスに雇わせて、裕福な女性客の相手をさせるということか？」

「そうだ」

「まあ、なんとも拷問のような任務だな」ライダーが愉快そうに言った。

「期待はできる。〈マダム・ヴィーナスの館〉に入りこんで聞き耳を立てていれば、われわれが外部からでは探りだせない秘密が聞こえてくるかもしれない」

「そうだな」ガウェイン卿がしぶしぶ同意した。

「では、マッキーを潜入させてもよろしいですか？」

「いいだろう。ソーン、きみはマダム・ヴィーナスとトーマス・フォレスターの関係を調べてほしい。それからフォレスターについての調査を再開させよう。〈剣の騎士団〉のメンバーを知りたがった理由を突き止めたい」

　ソーンは任務の目的をさらにその先に置いていた。もうこれ以上、同志から犠牲者を出さないようにすることだ。だが、それは言わずもがなだろう。

ガウェイン卿が沈痛な面持ちでソーンを見つめた。

「くれぐれも気をつけてほしい。敵に近づきすぎたせいでナサニエルが殺されたのだとすれば、探りを入れることによってきみまでも標的にされかねない。いらぬ危険は冒さないことだ」

「わかっています。無理はしません」

ジョン・イェイツが言った。「ぼくも調査に加わらせてください」

イェイツにはナサニエルの事件解明にひと役買いたい個人的な理由があることを、ソーンは知っていた。しかし、ガウェイン卿はすんなりとは承諾しなかった。

「わたしとしては、秘書がいなくなるとたいそう不便だ。きみはここにいてくれたほうが助かる」

「ぼくはダニエレ・ニューハムにあざむかれました。だから自分の手で決着をつけたいんです」

ガウェイン卿のつらそうな表情がしだいにあきらめの色に変わった。

「わかった。きみなしで頑張ってみるとしよう」彼はソーンへ顔を向けた。「いつごろイングランドへ発つつもりだ？」

「一週間後の予定です。マッキーが潜入する段取りをととのえるのに時間が必要ですから。マッキーが雇われるのと同時期にロンドンへ戻るのは避けたいのです。マダム・ヴィーナスに疑われかねませんからね。それに、個人的に片づけておきたい用事もありますし」

ソーンは、ライダーがからかうような笑みを浮かべたのを視界の隅でとらえた。

「きみは父上の策略から逃げてここへ来たんだろう？　そんなにすぐロンドンへ戻ってまずくないのか？」

「そのことなら、父を煙《けむ》に巻くいい方法を思いついた」

「具体的には？」

ソーンは目を細めた。

「まだ言えない。その手が使えるかどうかわかるまで、一日、二日くれ」

まずは提案をのんでくれるかどうか、ダイアナ・シェリダンに打診してみる必要がある。それほど身勝手な計画ではないはずだ。ダイアナのためにもなるのだから。われながら驚いたことに、どういうわけかぼくは彼女の力になりたいという気持ちになっている。心変わりの早い求婚者に捨てられた話を聞き、女性に対するいつもの警戒心が薄れているのかもしれない。本能的にダイアナを守りたいと感じているのだ。もっとも、それは驚くことではないのかもしれない。なんといってもぼくは、困っている人々を守ると誓いを立てた身なのだから。

彼女が反論してくるだろうと思うと期待に胸がわくわくした。この頼み事を引き受けてもらうには、かなり熱心に説得しなければならないだろう。

だが、かえって闘志がわくというものだ。

そういえば、最近は退屈な日々が続いていた。

「わたしに、なになれですって？」ダイアナは声をあげ、正気を疑うような目でソーンを見た。

ソーンは思わず笑みをこぼした。どうやら彼女は、この申し出に相当なショックを受けたらしい。ソーンは自宅に戻るなりダイアナを応接間に呼びだし、まずはそれぞれにシェリー酒を注いだあと、いきなり求婚したのだ。

「どうかぼくの婚約者になってほしい」ソーンは大まじめな顔で同じ言葉を繰り返した。

ダイアナは眉をひそめ、唖然として長椅子に座りこんだ。

「きっとわたしが聞き間違えたのね。だって、ほんの数時間前、あなたは結婚する気なんてないと言ったばかりですもの」

「今もその気持ちに変わりはない。つまり、形だけの婚約者になってほしいんだ」

ダイアナは聡明《そうめい》そうな黒い目でソーンを見据えた。

「わたしの評判がよくないことを知って、射止めた女性の数をひとり増やそうと思っているのなら、どうか今すぐ考えを改めて」

許されるなら射止めてみたいものだと、ソーンは心のなかでひとりごちた。ダイアナはすでにディナー時にふさわしい服に着替えていた。ローズ色のシルクのドレスで、体の線をきれいに引きたたせ、よく似合っている。それをはぎ取るように脱がせて、彼女の魅力を堪能できたらどんなにいいだろう……。

そんな願望を抑えこみ、ソーンは首を振った。「そういうつもりはまったくないよ、ミス・シェリダン。それどころか、ぼくはきみの情けにすがろうとしているんだ。きみが婚約者になってくれたら、ぼくはとても助かる。死んだほうがましだと思うような運命から救われるんだ」

「どういう意味？」

「父が薦める女性と結婚することだよ」

「ちゃんと説明してくれないと、なんの話かさっぱりわからないわ」

ソーンはダイアナの表情がよく見えるよう、真向かいの椅子に腰をおろした。「ぼくは近いうちにロンドンへ戻る。約束したとおり、ナサニエルの事件を調べるためだ。だが、心おきなく調査に専念するためには、まず浮き世のしがらみを断ちきっておきたい」

「しがらみ？」

「さっき、ぼくの裸体を見た娘が傷物にしたのだから結婚しろと迫ってきたことがあると話しただろう？　それは、ぼくに求婚させるための企《たくら》みだったんだ。母親はいまだにうるさく娘をもらえと言っている。おまけにぼくの父は先方の味方なんだ」

ダイアナがなるほどとばかりに冷ややかに笑った。

「だから突如として姿を消したのね？」

「そうだ。このままロンドンへ戻れば、難しい状況に追いこまれるのは間違いない。だが婚約者を連れて帰ったら、例の母と娘も手を出せなくなる。小うるさい父もあきらめようというものだ」

ダイアナは目に愉快そうな表情をたたえてかぶりを振った。あきれているのか、冗談じゃないと思っているのかはわからない。

「大胆で無鉄砲な人だとは聞いていたけれど、まさかここまで常軌を逸しているとは思わなかった。まともに考えれば、とてもそんな申し出は受けられないわ」

ソーンは気だるげなほほえみを浮かべた。

「ぼくの求婚を断るなんて、そっちこそ正気の沙汰《さた》じゃないと言われるぞ。ぼくの知っている未婚の女性たちなら、一も二もなく飛びつく話だ。やっぱり思ったとおりだな。きみはたぐいまれな人だよ、ミス・シェリダン」

「あなたみたいに女性にだらしない人と結託するのをよしとせず、ひとり身を通すだけの良識を持ちあわせているから？」

「ああ、ぼくは傷ついた」

「あなたが？　まさか」ダイアナはぴしゃりと言い返した。「つまりは婚約者のふりをしてくれというのね」

「そうだ。もちろん、しばらくのあいだだけだ。エイミーが社交界になじんだら、きみのほうから婚約を解消すればいい。縁談を破棄するのは女性からというのが礼儀にかなっているからね。理由は性格の不一致で充分だろう」

「それなら嘘にはならないわね。あなたとわたしの性格が合うわけがないもの。どんなに想像力をめぐらせても、わたしがあなたの求婚を受けるなんて考えられない」

即座に拒絶したい気持ちは理解しながらも、ソーンは片手をあげてダイアナの言葉を制した。「断る前に、せめて話だけでも聞いてくれ」

ダイアナはいぶかしそうに腕組みをした。

「いいわ。聞きましょう」

「これはきみにとっても、それにエイミーにとっても悪い話じゃないんだ。まず、きみたちはぼくの一族に庇護《ひご》される。それに、きみは駆け落ちの件で傷物として扱われるようになったと言ったが、ぼくと婚約すればまた社交界に受け入れられるはずだ」

痛いところを突かれたらしくダイアナは顔を赤くしたが、それでも冷静な目でソーンを見返した。

「この六年間、世間からどう見られようが、わたしは満足のいく人生を送ってきたわ。今さら庇護だなんて」

「しかしこうすれば、きみは社交シーズンのあいだエイミーを近くで見守ることができる。自分は表に出ないほうがエイミーのためになるだろうと言ったが、ぼくと婚約しておまけに伯母が後ろ盾になれば、きみは社交界に復帰できる。そうしたらエイミーのそばにいて、彼女が今の恋を忘れるよう働きかけることもできるだろう。あんな態度を取っているが、エイミーはきみからずいぶんいい影響を受けているみたいだからね」

　ダイアナは思案しているようすだった。

「それに、婚約することできみも守られる。エイミーを社交界にデビューさせるためにぼくたちが一緒に行動するようになれば、またきみは余計な噂を立てられるかもしれない。だが婚約していればゴシップにはならないだろうし、最悪の事態は避けられる」

「それはそうかもしれないわね」ダイアナは考えこんだ。

「それにきみへの義務感もある。ぼくはエイミーの後見人だ。エイミーのいとこであるきみに対しても、いくらかの責任を感じているんだよ」

　ダイアナは余計なお世話だという顔をした。

「わたしへの責任なんかほんのこれっぽっちも感じてくれなくて結構よ。わたしはあなたの庇護なんて求めていない。自分の面倒は自分で見られるわ」

「たしかにそうだろうな」ソーンはなだめるように続けた。「だけど、エイミーにとってもいい話であることは否定できないだろう？」

　唇を引き結んで黙りこんでいるダイアナに対して、ソーンはもうひと押しした。

「ぼくなら英国美術院への入学に関して口利きができる。美術院のパトロンを何人か知っているから、そのつてを利用すればいい。婚約が破棄されるころには、きっときみは画壇において確固たる地位を築いているだろう」

　さぞ喜ぶことだろうと思いきや、意外にもダイアナは困った顔をした。愉快そうな表情はすっかり消え、しかめっ面になっている。

「もし申し出を受けたら、わたしが財産目当てに見えるかもしれない。きっとあなたを罠《わな》にかけたと世間は思うでしょう。正直に言って、わたしのほうがあなたに色目を使ったのだろうと陰口を叩かれるのは、このうえなく癪《しゃく》に障るわ」

「だが、ぼくたちふたりは真実を知っている。そうだろう？」

ソーンは相手をからかうつもりで軽口を返したが、ダイアナは真顔で彼を見ていた。

「不安に思う気持ちはよくわかる。考える時間も必要だろう」ソーンは自分のズボンにちらりと目をやった。まだ外出から帰ってきたときのままの服装だ。「ディナー用の服に着替えてくる。返事はそのときに」

ソーンが椅子から立ちあがって部屋を出ていくのを黙って見送ったあと、ダイアナは驚きも冷めやらぬまま長椅子に座りこんだ。クリストファー・ソーンがわたしに求婚した。ただし本当に結婚するのではなく、婚約者のふりをしてほしいという。

口をつけていないシェリー酒のグラスを残したまま、ダイアナは長椅子から立ちあがり、優雅な応接間をそわそわと横切ると、テラス式庭園に続くフレンチドアを開けた。美しい庭園から地中海が望める。海は夕日を受けて真っ赤に染まり、きらきらと金色に輝いていた。だがダイアナは景色の美しさに気づきもせず、庭園に足を踏みだした。

もちろん、不安に決まっている。とてもではないが自信がない。

ダイアナは振り返り、先ほどまでソーンがいたあたりに目をやった。よくもあんなお気楽な態度が取れるものだ。こんなとんでもない申し出をしておきながら、自分はさっさと部屋をあとにして、わたしひとりを悩ませている。

彼にとっては婚約のひとつやふたつはなんということもないのだろう。特権階級に生まれ、好き勝手な生き方を押し通すのに慣れている。社交界でも大胆不敵な遊び人で通っているため、なにをしても許されてしまうのだ。

だけど、わたしにとって婚約は重大な出来事だ。

これまで耳にしたさまざまな噂話から、ソーンという男性は、女性とは口説く対象であり、人生は浮かれ騒ぐものだと思っている、憎めない放蕩者なのだろうと想像していた。どうやら実際はもう少しまともらしいが、入り江での行為を考えれば、やはり危険な男性であることは間違いない。

彼は罪作りなほど美しく、心臓が止まりそうになるほど官能的な魅力にあふれている。そしてわたしは美しくて官能的な男性に弱い。それはわたしがまだ若かった一八歳のころ、求婚者を相手にいやというほど思い知らされている。

当時を思いだして、ダイアナは顔をしかめた。気がつくと庭園のなかを行ったり来たりしながら、周囲が目に入らないほど自分の考えに没頭していた。おばが亡くなり、家庭教師とシャペロンを兼ねた女性が雇われたが、彼女は必要以上にわたしを厳しく監督しなかった。そのため、わたしは一生を棒に振るような過ちを犯した。

結婚を誓った相手に裏切られ、わたしはひどく傷ついた。愛しているという言葉が嘘だったことに気づき、画家として華々しい世界に生きるという夢が無惨にも破れたからだ。

それ以来、求婚に応じようと思ったことは一度もない。

それに、男性に心を許すような愚かなまねは二度とするまいと誓っている。心の傷があまりに深かったため、求婚してくる男性がすべて財産目当てではないかと疑うようになってしまった。もう二度と利用されるつもりはないし、だまされるのも、恥をかかされるのもごめんだ。そんな危険を冒すくらいなら、独身でいるほうがずっといい。

たとえ過去があろうとも、それなりの財産はあるため、その気になれば結婚相手は探せるだろう。だが世間体を取り繕うためだけに、愛のない結婚に縛られたいとは思わない。

ただ、人一倍強い母性本能がありながら、子供を持てないのは残念だ。

だからこそエイミーに対して過保護になってしまうのかもしれない。わたしはエイミーに責任がある。法的には違うが、実質的にはどう考えてもそうだ。いとこを心から大切に思っているし、彼女のためならどんなことでもするつもりでいる。

それにランスフォード家には恩もある。エイミーにとって近しい親族はもうわたししかいない。ランスフォード家の人々は孤児になったわたしを引き取って育ててくれたのだ。今、人生の転機にあるエイミーを見捨てるようなまねだけは絶対にできない。

エイミーが社交界にデビューするとき、そばにいて助言や忠告をしてあげられたらどんなにいいだろう。ソーンが指摘したとおり、たしかに申し出を受ければわたしにとっても、そしてエイミーにとっても利点が多い。

ソーンと婚約すれば、それだけで世間からまっとうな扱いを受けられる。昨年はナサニエルの庇護がなくなったため、過去に醜聞を引き起こした女性なら手を出してもいいと思われたのか、複数の男性から無礼な誘いがあった。

本当は処女であろうが、情事に関してはなにも知らないも同然であろうが、そんなのは関係ない。世間は今でもわたしを傷物と見なしているのだ。

社会的信用を得ることは、画家として仕事をしていくうえでも重要になってくる。ああ、どれほど英国美術院で学びたいと願っているか。ただしソーンのつてを利用するのではなく、実力で入学を認められたい。

努力はたっぷりと積み重ねてきたのだから、それに足る技量は充分にあると思っている。駆け落ち騒動で地元の貴族たちに白い目で見られるようになって以来、社交界から遠ざかってひっそりと暮らし、持て余した力をすべて絵に注ぎこんできた。自分の感性を感情豊かで美しい作品に昇華する訓練を積んだのだ。

そんな生活をもう何年続けてきただろう。昔はそれなりに満足していた。だがナサニエルが亡くなってから、少しずつ物足りなさを覚えるようになった。もっと多くをなし遂げたい、もっと世間に認められたいと望むようになったのだ。そして数カ月前から、画家として名を馳せたいというはかない夢をまた胸に抱きはじめている。

画家として成功すれば自由が手に入る。それがいちばんの魅力だ。後ろ暗い噂のある独身女性には人生の選択肢などないに等しい。しかも、女流画家は作品を披露する場を見つけるのさえ難しいのが現実だ。

そういった不公平感をソーンが察していたのには驚いた。もちろん、わたしの不満の根深さを彼が本当に理解しているとは思えないけれど。女性であるがゆえに社会のしきたりに縛られて一生を送らざるをえず、画家としての才能さえ埋もれさせるしかない悔しさが男性にわかるわけがない。

ロンドンへ行けば、差別はさらにひどくなるだろう。単身で乗りこんでも、上流社会ならではの陰湿な嫌がらせを受けるはめになるのは目に見えている。だけど、ソーンの婚約者としてなら……。

たしかに彼の家名に庇護されれば、心ない陰口をささやかれたり、耐えがたい思いを強いられたりはしないはずだ。

ソーンの申し出をまじめに考えてみたほうがいいのかもしれない。

高ぶる鼓動を静めようとダイアナは胃のあたりを押さえた。本当は彼のような色事を好む男性とはいっさいかかわりたくない。だがソーンが言ったとおり、エイミーのことで彼とは行動をともにせざるをえなくなる。そうすればまた、あることないことを言われるだろう。けれどもなにより、エイミーが受ける恩恵はあまりに大きい……。

いつのまにかソーンが庭にいることに気づき、ダイアナははっとした。

気がつかないうちに夕暮れが迫り、応接間のフレンチドアから明かりがもれている。ランプに火が入ったのだろう。

薄明かりのなか、ソーンが男らしいながらも優雅な足取りでこちらへ向かってきた。ダイアナは入り江で見た裸体をまざまざと思いだした。たくましくてしなやかな体の感触や、胸に触れられたときの感覚がよみがえる。

はしたない想像はやめなさい、と彼女は自分を叱りつけた。

体にぴったりした深緑色の上着と真っ白なクラヴァットが、ソーンの濃い金髪と彫りの深い顔立ちを引きたてている。

ダイアナは顔がほてり、不覚にも息をのんだ。

そばにいるだけで体が反応してしまうのは危険信号だ。ソーンが目の前で立ち止まったときには、その場を逃げださないようにするのが精いっぱいだった。

「廊下でエイミーに会った。今、乗馬から戻ったそうだ。着替えてくると言っていた」ソーンがダイアナの全身に視線を走らせた。「さっきは言いそびれてしまったけれど、うっとりするほどきれいだよ」

ソーンがやけに親しげな態度を取ってくるのに慣れはじめていたため、その褒め言葉にはなんとか心を動かされずにすんだが、称賛のまなざしは無視できなかった。ドレスのシルク地を通して、熱い視線が肌を焦がす。

「心は決まったかい？」

ダイアナは深く息を吸いこんだ。わたしは大きな過ちを犯そうとしているのかしら？

「ええ。よく考えてみたわ」

「それで？」

「申し出を受けるわ。あなたの婚約者になる。でも、一時的によ。エイミーが社交界になじむまでなら」

「もちろんそれで充分だ」ソーンはかすかにほほえみを浮かべ、礼儀正しくお辞儀をした。

「とても光栄だ」

「そんな儀礼は不要よ、閣下《マイ・ロード》」ダイアナは眉根を寄せた。

「婚約者らしく見せるには、その呼び方はおかしいだろう。ソーンかクリストファーと呼んでくれ」

「それならソーンと呼ぶわ。でもほんの短いあいだなんだから、無理に親しく振る舞う必要はないでしょう」

ソーンはにっこりした。「親しくなることは大切だと思うよ」

「そうかしら。どうせお芝居なのに」

「いや、社交界を納得させるにはそれらしく見せなくてはならない。ぼくの結婚嫌いは有名だからな。独身を捨てる気になったからにはよほど熱烈な恋に落ちたのだと、世間に思わせる必要がある。ぼくがきみにぞっこんだと見えるような間柄になることが大事だよ」

ダイアナは思わず渋面になった。ソーンの恋人を演じなくてはならないのかと思うと気が滅入《めい》る。今でさえ彼に惹かれる気持ちを抑えるのが難しいのに、このうえ恋人同士のように振る舞ったらどうなるだろう。けれど、ソーンの主張にも一理ある。

「たしかにあなたの言うとおりだわ」

「では早速、最初の一手を打っておこう。明日、船が出るから、ロンドンの新聞各社に婚約発表の通知を送ろう。父にも知らせなくてはならないな。それに伯母にも手紙を書こう。エイミーの件を打診しておきたいし、ぼくが婚約したことも伝えたい。突然だから、さぞ驚くだろう」

「わたしたちはいつロンドンへ行くの？　すぐにでも発つのなら、荷物を解かないようエイミーに言っておかないと」

「一週間もあれば、必要な根まわしはできる。来週の水曜か木曜あたりでどうだろう？」

「それでは向こうに着くのが社交シーズンの直前になってしまうわ」

「ぼくの船はきみたちが乗ってきた定期船よりずっと速い。普通なら三週間以上かかる航路だが、大きな嵐《あらし》にさえ遭わなければ二週間で着くよ。それに、出発するまでにしておかなければならないこともある。これからの一週間で、きみとエイミーの衣装をそろえよう」

ダイアナは眉をひそめた。「わたしは新しいドレスの一、二枚もあれば充分よ。わたしがデビューするわけじゃないもの」

「それは違う。ぼくの婚約者なんだから、ぜひ流行の先端を行く装いをしてほしい。ましてきみはエイミーにつき添うんだからなおさらだ。フランスで貴族向けにドレスをデザインしていた仕立屋が島に来ている。彼に頼むとしよう」

「まあ、女性向けの仕立屋のことまでちゃんと知っているのね」ダイアナは皮肉をこめて言った。だがソーンはむっとするどころか、いたずらっぽい目をした。

「女性が喜ぶことはなんでも把握しているんだ。ぼくの知っているレディはみな着飾るのが大好きでね。その点では、キュレネ島もロンドンと変わりはない。世間がうるさいのも同じだ。島には四〇世帯ほどのイングランド人家族を中心とした独自の小さな社交界があるんだ。ロンドンの上流社会に負けず劣らず厳しいぞ。そうだ、それで思いだした……きみたちが島に滞在するあいだ、セニョーラ・パディーリャという名の女性に来てもらうよう頼んでおいた」

「ありがとう」ダイアナは心から礼を言った。

「それと明日、エイミーに友人をひとり紹介しようと思っている。名前はジョン・イェイツ。ぼくたちに同行して一緒にイングランドへ行くことになっている男だ。出発までエイミーをもてなしてやってくれと頼むつもりだよ」

「ほかの男性に目を向けさせる気なの？」

「そのとおり。そのレジナルドとかいうやつにはライバルがいたほうがいいからね」ソーンの目にちらりと愉快そうな色が浮かんだ。

「そういう魂胆だということは、エイミーには隠しておくんでしょう？　ずるい人ね」

「抜け目がないと言ってほしいね。こっちはエイミーがあどけない子供のころから恋の駆け引きをしてきているんだ。恋愛に関しては万事心得ている。それにいくら道理を説いて聞かせたところで、彼女は耳を貸さない気がするんだ」

「ええ、たしかにそうね」

「エイミーにはすべてを話してしまわないほうがいい。ぼくたちの婚約は、きみが英国美術院に入学を認められやすくするための一時的な策だということにしておこう。彼女の兄の死に疑惑があることは黙っておきたい」

「ええ、わたしもそうするほうが賢明だと思うわ」ダイアナは言葉を切り、探るようにソーンの顔を見た。「ナサニエルが殺された件についてはどうするつもりなの？」

「今、真相に迫る方法を考えているところだ。任せてくれ」

「なんとしても犯人を見つけて、罰を受けさせてほしいの」

「その気持ちはぼくも同じだよ」

「わたしも犯人捜しに協力できたらいいのに。どんなことでも喜んでするわ」

ソーンは首を振った。ダイアナをかかわらせる気はいっさいなかった。〈剣の騎士団〉のことを教えるわけにはいかないし、調査の過程で彼女を危ない目に遭わせたくないからだ。たとえそれが善意の協力であり、ダイアナが勇敢だとしても、介入によって自分の気が散るような状況は避けたい。「きみのいとこに対する気持ちには心を打たれるが、ぼくひとりで大丈夫だ」

ダイアナは鋭い視線を向けた。

「もしかして、あなたも外務省の仕事をしているの？」

ここでごまかしても彼女を納得させられないし、かえって今後もあれこれ質問されるだけだろう。

「そうだよ。それにジョン・イェイツもだ」ソーンは正直に答え、まっすぐにダイアナの目を見た。「わけあって、これ以上は話せないんだ。どうかぼくを信用してほしい」

ダイアナは眉根を寄せて、長いあいだソーンの顔をのぞきこんでいた。

「見た目ほど軽薄な人ではないみたいね」

「そうだと何度も言っただろう？」ソーンは陽気に答えた。

「ええ。でも、信じる気になれなかったの」

「どうすれば信用してもらえるんだい？」彼はささやくように言った。

ソーンはダイアナの手を取って自分の口元へ近づけ、手の甲にゆっくりとキスをした。

ダイアナはやけどをしそうになったかのように、すばやく手を引っこめた。

「わたしを誘惑しようとしても無駄よ」

ソーンは苦笑いを嚙み殺した。ぼくもやけどをしそうだ。それに自分を抑えられなくなっている。こんなに彼女に触れたいのに、紳士らしく振る舞おうとするなら手にキスをするのが関の山だとは。

「きみも同意しただろう？　世間に恋人同士だと信じさせるためには、ぼくはきみにぞっこんだと見せかけないと」

「ふたりだけのときは関係ないわ」ダイアナはきっぱりと拒絶した。

「頼むよ。自然に振る舞えるようにするためには、日ごろから少しずつ練習したほうがいい」

ソーンは一歩近づいた。逃げるかと思いきや、ダイアナは凍りついたようにこちらを見あげている。まるで意志の力が働かないとばかりに。

ソーンもまた身動きができなかった。甘い香りが鼻腔《びこう》をくすぐり、女性らしいぬくもりが伝わってくる。悩ましい唇に見とれていたことに気づき、ソーンは心のなかでののしりの言葉を吐いた。

どうしてこれほど惹かれてしまうのだろう？　それに、なぜダイアナはここまで抵抗するんだ？　ぼくになびかない女性というのも珍しい。

正直なところ自尊心が傷ついているが、そういう自分がわれながらおかしかった。色目を使われるのにうんざりし、自身が獲物にされている気がして、やんわりと遠ざけた女性はいくらでもいるというのに。

それとも彼女は気のないふりを装っているだけだろうか？

ソーンはダイアナの口元へ手を近づけ、親指でゆっくりと下唇をなぞってみた。彼女が小さなため息をもらすのを見て、満足感を覚える。

「知っているかい？　男は無視されるとその気になるんだよ。かえって相手の気を引いてみたくなる」ソーンはささやいた。

ダイアナはかすかに震えながら息を吸い、彼の手が届かない距離までさがった。

「これ以上あなたをうぬぼれさせてはいけないわね」甘い声で言う。「男性の性癖を試したくて無視しているわけじゃないわ。言っておくけど、婚約者ごっこを続けてほしければ、わたしを口説くのはやめたほうが賢明よ」

ソーンはまいったとばかりにほほえんだ。

「しかたがないな。いいだろう、キスはだめだというなら……」彼は腕を差しだした。「食堂までエスコートするのは許してもらえるかな？」

困ったことに、ダイアナにとって芝居をするのは最初から試練の連続だった。ソーンがどっぷりと恋人役にひたりきっていたからだ。しかも、ふたりきりのときまで。

突然の婚約に祝辞を述べに来た訪問者をそろってもてなすのは、覚悟していたよりはるかに精神にこたえた。さらに参ったのは、ソーンがなにかと理由をつけて一日じゅうそばにいることだ。ドレスを新調するために、エイミーと服飾見本図を見ながらデザインや生地を決めているときでさえ、同席して意見を言ってきた。

つねに近くにいられるというのは神経がすり減った。

島に来てから四日目の午後、ソーンがふたりのために島を案内しようと言いだしたときにはほっとした。

こんな日に外へ出て、美しい景色を眺めるのは気持ちが晴れる。ダイアナはそう思いながら、日光が降り注ぎ、アレッポマツやトキワガシに覆われた山の坂道を馬でのぼった。背後にソーンの存在がひしひしと感じられたが、少なくとも今はエイミーとジョン・イェイツも一緒だ。

4

　エイミーは前方にいたが、イェイツに話しかけようとするそぶりはほとんど見られなかった。この元騎兵隊中尉にはエイミーが恋路を邪魔されたと思いこんでいることを内々に話し、気をそらしてくれと頼んであった。だが残念なことに、ふたりは最初から気が合わなかった。

「ミスター・イェイツにエイミーをもてなしてもらうというあなたの計画は、あまりうまくいっていないわね」ダイアナはソーンに話しかけた。そろそろ自分が介入したほうがいいのかもしれない。

「少なくとも気をそらすことには成功していると思わないか？」ソーンが平然と答えた。

「そうね。でも、あのふたりは一緒にいるときは喧嘩《けんか》ばかりしているわ。お互いの馬術の腕は認めているみたいだけど、そのほかに共感しあえるものがなにもないのよ」

「ぼくたちのもくろみのためには、別にそんなものはなくてもかまわない。エイミーがレジナルド以外にやきもきできる相手がいることが大切なんだ」

　それならたしかに思惑どおりだと言えなくもない。そう思い、ダイアナは顔をしかめた。彼女が婚約の話を打ち明けたとき、エイミーは大いに喜んだ。ソーンの伯母が自分の後ろ盾になってくれる可能性が高くなったと考えたからだった。そしてダイアナがロンドンでソーンの庇護を受けられると知って、心から安堵《あんど》してくれた。

　ダイアナはかぶりを振った。今は偽装婚約のことを忘れ、ただ景色を楽しもう。これから古代ローマの浴場跡へ案内してもらう予定になっている。長い歳月を経た現在も、そこは湯がわきでているという。

やがて森を抜け、見晴らしがよくなった。ダイアナは思わず馬を停め、息をのんで見入った。なんという絶景だろう。

右手には切りたった断崖絶壁があり、崖下は岩がごろごろする入り江になっていた。崖のへりに石で造られた壁は半ば崩れ、その向こうにはエメラルド色とサファイア色の海が広がっている。

正面には、今は一部が崩れて瓦礫《がれき》と化しているが、かつては堂々としていたであろう古代の建築物が立っていた。斜面に沿って階段状に長方形の浴槽が六つあり、石の隙間《すきま》や岩の裂け目にはランやシダ、ハンニチバナ、シクラメン、スイカズラなど、さまざまな植物が自生している。

「まあ」ダイアナは畏怖《いふ》の念を覚えた。

景色に見とれるダイアナのそばで、ソーンも馬を停めた。「すばらしいだろう?」

ダイアナは黙ってうなずいた。すばらしいなどという言葉ではとても言い尽くせない。今、立っている位置から見ると、島全体が広大な地中海に浮かぶ輝く宝石のように見える。不思議な魅力を秘めた孤島だ。

胸がいっぱいになり、涙がこみあげそうになった。ふいに高揚感がわき起こった。邪念のない純粋な自由を感じる。

「たしかあなたは、アポロンがこの島に呪文をかけたと言っていたわね。それを信じてしまいそうな気分だわ」

ソーンの声からもまた畏敬の念が感じられた。「キュレネ島には神秘的な美しさがある」けれども、ダイアナは気づいていた。ソーンは景色ではなく、わたしを見ている。気まずさを覚え、彼女はあらぬ方向へ顔を向けた。

「なかへ入ってみるかい？」ソーンが訊いた。

「ええ、ぜひ」

ふたりは遺跡のそばまで行き、馬を停めた。アーチ形になった門の手前だ。

エイミーはすでに浴場の幅の広い石段をあがっている。すぐ後ろをジョン・イェイツが義足とは思えないほどの軽やかさでついていった。だが、ふと立ち止まり、不快そうな表情になった。エイミーが腰をかがめて淡いピンク色のランを手折り、カールした金髪に挿したからだ。

「神々が宿る古代遺跡であろうが、きみなら冒瀆《ぼうとく》しかねないと考えておくべきだったよ、ミス・ランスフォード」

「くだらない。野暮なことは言わないで。こんなにたくさんの花が咲いているのよ。ランの花の一本くらいもらっても、神様が気にするはずがないわ」

ソーンはふたりのいさかいには目もくれずに馬をおりた。そしてダイアナに断る隙も与えず、馬からおりるのに手を貸した。

腰を支えるソーンの手の感触を敏感に感じ取り、ダイアナは顔がほてった。最近はこういうことが多い。視線が合って、どきりとする。

息が詰まり、鼓動が速くなった。あまりに距離が近すぎる。ダイアナは慌ててその場を離れた。たしかに神秘的な美しさをたたえた楽園かもしれないが、キュレネ島には危険も存在する。クリストファー・ソーンだ。

彼女はエイミーのあとに続いて石段をあがった。そして三〇分ほどかけて、遺跡や波に削られた海蝕崖《かいしょくがい》を見てまわった。ところがどういうわけか、気がつくとソーンのことばかり考えていた。あの金髪、男らしくも美しい顔立ち、官能的な口元、筋肉質の体……。まるでギリシア神話の美少年アドニスを具現化したようだ。純粋に景色を楽しむことができず、もしここにキャンバスと絵の具があったらソーンをどういうふうに描こうかと、そればかりを考えている。

ようやく家路につくことになり、ダイアナは名残を惜しみながらも安堵の思いで遺跡を離れた。だが森のなかの山道を馬でおりていくあいだも、心のなかでソーンの絵を描き続けた。

野生の花が咲き乱れる草原に出たとき、ふと誰かが話しかけているのに気づいた。

「屋敷へ戻ったらすぐにきみをぼくの寝室に連れこんで鍵《かぎ》をかけ、激しく愛しあいたい」

ダイアナは仰天してそちらへ顔を向けた。「なんですって?」

「ああ、やっとこっちを向いてくれた」ソーンがおもしろそうに笑っている。「ぼくはそんなあからさまに無視されるのに慣れていないんだ。三度も話しかけたのに、きみはひと言も聞いていなかった」

それは誤解だわ、とダイアナは思った。わたしがこの人を無視できるわけがない。

「遺跡のことを考えていたの。もし絵に描くとしたらどんな構図にしようかしらと」

「ぼくの裸を見ていたときみたいに？」

挑発するような視線を向けられ、ダイアナは目をそらした。「そのことはもう忘れて」

「無理だね」ソーンがきっぱりと答える。

それは彼女も同じだった。どう返事をしようかと迷っていたとき、ほっとしたことに前方から大きな声が聞こえた。エイミーがイェイツに競走すると宣言したらしい。

「先に草原の向こうへ着いたほうが勝ちよ！」エイミーは馬の腹を蹴《け》り、全速力で走らせた。

イェイツはののしりの言葉を口にしながらも、同じように拍車をかけて馬を駆った。

ダイアナもすぐに手綱を握りしめ、喜んで競走に参加した。馬を走らせていれば、心をかき乱すこの男性のことを今だけでも忘れられる。


ソーンははっとして目を覚ました。脈拍は速く、体がうずいている。真っ暗な自分の寝室にいることに気づいて、夜のしじまに向かってののしりの言葉を吐いた。

またダイアナの夢を見ていた。あまりに鮮明で官能的な夢に、下腹部が痛いほど張りつめている。なにも身につけていない体は汗で濡れ、まだ全身が熱い。

いらだちを覚えてベッドカバーを蹴ってどけると、大股で窓辺へ寄り、窓を開けた。ダイアナが島へ来て以来、彼女がこの屋敷の自分が所有しているベッドに横たわっているという事実が気になり、眠れない夜が続いている。ダイアナのことを思いだすまいと別の棟に寝室を移してからも、それは変わらない。

だが、自分にとってダイアナは禁じられた果実だ。

彼女が処女だとは思えなかった。おそらく以前の恋人と関係があったはずだ。それにあれほど美しく、年も二四歳なのだから、隠してはいたかもしれないが、過去に恋人のひとりやふたりいたとしてもおかしくはない。けれども、それをいいことに、自分の屋敷に滞在している女性に手を出すのは卑怯《ひきょう》な行為だ。婚約者である以上、ダイアナに対して責任もある。

そうは思うものの、どれほど理性を働かせて高潔を重んじようとしても、ダイアナがみずからその悩ましい体を差しだしてくれる情景をつい空想してしまう。

彼女がそばにいると、妄想はさらにつのった。今日の午後、遺跡へ行ったときには、思わず手を伸ばしてしまいそうになるのをこらえるのに必死だった。ほかに連れがいて幸いだった。もしふたりきりだったら、なんとしても一緒に温泉に入る口実を見つけていただろう。

ほてった体をそよ風で冷やし、せつない夢を追い払おうと、ソーンは長いあいだ窓辺にたたずんでいた。キュレネ島の春風はまだ肌にひんやりと心地よく、心を癒《い》やしてくれる。だが、今夜はもう眠れないだろう。

ようやく体のうずきがおさまったので、窓辺を離れて手早くガウンに腕を通し、書斎でブランデーを一杯やろうと寝室をあとにした。

ダイアナは唇を嚙みながら、一心不乱に鉛筆をスケッチブックに走らせていた。絵の構想が次々とあふれだして眠れなかったのだ。何時間もベッドで寝返りを打っていたが、ついに構図を紙に描き留めておこうと起きあがった。

しんと静まり返っているなか、階段をおりて図書室へ来た。ソーンの屋敷はどの部屋も居心地がいいが、とりわけ革表紙の本がずらりと並ぶ図書室は創作意欲を促してくれるような落ち着いた雰囲気があり、ランプの配置も充分な明かりを得るのにちょうどよかった。なにかひらめきが欲しければ、フレンチドアを開けるだけでテラス式庭園や地中海の絶景が望める。

この三日間はあまりにめまぐるしく過ぎ去り、絵を描く暇もなかった。また、ひと部屋貸してくれとソーンに頼むのもわずらわしかった。本格的にイーゼルを立てようとすれば広い場所が必要になるし、上等な家具を絵の具で汚す心配もある。それに、どのみちこの屋敷に滞在するのはあと数日だ。そう考えると、イングランドまでの長い航海中に絵筆をとれるよう、今は鉛筆か木炭で頭のなかにある構図を描きためておくだけで充分だった。

それはいいのだが、問題はあるひとりの男性ばかりがモデルとして心に浮かぶことだった。初めて会った日に見た、入り江にいるソーン。

浴場跡で熱い湯に身をひたしている、なにも身につけていない姿のソーン。

海風に髪をなびかせながら岸壁に立ち、輝く紺碧の海を見ているソーン。

今は三番目の構図に取り組み、彼のいちばんの持ち味である生命力を写し取ろうと努めているところだった。ソーンのなかに感じる大胆さや奔放さを表現したかった。

どれほどの時間が経《た》ったのかもわからなくなってきたころ、ふと人の気配に気づいた。はっとして顔をあげると、戸口にソーンが立っていた。

「明かりが見えたから」そう言って、彼は一歩なかに入った。

ブロケード地で仕立てた黒色と深紅色のガウンを身につけ、足元はなにも履いていない。ダイアナのほうも、決してそれよりましな格好というわけではなかった。ネグリジェの上に白いサテン地のガウンをまとってはいるが、髪は肩に垂らしたままだ。膝を折り曲げ、革製のソファに丸まっている。

着るべきものは着ているのでだらしないというほどではないが、ソーンの目を見ていると、真夜中にふたりきりでいることを思い知らされた。

ソーンは彼女のおろしたままの髪に興味を引かれたらしく、長々と眺めている。やがて目が合い、ダイアナの背筋に熱いものが走った。

慌てて椅子から脚をおろして姿勢を正し、ネグリジェの長い裾を直した。

ソーンがこちらへ来るのを見て、全身の神経が警戒態勢に入る。彼はダイアナの目の前に立ち、スケッチブックに視線を落とした。それを閉じておかなかったことを、彼女は後悔した。自分がモデルになっていることに気づいたのか、ソーンが好奇心に目を輝かせた。

許可を求めもせず隣に座り、スケッチブックに手を伸ばしてきた。

「見てもいいかい？」

一瞬、ダイアナの手に力がこもった。自分がこの男性に魅入られている証拠を渡してしまうのが気に入らなかったからだ。だが、隠さなければならないことはなにもしていない。わたしは画家で、芸術家はいつでも魅力的なモデルを探しているものだ。たとえばクリストファー・ソーンのような……。

そうは思っても、手の力を緩めるときは顔が赤くなった。

ソーンはスケッチブックを取りあげてじっくりと絵を見ると、やがて口を開いた。

「驚いたな」本気で感銘を受けているようすだ。

その絵の出来映えは悪くないはずだった。ソーンを生き生きと描けているし、海を眺めている表情だけでなく、全身を描いたその線で気持ちの高ぶりを表現できている。今まさに情熱を燃やして冒険に旅立とうとしている男性の図だ。

「絵を描くとは聞いていたが、きみにこれほどの才能があるとは思ってもみなかった」

ソーンに褒められてうれしくなったが、ダイアナは控えめに答えた。

「ありがたいことに、モデルの特徴をつかんで絵にする能力は持ちあわせているみたいだわ」

ソーンはスケッチブックから視線を離し、ダイアナを見た。

「謙遜《けんそん》しすぎだよ。たしか風景画も描くと言っていたね。それもこの絵のようにうまいのかい？」

「少しましだと思うわ」彼女は率直に答えた。「自分としては、人物画より風景画のほうが満足のいく出来になることが多いのよ。でも、これからは肖像画を描いていこうと思っているの。そちらのほうが一般的に評価が高いから。王立芸術院が絵画の厳然たる格付けをしていて、それが世間でも基準になっているんだけど、風景画は位置づけが低いの」

「そうなのか」ソーンが興味深そうに眉をつりあげた。

「もっとも重要なのは歴史画で、次が人物画、そして風景画、最後は風俗画、つまり日常生活を描いた絵よ」

「だからきみは肖像画家を目指すのかい？」

「ええ」ダイアナは静かに答えた。

「せっかく才能があるのに、女性だというだけでそれを発揮できないのはさぞつらいだろうね」

心に抱えてきた悔しさがこみあげ、ダイアナは顔を曇らせた。

「わたしのいらだちは、男性にはきっと想像もつかないと思うわ。世の中は女性に対する制約があまりに多すぎる。なかなか認めてもらえないどころか、男性と違って絵を見てもらうことさえ難しいんだもの」

気持ちはよくわかるとばかりにソーンがほほえむ。

「少なくともいらだちは理解できるよ。ぼくは生まれたときから世間の制約と闘ってきたからね」

それを聞いて、ダイアナは思わず笑みをこぼした。「たしかにそうみたいね」

ソーンはスケッチブックに視線を戻し、前のページをめくった。そして浴場跡で湯浴《ゆあ》みをしている自分の姿に見入った。腰から下は湯につかっていて見えないが、上半身は裸だ。ソーンがいたずらっぽい目をした。大胆で罪作りな魅力にあふれた表情だ。

「なかなかいい男に描いてくれたね」彼は満足そうな声で言った。

ダイアナは自分でも顔が赤くなるのがわかったが、なんでもないふりを装った。

「当然よ。〝肖像画家として成功したければ、依頼人を喜ばせるべし〟トーマス・ローレンスがそう言ったの。全身像に四〇〇ギニーも要求する肖像画家の大御所よ。わたしもいつか成功したいから、せっせとその手法を学んでいるだけ」

「なるほど」口調はあっさりしていたが、彼の目を見れば信じる気がないのは明らかだ。

ソーンはさらにもう一枚前のページをめくった。入り江で海からあがろうとしている裸体画だ。これは腰から下も余すところなく表現されている。

「ぼくの体の特徴を事細かに描いてくれたみたいだな」

官能的な裸体画を見られたことに恥ずかしさを覚え、ダイアナはスケッチブックを奪い取ってぴしゃりと閉じた。

ソーンはにんまりしながら、真っ赤になったダイアナの顔を見た。「なにも記憶に頼って描くことはない。ぼくの体を写生すればいいんだ。いつでも喜んでモデルになるけれどね」

「それはどうも。だけど、お気遣いは無用よ。絵の腕に負けず劣らず、記憶力はいいほうだから」

「それは残念だ」ソーンは考えこんだ。「海と浴場跡の絵は、ぼくがやけに肉感的に描かれているね。きみの目にぼくはどう映っているんだい？」

「わざわざわたしの口からお世辞を引きださなくても、自分が美しいことはよく承知しているくせに」

ソーンが眉をひそめた。

「褒め言葉じゃなさそうだな。男性が美しいというのはおかしいぞ」

「あなたはそうよ。罪作りなほどに。そしてあなたはそれを自覚している」

「だからぼくをこんなふうに退廃的に描いたのかい？　容姿が罪作りだから？」

ダイアナはなるべく淡々と答えるよう努めた。「それもあるけれど、どちらかというと容姿ではなくて顔つきだと思うわ。ただ端整だというだけでなく、表情が……どこか背徳的で、無謀さと奔放さを感じさせるの」

「背徳的か」ソーンはダイアナの目鼻立ちに視線を走らせた。

唇に触れられ、ダイアナは体をこわばらせた。

「ぼくの目にきみはどう映っているかを知りたいかい？」

気になってたまらないことを悟られたのは癪だったが、返事が口をついて出てしまった。

「ええ」

「きみは強さと弱さが不思議な魅力で混在している美しい女性だ。そして見逃しようがないほど色気がある。瞳は吸いこまれそうになるくらい黒く、表情が豊かだ。その目に男はまいってしまう……」ソーンの声が低くなった。「きみにはどこか謎めいた雰囲気があって、そのせいでどんな秘密が隠されているのか探りたくてたまらなくなる」

かすれたささやき声の優しさにダイアナは息をのみ、じっと見つめられて動けなくなった。ソーンの視線が彼女の口元におりた。「その色っぽい唇こそ罪作りだ。それに肩に垂らしたつややかな髪も……」彼はダイアナの髪に手を伸ばした。「ピンをはずしたらどんなふうになるのだろうとは思っていたが、これほどすてきだとは想像もしなかった」

「ソーン」いつまでも甘い言葉に耳を傾けていてはいけないとわかっていながらも、ダイアナは拒絶できなかった。

「きみは誘惑そのものだよ、ダイアナ」金色のまじったハシバミ色の目が熱を帯びたのを見て、ダイアナは気持ちが高ぶり、そのことに不安を覚えた。「それにぼくの夢にまで取りつこうとしている」

「わたしの夢を見るの？」声がかすれた。顔を見つめられ、脈が乱れる。

「ああ、よく見る。自分ではどうしようもないんだ。きみと一夜をともにしたくてしかたがない。きみの美しい目が情熱的に変わるさまを見てみたいんだ」

ソーンの美しい顔が目の前まで迫っていた。唇が触れそうだ。入り江で交わしたキスの熱さが鮮明によみがえる。ここで口づけをされたら、自分を止められなくなりそうだ。互いに憎からず思っている男女がふたりきりでいるのだから。

静まり返った部屋のなかに、自分の鼓動だけが響いている。だめ、こんなことはいけないわ……。ダイアナは必死に自制心を取り戻してあとずさりをすると、スケッチブックをふたりのあいだに挟みこんできつく胸に抱いた。

「ソーン、やめて……口説かない約束だったでしょう？」

ソーンははっとわれに返ってかぶりを振った。

「そうだった。こんなところにふたりきりでいたら危険だな」その声は低くかすれ、明らかにじれているのがわかった。「ぼくは出ていったほうがよさそうだ」

「いいえ、わたしが出ていくわ」

ダイアナはスケッチブックをつかんで立ちあがると、足早に図書室を出てドアを閉めた。真っ暗な廊下でドアにもたれかかり、詰めていた息を震えながら吐きだす。そのまま長いあいだそうしていた。体の震えと速い脈拍がなかなかおさまらない。心は葛藤《かっとう》していた。

わたしが彼に強く惹かれているのは間違いない。意に反して、これまで出会ったどの男性よりも魅力的だと思っているし、一緒にいて楽しいと感じている。

ソーンの奔放で官能的な魅力は、呼吸をするのと変わらないくらい無造作で自然に見える。本当に天性のものなのだろう。ソーンにとって女性を口説くのは、瞳の色が勝手に変わるのと同様にきっと自分ではどうしようもないことなのだ。

そしてやすやすと女性をその気にさせてしまう。

だけど、わたしは流されたくない。彼とかかわった大勢の女性のひとりになんてなりたくない。このままソーンの手に落ちてしまうような愚かなまねだけは絶対にしないわ。

ダイアナは固く目を閉じ、自信のなさに頭を振った。わたしは誘惑そのものだとソーンは言ったが、その言葉をそっくりそのまま返したい気分だ。

ひとつだけ彼の言葉で正しいことがある。

たしかに、ふたりきりでいるのは危険だ。


深夜に図書室にいるのをソーンに見つかって以来、ダイアナはできるだけ彼とふたりきりにならないよう努めた。それでもかなりの時間をともに過ごすしかなく、いけないと思いつつも避けようがなかった。


ダイアナとエイミーは島に到着した直後と変わらず多忙に過ごしていた。夜は島の社交界で行われる食事会や夜会に出席し、昼はドレスをあつらえるのに忙しかった。

靴、ボンネット、バッグ、扇、ハンカチなどの小物はロンドンで買うことにしたのだが、ドレスについてはフランス人の仕立屋がありとあらゆる用途のものをデザインしてくれた。午前用、午後用、ディナー用、舞踏会用、旅行用、散歩用、乗馬用。それに加えてマント、丈の短い上着、外套などが何着も用意されることになった。

出発の日までに縫いあがるわけがないのだから、そんなにたくさんの衣装はいらないとダイアナが抵抗すると、ソーンは仕立屋も船に乗せるので大丈夫だと答えた。イングランドへ着くまでに二週間もあるため、そのあいだにだいたいは仕上がるというわけだ。

法外な料金を請求してくる仕立屋を一カ月間も拘束するという贅沢がダイアナには信じられなかった。ソーンくらい裕福になると、お金は湯水のように使うものなのだろう。

ソーンにしてみれば、仕立屋の女性を同行させるのは別の理由があった。ダイアナの身の安全のためだ。船に乗る者が多いほど、自分は彼女に手を出しにくくなる。

今はなによりも彼自身からダイアナを守る必要があるとソーンは確信していた。これまでの人生でこれほど誰かに熱をあげたことがあっただろうか。考えてみればおかしな話だ。まだ知りあってほんの数日しか経っていないのだから。

図書室にいるダイアナを見つけたときは、その熱がさらにいっきにあがった。あの夜は、彼女をソファに押し倒して覆いかぶさることしか頭になかった。ダイアナが出ていってくれて幸いだった。あのままでは自分を抑えることなど、とうていできなかっただろう。

ここまで強く惹かれている事実がわれながら信じがたい。これほど体が反応してしまうことも。ダイアナの姿を見るたびにせつないうずきを覚える。今でも毎夜、彼女の官能的な夢を見ては、朝、余韻の残る体で目を覚ます。

ダイアナ・シェリダンはなんとも不思議な女性だ。

つい追いかけたくなる理由のひとつは、ダイアナが逃げていることだ。これまで、こちらが気にかけているのに相手に拒絶された経験はないに等しい。彼女には結婚する気がまったくないというのも、ついほっとして警戒が緩む要因だ。それに島に戻ってきて以来、ぼくは一度も女性と関係を持っていない。禁欲はまったく趣味ではないのに。

ダイアナの魅力はなにもその美しい顔と体だけではなかった。彼女には奥が深くて人を惹きつけるものがあり、それがぼくの興味をそそる。ダイアナを知れば知るほど心が動くのだ。

とりわけ、逆境における芯《しん》の強さには称賛と敬意を覚える。

いや、理由はどうでもいい。事実はただひとつ。これまで出会ったなかで、ダイアナほどぼくを魅了した女性はいないということだ。

島には人を情熱的に変える呪文がかけられていると伝説では言われているが、ぼくの気持ちを魔法の力のせいにするのはさすがにこじつけかもしれない。とはいえ、イングランドへ発つのを一週間も待ったのは大きな間違いだった。〈マダム・ヴィーナスの館〉へ同志を潜入させる手配や、向こうへ着く前に伯母の支持を取りつけるというもくろみからはしかたのないことではあったが、できればもっと早くに出航しておくべきだった。だが、それもあと二、三日だ。それくらいなら、自分の気持ちを抑えておけるだろう。

島を離れて任務に携われるのかと思うとほっとする。これでロンドンに戻り、ナサニエル殺害の真相を追うことができる。


それから二日後、ソーンはまたもや間違いを犯すはめになった。出航を翌日に控えたこの夜は外出の予定がなかった。翌朝が早いため、自宅で食事をとることにしたのだ。

応接間へ行ったが、夕方だというのにダイアナもエイミーもまだ来ていなかった。フレンチドアの外へ目をやると、テラス式庭園の向こうに女性の姿が見えた。

断崖の端に立ち、赤く輝く空を背景にしたイナゴマメの木を見あげている。イーゼルが見えたので、ダイアナだとわかった。

彼女は景色に魅せられたのだろう。たそがれどきは絶景が望めるのだ。断崖は東に面しているが、日によっては水平線の雲がさまざまな色を貼《は》りあわせたうねりになる。

ソーンは無意識のうちに足を踏みだしていた。

ダイアナのいるほうへ近づくと、壮大な景観が視界に入ってきた。海面が夕焼けを映して炎の色に染まり、水平線上に漂う雲が輝く天蓋《てんがい》となっている。

ダイアナは片手にパレット、もう片方の手に絵筆を持ち、自信に満ちた筆さばきで風景を手早くキャンバスに写し取っていた。

これほど没頭していれば、ぼくがいるのには気づかないだろう、とソーンは思った。

ところが、しばらくするとダイアナが口を開き、静かな声で感銘を受けたように言った。

「この一週間、自分の部屋からこの夕焼け空をずっと眺めていたの。今日が最後だと思うと我慢できなくて、ここへ来てしまったわ」

ぼくも我慢できずに、ここへ来てしまった。別に夕焼け空を眺めたかったわけではないが。

ソーンは黙ったまま、キャンバスに向かうダイアナを見ていた。ときおり腰をかがめ、足元にある木箱に手を伸ばしている。そこには絵筆や絵の具やテレピン油の瓶が入っていた。そこから別の絵筆を選ぶとき以外は、眼前に広がる景色と、目の前のキャンバスに視線を集中させている。

ダイアナの手の動きはまるで魔法だった。目の前で、キャンバスの上に景色が形をなしていく。

手前にはイナゴマメの枝と思われるくっきりした線が描かれ、断崖の下には入り江を囲む白い岩の岬が延びていた。その向こうには海が遠い水平線まで続き、燃えるような色の雲に溶けこんでいる。

ソーンが興味を引かれたのは絵が生まれる過程ではなく、絵を描いているその人だった。唇を嚙みながら脇目も振らずにキャンバスに向かっている姿を見ていると、絵に打ちこむ気持ちの強さがひしひしと伝わってくる。その熱い情熱は手で触れられそうだ。細かく筆を動かすさまは……なまめかしくさえ見える。

ダイアナが発する躍動感そのものがつやめいていた。背後から当たる夕日が髪を黒い炎のように輝かせ、空を覆う金色がかった深紅色が美しい顔を彩っている。

こうしてダイアナを見つめていると、ぜひともその情熱を分かちあってみたいと思ってしまう。きっとベッドでも同様になまめかしく、そして激しいに違いない。

どれくらいそうしていただろう。気がつくと太陽はほとんど沈み、あたりは薄暗くなっていた。

ほんの一瞬で空は灰色になり、ピンクの筋を二、三本残すばかりとなった。

「もうちょっと長く続いていてくれたらいいのに」ダイアナがもどかしげに言った。「でも記憶にはしっかりとどめたから、絵は完成させられるわ」

ソーンはぼんやりした頭をはっきりさせようと努めた。ダイアナは絵の話をしているのに、自分は彼女と愛しあうことばかり考えている。くそっ、しっかりしろ。

「夕焼けをとらえるのは難しいのよ」ダイアナが静かな声で残念そうに言う。

ソーンのなかで、ふと、今の言葉と彼女が重なった。この女性をつかまえるのは夕焼けをとらえるのに似ている。うっとりと眺めたくなるような躍動感といい、はかない幻のようなつかみどころのなさといい、ダイアナ自身が夕焼けのようなものだ。それでも可能性はあるはずだと思う。

ソーンがそんなことを考えているとも知らず、ダイアナは心残りを覚えながらため息をこぼした。今日はもう無理だ。これだけ薄暗くなるともう視界が利かない。インクを流したような空に半月が見えはじめている。

腰をかがめ、パレットを置いて筆をしまった。だが、なおも道具を片づけて屋敷に戻る気にはなれず、断崖の向こうに広がる景色をぼんやりと眺めていた。眼下の入り江から静かな波の音が聞こえるし、顔をなでる穏やかな海風が心地よい。

まだ、この場を立ち去りたくなかった。ここにいると大いなる自由を感じられる。こんな感覚は初めてだ。なんて快い夕べだろう。不思議と気分が落ち着き、それでいて心が浮きたつ。

気持ちが高ぶっている理由はわかっている。絵を描くことに没頭してはいたが、そばに来た男性のことは一瞬たりとも忘れていなかったからだ。

ふいにそちらが気になってたまらなくなった。ソーンが近づいてきて、背後に立った。触れられているように感じるほど、彼の存在感がひしひしと伝わってくる。

ダイアナは身をこわばらせた。いけないと思うのに体がほてる。

「もう戻りましょう。エイミーが待っているわ」彼女はかすれた声で言った。

「そうだな」

だが、ソーンは動かなかった。

あたりはすっかり暗くなっていた。海風のごとく優しい静かな宵闇《よいやみ》がそっとふたりを包みこむ。さざ波の立つ海面に銀色の月光が降り注ぎ、どこか遠くからナイチンゲールの美しい鳴き声が聞こえてくる。

夢のようなひとときだわ、とダイアナは思った。だが、これは紛れもない現実だ。心臓が激しく打ち、肌は感覚が研ぎ澄まされ、乳房が敏感になっている。

ソーンの手が触れてきた。うなじの上でまとめた髪をそっとなでている。

ダイアナははっとした。彼はピンをはずそうとしているのだろうか。けれども、そうではなかった。ソーンの指は耳に移り、耳たぶをなぞった。その感触が熱く感じられる。

親指が顎へ滑りおりて、半開きの唇をかすめた。息が止まりそうだ。ダイアナは声を出すことも動くこともできなかった。

肩に両手が置かれた。シルク地のディナー用ドレスは襟ぐりが深く、胸のふくらみがのぞいている。ソーンは両腕をまわしてダイアナを抱き寄せ、てのひらを首筋から胸へおろしていった。ドレスとシュミーズの薄布の上から乳首に触れられ、ダイアナはびくりとした。

「ソーン」

「しゃべらないで」

胸の先を優しく刺激され、ダイアナの体がかっと熱くなった。首筋にそっとキスをされると、下腹部の奥からうずきがこみあげてきた。

魔法にかけられたような悩ましい感覚に抗うことができない。

いいえ、違う。やめてほしくない。もしこの月明かりしかない宵闇のなかで体を求められたら、やめてとは言えないかもしれない。このまま流されてしまいかねない。こんな経験は初めてだ。詩にたたえられるような本当の情熱をわたしは知らない。こうして抱かれていると、想像のなかでしか思い描いたことのない恍惚感を教えてほしいと願ってしまう。

手足から力が抜けていくのがわかった。ゆっくりとした巧みな愛撫に体がとろけ、奥のほうで熱いものが渦巻いている。

「きみはぼくをじらして苦しめる」ソーンが低くかすれた声で言った。

じらしているのはあなたのほうよ、とダイアナは思った。あなたのせいで、わたしは渇きにも似た衝動にのみこまれている。何年ものあいだ漠然と想像はしていたけれど、この瞬間まで、それがこういう感情だとは知らなかった。

いつのまにかソーンがドレスとシュミーズをコルセットの端まで引きさげていて、胸がひんやりとした夜気にさらされた。じれったくなるほど軽く先端をさまよう親指の感触に、衝動がこみあげ、体が震える。

ダイアナは燃えあがっていた。ソーンは彼女をさいなむのに満足感を覚えているとでもいうように、てのひらで乳房を包みこんだり、指先で蕾《つぼみ》を攻めたてたりしている。

ダイアナは胸をそらし、魔法を紡ぎだすソーンの両手に身を任せた。耐えがたいまでのうずきがみぞおちと腿のあいだを襲う。そのとき、腰の下あたりに硬いものを感じた。彼もまた熱くなっている証拠だ。

ダイアナは身を震わせた。

その反応を待っていたのか、ソーンが片手を乳房に置いたまま、もう一方の手を胸から腹部へ、さらにもっと下のほうへと滑りおろし、シルクのドレスの上から腿の合わせ目を探った。

ダイアナは声をもらして、ソーンに体をすり寄せた。

なまめかしい懇願の声にソーンはわれを忘れた。下腹部に触れているダイアナの柔らかい腰の感触にさらに体が反応する。感情のほとばしるままに、彼はダイアナを抱き寄せた。

このまま振り向かせて彼女の胸に顔をうずめ、硬くなった蕾を味わえたらどんなに幸せだろう。できるものなら、この場でその神秘的な体を愛してしまいたい。

月明かりに揺らめくアイボリー色の肌や、自分を受け入れようとしている青白い腿が見えた気がした。暗い声がささやく。〝なにをためらっているんだ？　ダイアナはおまえに奪われたいと、これほどまで熱くなっているんだぞ〟

ダイアナの震えが拷問のようにソーンの体を攻めさいなんだ。こんなに激しく誰かを求めたことがあっただろうか。ダイアナが熱い息をこぼすのを見ながらひとつになりたい。絶頂の声を聞きながら、彼女のなかで果ててしまいたい……。

押し寄せる激情の波と闘いながら、ソーンは鋭く息を吸った。ダイアナには手を出さないと心に決めたにもかかわらず、このままでは誓いを破ってしまいそうだ。

くそっ、いいかげんにしろ。

かぐわしい香りのする髪に額を押し当てて、葛藤に苦しみながら愛《いと》しい体を抱きしめ、ソーンはわが身の弱さをののしった。ダイアナは禁断の果実だと自分に言い聞かせたはずなのに、またこうして心が揺れている。

どうして彼女のそばにいると自分を見失ってしまうのだろう。いくら決意を固めても、もろくも崩れ去る。

自制心を働かせなくては。ここはなんとしても踏みとどまるべきだ。

ソーンは意を決してふたたび息を吸いこみ、体を引き離した。ダイアナは動かなかった。突然の出来事に困惑しているようすが暗闇のなかでもうかがえる。ソーンは歯を食いしばり、そんなダイアナの気持ちと自身の苦悩をあえて無視した。

はっきりわかったことがある。取り返しがつかないことをしでかす前に、この男心を惑わせる女性は早く島からいなくなってくれたほうがいい。

5

翌朝、ダイアナはほっとする思いで船に乗った。キュレネ島は美しく申し分のないところだが、今は早くここを離れて自分を取り戻したい。

断崖でソーンと恥ずべき状況に陥ったあとのディナーは、とにかく目のやり場に困った。テーブル越しに視線が合うたびに、愛撫されたときのことを思いだして体がほてった。ソーンが最後の瞬間には自制心を発揮して、踏みとどまってくれたのがありがたかった。

それでも、彼にも葛藤があるのはわかっていた。こちらを見るごとに目が憂いを帯び、表情が厳しくなる。感情を押し殺そうとしているのだろう。

デザートのチーズと果物を食べ終わったころ、ふたりのあいだの気まずさは突拍子もない形で解消された。ある訪問者がもたらした知らせに、個人的な悩みは吹き飛んでしまったからだ。

ガウェイン・オルウェン卿はやせぎみで背の高い年配の男性で、礼儀正しく、かつ威厳があった。ダイアナは夜会で一度会っており、温かい歓迎を受けて好印象を抱いていた。

ガウェイン卿は邪魔したことを詫《わ》び、大事な話があると言うと、ソーンとふたりで三〇分近くも一室にこもった。帰り際には応接間に立ち寄り、ダイアナとエイミーによい旅をと声をかけて屋敷を立ち去った。

ガウェイン卿が帰ってしまうと、ソーンはサイドボードへ歩いていって、グラスにたっぷりとブランデーを注いだ。

「なにかよくない知らせでも?」ソーンの浮かない顔を見て、ダイアナは尋ねた。

「そうなんだ」ソーンが重い口調で答えた。「ガウェイン卿のもとに、ゆうべ遅くに手紙が届いたらしい。それによると、ナポレオン・ボナパルトがエルバ島を脱出してフランスに戻ったそうだ。パリに向かっているのが確認された。いや、今ごろはもう着いているかもしれないな。また軍隊を召集して、フランスに君臨しようとする恐れがある」

ダイアナは不安で胃が縮みあがった。ナポレオンは文明世界を支配しようと、ヨーロッパとアフリカで長年にわたる戦争を仕掛けた。去年、退位してエルバ島に幽閉されていたのだが、またもや脅威となりつつあるらしい。

「彼がまた皇帝になったらどうなるの?」ダイアナは尋ねた。

「連合軍が阻止するまでだよ」

この不吉な知らせのせいで、キュレネ島での最後の夜は重苦しいものとなった。その気分は翌朝、船に乗るときも続いていた。

エイミーでさえ怪物が解き放たれた怖さを理解しているのか、いつになく暗い顔をしていた。エイミーとダイアナとジョン・イェイツの三人は手すりのそばに立ち、遠ざかる港を見ていた。

イェイツは虫の居所が悪いらしく、むっつりとしていた。ダイアナも気になっていたことを、エイミーがイェイツに訊いた。

「またナポレオンを打ち負かせるかしら？」

「もちろんだ」イェイツが不機嫌そうな口調で答えた。「だが、そうなるまでには多くの血が流される。再度連合軍が結成されて、大勢の善良な男たちが死んでいくことになるんだ」

エイミーは木製の義足にちらりと目をやった。

「あなたも戦場に行かなければならないの？」心配そうに静かな口調で言う。

イェイツが苦々しげに口元をゆがめた。

「喜んで赴きたいところだが、騎兵隊はぼくみたいな用なしは必要としていない」

「自分のことをそんなふうに言ってはだめよ！」

イェイツが驚いた顔で目を見開いた。エイミーは顎をあげた。「あなたを用なしだなんて思う人は最低よ。あなたはお国のために戦って脚をなくしたんだから」

熱い擁護の言葉に、イェイツは面食らっているようすだった。エイミーのような、どちらかというと軽薄そうな女性が、義足を嫌悪するどころか勇気の証だと見なしていることに驚いたみたいだ。

「戦争で怪我をするなんて、とても勇敢で名誉あることだと思うわ」エイミーは息巻いた。

「自分を卑下するなんて許さないわよ」

ダイアナは思わずほほえみそうになるのをこらえた。いとこはときどきいいことを言う。この一週間、エイミーはイェイツについて文句ばかりこぼしていたし、好意のかけらすら感じているふうには見えなかった。エイミーはイェイツを厳しくて口うるさいと感じる一方で、彼のほうはいとこを甘やかされた子供だと思っているらしい。ふたりは最初から喧嘩ばかりしていたが、結局はイェイツが歯を食いしばって耐えるはめになった。ソーンとの約束があるからだろう。

そのとき、船ががくんと揺れた。内海の港湾から外海へ出たのだ。三人は手すりにつかまった。

しばらくするとエイミーが真っ青な顔になり、胃のあたりに手を押し当てた。

「ごめんなさい、船室へ戻るわ。船はどうも苦手なの……」

背を向けて自室へさがる後ろ姿を、イェイツはじっと見つめた。

「彼女が愛国者だったとは知りませんでしたよ」彼はぼそりと言った。

ダイアナはまた笑みがこぼれそうになるのをこらえた。「エイミーにはときどき驚かされるわ。甘やかされてわがまま放題に育ったけれど、根はいい子なのよ。でも、そろそろ大人になるころだと思うの。きっと社交界に出たら変わるわ」

イェイツが考えこむようにうなずいた。いかにも疑わしいと言わんばかりの表情だ。

返事を待つより先に、ダイアナは頭上の動きに気を取られた。船員が追加の帆を張っている。甲板を見渡すと、向こうのほうでソーンが船長と話をしているのが見えた。ソーンがふいにこちらへ顔を向けた。視線が合った瞬間、ダイアナは彼女の乳房を包みこんだ日焼けした大きな手を思いだした。

慌てて顔をそむけ、遠ざかる島に目をやった。キュレネ島を見るのはこれが最後になるだろうが、残念な思いはない。

四人ともすでに気持ちは島を離れて、イングランドにあるようだった。ダイアナは画家として成功を目指し、エイミーは社交界にデビューし、ソーンとイェイツはナサニエルが殺された真相を調べるのだ。

ダイアナはほっとした気分で、最後にもう一度、キュレネ島の美しい海岸線に目をやった。これから二週間、船のなかでソーンと過ごすことになるが、伝説として伝わる呪文の力の影響を受けなければ、なんとか乗りきれるだろう。

航海の最初の一週間は、幸いにもソーンと親密な関係になるような状況にはならなかった。食事は船長や乗客とともに特別室でとった。メイドやフランス人の仕立屋も一緒だ。だがダイアナは、ソーンとふたりきりになる事態だけは心して避けた。

なにか没頭できるものが欲しいと思い、自室にイーゼルを立て、一日の大半は絵を描くことに費やした。その合間に仮縫いのためにドレスを試着し、ときには運動も必要だとエイミーと連れだって甲板を歩いた。

ありがたいことに、エイミーの船酔いはまもなくおさまった。天気がよく、海が穏やかだったせいもあるが、ジョン・イェイツのおかげでもあった。初日につらそうにしていたエイミーを見て気の毒に思ったのか、吐き気を抑える薬を渡してくれたからだ。それに気をよくし、エイミーはとりあえずイェイツに好感を抱いたらしい。

ソーンは船員の手伝いに忙しくしていた。貴族が単純な力仕事をいとわないことにダイアナは驚いた。それについてエイミーが尋ねると、ソーンは体を動かしていたいし、気晴らしが欲しいのだと答えた。

三本もマストがある帆船の高い場所にのぼれば、さぞいい気晴らしになるだろうとダイアナは思った。ただ、ソーンがマストから落ちないかどうかだけが少し気がかりだった。それと、甲板で立ち働くシャツ姿につい目が行ってしまうのが困りものだった。

ところがその翌日、ダイアナはわれながら仰天することに、シャツを着ていないソーンをモデルに絵を描くことになった。

それは航海二週目に入った日だった。船がジブラルタル海峡を過ぎて灰色の大西洋に入ると、とたんに気温がさがったため、ダイアナは狭い自室に火鉢を入れ、暖を取りながらキャンバスに向かっていた。だが、その日の午後はテレピン油や亜麻仁油の強烈なにおいを外へ逃がすのに、ドアを開けていた。

ソーンが戸口に姿を見せた瞬間、それが間違いだったとダイアナは悟った。

「ここにずっと隠れていたんだな？」ソーンは許しも得ずに船室へと足を踏み入れた。まずダイアナが着ている絵の具の飛びはねた上っ張りに目をやり、アトリエと化している船室のなかを見てまわった。

　キュレネ島での最後の夕方に描きはじめた夕焼けの風景画が先ほど仕上がり、絵の具を乾かすために壁に立てかけてあった。ほかにも古代ローマの浴場跡や、港の向こうの斜面に張りつくように広がっていた趣のある小さな町や、ごつごつした斜面と美しい渓谷のある島全体の風景画なども同様に並んでいる。

　とりわけソーンの目を引いたのは、夕焼けを描いた一枚らしかった。見えない力に引きつけられるようにダイアナの前を通り過ぎて足を止め、じっと絵を見おろしている。

出来映えは悪くないはずだ。雲や海を照らす移ろいゆく光を、深紅色と金色で鮮やかに、かつ生き生きと描き取ったつもりだ。ダイアナは息を詰め、ソーンが評価を下すのを待った。

　ソーンは長いあいだ黙りこんでいた。

「ぼくは絵に関しては素人だが、この風景画はすばらしいと思う。昨年の夏、王立芸術院の美術展で見たターナーの作品を思いだすよ。これは、それに負けず劣らずみごとだ」

　ダイアナはうれしくなった。ターナーは霧と海と空を劇的に描写することで知られている画家で、とりわけ海戦を描いた作品が有名だ。若くして王立芸術院の正会員となり、現在では教授として遠近法を教えている。

「ありがとう。最高の褒め言葉だわ」

「これは意図して穏やかな感じを出そうと努めているんだね？」

「ええ。わたしが尊敬する風景画家はジョン・コンスタブルなの。自然を描いた作品には魂を癒やす穏やかさがあるわ。感動的なのよ。わたしも彼の技法を習得したくて」

「この絵も感動的だよ」

ソーンは名残惜しそうに夕焼けの絵から視線を離し、ほかの三枚の風景画に目をやった。長々と眺めたあと、ようやく口を開いた。「みごとなものだ。本当に才能があるんだな」

ダイアナのほうを向いた彼は、本心からの称賛と尊敬のまなざしを浮かべていた。「きみは絵を描くために生まれてきたみたいだ」

ダイアナは自分でも頬が赤くなるのがわかったが、謙遜の言葉は口にしなかった。物心がつくころから絵を描くのが大好きだった。両親が亡くなり、ランスフォード家に引き取られてのちは水彩画に夢中になった。そして油絵と出会い、人生が変わった。絵画に情熱を懸けるようになったのだ。

「肖像画はないんだね」

「最近は一枚も手がけていないの。イングランドを発ってからは、なんとしても描いてみたい景色が多すぎて」

「肖像画家として名をなしたいなら、腕を磨いておく必要があるんじゃないか？」

「本当にそうね。ただ、モデルを見つけるのが難しいのよ。エイミーにはあんまり何度も頼んだものだから、もう引き受けてもらえないの。退屈で頭がどうにかなりそうなんですって」

「この前も言ったけれど、ぼくでよければ喜んでモデルになるよ」

ソーンがまじめに申しでているのがわかり、ダイアナは返事に詰まった。稽古《けいこ》をしたほうがいいのはたしかだし、男性の肖像画ならなおさらだ。使用人をモデルに練習したことはあるが、貴族を描いたことは一度もなかった。ソーンの高貴な雰囲気をとらえるのは、きっとひと筋縄ではいかないだろう。男性の美しい顔を描ききるのも簡単ではないだろうし、とりわけその強烈な男らしさを表現するとなると至難の業だ。

これまで男性の体をじっくり見た経験は一度もない。習わしとして女性は裸体写生を許されず、その点においてダイアナの絵の先生は頑固だった。だが一度も描いたことがなければ、男性の肌の色や筋肉の動きを再現するのは難しい。

ソーンも驚いただろうが、自分でも驚いたことに、気がつくと申し出を受け入れる返事をしていた。

「いいわ。そう言うなら、モデルになってもらえるかしら？」

ソーンは絶対に断られると思っていたらしく、啞然とした顔になった。ダイアナにしてみれば、してやったりという気分だった。彼に対抗するには攻勢に出て、つねに一歩先んじる必要がある。

申し出を受けることにしたのには、もっと根本的な理由もあった。ソーンの完璧《かんぺき》な外見を見るのに慣れて、単なる絵の題材として眺められるようになれば、彼に対して平然と振る舞えるのではないかと思ったのだ。自分を守るためには、ソーンの魅力に慣れるというのもひとつの手だ。

ダイアナは船室のなかを見まわし、ソーンを立たせるのに適した場所を探した。本当はマストや帆を背景に甲板で描きたいところだが、どうせこれはただの練習だ。それに、もし出来がよければ、あとでマストを描き足せばすむ。今は彫りの深い顔立ちを浮かびあがらせるのに充分なだけの光が当たればそれでいい。おそらく舷窓《げんそう》からの太陽光で事足りるだろう。どう影をつけるかはあとで考えよう。

ダイアナの頭のなかでは、すでに構図ができあがっていた。木製のマストにのんびりともたれかかり、金髪を海風になびかせている姿だ。ダイアナは顔をしかめて思案し、舷窓とは反対側の寝台に近い壁を指さした。

「そこに立ってもらえる？」ソーンが言われたとおりにしたのを見て、ダイアナはうなずいた。「壁にもたれかかって、脚を軽く交差させて」

「こんな感じかい？」ソーンは壁に肩をもたせかけ、右脚を左脚の前に置いた。

「ええ、それでいいわ」ダイアナはソーンの服装を眺めまわした。革のズボンにブーツを履いて、目の粗い生地でできた、船員が着るような丈の短い上着をまとい、クラヴァットはつけていない。それはダイアナの望みには合わなかった。ヨット遊びを楽しんでいる貴族の絵にしたいと考えているからだ。「よかったら、上着とシャツを脱いでもらえないかしら？」

ソーンが片方の眉をつりあげたのを見て、ダイアナは赤面した。

「男性の裸体は絵画や古代ギリシアの石膏像でしか学んだことがないの。本物の上半身を描かせてもらえると、とてもありがたいわ」

「上半身だけでいいのかい？　喜んで全部脱ぐけれどね」

　ダイアナはソーンをにらんだ。「そんなことをしたらスキャンダルになるだけよ。醜聞なら過去にたっぷり経験しているから、今回は遠慮しておくわ。ちゃんと常識に従って、絵を描いているあいだは部屋のドアを開けておくつもりよ。本当はメイドをつき添わせたほうがいいんだろうけど」

「その必要はないんじゃないかな？　ぼくたちは婚約した仲なんだ。多少のことは許される」

「そうね。それに、メイドは仕立屋の手伝いでドレスを縫うのに忙しいし。でも、今後はふたりきりにならないように気をつけるわ」

「きみがそうしたいのなら」ソーンは大げさにため息をついた。

　ソーンが服を脱いでいるあいだに、ダイアナは必要なものをそろえた。キャンバスの準備はすでにすんでいた。木枠に亜麻布を張り、織り目の隙間を埋めるための地塗りを行い、きれいに乾かしてある。あとは油絵の具をパレットに出して、筆を何本か選んでおくだけだ。

「これでいいかい？」彼の声に、ダイアナは手を止めた。

　顔をあげ、上半身をむきだしにしたソーンを見て、彼女は息をのんだ。たくましくも優美なすばらしい体つきをしている。筋肉は見た目どおり硬いのかしら？

　さわってみたい衝動に駆られたが、いけないと思い、そっけなくうなずいた。

「それじゃあ、ポーズをお願い」

ソーンはくつろいだようすで壁にもたれかかり、脚を交差させた。

ダイアナは黙りこみ、どのような肖像画にしようかと考えこんだ。白いキャンバスをじっと見つめ、構図から一本一本の線まで具体的に思い描いてみる。

「ぼくが全裸になるのをどうしてそんなにいやがるのか解せないな」ソーンが沈黙を破った。「入り江で一度見ているじゃないか」

ダイアナはソーンへ視線を向けた。彼はいたずらっぽい目をしている。またもやこちらをからかって挑発しているのだと思い、鼓動が速くなった。

ダイアナは肩を怒らせた。このほほえみに負けてしまうのだ。だめよ、その手にはのらないわ。「わたしがあなたの絵を描きたいと思うのは、ひとえに稽古のためよ。それ以外のなにものでもないわ」

「だったらなおさら、腰から上だけじゃ物足りないだろう？」

ダイアナは答えなかった。

「体のほかの部分も気に入ってもらえると思うけどね」

思わず笑いそうになったが、ぐっとこらえた。「まあ、たいしたうぬぼれ屋《エレベーティッド》ね」

ソーンがちらりと自分の股間《こかん》に目をやった。「いや、今は高ぶって《エレベーティッド》いない」

一瞬のち、ダイアナはその言葉の意味に気がついた。

「この恥知らず」思わず刺々しい口調になる。

「たしかにそうだな」

「どうしたら全裸になることを納得してくれる？」

「きみの言うとおりだ」ソーンが悩ましい笑みを浮かべた。

「癪に障る人ね」

よくもそんなことが臆面もなく言えるものだ。

「どうしようと無理よ」ダイアナはぴしゃりと言い返した。「納得なんかするものですか」

「ぼくが本気になったら、説き伏せるのはわけもない」

ダイアナはこれ見よがしに眉をひそめた。「自分の問題点がなにかわかっている？」

「さあ」

「あなたは生まれ落ちたときから甘やかされて育ったのよ。裕福な貴族だから、わがままが許されてきたんだわ」

「そんなことはないと父は反論するだろうな」

その言葉を黙殺し、ダイアナはキャンバスに視線を戻した。ソーンがあおるように訊いた。

「きみの問題点はなにかわかるかい？」

「いいえ。でも、どうせわたしが訊かなくても、教えてくれるつもりなんでしょう？」

「きみはぼくに誘惑されてしまうのではないかと怖がっている」

「少し顔を左へ向けて、窓のほうを見てもらえないかしら？　顔に当たる光の角度を変えたいの」

「それだけかい？　なにか言い返してくれないとつまらないな。せめて、思わせぶりにほほえんでみせるとか」

「がっかりさせて申し訳ないけれど、わたしはそういうことをする性分ではないの。仮にそうだとしても、あなたをこれ以上つけあがらせるようなまねをするつもりはないわ」

ソーンが悲しげにかぶりを振る。「きみは手ごわい女性だ」

「あなたはいけ好かない人よ」ダイアナは最初の線を描きはじめた。「こんな話はあとにしましょう。お願いだから今は静かにして、わたしに集中させてくれないかしら？」

ソーンはおとなしく口を閉じた。ダイアナは絵を描くことに専念した。ひたすらキャンバスに向かい、ときおり顔をあげてソーンの体をじっくり観察しては、考えこむようにふたたび視線を落とす。

一度、狭い船室のなかをソーンに歩み寄り、顎に手を置いて顔の向きを直し、右腕の位置を少し変えた。そしてひと言も発さずキャンバスの前へ戻り、また筆を動かしはじめた。

ソーンは満足と苦痛が入りまじった感情を覚えながら、ダイアナのようすを見つめた。顎に触れられたときには、一瞬で体が反応した。物思いにふけるダイアナの表情がたまらなく色っぽく見えたからだ。絵を描くということがこれほど官能的な行為だとは知らなかった。

気がつくと、心のなかで毒づいていた。モデルになったのは間違いだったかもしれない。これほどの誘惑に駆られるとは思ってもみなかった。身動きできないままじっくり体を見られるというのは、なかなか刺激的だ。

ダイアナは唇を噛み、恍惚とも呼べるような表情を目に宿し、慎重に絵筆を動かしていた。

ベッドで情熱におぼれるさまが容易に想像できる。夢に何度も見たのと同じ姿だ。

　やがて時間が経つにつれ、ポーズを取っているのが苦痛になってきた。長いあいだ同じ格好をしていたために体のあちこちがこわばり、下腹部のうずきも耐えがたくなっている。それでもダイアナの集中を切らしたくないと、もうしばらく我慢していた。

「ちょっと体を伸ばしてもいいかな？」ソーンはとうとう弱音を吐いた。「もう一時間かそこら経っているから」

　ダイアナがはっとして美しい顔をあげた。

「ああ、ごめんなさい。いつもすぐに時間を忘れてしまうの。どうぞ楽にして」

　ソーンは壁から体を離し、肩をすぼめたりまわしたりして凝りをほぐし、腕をさすって血行を促した。

「もう三〇分ほどあれば、大まかな構図ができるわ。寒いかしら？」ダイアナは彼の気分を察しているようだった。

「上半身が少しね」下半身が熱くなっていることは伏せたまま、ソーンは挑発的な視線を投げかけた。「よかったら、きみに温めてほしいな」

　誘いかける言葉にダイアナは目を丸くしたが、次の瞬間には怒りに満ちた笑みを浮かべた。

「冗談でしょう。どうぞ寝台から毛布を取って、肩に巻いてちょうだい。火鉢もあるわよ」

「おもしろくない人だ」

　ソーンは言われたとおり毛布を肩に巻いたが、火鉢ではなくイーゼルのほうへ寄った。

「見せてもらってもいいかな?」

「だめよ!」ダイアナはソーンの前に立ちふさがり、視界をさえぎった。「完成する前に見られるのはいやなの」

「照れくさいのかい?」

「いいえ。モデルに描き方を意見されたくないだけよ」

「わかった。しかたがない、待とう。でも、おとなしくポーズを取っていたんだから、褒美のひとつくらいは欲しいな」

ソーンはダイアナの唇へと反射的に視線を落とした。

目の前の男性が上半身裸であるのに今気づいたとでもいうように、ダイアナはびくりとして、一歩後ろにさがった。

「キスはお断りよ。そんな考えは、その不道徳な頭からさっさと葬って」

ソーンはいかにも心が傷ついたという顔をしてみせた。胸のうちでは、なんとしてもキスを盗もうと思っていたが。「それはいわれなき中傷というものだよ。ぼくはただワインを一杯欲しいと思っただけなのに」

「あら、それならご自由にどうぞ」

床に置かれたさまざまな木枠や、たくさんの巻かれた亜麻布のあいだを通り、デカンターのある机にたどり着いた。ソーンの帆船は乗客のために小さな贅沢がいくつも用意されている。そのひとつであるマデイラ・ワインをグラスにたっぷりと注いだ。

「きみも一杯どうだい？」

「なんですって？」

ダイアナはすでにキャンバスの前に戻っていた。もうソーンのことなど忘れてしまっているらしい。なんとも侮辱的だが、その新鮮な感覚にもすでに慣れてしまった。

ちょうどいいのでひと休みすることに決め、机から椅子を引きだして腰をおろし、ワインを飲みつつダイアナのようすを眺めた。さっきほど一心不乱ではないが、じっと考えこみながら、ときおり絵に筆を足している。

ふたたび船室のなかに沈黙が広がった。船が揺れてきしむ音と、甲板で帆がはためく音のほかは、下腹部の苦痛を鎮めてくれるものはなにもない。気を紛らせようとソーンは質問をした。

「本当に男の体を見たことはなかったのかい？　芸術家というのは、みんな裸のモデルを見て勉強するものだとばかり思っていた」

「たいていはそうよ」ダイアナはうわの空で言った。「でも、それに関しては王立芸術院が厳しい定めを設けているの。それが芸術家たちのあいだでは常識になっているんだけど、裸体のモデルを見ることを許されるのは男性だけなのよ」

「それでは女性の芸術家が不利だろう」

「ええ。だからわたしは、入り江で泳いでいるあなたをたまたま目にするまでは、男性の体を見たことがなかったの」

「駆け落ちの相手は？」

話がどこへ向かおうとしているのか気づいたらしく、一瞬ダイアナは返事をためらった。

「ないわ」

「なんだ、そいつは。気取り屋か？　ナイトシャツのまま、事に及んでいたのかい？」

ダイアナは冷ややかに眉をひそめ、ソーンに目を向けた。

「わたしたちはそういう関係ではなかったの。あなたに話すことでもないけれど」

「一度も？」

「そうよ」

ソーンは眉をつりあげた。「じゃあ、きみはまだ男を知らないのか？」

「ええ……そうよ」

認めたのを恥じているのか、ダイアナがほんのりと頬を染めた。こんな微妙な話をすることにばつの悪さを覚えているのかもしれない。どちらにしても、ソーンは尋ねたことを後悔してはいなかった。

まだ処女なのか。

正直、彼は驚いていた。そしてなぜだかわからないが、ほかの男がまだ誰も彼女に触れていないという事実がうれしかった。

ところがふとあることに気がつき、満足感はしぼんだ。ダイアナは体の悦《よろこ》びをまだ知らないのか？

それどころか、性的であれ、ほかのことであれ、喜びというものをなにも経験していないのかもしれない。スキャンダルを起こしてからは田舎に引きこもって暮らしてきたと言っていた。絵を描く以外は、単調で無味乾燥な生活を送ってきたのだろう。

ソーンは顔をしかめた。ダイアナの置かれている状況がようやくわかりかけてきた。彼女は世間からのけ者にされているというのに、裏切り者の相手の男はきっとのうのうと生きているに違いない。それではあまりに不公平だ。

「きみだけが駆け落ちのつけを払わされているというのもひどい話だな」ソーンは静かに言った。

ダイアナはどういうわけかふいに涙がこみあげそうになり、手にした筆に視線を落とした。同情などまっぴらだが、理解を示してもらえたことに胸を打たれた。そう、世間の風当たりはわたしだけに強い。

それにソーンは、わたしが本当のところなにを悔しく思っているのか言い当てた。わたしはなにを経験したわけでもないのに傷物扱いされている。男性とベッドをともにした経験もないし、体の悦びも知らない。それどころか、どうしたら上手にキスをできるのかさえわからないありさまだ。実際は処女なのに、堕落した女性だと見られるなんてあんまりだ。わたしの犯した大きな過ちとは、間違った相手に恋をしてしまったことだ。わたしはその代償をずっと払い続けている。結婚をする見こみも、子供を持つ希望もない。夫も、恋人も、本当に心を通わせられる相手もできないだろう。

　これまで認めまいとしてきたけれど、わたしはずっとひとりぼっちだった。家族がまだ生きていたころからそうだった。今は肉親といえばいとこひとりしか残っていないが、エイミーはわたしの気持ちを理解したり、精神的な支えとなったりするには若すぎる。

　ダイアナが顔をあげると、ソーンが包みこむような表情でこちらを見ていた。彼女はまた泣きたくなった。彼はわたしの暗い過去を知りながらも、なじったりしない。なによりうれしいのは、わたしの境遇を不公平だと思ってくれていることだ。ナサニエルでさえ、そこまで味方にはなってくれなかった。

　ダイアナはごくりと唾《つば》をのみこみ、目をそらした。

「自分でまいた種だもの」なるべく軽く受け流そうとした。

「そうなのか？」

　ダイアナは無理やりほほえんでみせた。

「わたしは無力な子供じゃないわ。自分のしたことは自分で引き受けるまでよ」

「もちろんきみは無力じゃない。それどころか、ぼくはきみに敬服しているよ。そんなふうに世間に縛られていたら、ぼくなら我慢できない。出る望みもないまま修道院に閉じこめられているようなものだからね」

　ダイアナが黙りこむと、ソーンは静かに続けた。

「ぼくはベッドの相手として決して悪くないよ。きみが知り損ねたものを見せてあげられる」

ダイアナははじかれたようにソーンへと目を向けた。真剣な表情をしているところをみると、彼はまじめに言っているらしい。からかったり口説いたりしているわけではなさそうだ。一瞬、申し出を受けてしまおうかとさえ思った。本音を言えば、ひとり身でいるのはつらかった。厳しいしきたりに翻弄されてばかりいるのは悔しく、ひとりは寂しい。

それに男女の関係も経験してみたかった。ベッドでの幸せを味わってみたい。

きっとソーンなら巧みにしてくれるだろう。キュレネ島での最後の夜、たったあれだけのことですばらしいときを体験させてくれた。

彼はわたしを望んでいる気持ちを隠そうともしない。今もわたしを賛美するような優しい目でこちらを見ている。

この人に身を任せたら、きっとすばらしい経験ができるだろう。ソーンみたいな男性は初めてだ。その自由奔放さがたまらなくいい。彼は心の底から人生を謳歌《おうか》している。わたしのように引きこもっていた者からすれば、憧れずにいられない存在だ。これほど生き生きとしていて、人を惹きつけずにおかない魅力を持った男性はほかにはいない。ソーンのそばにいると自分も生きているのだと感じられ、陶酔感を覚える。彼のきわどいまでの官能的な魅力は、まるで強力な秘薬だ。

ダイアナはきつく目をつぶった。ソーンなら教えてくれるであろう幸福感を、わたしは駆け落ちの相手とのあいだに望んでいた。男女が情熱を分かちあい、ひとつになる瞬間を肌で感じてみたかった。

正直に言うと、今でもそういう体験ができることを願っている。

けれどもやはり、ソーンとひとときの快楽にふけるようなまねはできない。たしかに思いのままに生きようとは誓った。人生の新たな一歩を踏みだし、スキャンダルのあとずっとあきらめていた自由を満喫しようと心に決めた。だけど、体にしみついた道徳観念を捨て去れるほど大胆にはなれない。

わたしには責任もある。エイミーのことも考えなければならない。世間から陰口をささやかれる振る舞いをまたもやしでかして、いとこの社交界デビューを台なしにするわけにはいかないのだ。

それに、もしソーンと親しい関係になってしまったら、自分が苦しむのは目に見えている。心引かれる誘いだし、残念な気持ちはあるが、つかのまの享楽のために危険を冒すことはできない。

ダイアナは後ろ髪を引かれる思いで首を振った。「ありがとう……」声がかすれているのに気づき、言葉を切った。気持ちを立て直そうと、軽くほほえんでみせる。「気持ちはうれしいけれど、純潔は守るわ」

ソーンは少し首をかしげ、まじめな顔でダイアナを見た。

「純潔のまま、きみを悦ばせることもできる」

ダイアナは思わず目を見開いた。「そんなことができるの？」

ソーンは開いたままのドアにちらりと目をやり、誰かが通りかかっても聞こえないように声を落とした。「別にぼくがきみのなかに入る必要はないんだ。あの断崖での夜のことを覚えているかい？　ぼくがきみを感じさせたときのことを」

もちろん忘れられるわけがない。ダイアナは少しためらったのち、返事をした。「ええ」

「あれはほんのさわりだ。もっと先へ進めば、ぼくはきみの秘所を手と口で刺激することもできる」

「口ですって？」

ショックを受けたらしい声を聞いて、ソーンはほほえんだ。

「女性の秘めたところには小さな蕾が隠されている。いちばん敏感な部分だ。そこを刺激されると、女性は強く感じる。口で愛撫されれば、至福のひとときを味わえるんだ」

その場面を思い浮かべ、ダイアナは体が熱くなった。

「知らなかった」ソーンの下腹部に目が行った。明らかに張りつめている。ダイアナは自分の頬が赤くなるのがわかったが、興味のほうが先に立った。「性愛を描写した絵画を見て、男性の体の変化が不思議でしかたがなかったの。入り江でのあなたも……そうなっていたわ」

ソーンが穏やかにほほえむ。「女性の多くは大きいほうがいいと感じているようだ」

「どうして？」

「そのほうが奥まで入り、より深い快感を得られるかららしい」

「入るって……とてもそんなことが可能だとは思えないわ」

「大丈夫だ。女性の体は湿り気を帯びると、ちゃんと男を受け入れられるようになる」

「まあ」

ダイアナの気持ちを感じ取り、ソーンは優しい気分になった。戸惑っているようすがなんとも愛らしい。自分がなにも知らないことや、話が微妙な事柄に触れていることに動揺しているようだ。いくらでも好きなだけ好奇心を満たせばいい。

「今、自分が潤っていると感じるかい？」

それには答えず、ダイアナは身を震わせて目を閉じた。それだけで、充分に伝わってくる。

「きみもぼくをその気にさせているよ。だから、ぼくはとてもこわばっている」

「ソーン」露骨な話をしていることにふと気づいたのか、ダイアナは身震いをして顔をそむけた。「こんな会話はよくないわ」

ソーンはグラスを置いて椅子から立ちあがり、ダイアナに近づいた。視線を合わせようとしない彼女の顎に触れる。

熱いものが触れたかのように、ダイアナがすばやく顎を引いた。

彼女は肩をすくめ、たいしたことではないというふうに照れ笑いをしている。

「わたしが知り損ねたものを、あなたに見せてもらわなくても結構よ。世間ではいろいろ言われているけれど、あなたの誘惑になびくほど、わたしはすれていないの」

ソーンはダイアナの色っぽい唇から濃い色あいの目へ、そしてまた唇へと視線をさまよわせた。別に誘惑しようとしているわけではない。ただ、彼女にも人生の喜びを知ってほしいだけだ。そして、できればそれを教える最初の男になりたいと思う。手足を絡め、自分の体の下でダイアナを天にものぼる心地にさせられたらどんなに幸せだろう。

だがその一方で、そこまでなにも知らないのなら守ってあげなくてはならないと本能的に感じている部分もある。ベッドで愛したいのはやまやまだが、彼女を餌食にするわけにはいかない。

快楽を教えるのは簡単とはいえ、そこで踏みとどまれる自信がない。

ソーンは咳払いをした。「心配しなくてもいいよ。無理強いはしない。ぼくはただ、きみに自分の体を楽しんでほしいと思っただけだ。別にぼくでなくても自分でもできる。今夜、ベッドに入ったら試してごらん」

ダイアナがこちらを向くのを見たとき、ふと、そのしどけない姿が脳裏に浮かび、自分がますます硬くなったのがわかった。もう我慢できなくなりそうだ。

ソーンは歯を食いしばった。自制心が吹き飛ぶ前に、早くこの部屋を出たほうがいい。

「絵のモデルはまた次の機会にしよう」いらだちが声に現れた。

「そうね」ダイアナはいかにもほっとしたようすだった。

ソーンは背中を向け、手早くシャツと上着を身につけた。ダイアナには目もくれずに廊下へ出ると、うずきをこらえながら自分の船室に入り、しっかりとドアを閉めた。

あまりの苦しさに汗が噴きだしている。甘い苦悩に耐えながら、ソーンはドアに額を押し当てた。ダイアナをひと目見た瞬間から、ぼくはこの獰猛《どうもう》な渇きに悩まされている。この感情から自由になれるなら、なんでも差しだしたい気分だ。

ここ半月でつのり続けた妄想を静める必要がある。彼女を誘惑したくなる気持ちを消し去らなければならない。

ソーンは悪態をつき、ズボンの前を開いてダイアナの悩ましい姿を思い浮かべた。

それは一瞬のことだった。

ソーンは歯を食いしばりながらうめき声をもらし、わが身を解き放った。

やがて鼓動がおさまり、さらにしばらくしてから体のほてりも取れ、感覚が戻ってきた。

ひとまず欲求は解放できた。だが、ダイアナのなかで果てるのとはまったく別物だというのはわかっている。

それに、こんなことで彼女への熱が冷めるわけがないことも承知していた。

6

ロンドン

キュレネ島の気候がすばらしかっただけに、ロンドンの肌寒い四月の霧にダイアナの気分は沈んだ。これからソーンの伯母に会わなければならないと思うとさらに気が重くなる。バークリー・スクエアにあるレディ・ヘネシーの豪華な屋敷の前に馬車が停まったときには、胃が縮みあがった。

今朝、船が港に着くと、ソーンはまず伯母を訪ねようと言った。エイミーを社交界デビューさせる件について話をつけるためだ。道中、エイミーはずっとそわそわしていた。落ち着きのない点ではダイアナも同様だった。

自分が歓迎されるわけはないとダイアナは考えていた。なんといっても過去にスキャンダルを起こした身だ。ましてたとえ一時的な偽装とはいえ、今はソーンと婚約している。そんな立場で、彼の高貴な一族と顔を合わせるのかと思うと気が滅入った。婚約になんて同意しなければよかったと思うほどだ。

ひとり、ソーンだけは平気そうな顔をしていた。ただ、シャツを脱いで絵のモデルになって以来、彼女と一緒にいるときのソーンは謎めいた表情をするようになった。

あの日以降、暗黙の了解のうちに、お互いふたりきりになるのを避けてきた。だが奇妙にも、赤裸々な会話を交わしたことによって、親密度は増した気がする。気まずい思いをしそうなものだが、どういうわけか一緒にいると以前よりほっとするのだ。秘密を知られてしまったことにより、体の関係を持ってしまうかもしれない相手というよりは友人と感じられるようになったからだ。今では、亡くなったいとこのナサニエルにしたみたいに話ができる。

ありがたいことに、ソーンのほうも個人的な感情はまじえないようにしているようすだ。それに、今のわたしの不安を理解してくれているふうなのもうれしかった。

ソーンが励ますようなほほえみを浮かべ、馬車からおりるのに手を貸してくれた。

「元気を出すんだ。伯母はきみが思っているほど怖い人じゃないから」

ソーンに案内されてエイミーとともに玄関前の階段をあがると、いかめしい風貌の執事に出迎えられた。執事はすぐさま従僕に指示し、三人の到着をレディ・ヘネシーに伝えに行かせた。

玄関のドアが閉まるなり、着飾った若い女性が大階段を駆けおりてきて、うれしそうな声をあげた。「やっと着いたのね！」

エイミーは嬉々《きき》とした笑い声をあげて駆け寄り、活気に満ちあふれた女性をひしと抱きしめた。そしてようやく礼儀作法を思いだしたのかダイアナのほうを振り返り、ソーンの母方のいとこであるミス・セシリー・バーンズだと紹介した。

セシリーはエイミーよりかなり背が高く、髪は鮮やかな赤毛だ。だが明らかな外見の違いにもかかわらず、ふたりは大の仲よしのようだった。

セシリーは挨拶の言葉を述べると、興奮を隠しきれない顔でエイミーの両手を握りしめた。

「ねえ、最高よ。ヘネシー伯母様から聞いたの。わたしたち、一緒に社交界に出られるんですって」

「本当に？」エイミーは卒倒しかねないくらい安堵していたが、すぐに礼儀正しい態度に戻った。銀髪でふっくらとした体型の上品な女性が玄関広間に入ってきたからだ。

ソーンとよく似た明るいハシバミ色の目を向けられ、ダイアナは思わず身をこわばらせた。しかし驚いたことに、レディ・ヘネシーは優しいほほえみを浮かべていた。彼女はソーンの頬にキスをした。「坊や、あなたには本当に驚かされるわ」

ソーンのことを〝坊や〟などと呼べる人はそういないだろう。どうやらふたりのあいだには深い愛情の絆があるようだ。

「いつものことですよ」ソーンは悪びれもせずに答え、レディ・ヘネシーの頬にキスを返した。

伯爵未亡人は一歩さがった。「さてと、わたしが好奇心のあまり息絶えてしまう前に、早く婚約者を紹介してちょうだい」

ソーンがわがもの顔でダイアナの腰に手を置いたので、彼女はどぎまぎした。

ソーンの紹介が終わらないうちに、レディ・ヘネシーは両手を差しだし、ダイアナの手袋をはめた手を取った。「わが一族へようこそ。このやんちゃな甥《おい》っ子の心を射止めるなんて、きっとあなたは特別な方なのね」

正直なところ、温かい歓迎の意を示されてダイアナはたじろいだが、礼の言葉を述べようとする前にエイミーが口を挟んだ。

「レディ・ヘネシー、わたしを社交界に出してくださるって本当ですか？」

伯爵未亡人はたしなめるような視線をエイミーに向けた。「お行儀よく振る舞うと約束するなら、喜んで後ろ盾になってあげるわ。仲のいいお友達が一緒なら、セシリーもさぞ心強いでしょう。それに、ひとりもふたりも、わたしにとっては同じですからね」

エイミーは優雅に膝をかがめてお辞儀をした。「ご親切にありがとうございます」

「必ずしも親切心からというわけではないのよ。ひと言で言うなら、わたしの道楽といったところでしょうね。年老いた未亡人には楽しみが少なくて」

ソーンがくっくっと笑った。「ご謙遜もはなはだしいな。伯母上の美貌には、デビューしたての娘たちも恥じ入りますよ」

「そんなふうに言われた時期もあったわね。今となっては、なんて遠い昔の話かしら」レディ・ヘネシーはうら若いふたりの女性へ目を向けた。「さあ、もうお行きなさい。おとなには積もる話があるのよ。セシリー、エイミーにお部屋を見せてあげたら？」

ふたりはにっこりすると、膝をかがめてお辞儀をした。そして早速、先に待ちうける楽しみについて話しながら、そそくさとその場を立ち去った。

レディ・ヘネシーは甥に顔を向け、物問いたげに片方の眉をつりあげた。

「もちろん、なれそめを聞かせてくれるんでしょうね？　この九日間というもの、どれほど気になっていたことか」

ソーンはダイアナの腰に腕をまわし、愛おしそうなほほえみを浮かべた。

「簡単ですよ。ひと目惚れというやつです」

「そう言うだろうと思っていたわ。あなたのお父様は困惑しているけれど。信じていないみたいね。あなたがなにか企んでいると思っているようよ」伯爵未亡人はダイアナのほうを見た。「レッドクリフはわたしの弟なの。孫の顔を見られないんじゃないか、爵位を継がせられないんじゃないかと、それは心配していたのよ」

レディ・ヘネシーはまた甥に視線を戻した。

「あなたとアイヴァーンのいさかいの原因がなくなるのかと思うと、わたしもほっとしているの。さあ、応接間へ行って、最初から話を聞かせてちょうだい」

「申し訳ないのですが、伯母様、ぼくたちはもう行かなくてはならないのです。ダイアナがアトリエを訪れたがっているものですから。彼女は画家なんです」

「あなたからの手紙にそう書いてあったわね」女性としては珍しいその職業をどう判断したものか迷っているらしく、レディ・ヘネシーは慎重な口調で答えた。だが少なくとも、ダイアナが覚悟していたようなあからさまな非難の言葉はなかった。「だけど、今すぐでなくてもいいでしょう？　到着したばかりじゃないの」

なかなか会話に加われなかったが、今がちょうどいいころあいだろうとダイアナは判断し、愛想よくほほえむと、前もって考えておいたせりふを口にした。

「エイミーのことをお引き受けくださって本当に感謝しています。あの娘《こ》と離れると寂しくなりますが、すばらしい方に後ろ楯になっていただけてほっとしているんです。もし差し支えなければ、ちゃんとお行儀よくしているかどうか確かめるために、ときどき訪ねてもよろしいでしょうか？」

「あら、もちろんあなたもここに滞在するのでしょう？」レディ・ヘネシーは驚いた顔で甥に目をやった。

「それはダイアナしだいですよ」ソーンは答えた。

ダイアナは事のなりゆきに目を丸くした。「じつはもう家を借りてあって、そこで暮らすつもりでいたんです。アトリエが欲しいものですから」

「お仕事をされるときに行けばいいことでしょう？　でも、住むのはここにしなさいな」

「そんなずうずうしいことはとても……」

「とんでもない。ちっともずうずうしくなんかないわ。この広すぎる屋敷は社交シーズンのために用意したのだし、部屋数はいくらでもあるの。それに噂好きの口を封じたければ、わたしのもとにいたほうが得策よ。エイミーやセシリーと一緒にここで暮らしなさい。アトリエには毎日通って、遠慮せずに好きなだけ絵を描いてくれればいいんだから」

ダイアナは言葉に詰まった。なんという寛大な申し出だろう。レディ・ヘネシーは社交界の意地の悪さをよくご存じなのだ。たしかに上流社会の実力者である彼女の庇護を受ければ、世間の風当たりはずっと弱くなるだろう。

「そこまでおっしゃってくださるのなら……本当にありがとうございます」

「お礼の言葉なんていらないわ。そのうち、わたしがあなたに感謝するようになるんですからね。ときどき、お目付役を代わってくれないかしら？　あんな騒々しい娘たちを監督していたら、くたびれ果てるのが目に見えているわ」

「喜んで代理を務めさせていただきます」ダイアナは本心からの笑みを浮かべた。

「まあ、よかった。ではジャイヴスに言って、あなたとエイミーの荷物を運び入れさせましょう」レディ・ヘネシーはハシバミ色の目を輝かせた。「先にアトリエを見てきたらどうかしら？　その代わり戻ってきたら、ふたりのなれそめをたっぷりと聞かせてね」

ダイアナは困ったと思いながらも、どうにかにこやかに答えた。「ええ、喜んで」

彼女はソーンとともに表に出ると、馬車のほうに近づいていった。荷台には旅行鞄《かばん》が山と積まれている。

ダイアナは、これは新しいドレスが入っている鞄、それはアトリエへ運ぶ絵の道具や作品が入っている鞄というふうに、次々と指示を出していった。

ようやく馬車の座席におさまると、彼女はソーンに向かってしかめっ面をした。「どうして前もって教えてくれなかったの？　わたしを滞在させてくれと、あなたが頼んだんでしょう？」

「そんなようなことはちらりと手紙に書いたかもしれないが、あくまでも伯母の気持ちしだいだと思っていたよ。あの屋敷に住むのは気に入らないのかい？」

「そういうことじゃないわ」まだ顔をしかめたまま、ダイアナは窓の外に目をやった。

長年、静かな通りに住居を構えたいと願っていた。ただアトリエが欲しいというだけではない。二四歳にして初めてひとりで生活するのが夢だったのだ。どれほど親戚がいい人たちであろうが、両親を亡くして引き取られた家で暮らすのと、自分の家を持つのとではまったく意味が違う。そこには誰の目もない。ようやく人生が自分のものになるのだ。

おそらく自尊心の問題なのだろう。誰かの情けにすがって生きていくというのは誇りが傷つく。ましてやレディ・ヘネシーの申し出は、恩情以外のなにものでもない。だが、それを拒否できるような立場にはないのも事実だった。それどころか、大いなる親切に感謝すべき身なのだ。

「伯母の屋敷に滞在したほうがきみのためにも、そしてエイミーのためにもいいと思うよ。伯母の庇護があれば、世間はきみに一目置くようになる」

「わかっているわ。ありがたいお話だと思っているの」ダイアナは歯がゆさを振り払った。「本当はエイミーを誰かの手にゆだねるのは気が進まなかったのよ。ひな鳥を見捨てる母鳥のような気分になるから。でもエイミーもいつかは巣立たなくてはならないし、レディ・ヘネシーなら信頼できるからと自分を慰めていたの。それに、ミスター・イェイツもときどき訪ねると言ってくださったし」

「だったら、これでひな鳥を見捨てなくてもよくなったわけだ。アトリエが近くてよかった。伯母の屋敷からだと一キロ半くらいの距離だろう。それでも、通うには馬車が必要だな」

「どうせ一台雇おうと思っていたから」

「ぼくのほうで用意しようか？」

ダイアナは冷ややかな目でソーンを見た。「レディ・ヘネシーの厚意を受けるのは理にかなっていると思うけれど、あなたの親切は無用だわ」

ソーンは金と緑のまじった目でじっとダイアナの顔を見た。

「そんなにぴりぴりしなくてもいいじゃないか。なにも親切心から言っているわけじゃない。ナサニエルへの義理もあるが、たとえそうでなくても、ぼくは婚約者としてきみの面倒を見る義務がある。ぼくたちは大恋愛中ということになっているからね。伯母の言っていたことは正しいよ。噂好きの連中はすぐにあれこれ言いたがるから、体裁を整えておくのは大切だ。少しでもぼろを出せば、うるさい輩《やから》がすぐにつついてくるぞ」

ダイアナは気まずさを覚え、視線をそらした。ソーンの顔には同情の色が浮かんでいる。彼女の自尊心が傷ついていることを見透かしているのだろう。

「そうね、あなたの言うとおりだわ」

黙りこんだふたりを乗せて、馬車はホーリングズ通りにある三階建てのつつましやかな邸宅に着いた。ダイアナの絵の師匠の友人が所有している家だ。その人物も同じく画家なのだが、最近、引退して田舎に引っこんだ。三階に広いアトリエの備わったこの住まいを、ダイアナはひと目で気に入った。

ソーンにエスコートされて玄関前の階段をあがったところ、愛想のいい家政婦が出迎えた。すでに雇い入れておいた少数の使用人たちを束ねる女性だ。

一階には居心地のいい居間と食堂、使用人たちの部屋があり、二階には寝室と客をもてなすための広い応接間がある。

アトリエも見たいと言うソーンを案内して、ダイアナは階段をあがった。アトリエはふた部屋に分かれている。大きいほうの部屋はかなり広く、北向きの背の高い窓からたっぷりと光が入り、さまざまな種類の家具や何本もの支柱が置かれている。支柱は背景幕をつるすのに使うのだとダイアナは説明した。小さいほうの部屋は物置で、さらに何本もの支柱や画材や仕上がった絵が保管されていた。

物置にある、紙で包まれた何枚もの板状のものはなんだと訊かれ、ダイアナは答えた。

「田舎から送っておいたわたしの作品よ。英国美術院の面接のときに見せるように言われるかもしれないと思って」

「見てもいいかな」

「そのうちにね」

「ぜひ頼むよ」

ダイアナはソーンに続いて広いほうの部屋へ戻り、物置のドアを閉めた。ソーンが物珍しそうに支柱を眺めながら足を止めたため、危うく彼の背中にぶつかりそうになった。

とっさに振り返ったソーンに腕を支えられ、ダイアナははっとした。半裸の絵を描いたあの衝撃的な日以来、こんなふうに体に触れられたのは初めてだ。

ふいに緊張で空気が重くなった。彼もそれを感じているらしい。

身動きをするのが怖かった。ソーンはじっとこちらを見つめている。キスをされるのだろうか。いけないと思いつつも、その口づけによってもたらされるであろう濃厚な瞬間を思い描き、体が震える。

なんて美しい唇なのかしら。

ソーンを見あげながら、あのときの赤裸々な会話を思いだした。秘所を口で愛撫されれば、至福のひとときを味わえると彼は言った。それを自分でしたらいいとまで教えてくれた。

だが、ダイアナは実行に移してはいなかった。そんなことをすれば、なおいっそうソーンが恋しくなるだけだと思ったからだ。ふと、ある想像が脳裏に浮かんだ。ソーンとベッドをともにして、あのとき彼が話してくれたような幸せに包まれている自分の姿だ。

今、ソーンも同じことを考えているのかもしれない。ダイアナがそう思ったとき、ソーンが沈黙を破って咳払いをした。「じゃあ、ぼくはもう行くよ。あとで貸し馬車をよこすから、きみはそれに乗って伯母の屋敷に戻るといい」

「ありがとう。ソーン?」ダイアナは立ち去ろうとする彼に声をかけた。「ナサニエルの件はどうするつもり?」

「この前も言ったとおりだ。当時のことを洗い直してみる」

「それはわかっているわ。具体的にはどうするの？　あの手紙から察するに、マダム・ヴィーナスというのは高級娼婦なんでしょう？」

なにも話してもらえないのではないかとダイアナは思ったが、ソーンは明らかにしぶしぶといったようすで教えてくれた。

「そうだ。しかもかなり成功している。メイフェアの近くで罪深いクラブを経営しているよ」

「罪深いクラブって？」

「男が性的な娯楽にふける店だ。きみのようなまともな女性に詳しく話せるような場所じゃない」

「まあ」ダイアナは顔を赤らめた。それと同時にソーンがその店で遊ぶ姿が目に浮かび、嫉《しっ》妬《と》に胸が鋭く痛んだ。

これだけ活力旺盛《おうせい》な男性なのだから、そういう店に行くこともあるだろう。それに彼が誰を相手にしようが、とやかく言える立場ではない。おそらく、ひとりやふたりはお気に入りの娼婦もいるに違いない。この街に愛人を囲っている可能性さえある。そう思うと胸が苦しくなる。

罪深いクラブですって？　普通の女性はそんな場所が存在することさえ知らない。たぶんソーンはわざとその店のことを口にしたのだろう。わたしにこれ以上の質問をさせないために。どのようにしてナサニエルの死の真相を探るつもりなのか、彼はどうしてもわたしに教えたくないらしい。

本当に訊きだしたいのかどうかは自分でもわからなくなってきた。思うにソーンは、そのマダム・ヴィーナスのクラブとやらから手をつけるのだろうから。だがひとつだけ、どうしても抑えこめない不安がある。

「お願いだから気をつけて」ダイアナはまっすぐにソーンを見た。「ナサニエルが殺されたのなら、あなただって危ないわ」

ソーンはいつものいたずらっぽい笑みを浮かべた。

「ぼくのことを心配してくれているのかと勘違いしてしまいそうだ」

「もちろん、心配しているわよ」

「大丈夫だよ。ぼくはそんなに柔《やわ》じゃない」

ダイアナの視線を感じつつも彼女をひとり残し、ソーンはアトリエを出た。待たせてある馬車へ向かいながら、内心では逃げだせたことにほっとしていた。ダイアナにあれこれ質問をさせたくない。〈剣の騎士団〉の存在に気づかれるわけにはいかないからだ。それに彼女とふたりきりでいると、自分を見失ってしまいそうで怖かった。

ダイアナへの妄想は今も続いている。つい先ほども、あの誘惑に満ちた唇を激しくむさぼり、彼女を壁に押しつけて、思いの丈をぶつけてしまう場面が頭をよぎった。

いいかげんにしろ。ダイアナはいろいろな意味で危険な女性だ。

クッションの利いた革の座席におさまりながら、ソーンは皮肉なことに気づいた。ぼくはいつでも危険を好んできた。だからこそ、飢えた人間が食べ物を求めるように、ダイアナ・シェリダンを求めてしまうのかもしれない。

ソーンはいったん一族の屋敷へ戻ると、ダイアナのために貸し馬車を手配し、二カ月間の留守中にたまった手紙に目を通した。そしてあまり上等でない服に着替え、今度は馬に乗ってメイフェアへ行き、ある下宿屋を訪ねた。

使用人とは顔見知りのため、ソーンはすぐになかへ通された。もう午後も遅い時間だというのに、マッキーの寝室は暗かった。ソーンはもどかしさをこらえて安楽椅子に腰をおろし、眠っている男が訪問者に気づくのを待った。

さほど時間はかからなかった。マッキーは枕《まくら》の下に顔をうずめて寝息をたてていたが、一瞬のうちに体を起こし、すぐさま短剣をつかむと充血した青い目で鋭く室内を見まわした。

相手がソーンだとわかると、仰向けに枕と枕のあいだに倒れこみ、ほっとしたようにくっくっと笑いながらまた目を閉じた。

「激しい一夜だったのか？」ソーンは尋ねた。

マッキーは顔をしかめ、無精ひげの伸びた顎を手でこすりながら、楽しいことを思いだしたとでもいうように口元を緩めた。「そんなところだ」

「首尾よく〈マダム・ヴィーナスの館〉に潜りこめたようだな」

「もちろん。おれが失敗するとでも思ったのか？」

任務に関して、ソーンはマッキーに全幅の信頼を寄せていた。マッキーことボー・マックリンは地方を巡業していた元役者で、現在は〈剣の騎士団〉に属している。ロンドンの売春街で生まれ、子供のころはスリをしていた。あるとき移動演劇団の経営者から懐中時計を盗もうとして、それがきっかけでその劇団に拾われ、奇跡的にも犯罪から足を洗った。

三一歳のソーンよりも二、三歳年上で、背が高く、体は筋肉質で、栗色《くりいろ》の髪がカールしている結構な二枚目だ。さまざまな階層のアクセントをまねるのがうまいため、悪党から無頼漢、それに貴族まで、なんにでも化ける。とりわけ色男の役は当人の好むところだ。自分よりはるかに階級の高い女性たちが、いとも簡単に危ない男の魅力に落ちていくのがおもしろくてしかたがないらしい。

最近はずっと遊び人を装っていたため、〈マダム・ヴィーナスの館〉に雇われたとなると、社会的地位はかなりさがることになる。

だが、唇の端をあげてにやりとしているところをみると、本人はまったく意に介していないようだ。

「正直に言って、あんたからの指示を見たときは驚いたね」マッキーは体を起こした。「でもおかげで、なかなか楽しい仕事をさせてもらっている」

「マダム・ヴィーナスは怪しまずにきみを雇ったのか？」

「少しも疑っていない。あんたもよく知っていると思うが、あの店では男は売れ筋の商品じゃない。客の相手をするというよりは、ショーのために雇われているようなものだ。だがおれの場合、五日間店に出て、そのうち四日は女性客からの指名があった。こんな任務が続いたら寿命が縮みそうだよ。まあ、幸せな死に方だけれどね」

ソーンは含み笑いをもらした。「まだあの世に旅立ってもらっては困るな。その前に仕事の結果を出してくれ。どうだ、抱きこめそうな従業員はいるか？」

「それが難しくてね。店の女の子とは親しくするなと、雇われたときにマダム・ヴィーナスからはっきり言われたからな。それでもひとり、キティという名のきれいな娘とお近づきになれた。ちょっと内気なところはあるが、店のなかではもっとも古株だ。マダムの秘密を知っているとしたら彼女だな」

「男の従業員はどうだ？」

「それが、ほとんどが新参者なんだ。男の場合は、どうやら女性客の目に留まって囲われ者になるか、うまくいけば夫になるというのがお決まりの道らしい。ふたりばかりいる店の用心棒とも話したが、気さくなやつらではあるものの、おれに口を割るとは思えない。マダムに忠誠を捧《ささ》げているみたいだからな」

「引き続き頼むよ。とくに知りたいのは、死んだトーマス・フォレスターとマダム・ヴィーナスのあいだにつながりがあったかどうかだ」

「指示書にも書いてあったな。可能性は高そうなのか？」

「直感的にそうじゃないかと思っている。ナサニエルはマダム・ヴィーナスを探っていた。彼女が〈剣の騎士団〉のメンバーの正体をフランス側に売ろうとしているんじゃないかと疑っていたんだ。その数カ月後に、フォレスターなる男が〈剣の騎士団〉のことを調べだした。偶然だとはとても思えない」

マッキーは眉をひそめ、探るように訊いた。

「今回、フォレスターを調べるのはおれじゃないんだな」

「それはジョン・イェイツに任せようと思っている。一緒にロンドンへ来ているんだ」

マッキーはうなずいた。「イェイツか。ガウェイン卿の秘書になってからはよく通信文を送ってくるが、会ったことは一度しかない。それも、まだ脚を失う前の話だ。気の毒なやつだな。去年の秋にフォレスターの手先にだまされたんで、埋めあわせをしたがっているんだろう」

「それもあるし、ナサニエルの仇を討ちたいとも思っているらしい。それはぼくも同じだ」

ソーンは険しい顔になった。「この仕事に関しては、イェイツのほうが適任だと思う。ぼくと違って、ロンドンではあまり顔を知られていないからな。ぼくが急にフォレスターの周辺をかぎまわったら、どう見ても怪しい」

「だが、フォレスターが火災で死んでもう半年経っている。そうそう新たな糸口が見つかるとは思えないな。あのとき、手がかりはすべて調べ尽くしたんだ。やつは墓まで秘密を持っていったんだよ」

「だが、やつが亡くなっていたことがわかった時点で調査を打ち切っている。今回、イェイツにはもっと深く探らせるつもりだ。当時は見逃していた事実が出てくるかもしれない。近所の人間に訊いてまわらせる。フォレスターは音信不通だった親戚で、このたびめでたく遺産を相続することになったという作り話を吹聴《ふいちょう》しながらね。金のにおいがすれば、ネズミがちょろちょろ出てこないともかぎらない」

「おれにできることがあったら、なんでも言ってくれ」

「あるとも。去年の秋、フォレスターのことを調べたのはきみだ。近いうちにイェイツが訪ねていくから、覚えていることを全部話してやってくれ。あとはマダム・ヴィーナスのほうをよろしく頼む。彼女を追っていれば、なんらかの情報にたどり着く可能性は高い。マダムにはぼくも接触してみようと思っている」

「あんたなら寝物語のひとつも引きだすのはわけもなさそうだな」

ソーンは首を振った。「いや、それはできないんだ。ナサニエルが疑っていたとおり彼女が密通者なら、通常とは違う動きがあればすぐに警戒するだろう。これまではなんの興味も示さなかったのに、キュレネ島から戻ってきたとたんに気のあるそぶりをしたら怪しまれるだけだ。それにぼくは最近、婚約したんだよ。あんな悪名高いマダムとかかわったことが知れたら、将来の花嫁に申し訳ない」

「あんたが婚約ね」マッキーは不思議でしかたがないというように高々と眉をつりあげた。

「こう言っては失礼かもしれないが、その話には驚いた」

「かまわないよ。自分がいちばんびっくりしている」ソーンはあいまいに答え、話を切りあげて立ちあがった。「もう行くよ。きみは美容と健康のためにもうひと眠りしてくれ」

マッキーがにやりとする。

「たっぷり寝ておかないと、今夜のお務めが果たせないからな」

「お楽しみにおぼれて、肝心の仕事を忘れるなよ」

「わかっている」マッキーは気だるげに言うと、また枕に顔をうずめた。

ソーンは下宿屋から通りに出た。マッキーと話したことで鬱屈《うっくつ》した気分が少しはましになった。これでナサニエルが殺された件の調査に着手した。ただし、それほど簡単に結果が出るとは思えない。

ナサニエルの手紙を読んでからの三週間、早くこの任務に取りかかりたいという気持ちが日増しにつのるばかりだった。だが気分が落ち着かないのは、なにもこの件だけが理由ではない。焦げ茶色の髪をした、あの無垢《むく》で美しい女性にも責任の一端がある。

我慢しろと自分に言い聞かせ、ソーンは馬にまたがり、屋敷への道を戻りはじめた。真相の調査で忙しくなるのは幸いだ。これで少なくともしばらくは、あの魅惑的な婚約者に心をわずらわされずにすむ。

屋敷へ戻るとソーンは服を着替え、挨拶のひとつくらいはしておこうと父親の邸宅を訪ねた。だがレッドクリフ公爵はいつものごとく留守だったため、紳士専用クラブのブルックスへ出向き、そこでディナーをとり、賭け事に興じながら長い夜を過ごした。そうするのにはひそかな目的もあった。恋に落ちて婚約したのだと吹聴し、偽装を既成事実にしてしまうことだ。

案の定、ソーンは友人たちにからかわれた。ソーンがブルックスにいるという噂はすぐに街じゅうに広まり、大勢の知りあいが集まった。彼は何時間も質問に答えたり、すらすらと嘘をついたりしながら、うわべだけは上機嫌で苦痛に耐えた。そして心のなかでは、ダイアナも同じように頑張ってくれと祈っていた。

ダイアナは温かく迎えてくれたレディ・ヘネシーに大嘘をつかなければならないことに良心の呵責《かしゃく》を感じ、心苦しい思いをしていた。

それ以上に苦痛だったのは、自分がゴシップの中心にいることだった。伯爵未亡人は電撃的な婚約が公示されてからの新聞をすべて保管しており、知っているに越したことはないからという理由でそれをダイアナに見せた。

新聞を信じるなら、ロンドンじゅうがソーンの衝撃的な婚約に注目していた。ナポレオンがエルバ島を脱出したニュースに匹敵するのではないかと思うくらいの大きな扱いだ。ソーンの結婚がそれほど意外だったということもあるが、過去の噂がまだダイアナについてまわっているせいでもあった。

ダイアナは無理をして全部の記事を丹念に読んだ。六年前、駆け落ちが失敗したあとに味わったやりきれなさや気の重さがよみがえる。なかには、ソーンが立派な父親をおとしめるために、わざとダイアナのような女性を選んだのだろうと書いている記事まであった。婚約者が画家だと判明すると、今度はそれが新たな臆測を呼んだ。信じがたいことに、ロンドンに着いた翌朝の社交欄はほぼダイアナ一色だった。

朝食をすませると、誹謗《ひぼう》中傷ばかりの記事にひとりで目を通すため、ダイアナは居間のひとつにこもった。それを読み終えたころ、執事が来客を告げに来た。レッドクリフ公爵だ。ソーンの父親であり、爵位も高い相手と会わなければならないことにダイアナは緊張したが、とっさに今いる部屋へ通すよう指示し、スカートのしわを伸ばした。仕立てたばかりのしゃれた優美なドレスを着ていることに感謝しながら、客を迎えようと立ちあがる。

大股で居間に入ってきた男性の第一印象は、威厳があるのひと言に尽きた。ソーンほどは背が高くないかもしれないが、引きしまった体や、角張った顎、男性的な魅力はそっくりだ。金髪のこめかみに白いものがまじり、態度に風格があるため、息子より堂々として見えるくらいだ。

レッドクリフ公爵がぞんざいにお辞儀をした。

「はじめまして、ミス・シェリダン。お会いできて光栄だ」彼は太い声で言った。言葉遣いこそ丁寧だが、いかにも貴族的な尊大さが漂い、その口調に温かみはまったく感じられない。息子の婚約者に会えたことを光栄などとは思っていないのだろう。

　彼女を値踏みしに来たに違いない。

　負けたりしないわ、とダイアナは決意し、とっておきのほほえみを浮かべて愛嬌《あいきょう》を振りまいた。「わたしのほうこそうれしく思いますわ。どうぞ、おかけください。お茶でも召しあがりませんか？」

「いや、時間がない。官庁へ出向かねばならないのだ。突然の話で驚いたが、ひとまず祝いの言葉を述べようと思って立ち寄っただけだ」

「それはありがとうございます」

　レッドクリフ公爵はテーブルに視線を落とした。『モーニング・ポスト』紙と『モーニング・クロニクル』紙の社交欄が開いたまま置いてある。

　公爵の形のいい唇が苦々しげにゆがんだのを見て、なにか言われる前にとダイアナは自分から言葉を発した。「わたしに関するゴシップをお読みになって、さぞ心配されていらっしゃるでしょう。立場が逆なら、わたしも不安になると思います」

　レッドクリフ公爵が鋭い視線をダイアナに戻して、疑わしげに眉をつりあげた。

「なるほど」

「ただ、新聞記事をうのみにしてはいけないというのはよく知れたことです。きっと公爵も、真実とはほど遠い記事を書かれた経験が何度もおありかと存じますわ」

「たしかにそのとおりだ」公爵はじろりとダイアナを見た。眠たげなヒョウがネズミに興味を示しはじめたような目だ。「では、本当は駆け落ちなどしていないし、じつは画家でもないと？」

「いいえ、そうではありません。ただ、こういう新聞は興味本位で衝撃的に書きたてるものだと申しあげたいのです。それに、彼がわたしの過去はどうでもいいと思ってくれるのであれば、たとえご家族に反対されてもくじけるわけにはいかないと感じております」

「わたしは反対しているなどと言ったかな？」物憂げな口調がかえって不安をあおる。

ダイアナは戸惑った。「違うのですか？」

「正直なところ、どうせあいつはわたしをいらだたせるために身分の低い女性を選んだのだろうと思って、最初は愕然《がくぜん》としたよ。だが、すぐに考え直した。婚約したのなら、相手が誰であろうと安堵すべきだろうとな。いつまでもふらふらしていないでいいかげんに……世間体を考えろとずっと思ってきた。だから、これで落ち着いてくれればいいと願っている」

〝世間体〟を強調したのはわざとだ、とダイアナは察した。本当は少しも安堵していないし、落ち着き払っているふりをしているだけだろう。

もちろん、冷淡な態度を取りたくなる気持ちは理解できる。過去にスキャンダルにまみれた女は未来の公爵夫人にはふさわしくない。それを言うなら、現在の職業もそうだ。これについては返す言葉もない。

ソーンと約束してしまったからには芝居を続けるしかないが、レッドクリフ公爵を納得させるには相当な演技力が要求されそうだ。

「心配されるお気持ちはよくわかります」ダイアナはにこやかに続けた。「でも、わたしは彼を愛しています。ご子息もわたしを愛していると言ってくれました」

「それが本当ならたいしたものだな」レッドクリフ公爵がそっけなく言った。「クリストファーがその言葉を口にするのは初めてだ。だが、ひとつ忠告しておこう。息子は自由奔放な男で、恋愛関係においてもそうだ。あれは女性の心をもてあそぶ。次々と美酒を味わうようにな。ただの気晴らしぐらいにしか考えていない」

驚いたことに、戸口からソーンの冷ややかな声が聞こえた。「以前はそうだったかもしれませんが」のんびりした足取りで居間に入ってくる。「それは彼女に出会う前の話ですよ」

ダイアナのそばまで来ると、ソーンは彼女の指に口づけて極上のほほえみを浮かべた。

「やあ、おはよう」

その愛情に満ちたしぐさと優しい目に、ダイアナは胸がときめいた。レッドクリフ公爵をあざむくための芝居だとわかってはいても、つい舞いあがってしまう。今朝はいつにもまして服装も決まっていた。長身で引きしまった体に、ワイン色の上着ともみ革のズボンがよく似合っている。

ソーンはかばうようにダイアナの腰に手をまわすと、父親に向き直った。

「ぼくの愛しい未来の花嫁にお会いになったわけですね」

当の本人に会話を聞きとがめられたにもかかわらず、レッドクリフ公爵は悪びれるどころか平然としていた。つかのま、父と息子は無言のうちに険しい視線をぶつけあった。

父親のほうが先に口を開いた。

「ミス・シェリダンはたぐいまれな才能の持ち主のようだな」

ソーンは口元をゆがめた。

「さすが、父上の間者は優秀だ。ダイアナの腕がどの程度のものか、人を使ってかぎまわらせましたね。どれほどすばらしい技量があろうが、ゴシップ記事にそんなことは載りませんからね。手下をダービーシャーに送りこんで、身上調査もさせたんでしょう」

「当然だろう？　跡取り息子が婚約したとなれば、いろいろと心配するのは当たり前だ。いや、それが親の務めだ。しかし、おまえは一点間違っている。ミス・シェリダンの画壇での評判はロンドンまで届いていた。しかも、かなりすばらしいものだ」レッドクリフ公爵はダイアナへ顔を向けた。「わたしは王立芸術院のパトロンをしていてね」

「ソーンから聞いています」

「ぜひ作品を拝見したいものだな。口添えのひとつもできるかもしれん。わたしの意見はそれなりに力がある」

「ありがとうございます。ただ、今は英国美術院の入学許可を得ようとしているところなんです」ダイアナは冷静に応じた。

「彼女の絵は本当にすばらしいですよ」ソーンが誠実に言った。「その才能も、ぼくがダイアナに惹かれた理由のひとつですから」

レッドクリフ公爵は疑わしそうに唇を引き結び、皮肉を言った。

「三流画家なんぞを連れてきたら、ばかにしていたところだ」そしてまじめな顔になった。

「まあ、わたしの姉に彼女を預けたのは、おまえにしては上出来だ。ジュディスがかかわっているとなれば、世間も一目置く」

「そんなことは言われなくてもわかっていますよ。人柄を知れば、父上もダイアナを気に入るでしょう。それまではひとまず、ぼくの婚約者に不快感をあらわにするのは慎んでもらえるとうれしいのですが」

「別に不快には思っていない。それどころか、これでようやくおまえもスキャンダルを起こさなくなるだろうと期待しているくらいだ」

ソーンが目を細める。「ぼくも期待していますよ。これでようやく父上もぼくの恋愛に首を突っこんでこなくなるとね」

「結婚さえすれば、わたしが口を挟む理由はどこにもない。とにかくゴシップ記者を少し黙らせろ。それが花嫁のためだ。どうせ家名を汚すことはなんとも思っていないのだろうがな」

「期待に添えるよう最善の努力をしますよ」ソーンが皮肉な口調で言った。「父上に喜んでもらうことがぼくのすべてですからね」

「口の減らないやつだ」そう言いながらも、公爵は思わず口元をほころばせた。

彼はダイアナのほうを向き、来たときよりも丁寧にお辞儀をした。

「これで失礼するよ、ミス・シェリダン。こんな息子と一緒になってくれるのなら、喜んできみの味方になろう。結婚を後悔するような日が来ないことを願うばかりだ」

レッドクリフ公爵が立ち去ると、ダイアナは長々とため息をついた。なんとか乗りきれてほっとした。

「たいしたものだ」

「そんなことはないわ。まだ心臓がどきどきしているもの」

ソーンは同情をにじませ、楽しそうにダイアナを見た。

「父を止められなくてすまなかった。父のことだから、きみを見にここへ来るだろうと思いつくべきだったよ」

ダイアナはほほえんだ。「無理もないけれど、いかにも息子の連れてきた婚約者が気に入らないようすだったわね」だが、われながら不思議なことに、ソーンの父親には好感を覚えていた。この父子は反目しあっているように見えながら、じつは互いに愛情を抱いていることがかいま見えたからだろう。「でも、わたしの過去が引っかかるだけで、あなたが婚約したこと自体は喜んでいらっしゃるみたい」

「父とのあいだで、ぼくの結婚問題はずっといさかいの種だったんだ。ひどい話だが、父はぼくを人生の汚点だと言い放ち、あれこれと介入してきた。なんとかしてぼくを変えようとしていたんだ。自分のような、尊敬される社会の一員にせんがためにね」

「それに関しては、お父様はあまり成功されなかったみたいね」

「そのとおり」

この息子を型にはめようとするのは、さぞ苦労の連続だっただろう。ソーンは本質的に時代の反逆児であり、父親や社会に逆らうことをなんとも思っていない。褒められたことではないが、わたしは彼のそういう一面を称賛している。駆け落ちがスキャンダルになったあと、わたしは世間に挑む勇気を持てなかった。少なくとも今までは。

「父は気にしなくていい。きみのことを認めようが認めまいが、表立って婚約に反対したりはしないよ。それどころか、きみを家族の一員として受け入れたふりをして守りの態勢に入るだろう」

ダイアナはふと、自分がソーンとふたりきりでいることに気づいた。

「そういえば、なにか用事があって来たの？」

「きみもエイミーも長いあいだ船で窮屈な思いをしたあとだから、乗馬でもどうかと思って誘いに来たんだ。ぼくたちが一緒にいるところを世間に見せつけることもできるしね」

ダイアナは残念そうにほほえんだ。「乗馬だなんて本当にうれしいわ。でも、今日は買い物につきあうとエイミーに約束してしまったの。多分、一日じゅうかかると思うんだけど」

「それなら、午後の五時ではどうだい？」

ダイアナはうなずいた。その時間のハイドパークは人が多く集まり、見物するにもされるにもちょうどいい。「ええ、楽しみだわ」

「夜もどこかへ出かけよう。芝居は好きかい？　オペラはどうだろう」

「大好きよ。そうはいっても田舎暮らしが長かったから、あまり見る機会はなかったけれど」

ソーンはダイアナの頬に触れた。「じゃあ、その分を取り返そう」彼は優しい声で言った。「朝から晩まで仕事をしたり、エイミーのお守をしたりして過ごすことはない。もっと人生を楽しめばいいんだ」

〝きみを悦ばせることもできる〟

船でソーンと交わした会話がふいに脳裏によみがえり、ダイアナは緊張した。あのときは劇場の話をしていたわけではない。

ソーンも同じような思いを感じたのか、ふいに表情をこわばらせて後ろにさがった。「では、五時に迎えに来る」

ひとりになると、ダイアナはほっと息を吐きだした。嘆かわしいことに、ソーンがそこにいるというだけで体が反応してしまう。こうしていても、まだ全身が敏感になっているのがわかる。

けれども長椅子に腰をおろし、新聞に目をやった瞬間に気持ちは冷めた。

ダイアナは表情を曇らせた。今のわたしはスキャンダルまみれだが、ソーンの立派な家名をもってすれば、容易に払拭《ふっしょく》できるだろう。それがわかっているにもかかわらず、気分は沈んでいる。

たしかにわたしはソーンの花嫁にはふさわしくない。そう思うと、自分がいかにつまらない人間であるかを思い知らされる。

それだけではない。憂鬱になる最大の理由はソーンその人だ。レッドクリフ公爵の言葉が思い返される。〝あれは女性の心をもてあそぶ。次々と美酒を味わうようにな。ただの気晴らしぐらいにしか考えていない〟

ダイアナの胸に痛みが走った。

ソーンのことを、女性に手の早い、どうしようもない人だと思うことができれば話は楽だ。だけど、もう自分に嘘はつけない。以前は薄っぺらな人かと思っていたが、じつはそうでないことがわかってしまった。彼はわたしにとてもよくしてくれるし、外務省の仕事にも携わっている。それにわたしの気持ちを尊重して、無理に誘惑しようとはしない。外見の官能的な魅力もさることながら、そういったソーンの内面にどんどん惹かれてしまう。

しかし、ソーンは女性に心を許すような人ではない。情熱は分かちあおうとするけれど、愛を捧げることは絶対にないだろう。あれだけ自由奔放な人が結婚して落ち着くわけがない。つまり彼の父親の希望はかなわないということだ。

絶望のため息がもれた。偽りの婚約も恋愛ごっこも芝居であると肝に銘じておかなくては。このまま恋に落ちれば、また深く傷つくはめになる。

7

二日後の夜、ソーンは〈マダム・ヴィーナスの館〉の入口で足を止め、激しい憤りをこらえた。

優雅な応接間はクリスタルのシャンデリアが明るい光を放ち、満足げな客たちの陽気な声と楽団の音楽が聞こえてにぎやかだ。ナサニエルが亡くなった、あの忘れがたい夜もこんなふうだった。思えばもう一年以上も前の話だ。

あれ以来、ここへは何度も足を運んでいるが、マダム・ヴィーナスが親友の死にかかわっているのかもしれないとわかってから来るのは初めてだった。

こうしていると、ふつふつと怒りがわきあがってくる。あのきれいな顔をしたマダムを今すぐに捜しだし、ナサニエルの殺害事件にどう絡んでいるのか、首を絞めてでも白状させたい気分だ。

応接間のなかを見まわしていると、ナサニエルの笑顔を思いださずにはいられない。妹のエイミーと同様に、ナサニエルはいつも明るく、人生を楽しみたいと思う性分だった。そばにいるだけで、こちらまで元気が出たものだ。ロンドンのどの遊び場よりもこの館を好み、賭け事や、男同士の会話や、女性から受けるもてなしに興じていた。

四年前にこの店ができて以来、よくふたりで連れだってここを訪れた。初めて来たときのことは今でも鮮やかに思いだせる。あの夜、ナサニエルは極上のワインと、この店ならではの性の饗宴に酔いしれていた。

事件直前のころは、とりわけ足しげく通っていた気がする。あのころ彼は、マダム・ヴィーナスの蜘蛛《くも》の糸にからめ取られていたのだろうか。

一瞬、あの夜の悲しみをふたたび思いだして涙がこみあげそうになり、ソーンはこぶしを握りしめて歯を食いしばった。悲哀に暮れていては勘が鈍る。今は復讐《ふくしゅう》心を抑えこみ、余計なことは考えずに機知を働かせ、冷静な頭で論理的に考えなくてはならない。

ソーンは腹を決め、ジョン・イェイツを伴って応接間に入った。イェイツを連れてきたのは、マダム・ヴィーナスの顔を見せておくためだ。それに、賭け事仲間のなかでは比較的穏やかな連中を彼に紹介しようかとも思っていた。

イェイツはすぐに今夜いちばんの余興に目が行ったらしく、ふいに立ち止まった。ソーンが部屋の奥にある舞台へ目をやると、裸の美女が三人、古代ローマの元老院議員をもてなしている。どうやら女性たちは奴隷という設定らしく、ひとりはブドウを食べさせる合間に自分の乳首を差しだし、もうひとりは口を使って性的接待を行っている。三人目は豊かな乳房と腿のあいだにワインをしたたらせながら手を下方へ伸ばし、ご主人様に見てもらうためにわが身を愛撫していた。これには観客の男たちも目が釘づけだ。

イェイツは顔を真っ赤にして、驚きを隠すように視線をそらした。おそらくこういう場所へ来るのは初めてなのだろう。

ぼくの若いころとは大違いだ、とソーンは思った。昔はよくみずから舞台にあがり、美女たちと戯れたものだ。だが、こういった余興への興味はとっくに薄れ、今では退屈にしか感じられない。〈剣の騎士団〉に入って人生の目的を見つけてからは、脳みそを使わない性の饗宴はくだらないとしか思えなくなった。

今、舞台で行われているような場面を想像するくらいなら、三人の美女をひとりの特別な女性に置き換えたほうがずっといい。

足元にひざまずいたダイアナの髪に両手を差し入れ、口で愛撫するすべを教えているところを思い描くと、あっというまに体が反応する。

「きみにはこんな余興より、賭け事のほうがおもしろいんじゃないか?」ソーンはイェイツに言った。「あそこのテーブルにいるぼくの友達を紹介しよう」

テーブルを囲んで陽気にブラックジャックを楽しむ男たちのもとへ行き、イェイツを紹介した。ナサニエルが殺害された晩にいた者も加わっている。ヘイスティングズ伯爵とブース男爵だ。それに、路地でナサニエルの遺体を発見したローレンス・カーステアズもいる。今、いちばん質問をしたいと思っている相手だ。

ジョン・イェイツは温かく歓迎され、ゲームに誘われた。ソーンはカーステアズの隣に座り、妄想を頭から追い払おうと賭けに参加した。

こんな大事なときにまでダイアナを思いだしてしまうことに、われながら愕然とした。それほど彼女は特別な存在なのだ。

少なくとも、爵位や財産目当てにぼくを追いまわす、欲ばかりが深くて頭は軽い美女たちとはまったく違う。ぼくの外見にまったく関心を示さない若い女性は珍しいし、ましてや気を引こうとしないレディになど、お目にかかったことがあるかどうかさえ思いだせないほどだ。

だからこそ、ダイアナと一緒にいると気が楽なのだろう。彼女はぼくを結婚という罠にかけようとしない。夫を必要としない独自の夢があるからだ。自立したいという強い願望を持ち、それに情熱を注いでいる。

だが、それだけではぼくがこれほどダイアナを求めている説明にはならない。まるで取りつかれたように彼女のことばかり考えてしまうのはなぜだろう。きっと、さまざまな魅力が混在するあの個性に強く惹かれているのだ。ダイアナは美しいだけでなく、知的で、気概にあふれ、なかなかどうしてひと筋縄ではいかない。とにかく一緒にいて楽しい相手なのだ。

もし愛人を探すとしたら、ダイアナのような女性を選ぶだろう。しかし、当の本人はぼくにとって禁じられた果実だし、どういうわけか今はほかの女性には興味がわかない。

ましてやこの店の娼婦たちでは、ダイアナとは比べるべくもない。マダム・ヴィーナスにしてもそうだ。

マダム・ヴィーナスを誘惑するなど、考えただけでも気分が悪くなる。マッキーから寝物語のひとつも、と言われたときには嫌悪感がこみあげた。

考えてみればおかしな話だ。これがダイアナと出会う前ならなんの呵責も感じず、秘密を暴くためにマダム・ヴィーナスを口説いて愛人にしただろう。男女の駆け引きは得意だ。そうする気になれないのは、ひとつにはナサニエルが彼女と関係していたからだが、それ以上にダイアナの存在が大きいのは否めない。だから、マダム・ヴィーナスがナサニエルの死にどのようにかかわっているのかを探るには、なにか別の方法を考えなければならない。

そう思ったときだった。「おかえりなさいませ」耳元でマダム・ヴィーナスのハスキーなささやき声がした。「またおいでくださってうれしいですわ」

一瞬、体がこわばったが、ソーンはくつろいでいるふうを装い、長身で燃えるような赤毛の女性にほほえみかけた。「こちらこそ、きみに会えて光栄だ。やはりきみの店がいちばんだよ。こんなに楽しい場所はほかにはない」

「お客様に喜んでいただくのがわたくしどもの務めですから。ワインをお注ぎいたしますわ」

マダム・ヴィーナスが指を鳴らすと、給仕がヴィンテージ物のポートワインの瓶を持って足早に近づいてきた。席を離れるちょうどいい機会だと思い、ソーンはカードに飽きたふりをして椅子から立ちあがった。できればマダム・ヴィーナスとふたりきりで話がしたい。

「それにしても、ここのワインはすばらしい。なぜ今まで尋ねてみなかったのかわからないが、いったいどこから仕入れているんだい？　うちの使用人にもこれくらいの品を調達してほしいものだ」

マダム・ヴィーナスが少し困った顔でほほえんだ。「わたくしにも秘密がございますの。あなたが隠し事をお持ちのように。突然のご婚約にはロンドンじゅうが驚きましたわ。ご結婚されても、ここへはお顔を見せてくださいますわよね」

「もちろんだ。ぼくは恐妻家じゃないからね。それに婚約者は、ぼくが外で遊ぶのをいやがったりしない。世慣れた女性なんだ」

「まあ、ご幸運な方ですこと。じつを申しあげますと、はた目で見ている分には、公爵がご子息を落ち着かせようとやっきになっていらっしゃる姿はおもしろかったのですけれど。ですが、あなたはご結婚されたからといって、おとなしくなるような方ではございませんものね」

「そのとおりだよ」ソーンはにやりとした。「ベッドは刺激に満ちているほうが好きなんだ」

「それならお手伝いできることもございますわ。どうぞ遠慮なくお申しつけください」

ソーンは残念そうな顔で首を振った。「ひとまず挙式がすむまでは身を慎むつもりだ。結婚してしまえば、また話は別だけれどね」

「それほど世慣れていらっしゃる方なら、ご婚約者もここへお連れになってはいかが？　きっと楽しんでいただけると存じますわ」

ダイアナがこの館で罪深い楽しみに興じている姿が思い浮かび、鋭い嫉妬に胸が痛んだ。

「そうだな、考えてみるとしよう。だが、せっかくの申し出だが、きっと独占欲のほうがまさりそうな気がするよ。ほかの男に妻をさわらせたくない気持ちはわかるだろう？」

「もちろんですとも。ただ、嫉妬や独占欲が絡みますと、興奮はいっそう増すのがつねですわよ」

ソーンは彼女の手を取り、慇懃《いんぎん》にキスをした。

「きみが言うなら、きっとそうなのだろう」

マダム・ヴィーナスが応接間をまわり、客たちが満足しているかどうか確かめるようすを、ソーンはしばらく眺めていた。燃えあがる怒りの炎で視界が赤くかすんでいる気がする。ダイアナをここで遊ばせるなど、考えるだけでもはらわたが煮えくり返る。それにマダム・ヴィーナスが平然と挨拶をしに来たのも大いに気に食わない。おそらく、自分がつかまることはないと思っているのだろう。だが、もしナサニエルの殺害にかかわっているのであれば。絶対にただではおかない。

そうつぶやいて誓いながら、ソーンはここ二、三年で経験したもうひとつの変化に気づいた。いつもなら殺人犯を捜しだすといった難しい任務では血が騒ぎ、そこに生きがいを感じる。けれども今回のように被害者が大切な友人だった場合には、そういった感覚はまったくない。

相手はマダム・ヴィーナスなのだから、慎重に事を進めなければならないだろう。こういう職業で成功している女性は、ただ美貌と色香だけで勝負しているわけではない。賢くて機転が利くからこそ、商売を繁盛させられるのだ。

店の立地にもそれは表れている。裕福な貴族が足を運びやすいようメイフェアに近く、娼婦の多くが通ってくる劇場地区からも遠くない。

〈マダム・ヴィーナスの館〉は特権階級に属する者たちのみを顧客とし、高額の賭け事と独創的な性の饗宴を売り物に、多くの客を集めている。カードや性的余興に飽きた客は、それぞれが思い思いの楽しみに興じることもできる。複数を相手にしてもいいし、酒や阿片《あへん》や道具を使って気分を高めてもいい。ただし、ロンドンには快楽のためならなんでもありの娼館も多いなか、ここでは暴力と獣姦《じゅうかん》はご法度になっている。

そのとき、部屋の奥でマッキーが仮面をつけた女性にほほえみかけている姿が目に入った。ここを訪れる女性客は顔を見られないように仮面をつけてくることが多い。たいていは政略結婚に縛られている貴族の妻であり、夫に無視されているか、伴侶《はんりょ》が高齢であるため不貞を働いても放《ほう》っておかれているような女性たちだ。ときには、跡取りを産むという務めを終えて好きに遊ぶことを許された、年配の女性も来る。

こちらが気づくのをずっと待っていたのだろう。マッキーは軽く顎を振り、二、三メートルほど後ろにいる半裸で金髪のかわいい女性を指し示した。

ここに長く勤めているというキティ・ワースンに違いない。マッキーの報告書に書かれていたとおり、ずいぶんと小柄で、メロンを思わせる豊かな胸をしている。

まだ雇い主の過去を訊きだせるような仲ではないということだが、順調に親しくはなっているらしい。キティなら、事件の前にナサニエルとマダム・ヴィーナスが愛人関係にあったかどうか知っているかもしれない。そちらはマッキーに任せるとして、自分は別の情報源を徹底的に探るとしよう。

ソーンはテーブルに戻ると、カーステアズの隣に座った。今夜は長い夜になりそうだ。ナサニエルとマダム・ヴィーナスの関係や、殺害される前の数日ナサニエルがなにをしていたかといった、カーステアズが知っていることをすべて訊きださなければならない。

翌朝、英国美術院の校長であるジョージ・エンダリー卿は、面接のために訪れたダイアナがソーンにエスコートされてきたのを見て、一瞬、驚いた顔をした。だが、すぐに満面の笑みを浮かべた。ソーンがいずれパトロンになってくれるのではないかと考えたのだろう。

評価を仰ぐためにダイアナが事前に送っておいた肖像画や風景画の自信作が、校長室のなかに並べられていた。ソーンはひと目でそれがダイアナの作品だとわかった。そのうちの一枚が、キュレネ島の断崖で描かれた絵だったからだ。どれも光の表現が独特で個性があり、見る者の目を引きつける新鮮さに満ちあふれている。

じっくりと眺めたい気分だったが、面接の邪魔をしないようにダイアナを残して校長室をあとにした。待っているあいだに敵情視察をしようと、ソーンは展示室へ足を向けた。一部を除けば、素人目にもダイアナの作品のほうがはるかに優れて見えた。その一部とは、ソーンも名前を知っているような画家の絵だ。

面接が終わったらしく、エンダリー卿とダイアナが展示室へやってきた。ちょうどいい機会だと思い、ソーンは自分の意見を述べた。

「ミス・シェリダンの才能がいかにすばらしいか、充分におわかりいただけたと思いますが？」

「もちろんですとも。ただ、入学を許可するには、いろいろと考慮すべき点もございまして」

「つまりは性別が問題だということですね」

「残念ながらそうなのです。女性を入学させることをパトロンの方々がどのように感じるかも考えなければなりません。ご承知のとおり、ここは個人の資産で創設された学校ですから」

「校長の手腕はみごとですよ。独創的な芸術家たちを支援し、ここを王立芸術院と肩を並べるまでにされましたからね。それを考えると、女性を入学させるのは学校にとっても大きな利点ではないでしょうか」

「といいますと？」

「なんといっても大きな話題になります。女性の作品が出品されれば、展覧会に客が押し寄せるでしょう。たしか、こちらも王立芸術院と同じく、定期的に美術展を開催していらっしゃいますね」

「ええ、作品の展示だけではなく、さまざまな賞も用意しております。授業は、デッサンや絵画、彫刻、解剖学などに分かれていまして……ああ、もっともミス・シェリダンの場合、解剖学には出席いただけませんが」

ソーンはほっとした。女性が芸術家になることには進歩的な考えを持っているつもりだが、ダイアナがほかの男の裸体を描くのはうれしくない。

彼はエンダリー卿に向けて誠実そうなほほえみを浮かべた。「ご存じのとおり、ぼくの父はレッドクリフ公爵ですが、亡くなられたレイノルズ卿と親交がありましてね」ジョシュア・レイノルズ卿は長いあいだ王立芸術院の校長を務めた人物で、自身も卓越した画家であり、イングランドの芸術分野における基準を設けたことで知られている。「ですが、その父でさえ、レイノルズ卿の実力評価は解釈が厳密すぎて、あれでは独創性豊かな才能をつぶしてしまうと嘆いていたものですよ」

「悲しいですが、それは事実ですな」

「だが、あなたのような方のご指導があれば、こちらは王立芸術院などよりはるかに広く才能を集める学校になるでしょう。ミス・シェリダンの入学についても、正しい判断をしていただけるものと信じていますよ」

エンダリー卿が誇らしげな顔になった。「光栄です。なるべくすみやかに結論を出すとお約束いたしましょう」そして、ダイアナのほうを向いて握手をした。「もうしばらく作品をお預かりしてもよろしいですかな？」

「もちろんですわ」ふたりは建物をあとにした。

馬車の座席に腰を落ち着けると、ダイアナは礼を言った。

「ついてきてくれてありがとう。エンダリー卿はあなたの言葉に感銘を受けていらしたわね。口添えしてもらったから、これで学校側もとりあえず真剣に検討する気にはなってくれそうよ」

「エンダリー卿が絵のすばらしさにはろくに触れもせずに言い訳を始めたのを聞いて、ぼくもようやくきみのいらだちがわかりかけてきたよ」

ダイアナは唇を噛んだ。

「期待しすぎてはいけないとわかってはいたけれど、やはり現実は厳しいわ」

「ぼくがパトロンになってきみを推薦することもできる。しかるべき人物に充分な寄付金を握らせれば、きみの入学は保証されるはずだ」

ダイアナは愉快そうな笑みをこぼしたが、あまり感謝しているようすではなかった。「そう言ってくれるのはうれしいけれど、あなたにお金で入学許可証を買ってもらうのではなく、実力で認められたいの。賄賂《わいろ》を使って入るしかなかったと画壇に知れ渡れば、あの学校で学ぶ意味がなくなるもの」

「わかった」ソーンはにやりとした。「それでもぼくは、ぜひ英国美術院のパトロンになりたいな。息子が敵方についたとわかれば、父がさぞいらだつだろうからね」

ダイアナはまじまじとソーンを見た。

「お父様がレイノルズ卿の見解に異論を唱えていらしたというのは作り話でしょう？」

「若干の脚色はあるかもしれないな」

ダイアナは憤慨したふうにかぶりを振った。「あなたって本当にとんでもない人ね」

「ああ、否定はしない」ソーンは陽気に答えたが、内心ではなおもダイアナの気持ちを思い、怒りがくすぶっていた。

これだけ才能ある画家が学ぶ機会を与えられないとすれば、あまりにもったいない話だ。だが、ダイアナの懸念は正しい。入学を金で買ったと思われるのは、本人にとって不利益になるだろう。

もし、英国美術院が彼女を受け入れないとわかったら、そのときは内々に手段を講じるしかない。

ダイアナの不安を紛らせようと、ソーンは話題を変えた。

バークリー・スクエアにある伯母の屋敷の近くまで来たところで、ふいにダイアナがはっとした。窓の外を凝視して、レディにはふさわしくない呪《のろ》いの言葉を吐く。

「なんてことかしら……」

「どうしたんだ？」

ダイアナは信じられないといった顔でソーンを見た。「エイミーがレジナルド・ナイリーと一緒にいるの。例の財産目当ての求婚者よ。今、彼の馬車からおりようとしているわ」

ソーンは身を乗りだし、御者に停車の合図を送る紐を引いた。馬車はすぐに速度を落とした。「わたしの目を盗んでこっそり会っていたんだわ。よくもこんなことを」

ソーンは馬車からおりようとするダイアナを引き留めた。

「ちょっと待て。どうする気だ?」

「部屋に閉じこめるわ。食べ物はパンと水でたくさん。本当はその前に首を絞めてやりたいくらいよ」

御者台の後ろにある小窓が開き、声が聞こえた。「行き先の変更ですか?」

「いや、このまま行ってくれ」

「承知しました」御者が小窓を閉めた。

ダイアナが文句を言ったが、ソーンは首を振った。

「今ここでエイミーを叱るのは得策じゃない。そんなことをしたらどうなるか考えてみろ」

「どうなるというのよ」ダイアナがいらだった声で言う。

「エイミーを守りたい気持ちはわかる。だが、恋人に会うのを禁止しても反抗されるだけだ。ぼくにはわかる。人生の大半を権力に抵抗しながら生きてきたんだから。つまりは父のことだが」

「じゃあ、どうしろというの? レジナルドから遠ざけておかないと、エイミーの一生は台なしよ。わたしの二の舞だわ」嗚咽がもれ、ダイアナは両手で顔を覆った。

その嘆き悲しむ姿を見て、ソーンは胸が詰まった。本当は抱きしめて慰めたいが、友人のように接する自信がないため、じっと我慢した。ダイアナの気持ちはよくわかる。本質的に愛する人を守ろうとする女性なのだ。とりわけエイミーのこととなると、赤ん坊を連れた雌ライオンに豹変《ひょうへん》する。それに、過去のつらい記憶から財産狙いの男には敏感に反応してしまい、理性的に考えられなくなるのだろう。

「泣かないでくれ」ソーンはなだめた。「エイミーは絶対に傷つけさせないと約束するから」

「じゃあ、あのふたりが会うのをやめさせてちょうだい！」

「そのつもりだよ。めそめそ泣いても、解決にはつながらないだろう？」

ダイアナはびくりとし、鋭い目で彼をにらみつけた。だが、すぐに座席に深く座り直して涙をぬぐった。「そうね」彼女はこぶしを握りしめた。「レジナルドが財産目当てで近づいていることを、どうしたらエイミーに理解させられるかしら。なんとかしてレジナルドの化けの皮をはがしてやりたいわ」

ソーンは眉根を寄せて考えこんだ。「方法はあるかもしれない」

うまくマダム・ヴィーナスをかかわらせれば、ふたつの問題を一度に解決できる気がする。このレジナルドとやらを利用してマダム・ヴィーナスに接近し、かつエイミーの恋心を断ちきらせるのだ。

とっさに思いついた計画を口にするのは気が引けたが、黙っていてはダイアナは納得しないだろう。彼女は心配でたまらないといった顔でこちらを見つめながら、じっと説明を待っている。

「レジナルドをエイミーから引き離す。あるいは、少なくともエイミーの恋の熱は冷ませると思う」

「どうやって？　どうしたらあの娘《こ》の頭を冷やせるの？」

ソーンはゆっくりと息を吸いこみ、どこまで話そうかと迷った。しかし、結局は本当のことを話すと決めた。すべてを打ち明けてしまったほうが、邪魔をされずにすむだろう。

「怪しまれずにマダム・ヴィーナスと親しくなる方法を探していたんだが、これを口実に使えるかもしれない」

ダイアナが目を見開いた。回転の速いその頭のなかにあれこれ質問が思い浮かんでいるのだろう。けれども、発したのはひと言だけだった。「聞かせて」

「マダム・ヴィーナスに頼んで、レジナルドを誘惑させるんだ」

「誘惑ですって？　そんなことが彼女にできるの？」

「もちろんだ。それがマダム・ヴィーナスの商売だから、うまいものだよ」

「色仕掛けでだますということ？」ダイアナは考えながら話した。「そして、レジナルドが裏切っているとエイミーに気づかせるのね。そうすれば怒って結婚なんて考えなくなる。裏切られた女性の恨みは怖いというやつね」

「そうだ。おそらくマダムみずからは動かないで、店の女性を使うだろう。だがそれでもぼくが頼むのはマダム・ヴィーナスが相手となるから、ナサニエルとの関係を訊きだすチャンスは作れる。疑われはしないはずだ。ぼくは後見人なんだから、エイミーをたちの悪い男から引き離したいと思うのは筋が通っている」

「そうね」ダイアナは口ごもった。「でも、ずるい手だわ」

「そうだな」

「それに人の道にもとるでしょう」

「そのとおりだ。だが、〝恋と戦は手段を選ばず〟とことわざにもある。それにきみだって、ナサニエルを殺した犯人を見つけたいだろう?」

「もちろんよ」

ダイアナは黙りこんだ。しばらく考える時間も必要だ、とソーンは思った。今はとにかくマダム・ヴィーナスに近づく口実が欲しい。昨晩、カーステアズからいろいろと話を聞いた。それによると、どうやらナサニエルは短期間ながらマダムと関係があったらしい。マダム・ヴィーナスの部屋から出てくるところを目撃されている。〈剣の騎士団〉を探っていたトーマス・フォレスターという男については、カーステアズは聞き覚えのない名前だと言った。

マダム・ヴィーナスのことを探るには、今よりもっと親しくなる必要がある。

やはり、これにまさる作戦はないだろう。ソーンはダイアナの手袋をした手を握った。

「ぼくに任せてくれないか?」

ダイアナがソーンの顔をのぞきこんだ。「わかったわ」

「信頼してもらえてうれしいよ。しかし、どうかぼくのやり方で進めさせてくれ。必ずあのふたりを別れさせると約束するから」

「お願い」彼女はしぶしぶ承知したというふうに言った。

「今日、エイミーを見かけたことはおくびにも出してはいけない。きみに隠れてこそこそ会っていたことを叱られたりすれば、エイミーはますます思いをつのらせるばかりだ。障害の多い恋ほど燃えるものだからね」

ダイアナは唇を引き結んだが、ようやく折れた。「いいわ、黙っていることにする。でも、あなたのやり方で本当にうまくいくんでしょうね？」

「大丈夫だよ。さあ、涙を拭《ふ》いて。エイミーが怪しむぞ」

ダイアナはソーンからリネンのハンカチを受け取って目元に押し当てた。感情的になってしまったのを恥じるような表情をしている。「それにしても……」彼女はぼそりと言った。「若い女性の心情をやけに理解しているのね」

ソーンは平然とした顔でにやりとした。

「それは若い女性の心情をつねに研究し続けてきたからだ。言っておくが、恋のゲームでエイミーがぼくに勝てるはずがないよ」

8

「もちろんですとも」マダム・ヴィーナスはハスキーな声で言った。「後見人をなさっているお嬢様を信用のおけない男性から引き離したいお気持ちはよくわかりますわ。わたくしで役に立てるなら、協力させていただきます」

彼女はブロケード張りの長椅子の背にもたれかかり、ホット・チョコレートをひと口飲んだ。なまめかしい魅力を惜しげもなくさらすレースの化粧着をまとい、退廃的な雰囲気を漂わせている。午前中の遅い時間に〈マダム・ヴィーナスの館〉を訪ねたソーンは、マダム・ヴィーナスがいつも仕事に使っている小さな応接間ではなく、私室へ通されたことに驚いた。

彼女もまた、ソーンの一風変わった依頼に驚いたようだ。

「それにしても、どうしてわたくしに？　あなたが決闘を申しこめば、その方は怯《おび》えて逃げだすんじゃありませんの？　あなたはピストルの名手だとうかがっておりますわよ」

隣の椅子にくつろいだようすで座り、ソーンはにこやかな笑みを返した。

「レジナルドと決闘をするなどと言って脅せば、エイミーの怒りを買うのがおちだ。しかも、それで恋心が消えるわけではない。彼女にはとてもロマンティックなところがあってね。ひどい後見人に恋路を邪魔されたとなれば、なにか愚かなことをしでかしかねない。たとえば駆け落ちとか」

「それなら誰か使者を遣わして、求婚を取りさげるよう説得させればよろしいのでは？」

「つまり、骨の一本もへし折って、ということかい？」

今度はマダム・ヴィーナスがにこやかにほほえんだ。

「ええ。相手の男性をすくみあがらせて、必要とあらば力業のひとつも使える者が、馬丁なり従僕なり、どなたかいらっしゃるでしょうに。もし誰もいないのであれば、わたくしがお貸しします。うちにはふたりばかり屈強な従僕がおりますから。難しいお客様がいらしたときのために雇っておりますの」

そういえば、用心棒がふたりほどいるとマッキーが言っていた。先ほど応対に出た男がそのうちのひとりだろう。

ソーンは首を振った。「いや、そうしようと思えばできるが、愛しい男が怪我でもしようものなら、普通は憐憫《れんびん》の情が増すばかりじゃないかと思ってね。金を握らせるか、弱みを突くかして、街から追いだすことも考えた。賭け事でつくった借金を抱えているような男は、叩けば必ず埃《ほこり》が出るものだからね。だが、いずれにしろ結果は同じだ。だめなんだよ、ヴィーナス。やはり、レジナルドがほかの女性に夢中になっている証拠をエイミーに見せつけるしかない。そうすればエイミーも自分が愛されているわけではなく、ただ財産を狙われているだけだと納得するだろう」

「お相手の方に賭け事の借金があることは、わたくしもうかがってますわ」

「本人を知っているのかい？」

「当店のお客様ではございませんけれど、お会いしたことはあります。いつごひいきになってくださるとも限らないので、ロンドンじゅうの男性と顔見知りになっておくよう心がけておりますから」

「なるほど」

「では、うちの女性にその方を誘惑させればよろしいのですね」

「そうだ。レジナルドが好みそうな美女は何人も思い当たるが……あの金髪の小柄な娘はどうだい？　たしか名前はキティといったかな。どことなくエイミーに似ているし。もっとも、キティのほうがずいぶんと色っぽいことはたしかだが」

「彼女なら適任でしょう。お目が高いですわ」

ソーンはほほえんだ。「助かるよ。もちろん、報酬は充分に用意させてもらうつもりだ」

「そういうことでしたら、必ずやご満足のいく結果を出してごらんに入れますわ。あなたが後見人をされているお嬢様も、最後にはあきらめがつくでしょう」

「よかった」

ソーンは一瞬ためらった。ここでトーマス・フォレスターとの関係をマダム・ヴィーナスに問いただすわけにはいかないが、ナサニエルの名前を出すくらいならかまわないのではないだろうか。

「ナサニエルも、きみが妹のために尽力してくれることに感謝していると思うよ」

マダム・ヴィーナスの緑の目が翳《かげ》りを帯び、悲しみを隠すように伏せられた。

「お力になれてうれしいですわ」

「ナサニエルはきみにかなり好意を抱いていた。ずいぶんと褒めていたよ」

マダム・ヴィーナスが視線をあげた。「なんとおっしゃっていましたの？」

ソーンは含みを持たせたほほえみを浮かべた。

「彼は紳士だったから、もちろん色恋を自慢したりはしなかったけれどね」

彼女は眉根を寄せ、視線をそらした。

「この店もたいそう気に入っていたらしい。殺された夜も、ここへ来る予定だったみたいだな。知っていたかい？」

「そうではないかとは思っておりました」マダム・ヴィーナスの声はいくぶんかすれていた。

「あの方の死はショックでした。とても……残念です」

「そうだな」ソーンは険しい口調で言った。目を合わせようとしない彼女を見ていると、その色っぽい首をつかんで揺すってやりたい衝動に駆られる。けれどもその気持ちをこらえ、物憂げに長椅子から立ちあがった。

「じゃあ、これで」彼は腰をかがめ、差しだされた手にキスをした。「レジナルドの件はきみが動いてくれるということで話がついたし、ぼくは帰るとしよう」

「もう少しゆっくりされればよろしいのに」マダム・ヴィーナスは豊かな胸を覆う化粧着の

襟をこれ見よがしに直した。ベッドへ誘っているのだろう。ぼくの気をナサニエルからそらすためだろうか。

「うれしいね。だが残念ながら、このあと別の用事があるんだ」

ソーンはマダム・ヴィーナスの私室をあとにして、階段をおりた。先ほどの従僕が館の出入口を開けてくれた。

ずっと背中を目で追われている感覚があったが、あえて振り向かず、彼女が言っていた用心棒のことをマッキーに尋ねようと心に刻んだ。

おもしろいことに、馬車に乗りこんだのちも、従僕は険しい顔でこちらをにらんでいた。ぼくがマダム・ヴィーナスを訪問したことが気にかかっているのだろうか？　もしそうなら、彼女を巻きこんだのは正解かもしれない。ナサニエル殺害の謎を解く糸口がここでつかめそうな気がする。そうそううまくは運ばないにしろ、エイミーの件に片がつくのは間違いない。姑息《こそく》な手段だとは思うが、マダム・ヴィーナスに依頼したことを後悔はしていない。ダイアナからはずるい手だと言われたものの、大切なことのためなら名誉などちょっと脇に置いておけばすむ。ぼくにとっては、自分が保護すべき人を守ることこそが重要なのだ。

二日後の午後、コヴェント・ガーデンの近くにある紫煙漂う酒場でソーンはマッキーと会い、用心棒の名前を尋ねた。

「でかいほうがサム・バーキン」ビールが入ったジョッキ越しにマッキーが言った。「それで、不器量なほうがビリー・フィンチ。いつもしかめっ面をしている。キティに訊いたところでは、ふたりとも店が始まったときから働いているそうだ」

「マダム・ヴィーナスとナサニエルのことはなにかわかったのか？」

マッキーがうなずく。「やはり関係があった。それを知って、ちょっと驚いたとキティは言っていた。というのは、マダム・ヴィーナスはめったに男をベッドに入れないらしいんだ。ところがナサニエルは死ぬ間際の一、二週間、彼女の寝室に通っていた」

ソーンは顔をしかめた。「まったく気がつかなかった」

「あんたに知られたくなかったんだろう。キティが言うには、ふたりは関係を隠したがっているふうに見えたらしい。少なくとも、ナサニエルはいつも裏口から出入りしていたということだ」マッキーが急ににやりとした。「そういえば、あんたが喜びそうな情報をひとつ手に入れた」

「なんだ？」ソーンは心がはやった。

「マダム・ヴィーナスは昔、別の店で娼婦として働いていた。マダム・フーシェの娼館だ。知っているか？」

ソーンは眉をあげて考えこんだ。「ああ、知っている」

マダム・フーシェの娼館といえばロンドンでも最高級の会員制の店であり、顧客の空想を満足させる性的娯楽を提供している。マダム・フーシェ自身はフランス人で、フランス革命のさなかに愛人だった貴族とともにイングランドへ逃げのび、その男性が亡くなったのちに現在の娼館を始めた。

ソーンは乾杯のためにジョッキを掲げた。「すばらしい情報だ。これで初めて有力な手がかりが得られた」

マッキーも自分のジョッキを持ちあげた。「なにか収穫があることを祈ろう」

同じ日の夕方、まだ客が来るには数時間ばかり早い時刻に店に現れたソーンを、マダム・フーシェは驚いた顔もせずに迎え入れた。だが、訪問の目的を知ると好奇心をあらわにした。

優雅な応接間に招き入れられたあと、ソーンは話を切りだした。「この店と競合している娼館の経営者について、少しうかがいたいのだが。マダム・ヴィーナスだ。以前はここで働いていたそうだね?」

マダム・フーシェは一瞬、鋭い目をしたが、あっさりと質問に答えた。

「ええ、そうでございます」

「マダム・ヴィーナスについて知っていることを話してもらいたい」

「二年ばかりいました。売れっ子でしたわよ。それはもう、ご指名が多くて。彼女が辞めたのは本当に残念でしたわ」

「辞めた理由は?」

マダム・フーシェは苦笑いした。「賢い人でしたもの。ここで働いているより、自分で店を構えたほうが儲《もう》かると気づいたのでしょう。円満に辞めていきましたわ。今でもばったり顔を合わせることもありますし。ただ、彼女も自分の商売に忙しくしていますから。おっしゃるとおり、今ではわたくしどもと競合しているほどですもの」

「ヴィーナスというのは本名ではないんだろう?」

「もちろん違います。うちにいる子たちはみな芸名を使います。そのほうが謎めいた雰囲気が出ますでしょう。彼女の本名はたしかマデリンだったはず。わたしに同じ名前のいとこがいましたので、よく覚えているんですよ。いとこのほうは綴《つづ》りがフランスふうでしたけれど」

「姓は?」

「ごめんなさい、思いだせませんわ。知っていたかどうかさえ怪しいくらいです。ここへ仕事を求めに来る女性たちは、あまり過去を話したがらないものですから。ほら、おわかりでしょう?」

たとえここのような高級店といえども、娼館に行き着く女性たちはつらい過去を背負っているものなのだろう。「それで、きみはすぐにマダム・ヴィーナスを採用したのかな?」

「ええ、それはもう。とても個性的ですもの。顔もきれいでしたけれど、あの身長に赤毛と緑の目でしょう? その組みあわせを好まれるお客様は多いんですよ」

「マダム・ヴィーナスについて、なにかほかに覚えていることはないかい?」

マダム・フーシェは考えこむように唇をすぼめた。「そういえば……両親は亡くなったと言っていたことがありましたわね。たしか、何年も前に殺されたのだとか。当時でも、まだそのことをずいぶんと憤っていました。申し訳ないのですが、覚えているのはそれぐらいですわ」

ソーンは穏やかにほほえんだ。マダム・ヴィーナスが孤児だったとわかったのは大きな進展だ。

「最後にもうひとつだけ教えてほしい。トーマス・フォレスターという名前のイングランド人を知らないかな？」

マダム・フーシェは難しい顔をした。

「さあ、存じあげません。わたくしどものお客様のなかには、本名を明かされない方も多いのです。みなさま、なんというか……はにかみ屋でいらっしゃるものですから」

「〝はにかみ屋〟とはいい表現だ」ソーンは笑みを浮かべて立ちあがった。「いろいろとありがとう。もしなにかまた思いだしたら、連絡してもらえないかな？」

「ええ、喜んで」

マダム・フーシェは優雅にほほえむと、ソーンが差しだした紙幣を受け取った。

「さらにわがままを言って申し訳ないが、今日のことは内密にしてもらえると助かるよ」

「もちろんですとも。口が軽くては、この商売は長く続けられませんから」

これだけの手がかりがあればマダム・ヴィーナスに関する調査は進展するだろうと思われたが、数日を経ても新しい情報はなにも得られなかった。彼女の姓についてキティにはなにひとつ思い当たる節がなかったし、トーマス・フォレスターの過去は依然として謎に包まれていた。

ジョン・イェイツがフォレスターの生前の隣人たちに聞きこみをしてまわったが、たいした収穫はなかった。フォレスターなる人物はまったく近所づきあいをしていなかったらしく、下宿屋の火災で死亡したときも、黒焦げの遺体を引き取って葬儀を行う者は現れなかったそうだ。ほかの下宿人はロンドン市内に散り散りになっているため、今イェイツがその消息を追っている。誰かフォレスターの過去を知っている者がいるかもしれないからだ。

ソーンは自分に次の仕事を課した。まず、現在ロンドンで活動している数名の同志たちに、任務の際フォレスターに遭遇したことがないかどうか訊いてまわること。そして、外務省にこれまでの経緯を簡単に報告することだ。確たる証拠がないことに、ソーンはいらだちを感じはじめていた。

むしゃくしゃする最大の理由はもちろん、調査が思うようにいかないことだ。だがよく考えてみると、昨年の春にナサニエルが亡くなって以来、自分では認めなかっただけで、じつはずっと気分が晴れていなかった気がする。

そして今、われながらはっきりわかるほど不機嫌になっている。

その原因は、必ずしも任務の行きづまりだけではない。けれども、ではほかになにがあるかというと、私生活のせいにはできなかった。父親はもう結婚しろとうるさく言わなくなったし、ゴシップ記事もだいぶおさまってきた。伯母の庇護のもと、ダイアナは徐々に社交界に受け入れられつつあるし、英国美術院への入学もほどなく決まるだろうという確信がある。いらだちの原因は、もしかするとそのダイアナかもしれない。どういうわけか無性に彼女が恋しかった。面接の日を最後に、先週はダイアナとふたりきりで話す機会がほとんどなかった。なにかしら社交行事の予定を入れて、毎日会うようにはしているのだが、いつも他人に囲まれている。

それになにより、当のダイアナ自身、毎日忙しくしていた。デビューを間近に控えたエイミーにつき添って買い物に行かなくてはならないし、午前中は社交界の重要人物たちへの挨拶まわりも欠かせない。ときにはソーンが馬や馬車でダイアナを公園へ連れだすのだが、決まって友人や知りあいや、上流階級の仲間入りを狙う赤の他人に声をかけられ、呼び止められてしまう。この一週間で三度、彼はレディたちをエスコートして外出した。ドルリー・レーン劇場での観劇、伯母の親しい友人が主催した演奏会、それに少人数のちょっとしたパーティだ。このパーティでは初めて正式にエイミーとセシリーを社交界に紹介した。だが頻繁に出かけてはいるものの、ダイアナとふたりきりになる機会はまったくと言っていいほどなかった。

本当はそれに安堵すべきなのだろう。ぼくはダイアナにおぼれてしまっている。なるべく距離を置いたほうが、気持ちは冷めやすいはずだ。

そうとわかっていながらその日の午後、ソーンはダイアナを訪ねてしまった。夜の外出の前に二、三時間仕事をしたいと言っていたから、彼女は今ごろアトリエにいるはずだ。立派な口実もあった。まず、レジナルドを追い払う作戦の進捗《しんちょく》状況を話しておきたい。それに今夜〈オールマックス〉で催される会員制の舞踏会に、ダイアナとエイミーとセシリーの参加が認められたことを伝えたかった。〈オールマックス〉とは、上流階級のなかでもとりわけ選ばれた人々だけが入場を許される舞踏会場だ。

あとで悔やむかもしれないとはわかっていたが、ソーンはどうしてもダイアナとふたりきりで会いたかった。最後に小気味よい会話を交わして、笑顔を引きだし、彼女に触れてから、もう何日も経っている。

家政婦に案内されてアトリエに入った。ダイアナは絵の具の飛びはねた上っ張り姿でイーゼルの前に立ち、片手にパレットを、もう片方の手に絵筆を持っている。

挨拶代わりに向けられた彼女の笑みを見ただけで、ソーンの鼓動は速まった。ダイアナは彼の訪問を心から歓迎しているように見えたが、難しい影の部分を描き入れてしまうまで少し待ってほしいと言い、紅茶とワインを用意するよう家政婦に頼んだ。

それを待つあいだ、ソーンはアトリエの壁に飾られた絵を見てまわった。初めて見る作品がたくさん並んでいる。ソーンは息をのんだり、力強さを感じたり、感銘を受けたりしながら、一〇分あまりも絵を堪能した。

知っている絵が二枚あるところをみると、英国美術院が預かっていた作品を返却してきたのだろう。それがいいことなのか悪いことなのか、ソーンには判断がつかなかった。

これで影が差している部分は完成したと言ってこちらを向いたダイアナに、彼は尋ねた。

「エンダリー卿からまだ合否の連絡はないのかい？」

「ないわ」ダイアナが道具を片づけながら答えた。「そのことはあまり考えないようにしているの」

腰の曲がった老人の肖像画をソーンは指さした。しわの刻まれた顔を照らす明るい光が内面の力強さを感じさせ、〝光の魔術師〟と呼ばれたオランダの画家レンブラントの作品を思わせる。

「きみの絵には驚かされるばかりだ」ソーンは心からの称賛をこめて言った。

「ありがとう。おじの領地で働いていた小作人よ」

「ぼくの肖像画はできあがったのかい？」

「いいえ。時間が取れなくて」

返事をするのがやけにすばやいと感じ、ソーンはそちらへ目を向けた。ダイアナは上っ張りを脱ぎながら、少し慌てているように見える。今日着ているドレスは淡黄色のモスリン地だ。

近寄ってきたダイアナの顔を見て、深紅色の絵の具がひと筋、頬についているのに気づいたが、手を伸ばしてぬぐうのはやめた。彼女に触れたが最後、それ以上なにもせずにいられる自信がない。

「どうしてまたわざわざ来てくれたの？　あと二、三時間もすれば会えるのに」今夜は、晩《ばん》餐会《さんかい》と、そのあとのカードゲームやダンスに参加する予定だった。いずれエイミーとセシリーのために舞踏会を開くので、その前に場数を踏ませておきたいとレディ・ヘネシーが考えたからだ。

「予定が変わったことを伝えに来たんだ。今夜は〈オールマックス〉の舞踏会に出ることになった。それに、レジナルド・ナイリーの件がどうなっているか訊きたいだろうと思ってね」

ダイアナはどちらの知らせにも驚いた顔をした。ちょうどそのとき、家政婦と従僕が紅茶の用意を整えてアトリエに入ってきた。トレイにはスコーンや、バターとジャムを塗ったクランペットものっている。

ダイアナが、待ってと目で合図を送ってきた。そして暖炉の近くにあるテーブルにトレイが置かれるのを待ち、ソーンを招いた。もう四月も半ばになるが、広いアトリエは火をおこさないとまだ肌寒い。火の入った暖炉の前には腰を落ち着かせられる場所が設けられ、座り心地のよさそうな二脚の肘掛け椅子と寝椅子がしつらえられている。顧客にくつろいでもらうためだろう、とソーンは思った。

使用人がさがると、ふたりはそれぞれ肘掛け椅子に腰をおろした。ダイアナがまた口を開いた。ソーンが知っている女性たちなら、みな目を輝かせて〈オールマックス〉のことを訊きたがるだろうが、ダイアナが真っ先に尋ねたのはレジナルドの件だった。

「それで？」ダイアナは紅茶を注いだ。「マダム・ヴィーナスとは話をしたの？　承諾してくれた？」

「どちらもイエスだ」

ソーンはマダム・ヴィーナスとの会話をかいつまんで聞かせ、店の娼婦にレジナルドを誘惑させるという約束をとりつけたことを話した。

「うまくいっているようだ」ソーンは温かいクランペットをひと口食べた。

「どうしてわかるの？」

「レジナルドに尾行をつけているからだ。この一週間の行動はすべて把握している。キティがうまく密会する場所を作ってね。やつはすっかりのぼせあがっているらしく、昨日とおといの晩はキティのアパートメントに泊まったよ。もちろん、ベッドも一緒だったんだろう」

ダイアナはじろりとソーンを見たあと、あきれながらもおかしくてたまらないとばかりにかぶりを振った。「前言撤回よ。あなたはずるいどころじゃない。なんて悪賢いの。人を使ってレジナルドを見張らせるなんて」

「エイミーも見張らせているよ。もちろん、彼女のためを思ってのことだが」

「そうね」ダイアナは笑みを消した。「あのふたりはまだこっそり会っているの？」

「それは一度もない。キティがうまい具合にレジナルドの気を引いているみたいだ」

「よかった。わたしのほうは、とにかく一日じゅうエイミーに用事を作るようにしているの。勘づかれないように気をつけて見張ってもいるわ。レジナルドが不誠実なことをしているとしても、エイミーはまだ気づいていない。デビューするのがうれしくて、そのことで頭がいっぱいなのね。今週中には正式に社交シーズンが始まるし、二週間のうちにはレディ・ヘネシーがエイミーとセシリーのために舞踏会を開いてくださるから」

「首尾よく作戦を進めるには、エイミーに悟られないのがいちばんだ」

「首尾よくといえば……ナサニエルのほうは順調に調べが進んでいるの？」

ソーンは気分が沈んだ。「それなりにね」わざとあいまいに答える。

「マダム・ヴィーナスからはなにか話を聞けた？」

「どうしてそんなことを尋ねるんだ？」

「怪しまれずに彼女と親しくなる方法を探していると言っていたでしょう？　ナサニエルとの関係を訊きだすチャンスを作りたいのよね？」

「だから？」

「もしまだそれが実現できていないのなら、ちょっと……相談したいことがあるの」

いつになくためらいがちな口調に、ソーンの心のなかで警報が鳴った。「あまり相談されたくない気がするのはどうしてかな」

「きっとあなたは気に入らないことだからよ。ずっと考えていたの。どうしたらわたしにも調査のお手伝いができるかと思って」

「ぼくはきみの手伝いなど望んではいないし――」

ダイアナが手で制した。「最後まで聞いて。あなたがとんでもない偽装婚約の話を持ちかけてきたとき、わたしはちゃんと話を聞いたでしょう？」

ソーンは腕を組んだ。「いいだろう。聞こう」

「マダム・ヴィーナスに肖像画を描かせてほしいと申しでたいの」

思わずソーンは眉をつりあげたが、即座に拒否するのだけは我慢した。

「いったいなんのために？」

「怪しまれずに親しくなる格好の方法だからよ」

「彼女の店にのこのこと出かけていって、そんな突拍子もない申し出をしたら、どう考えても怪しまれる」

ダイアナは首を振った。「そうは思わないわ。近づく理由なんていくらでも作れる。たとえば、いとこのために力を貸してくれたお礼をさせてほしいとか。あるいは、英国美術院の人たちをうならせるために肖像画のモデルを探していると言ってもいいし。マダム・ヴィーナスが納得しそうな口実をひねりだすのは難しくないわ。少しでも世間からよく見られたい気持ちがあれば、モデルを頼まれて悪い気はしないはずよ」

「だが、そんなことをしたところでどうなるというんだ？」

「肖像画を描いているあいだに、ほかでは絶対に話さないようなことをマダム・ヴィーナスが口にするかもしれないわ。不思議だけどモデルとして座っていると、どういうわけか画家に気を許して打ち明け話をしてしまうものなのよ。教会で告解をするときと同じ感覚かしら。たとえ彼女がぺらぺらしゃべらなくても、わたしのほうから尋ねることはできる。ほかの状況では無礼に当たることでも、なぜか訊けてしまうものなの」

たしかにそれは一理ある、とソーンは思った。マダム・ヴィーナスの秘密を探ったり、過去の話を訊きだしたりしたければ、自然と会話が進む状況に誘いこむのがいちばんだ。もしかすると姓がわかるかもしれないし、マダム・フーシェの娼館で働くようになるまではどこにいたのか、つかめる可能性もある。

だが、それでもダイアナをかかわらせるのは気が進まなかった。もしマダム・ヴィーナスが本当にフランス側の工作員と通じていたら、ダイアナを危険にさらすはめになる。

「とんでもない話だ」ソーンは最初に思い浮かんだ反対理由に飛びついた。「ぼくたちはきみをレディとして社交界に紹介してきたんだ。それなのに娼館のマダムの肖像画を手がけたりすれば印象が悪くなって、また世間から非難されるぞ」

「たしかにわたしの評判は白ユリのように純白というわけじゃないけど、だからこそいいこともあるの。考えてみて。わたしの申し出なら、マダム・ヴィーナスは引き受けるかもしれない。わたしに暗い過去があるからよ。そうなれば、女性であっても彼女の娼館に出入りできるわ」

「どの娼館にも出入りなんかさせない」ソーンは断固とした口調で宣言した。「ましてマダム・ヴィーナスのところは絶対にだめだ」

威圧的な口調に腹を立てたのか、ダイアナは目を細めてソーンを見た。

「だったらマダム・ヴィーナスをこのアトリエに来させて、こっそり描けばいいわ。彼女がわたしのモデルをしていることを世間に知らせる必要はないもの。お願い、わたしも力になりたいの。本気よ」

ソーンはもう一度、思いとどまらせようとした。「ぼくはひとりで動く主義なんだ」

ダイアナは疑いの目でそっけなく言った。

「嘘ばっかり。さっき、人を使って尾行させていると言ったばかりじゃないの。それに外務省の仕事をしているとなれば、さまざまな情報源を持っているはずよ」

ソーンが黙りこんだので、ダイアナはさらにいらだちをつのらせたらしい。

「どうして反対するのかさっぱりわからないわ」

「とてつもなく危険な状況になるかもしれないからだ」ソーンは正直に答えた。「きみを危ない目には遭わせたくない」

「だったら、わたしに危害が及ばないよう誰かに見張らせればいいでしょう」

またしても筋の通った意見だ。ダイアナを守りたいがために、ぼくは頑固になりすぎているのかもしれない。過保護になるあまり、せっかくの手段を握りつぶそうとしているのだろうか。これがダイアナではなくほかの女性なら、協力を拒んだりはしないだろう。いや、それどころか歓迎したはずだ。ダイアナほどの切れ者なら、利口なマダム・ヴィーナスとでも対等に渡りあえる。

それにダイアナにはいとこのためなら危険を冒すこともいとわない気骨があり、しかも肝が据わっている。その点に関しては称賛するばかりだ。もっとも、それを口に出すつもりはなかったが。

「わたしのことを、か弱くてなにもできない女のように扱うつもりね」ソーンがいつまでも押し黙っているため、ダイアナは業を煮やしたようすで言った。

これには思わず笑みがこぼれた。

認めよう、その告発に対して、ぼくは有罪だ。

「まさか。それどころか、きゃんきゃんうるさくて、いちいち口出ししてくる女性だと思っている。まさにそのとおりだろう」

ダイアナは闘志を秘めた目で彼を見た。好き勝手に言わせてはおかないと思っている表情だ。

「ソーン、わたしはナサニエルの無念を晴らすのに、少しは役に立っていると感じたいだけなの」彼女はカップを置いて立ちあがった。「賛成してもらえないのならしかたがないわね」

ソーンも腰をあげた。「どういう意味だ?」

「あなたの許しがなくても、わたしはいつでも好きなときにマダム・ヴィーナスに会いに行けるのよ」

「それは勧めないな」

ダイアナが立ち去ろうとしたため、ソーンは慌てて彼女の腕をつかんだ。ダイアナは顎をあげ、歯向かうように彼を見た。

たったそれだけの接触なのに、ふたりのあいだに火花が散った。その熱さと、挑むような目にソーンは抗えなかった。

このままではキスをしてしまうとわかっているのに、自分を止められない。
ダイアナもそれに気づいたらしく、目を見開いている。
緊張が漂うのを肌で感じながら、ソーンは一歩前へ出た。

9

うなじに手を当てられ、ダイアナははっとした。

「ソーン……」声がかすれ、言葉が出てこない。

「しいっ、黙って」

身動きもできないまま、ダイアナはソーンを凝視した。わたしを引き留めようとしただけだろうが、今はその目の翳りにせつない願望が見て取れる。わたしも同じ願望がこみあげている。キスを許してしまったらあとがどうなるかわからないというのに、逃げだすことができない。

ソーンが顔を傾けた。悩ましい唇が近づいてくる。もう止められない。どんな抵抗も許さない激しさで唇を求められる。ダイアナは胸に感情があふれだし、膝に力が入らなくなった。抵抗したいのに、彼に頭の後ろのシニョンをつかまれ、自分のものだと言わんばかりに髪に指を差し入れられて顔が動かせない。

押しつけられた唇の焼けつく感覚に声をもらすと、キスはほんの少し勢いが弱まり、その代わり官能的になった。絡められた舌の繊細さに体が震える。

彼女の反応に気づいたのか、ソーンが喉から絞りだすような声をもらした。

「だめだ、きみが欲しい」

その苦しげな声の響きに、ダイアナの膝からさらに力が抜けた。ふいに強く抱きしめられ、頭がくらくらする。気がつくと、体がとろけてソーンにしがみついていた。

ソーンは長いあいだ唇をむさぼっていたが、出し抜けにダイアナを抱きあげると、容赦なく、そして巧妙にキスを続けながら、体の向きを変えて寝椅子に腰をおろした。ダイアナを膝にのせたまま、片方の腕を彼女の背中にまわして体を支える。

ダイアナはわずかに残っていた正気をかき集め、ソーンの胸を押しやった。

「やめて。どうせわたしを引き留めたいだけでしょう」

「それだけじゃない」なおも熱く唇をさまよわせながら、ソーンがかすれた声で答える。「ずっとこうしたいと思っていた。きみを熱くさせたいんだ……ぼくがきみに熱くなっているように」

ソーンはドレスの上から彼女の腿のあいだに触れた。モスリンの生地越しに繊細な部分に指をはわせる。信じられない感覚に、ダイアナは息をのんだ。

彼女の反応にソーンは少し顔をあげ、ほほえみを浮かべた。

「ぼくが言ったように、自分で触れてみたかい？」

「い……いいえ」ダイアナの声が震えた。

「じゃあ、この機会にぼくが教えてあげよう」ソーンがドレスの裾に手を伸ばした。

ダイアナはうろたえ、彼の腕をつかんで止めた。「だめよ」

「どうして？」

「だって……スキャンダルになるかもしれないわ」

「きみの言ったとおりだ。暗い過去があるからこそ、いいこともある。きみは普通の未婚の女性ほど世間に騒がれないよ。それに、どうせ誰にもわかりはしない。使用人があがってくれば足音でわかるし、ぼくたちの姿は寝椅子の陰になっていて見えない」

そのとおりだ。寝椅子の背もたれはドアのほうを向いているため、たとえ使用人が呼ばれもしないのに入ってきたとしてもごまかせる。だいたい使用人が勝手に入ってくることがあるとは思えない。アトリエにいるときの女主人は邪魔しないほうがいいと重々承知しているからだ。

「きみが知りたがっているのはわかっている」迷っているダイアナにソーンがささやいた。「だからぼくが代わりに決めてあげよう。どんな快楽が待っているか、経験してみるといい。きみはただじっとしているだけでいいんだ。ほら、緊張を解いて」

そんなことは不可能だった。全身の神経がかみそりの刃のように鋭く研ぎ澄まされている。ドレスの裾がまくりあげられ、暖炉の熱がじかに肌に感じられた。だが、腿の内側をのぼってくる手の感触に、ダイアナは身を震わせた。

腰より下が彼の視線にさらされ、心臓が激しく打つ。

「きれいだ」ソーンが男らしい官能的な声で言う。「こうする場面を何度思い描いたことか」

手が茂みを軽くなでたのがわかり、ダイアナは体をこわばらせて彼の腕をつかんだ。

「目を閉じて」ソーンは言い、彼女の唇をふさいだ。

ダイアナは抵抗しようとしたが、いつまでも続く媚薬《びやく》のようなキスに頭が朦朧《もうろう》としてきた。腿をそっと押し広げられてあいだを手で覆われ、体がびくりと反応する。指が茂みに分け入ってきたのを感じ、ダイアナは息をのみ、ただじっとしていた。

感覚のすべてがソーンの手の動きに集中していた。秘められた部分を探られているのがわかる。ダイアナの体は耐えがたいほどにこわばり、息が小刻みになった。

彼の指はしばらく入り口をさまよったあと、奥へと進みはじめた。ダイアナは息が止まった。

指はそこでとどまった。初めての経験に体が慣れるのを待っているのだろうか。体の内側から生まれた熱が野火のように全身に広がり、体が震える。やがて指はいったん外へ出たあと、今度は先ほどより奥へ進んできた。

ダイアナは背中をそらし、小さな声をもらした。

「体の力を抜いて」ソーンがかすれた声で優しくささやく。手の感触と同じくらい刺激的だ。力を抜くですって？　体じゅうがざわめいているのに、そんなことができるわけがない。頭がくらくらして、はしたなくも興奮している。

「反応が敏感だね」彼は満足げに言った。「きっとそうだろうと思っていた」

先刻までの指に、もう一本指が加わり、内部が押し広げられた。

「これだけ潤っていれば大丈夫だ」

二本の指がいちばん奥にたどり着き、同時に親指がもっとも敏感な部分に触れた。

ダイアナははっと息を吸いこみ、いつのまにか腿を開いていた。その反応に喜んでいるらしく、ソーンが称賛の言葉をつぶやいた。

「胸も敏感になっているだろう?」唇を重ねたまま、甘い声でささやく。

そのとおりよ、とダイアナはめまいに襲われながら思った。乳房の先は痛いほどだ。けれどもそれよりも、腰より下のうずきのほうが耐えがたかった。ソーンのせいで、体の内側に火がついてしまった。

「ドレスの襟ぐりを引きさげて胸の頂を口に含めば刺激的だが、今は手だけできみを悦ばせたい」

そう言っておきながら、ふいに手の動きが止まったことにダイアナは戸惑った。

ソーンはダイアナの体を少し離し、ズボンの前を開けてこわばったものを出した。そして彼女の手をそこへ誘導した。

「今度はきみがぼくに触れる番だ」

その感触に、ダイアナは驚いた。とても硬いのに、ヴェルヴェットのようになめらかなのだ。

ソーンがふたたび二本の指を奥へと進めた。

「これをぼくだと思ってごらん」

唇のあいだに舌を分け入らせる。

言われた光景をダイアナは頭に描いた。ソーンが腿でわたしの脚を押し広げて……ゆっくりとなかに入ってくる……指と舌の動きがひとつになるにつれて、体が熱く、息が荒くなる。ダイアナはなすすべもなく腰をそらし、自分でもなんだかわからないものを求めて身もだえした。ソーンがダイアナをきつく抱きしめ、容赦なく親指で攻めたてる。

全身を炎に包まれたダイアナは、なにか自分をつなぎ止めるものが欲しいと、ソーンの濃い金髪に両手を差し入れて頭をつかんだ。

彼によって解き放たれてしまった炎が怖い、この恐ろしくも極上の緊張から、めらめらと燃えあがるものから解放されたいと、腰をよじり、ソーンの手にわが身を押しつける。

「熱いわ……」

「抗わないで」ダイアナの震える唇に、ソーンがかすれた声で励ますようにささやきかけた。

さらに高みへと押しあげられ、ダイアナはソーンの髪に爪を食いこませた。すすり泣きの声がもれ、荒々しい情熱がこみあげ、ついに悦びが体のなかで何度も炸裂《さくれつ》する。炎の嵐に包まれているような耐えがたい感覚だ。灼熱《しゃくねつ》とともに体がはじけ、全身が震えた。ソーンが唇を重ねてかすれた叫び声をふさいだ。

まだ赤黒いもやに包まれている気がしたが、ダイアナはようやくわれに返った。ソーンが彼女の頬や額や唇に優しくキスをしてくる。震えは少しずつ引いてきたが、まだ手足はほてっている。

自分が砕け散ってしまった気がする。こんな感覚が存在するとは知らなかった。世の中のありとあらゆることがどうでもよくなり、彼の手の感触だけがすべてになっていた。

ぼんやりと目を開けると、ソーンが見おろしていた。満ち足りたような優しいほほえみだ。

ダイアナは乾いた唇を湿らせた。「知らなかったわ……」

「なにがだい？」

「まるで花火がはじけたみたいだった」

「うまい表現だ。でも、本当に愛しあうともっと熱くなるんだよ」

ダイアナは苦笑いを浮かべた。「これ以上のものに耐えられるとは思えないわ」

「大丈夫だ。保証する」

ソーンは上着のポケットからハンカチを取りだし、ダイアナの頬についている絵の具をそっとぬぐった。「男女がひとつになると、もっと大きな悦びに包まれる……ふたりともね」

彼はうめき声をもらして目を閉じ、自分を抑えようとするようにダイアナと額を合わせた。

「本当は今すぐにでもきみのなかに入りたくてたまらない。だが、紳士であろうと決めたんだ。きみの純潔を守りたい。さっきのような感覚を自分で得られる方法を教えてあげよう」

ソーンはダイアナの手を取り、彼女自身の秘めたところへと導いた。

ダイアナは自分がどれほどふしだらな行為をしているかに気づいた。

「だめ……いけないわ」

力なくスカートをさげて脚を床におろし、ソーンを押して体を離した。震える脚で立ちあがり、手が届かないところまで二、三歩さがると、勇気を出して彼と目を合わせた。

「こんなことでわたしを引き留めようとしても無駄よ」

ソーンはじっと彼女を見つめていた。本心からの言葉なのかどうか探っているようだ。

もちろんダイアナは本気で言っていた。眉根を寄せ、不信もあらわにソーンを見る。

「こんなふうに誘惑して、わたしの気をほかへ向けさせるつもりなのね」

「そうじゃない。自分を止められなかったんだ。きみのせいで、ぼくはずっと苦しい思いをしてきた」

「苦しいって、どういうこと？」

「出会ってからというもの、ずっときみが欲しくてたまらなかった。それが満たされないのは、男にとってつらいものなんだ」

ダイアナは張りつめたままのものに視線を落とし、男性の体に興味を覚えた。

「きみがこうしたんだよ」

ダイアナは疑わしそうに目を細めた。「そんなつもりはなかったの。ごめんなさい」

ソーンが顔をしかめて笑った。「きみにはどうすることもできない。きみは美しくて、魅力的で、ぼくみたいな男にとってはどうしようもなく刺激的だ」

「あなたを苦しいままにしておくのは気に入らないわ。なにか……わたしにできることはないの？」

ソーンは首を振った。「その気になれば、自分で楽にすることはできる。このところはずっとそうしてきた。あまりためこむと、きみを襲いかねないからね」

「じゃあ、わたしのその……愛撫はいらないの？」

ソーンは翳りのあるほほえみを浮かべ、ズボンの前を閉めた。「きみはまだ経験が少ない。ぼくがときどきどんなことを想像するか知ったら衝撃を受けるだろうね。それでもぼくは喜んで、きみ自身を満足させる方法を指南してあげるよ」

「結構よ」ダイアナは会話の主導権を握ろうと努めた。

「気が変わったらいつでも言ってくれ。きみは絶頂感を知った。だから、きっともっと欲しくなる。それは甘いうずきとなって――」

「やめて！　そんな話ではごまかせないわよ。わたしはマダム・ヴィーナスの肖像画を描きたいの」

ソーンはまじめな表情になり、ダイアナの顔をまじまじと見た。

「どうしてもあきらめるつもりはないんだね？」

「ないわ。あなただって、わたしが引きさがるとは思っていないでしょう？」

「そうかもしれないな。だが、ぼくはその計画が気に食わない。きみをマダム・ヴィーナスに近づけたくないんだ」

「気をつけるわ。だからどんな言葉で、どういうふうに秘密を探りだせばいいのか教えて」

その質問には答えず、ソーンは荒っぽく髪をすいた。

「お願いだから、わたしにやらせて。絶対にうまくいくはずよ」

ソーンは厳しい顔でダイアナを見た。「ぼくにはそうは思えない。でも、勝手に動かれるよりは、ぼくの指示に従ってもらったほうがずっといいからな」

「きっとわかってくれると思っていたわ」

ダイアナのほっとしたほほえみを見て、ソーンは顔をしかめた。

「状況は深刻なんだ。ナサニエルは殺害された。しかも、それにマダム・ヴィーナスがかかわっている可能性が大きいんだ。マダム・ヴィーナスがきみに危害を加えようとしても、ぼくは助けてあげられないかもしれない。きみが自分で機転を利かせて、警戒を怠らないようにするしかないんだ」

ソーンの真剣な表情に引きこまれ、ダイアナは重々しく答えた。「わかったわ」

「それに、マダム・ヴィーナスに近づく前に、徹底的な想定問答を行うからな」

「なんでも言われたとおりにするわ」

ソーンはしぶしぶうなずいた。「いいだろう、それなら認めよう。だが、どうやって彼女に接触するかはぼくが決める。きみが言うように、モデルになってくれるよう頼む口実は何通りもある。だから少し考えさせてくれ。今夜、〈オールマックス〉へ出かけるときに話をしよう。それまではなにもするんじゃないぞ」

「わかったわ。決して後悔はさせないから」

「ああ。心からそれを願うよ」

ひとり言のようにつぶやくと、ソーンは立ちあがった。そしてズボンの前を直し、自嘲的な笑みを浮かべた。

ダイアナはさらに一歩あとずさりした。さよならのキスをされるかもしれないと思ったからだ。だが意外にもソーンはそのまま背を向け、ひと言も発さずにアトリエを出ていき、しっかりとドアを閉めた。

いらだっているんだわ、とダイアナは思った。わたしがマダム・ヴィーナスの件で自分の意見を押し通したせいだけではない。ズボンのふくらみから察するに、きっとまだ苦しいのだろう。あまりためこむと、わたしを襲ってしまいそうになるというのは本当かしら？

ソーンなら美しい女性をいくらでも自分のものにできるだろうに、このわたしを魅力的だと言ったことに驚かされる。だが、そう感じているのはわたしも同じだ。

だからこそ、まだ彼の肖像画を仕上げられないでいる。時間が取れないと言ったのは嘘だ。本当はソーンの美しい体と向きあう気になれないだけだ。そうでなくても、昼も夜も彼のことばかり考えているのに。

今日もこんなに心をかき乱されている。抗いがたい情熱の味を教えられて、渇きはつのるばかりだ。

顧客のために用意してある大鏡のほうへ、ふらつきながら近寄った。ソーンに教えられた喜悦の名残で脚に力が入らない。下腹部はなおもうずいているし、乳房の先がドレスの布に触れるのが気にかかる。胸の頂を口に含めば刺激的だとソーンは言っていた……。

先ほどの出来事を思いだし、ダイアナは興奮と気恥ずかしさで顔が赤くなった。彼の大胆な言葉ばかりではない。ソーンのこわばったものの感触や、官能的な悦びへと導いてくれた手の動きがまざまざと脳裏によみがえる。

ダイアナはののしりの言葉を口にした。彼に屈しまいと心に決めていたのに、どうして流されてしまったのだろう。なぜもう一度、あのとてつもない炎を経験したいと願ってしまうのだろう。

みだらな思いがこみあげ、ダイアナはスカートの裾を持ちあげた。柔らかい茂みをじっと眺めてみる。この前ソーンからわが身を満足させる方法を教えられたときは、実行に移せなかった。だけど、今なら……。

大鏡を見ながら、おずおずと自分の体を探ってみた。一瞬、ソーンに背後から抱きしめられて愛撫されている錯覚にとらわれた。

熱が体を突きあげ、燃えあがりそうになる。

ダイアナは急いでスカートの裾をおろし、もう一度罰当たりな言葉を吐いて、大鏡に背を向けた。こんな情熱をわたしに味わわせるなんて、ソーンも罪作りな人だ。これでさらに彼への気持ちを押し殺すのが難しくなってしまった。

たとえソーンとの衝撃的なひとときがなかったとしても、マダム・ヴィーナスの肖像画を描く件と、レジナルド・ナイリーをいとこから引き離すことで頭がいっぱいだったため、ダイアナはなぜ暗い過去をもつ自分が〈オールマックス〉の舞踏会に参加を許されたのかを尋ね損ねてしまった。

ふいに、〈オールマックス〉に行くのだと気づき、顔や手から念入りに絵の具を落とすと、急いでバークリー・スクエアの屋敷に戻ってお風呂に入り、アイボリー色の最高級のドレスを身にまとった。〈オールマックス〉のパトロネスたちは服装規定に厳しいと聞いている。

エイミーとセシリーにいたっては、神聖と言っても過言ではない舞踏会場への入場を認められたとあって狂喜乱舞していた。ダイアナ自身も不覚ながら心がはやっている。これがどれほど名誉なことかよく理解しているからだ。だからこそ、どうして自分が許可されたのかと思うと信じられない気分になる。〈オールマックス〉へ入るのを許されるのは、社交界で成功したという最大の証だ。王妃に拝謁するよりも価値があると考えられているほどだ。

パトロネス——誰に許可を与えるかを決める立場にあり、上流階級を取り仕切っている七人のレディたち——のひとりからわたしへの許可を取りつけるとは、ソーンは奇跡を起こしたに違いない。

伯母を筆頭に四人の女性たちをエスコートするために、ソーンが姿を現した。エイミーとセシリーが興奮しておしゃべりしている脇で、ダイアナはソーンにそのことを尋ねてみた。

「ぼくはレディ・ジャージーに気に入られているんだ」彼はちゃめっけたっぷりに言った。

つまりは社交界の大物であるレディ・ジャージーに対して、その自慢の魅力を最大限に発揮したということなのだろう。

ソーンはさりげなくつけ足した。

「それに、彼女は駆け落ちに弱い。自分もグレトナ・グリーンで結婚したからね」

それなら寛大な判断が下されたのもわかる、とダイアナは思った。それから一時間後、〈オールマックス〉の舞踏会場前の階段をあがりながら、これからお高くとまった人々のなかに入っていかなければいけないのかと思い、ダイアナは恐慌状態に陥りそうなほどの緊張に襲われた。きっと排他的な集団のなかで無視され、屈辱感を味わうはめになるのだろう。

いよいよ舞踏室に入る豪華なドアを通るとき、ソーンが元気づけるように腰に手を置いてくれたことに、ダイアナは大いに慰められた。ちらりと目をやると、ソーンは怖いのはわかるが大丈夫だと言わんばかりの笑みを浮かべていた。

「ほら、しゃんとして。きみはもう充分に苦しんだ。今のきみなら立派にやれる」

ダイアナは感謝の気持ちをこめてにっこりとほほえんだ。若いころの過ちがようやく許されるか、せめて過去のこととして水に流される日が来たのかもしれない。たとえそうはならなくても、やはり堂々としていよう。ソーンの言うとおりだ。今のわたしにはなにも恥じることなどない。ダイアナは顎をあげ、ソーンにエスコートされて広大な舞踏室へ足を踏み入れた。

覚悟を決めておいたのが幸いだった。舞踏室に入ったとたん、ふたりは注目の的となった。礼儀正しくささやきあう声で会場がざわざわとしている。けれども、どうやら注目されているのは、自分よりもソーンのほうであることにダイアナは気づいた。

レディ・ヘネシーが最初に口を開いた。「ほら、坊や、わたしが言ったとおりでしょう?

あなたが姿を見せたから、みんなそわそわしているわ」おかしそうにダイアナに耳打ちした。「この甥っ子は〈オールマックス〉には一度しか来たことがないのよ。それもわたしのためにしぶしぶだったの。婚約するまでは、社交の場をできるかぎり避けていたのよ」

「〈オールマックス〉なんかとんでもない」ソーンは身震いをした。「ロンドンにある結婚市場のなかでも最たる場所ですからね。だけど今のぼくにはダイアナがいるから、結婚の罠にかかるんじゃないかとびくびくしなくてすみますよ」

そう言うと、ソーンはダイアナに優しい目を向けた。誰がどう見ても愛する女性をたたえるまなざしだ。偽りの婚約を本当らしく見せるために恋する男を演じているのだろう。それがわかっていても、そのハシバミ色の目を見ていると、ほんの二、三時間前の恥ずかしい出来事が思いだされ、ダイアナの胸は高鳴った。

ちょうどそのとき、華やかで優美なドレスを着た女性が近寄ってきた。新聞の挿し絵から察するに、レディ・ジャージーだろう。

レディ・ジャージーはレディ・ヘネシーの頰に軽くキスをし、ダイアナに冷ややかな歓迎の言葉を述べ、セシリーとエイミーには愛想こそいいものの見下した態度で挨拶し、ソーンには最後に列席があった日からもう何年も経っていると叱るように言った。「この遊び人の子爵には二度と足を向けてもらえないのかと思っていたわ」

ソーンはお辞儀をし、レディ・ジャージーの手にキスをした。「こんなにすてきな方にお招きいただいたら、お断りできるわけがありませんよ、サリー」

レディ・ジャージーはあでやかに笑い、扇でソーンの手の甲を軽く叩いた。

「どうぞ約束を果たしてちょうだい」

「そのつもりですよ。愛しのダイアナと一曲踊ったら、あとはいつでも」

レディ・ジャージーが行ってしまうと、ダイアナはソーンを見あげた。「約束って？」

「壁の花たちと踊るんだよ」

わたしの参加を認めさせるのと引き換えなのだろう。「お優しいこと」

ソーンは鼻持ちならないきざな表情でにやりとした。「そうだろう？」

その目に躍る笑みに魅せられながら、いいえ、本当に優しい人だわ、とダイアナは思った。彼はただわたしのためだけにここへ来ている。わたしが社交界をうまく渡っていくには、この舞踏会に出席することがとても重要だとわかっているからだ。〈オールマックス〉に認められたとあれば、世間からも受け入れられやすくなるのは間違いない。

ソーンがどれほどの犠牲を払っているのか、一五分後、ダイアナははっきりと理解しはじめた。最初から注目を浴びていたため、数えきれないほどの人々がご機嫌うかがいにやってきたが、ソーンはおもねる言葉の数々を機嫌よく受け止めていた。娘を紹介したいと言われ、頬を染めてほほえむ若い女性たちにうっとりと見つめられても、逃げだしたいという願望はおくびにも出さず、圧倒的な魅力を分け隔てなく振りまいている。

ところがそこへ背の高い黒髪の男性が近寄ってくると、ソーンの態度が変わった。

「ぜひぼくも、こちらの見目麗しいレディとお近づきになりたいものだな」男性は言い、片眼鏡越しにダイアナを見た。

ソーンは明らかに不承不承といったようすで、友人のブース男爵だとダイアナに紹介した。ブースはダイアナの手にキスをするために身をかがめながら、控えめな襟ぐりの下にある胸を品定めするように眺め、無遠慮ににやりとした。

そして、まるでダイアナがこの場にいないかのごとく話しはじめた。「やるな、ソーン。おまえが結婚すると聞いたときは仰天したが、やあ、魅力的な方だ。そういえば、おまえは面食いだったな」彼はようやくダイアナのほうを向いたが、その顔に浮かんだなれなれしい表情に彼女は嫌悪を覚えた。「ミス・シェリダン、ぼくと一曲踊っていただけませんか?」

ソーンは冷ややかにほほえみ、ダイアナより先に答えた。

「残念ながら、彼女は予約でいっぱいだ」

ブースが眉をひそめる。

「そこがおまえの悪いところだ。犬ころみたいに嫉妬深いからな」

「鋭い洞察力に敬服するね。だが、どうしてぼくが未来の花嫁をおまえと踊らせたくないかは、自分でよくわかっているはずだ」

ブースがくっくっと笑った。「ぼくが盗むとでも思っているんだろう?」彼はかぶりを振った。「そんなことをしようなんて夢にも思っていないさ。おまえに勝てるわけがない」

ブースはダイアナにお辞儀をした。「では、わたくしめはこれにて」彼はきざな口調で言うと、ぶらぶらと立ち去った。

ダイアナは心からほっとして、不思議に思ってソーンに尋ねた。

「どうして予約がいっぱいだなんて嘘をついたの？」

「ブースはどうしようもない遊び人だからだよ。あんなやつと踊っているところを見られたら、悪い評判が立つ」

ダイアナは目を丸くし、ソーンをじろりと見あげた。

鋭い視線を受けて、ソーンがにやりとする。

「皮肉だな、ぼくが他人の行状をとやかく言うなんて。あいつの手をきみに触れさせたくなかったんだ。かまわないだろう？　さあ、踊ろう。この曲が終わったら、ぼくはレディ・ジャージーの命令に従って、わが身を捧げなければならないからね」

ソーンにエスコートされて、メヌエットを踊るためにダンスフロアへ出ると、ダイアナは今夜初めて緊張の糸がほどけた。ソーンが嫉妬してみせたのは、ふたりが恋愛中だと周囲に印象づけるためのただの芝居だろう。そうであっても、社交界の権力者や放蕩者と向きあうはめになったとき、彼がかばってくれたのはとてもうれしい。

曲が終わり、レディ・ヘネシーのもとへ戻ったころには、ダイアナはなんとか自力で今夜を乗りきれそうな気がしていた。ソーンがなかなかそばを離れようとしないため、彼女は自分ならもう平気だと伝えた。「わたしに張りついてシャペロンごっこをしてくれなくてもいいわ。もうひとりでも大丈夫だから」

「そうよ」レディ・ヘネシーが楽しそうに言った。「あなたはちゃんと約束を果たさないと。

壁際のレディたちと踊っていらっしゃい。どうせセシリーやエイミーのこともあるし、ダイアナのダンスのお相手はわたしが吟味しておくわ」

ソーンはしかめっ面をしたものの、おとなしくまわれ右をし、務めを果たしに向かった。

ダイアナはそれなりに居心地よく残りの夜を過ごした。つねにきちんとしたダンスの相手がいたし、レディ・ヘネシーの近しい友人たちや、年齢の近い何人かの女性たちからは歓迎されているとさえ感じられた。女性たちはみな、ダイアナが結婚嫌いのソーンをつかまえたことに驚き、感嘆していた。

そしてソーンを見ているのはとてもいい気分だった。彼は相手のいない女性たちとただ踊るだけでなく、心から楽しんでいるふうに振る舞っていたし、そのうえ彼女たちを人の輪に溶けこませようとするふしもあった。もしそうなら、彼のもくろみは大成功だったと言える。

作戦はこうだ。まず、ダンスの相手にとびきりの笑顔を見せ、その彼女だけに最大級の関心を払い、女性がなにか言おうものなら体をかがめて耳を寄せ、一言一句にうれしそうな反応をしてみせる。結果はいつも同じだ。ダンスが一曲終わるころには、有頂天になった令嬢たちは無我夢中でしゃべるようになり、頬を染めて生き生きと話をするさまがかわいらしく見えてくる。そのためソーンが離れると、ほかの紳士が近寄ってきて次のダンスを申しこむのだ。

この不思議な現象を眺めながら、ダイアナは心のなかでかぶりを振った。奇妙なもので、ソーンのような男性が関心を寄せたというだけで、社交界はその女性を受け入れるようになる。彼がわたしにしてくれたのも同じことだ。だが、それでもソーンの親切には感謝しているし、彼が示す優しさには心を動かされる。

「あの甥っ子は……」レディ・ヘネシーがつぶやいた。「やんちゃで不道徳なところはあるけれど、ときどき驚くことをしでかしてくれるのよ。結婚すればすばらしい夫になるかもしれないわね」

ソーンを見つめていたことをレディ・ヘネシーに気づかれていたと知り、ダイアナは頬が赤くなった。たしかに彼は申し分ない夫になるだろう。妻となる女性は幸せ者だ。しかし、当の本人は、結婚を死ぬほどいやがっている。

自分たちが本当に婚約することは決してないのだと思うと未練にも似た感情がこみあげ、胸が痛んだ。ダイアナは思うようにならないおのれの心をなんとか抑えこもうとした。

人柄がいいのか、節操がないだけなのかはわからないが、とにかく彼のそうした点をあれこれ考えるのはもうやめよう。ソーンのことはいっさい頭のなかから追い払うのだ。ただし、マダム・ヴィーナスの件だけは別だ。どうしたら肖像画のモデルを頼めるか、最良の方法を考えると彼は約束してくれた。

今はそのことだけに専心しよう。ダイアナはそう心に決め、あざとい婚約者に負けないほど、自分もなにかをごまかしているのかもしれないという思いは脇に押しやった。

10

数日後、アトリエにしている邸宅の居間にマダム・ヴィーナスを迎え入れたダイアナは、賛美の念を覚えた。マダム・ヴィーナスの髪は燃えるように赤く、体型は彫像のごとく均整が取れていて、ただ美しいばかりではなく華やかな魅力がある。想像していたよりはるかに若く、年齢はまだ三〇歳といったところだろう。

ダイアナはマダム・ヴィーナスに手紙を送っていた。ソーンの指示どおり、英国美術院に感銘を与える肖像画を描きたいのでモデルになってもらえないかという趣旨の内容だ。マダム・ヴィーナスは必ず招待に応じてアトリエを訪ねてくるだろうと、ダイアナは確信していた。少なくとも好奇心には勝てないはずだ。

丁重に挨拶を交わすと、マダム・ヴィーナスは優雅に腰をおろし、落ち着き払ったようすでダイアナに緑の目を向けた。

「モデルのご依頼をいただけるなんて、とても光栄ですわ、ミス・シェリダン」彼女は低くハスキーな声で言った。上流階級のアクセントを身につけているようだ。「でも、正直なところ驚きました。なぜ、わたくしに？」

「たぐいまれなる美貌の持ち主だとうかがっていたものですから。こうして実際にお目にかかると、まさにわたしが求めていたとおりの方だとわかりました。かの有名なヴェネツィア派の画家ティツィアーノが喜んで描きそうなモデルですもの。これほど美しい女性の肖像画なら、英国美術院も目に留めてくださるでしょう」

「わたくしのような職業の者とかかわることを、ソーン卿はお許しになったのですか？」

ダイアナは控えめな笑みを浮かべた。

「喜ばしいことに、わたしはこういった件でソーンの許可を求める必要がありませんの。求婚されたとき、はっきりと約束してもらったのです。わたしが絵を描くことに関して、いっさい指図をしない。その代わりわたしも、彼がなにをどう楽しもうが口出ししないと」

「ずいぶんと寛容なお約束ですのね」

「ええ、そうなんです。わたしたちは互いを理解し、自由な婚姻関係を目指しています。でも本当のところを言いますと、あなたのことを教えてくれたのは彼なんです」

その言葉を聞き、マダム・ヴィーナスは眉をつりあげた。「本当に？」

「ええ」ダイアナは努めてさりげない口調で続けた。「ソーンから聞きました。困りもののいとこのことで、いろいろとお力添えをいただいているんですってね。あなたには本当に感謝しています。わたしはエイミーをとても大切に思っていますが、あの娘《こ》ったらどう見ても財産目当てとしか思えない男性に熱をあげてしまって、なんとしたものかと途方に暮れていたんです。聞いたところによれば、作戦は大変うまくいっているとか。ミスター・ナイリーは、あなたのもとで働いている女性にずいぶんとご執心らしいですね」

「ええ、キティはとてもよくやっております。いとこの方を追いかけまわしたり、よこしまな気持ちを抱いたりする暇もないほど、ミスター・ナイリーの気を引いておくよう申しつけてありますの。お役に立てて幸いですわ」

「モデルの件もお引き受けいただけると本当にうれしいんですけれど。手紙にも書きましたように、今、英国美術院はわたしの入学を検討しています。でも、女性だというのが引っかかっているらしくて。新作を披露すれば、考えを変えてもらえるんじゃないかと思っています。もしあなたの肖像画が仕上がる前に入学許可が出ても、それを春の美術展に出品できますし。ほら、王立芸術院の美術展は夏に開催されるでしょう？　だから英国美術院のほうは時期が重ならないように春と決まっているんです」

マダム・ヴィーナスは唇を引き結んだ。まだ、その気にはなれないらしい。

「わたくしの肖像画で、英国美術院が気を変えるとはとても思えませんわ、ミス・シェリダン」

「そんなことはありません。あなたほど美しくてすらりとした方の肖像画が、審査をする男性たちの目を引かないわけがありません。一生懸命に描かせていただきますわ。これでも腕には自信があるんです。もしよければ、わたしの作品をお見せしましょう」

ダイアナは画家としてモデルを観察する目でマダム・ヴィーナスを眺めた。

「きっと古典様式のほうがいいと思います。ギリシア神話のアフロディーテ風にするのはどうかしら？　ローマ神話で言うところのヴィーナスです。そんなことは、もちろんご存じかと思いますけれど」

マダム・ヴィーナスが色っぽい口元にかすかに愛想笑いを浮かべた。彼女が感情らしきものを見せたのはそれが初めてだった。「ええ、もちろん。愛と美の女神ですわね。神といわず人といわず、見る者をすべて惑わせて理性を奪ってしまうのだとか」

「ええ」ダイアナはうなずいた。アフロディーテには策略をめぐらして、ときには相手を破滅させようとする一面もあるのだが、そのことは黙っていた。

マダム・ヴィーナスにも、裏切りをも辞さない側面があるのだろうか。ふと、ナサニエルを思って気分が沈んだのに気づき、ダイアナは自分を戒めた。マダム・ヴィーナスと一緒のときは決して油断しないようにとソーンから警告されていたのに。今は彼とふたりで考えたとおりに芝居を進め、必要とあれば即興劇も演じなければならない。

「もちろん充分な謝礼はさせていただきます。それに目的を果たしたあとは、肖像画は喜んで進呈しますわ」

「そこまでおっしゃるなら、お断りのしようがありませんね」

「まあ、引き受けてくださるのですか？」

「どれくらい時間がかかるのでしょう？　わたくしには仕事がございますから」

「一日に数時間。それを一、二週間で五、六回といった感じです。もし都合が合わないようでしたら、三週間ぐらいかけても結構ですわ。どちらにしてもひとたび筆を入れるごとに、絵の具を乾かす時間が必要です。最初は二、三時間かけて、構図や色などを決めるために下絵を描きます。あなたさえよろしければ、わたしはいつでも始められますよ」

「今なら時間がありますの、ミス・シェリダン。せっかくうかがったのですから、この午前中を有効に使えたらと思いますけれど」

ダイアナの胸に安堵の気持ちがこみあげた。これでマダム・ヴィーナスを説得するという、もっとも重要な最初の難関を突破できた。「もちろんです。あなたがお忙しいのは重々承知しています。アトリエは三階にありますので、ご案内いたしますわ。早速、始めましょう。

お飲み物はなにがお好みかしら。コーヒー、ホット・チョコレート、それともワイン？　モデルになってくださる方にはぜひともくつろいでいただきたいと思っていますのよ」ダイアナが温かい言葉をかけると、マダム・ヴィーナスは少し驚いた顔をした。

「わたくしはホット・チョコレートに目がなくて。それに、もしあれば、ビスケットを少々いただけますかしら？　朝食をとってこなかったものですから」

「すぐに用意させますわ」

ダイアナは立ちあがり、紐を引いて家政婦を呼ぶと、それらのものをアトリエへ運ぶよう頼んだ。そして客を案内して居間を出た。

ところが、すぐに足を止めた。狭い玄関広間に、とてつもない巨体の男性が立っていたからだ。

「従僕のバーキンです」マダム・ヴィーナスが説明した。「どこへ行くときも供をさせておりますの」

ダイアナは動揺を隠そうと慌てて笑みを浮かべた。「よろしければ厨房《ちゅうぼう》へどうぞ。そちらで待つほうが楽でしょうし、ジンジャー・ビスケットがたっぷりあるはずですから」

菓子にありつけると思ったのか、バーキンのしかめっ面がぱっと明るくなった。マダム・ヴィーナスは従僕に向かってうなずき、三時間後に迎えに来るよう馬丁に伝言を届けたらあとはくつろいでいてかまわないと告げた。

ダイアナは先に立って階段をあがり、アトリエのなかをざっと案内した。マダム・ヴィーナスが作品を見て驚いているのが伝わってくる。

「本当にお上手なんですね」感嘆の言葉を聞き、ダイアナは愉快にもなったし、うれしくも思った。

絵を描く用意はすべて整えてあった。今朝のうちに従僕を呼んで、寝椅子を暖炉の前からアトリエの片端に移し、北側の窓に向けて置いてある。ポーズもすでに考えてあり、きっとうまくいく気がした。古代ギリシアの長衣を身にまとったアフロディーテが寝椅子に横たわってくつろいでいる姿だ。周囲にはそれにふさわしい背景幕を置くつもりだった。

ダイアナはマダム・ヴィーナスに髪をおろしてもらえないかと頼んだ。

「肖像画では古代ギリシアにふさわしい髪型にして、ゲッケイジュの冠をのせるつもりですが、髪を垂らしてくださるとイメージがつかみやすいと思います」

とくにいやがるようすも見られなかったため、アトリエの片隅に置かれた大鏡と化粧台を使って髪をおろし、背の高いついたての向こうで衣装に着替えてほしいと伝えた。

ダイアナは準備を進めた。イーゼルはすでに立ててあり、キャンバスをのせている。瓶や筆や絵の具をしまえる引き出しのついた特注の棚もそばに置いた。あとはパレットに今日使う色を出すだけだった。

ふたりとも用意ができると、ダイアナはモデルを寝椅子に座らせてポーズを調整した。

「なんて美しい髪かしら」ダイアナはそう言い、マダム・ヴィーナスの髪をひと房胸に垂らした。

「ええ、わたくしの自慢です。自前の色なんですよ」マダム・ヴィーナスの声は少しむきになっているように聞こえた。

「わかります。染料ではこれほど深くて豊かな赤色は出ませんもの」

マダム・ヴィーナスはうれしそうな表情を見せ、言われたとおりに手足や頭の位置を変えた。飲み物とビスケットが届いたので、モデルにはしばらくホット・チョコレートを楽しんでもらい、そのあいだにダイアナは黙って大まかな全身の線を描いた。それが終わると、再度マダム・ヴィーナスにポーズを取ってもらって、今度は絵筆を動かしながら世間話をした。ロンドンの天気は陰鬱だとか、ボンド通りはどの店がいいとかいった、当たり障りのない内容ばかりだ。どんな話題について話すべきかソーンから指示は受けているが、個人的なことに立ち入る前に、まずはそれなりに親しくなっておく必要がある。

マダム・ヴィーナスからまた〝ミス・シェリダン〟と呼ばれたとき、ダイアナは笑顔を向けた。「ダイアナと呼んでいただけるとうれしいわ」

「では、わたくしのことはヴィーナスと」

〝ヴィーナス〟は本名ではない、とソーンが言っていた。マダム・ヴィーナスの本当の名前を聞きだし、闇に包まれた過去を探りだすのがダイアナの務めだ。

彼女はふたたび大きなキャンバスに視線を戻すと、絵の具を蜜蠟《みつろう》で溶いた焦げ茶色で暗い部分に色をつけた。それから筆を替え、黒とアイボリーと白をまぜた灰色で明るい部分を塗った。ダイアナは一五分ほどかけて、会話を個人的な内容へと少しずつ移していった。

「エイミーのことではいくらお礼を申しあげても足りないくらいですわ。ナサニエルが亡くなってからは、ずっとわたしが面倒を見てきたんですもの」さりげなくキャンバスから目をあげる。「いとこのナサニエルとは面識がおありだったの？」

マダム・ヴィーナスの表情は読めなかった。

「ええ。短いあいだでしたけれど、存じあげておりましたわ」

「わたしにとっては兄みたいな存在でした。ナサニエルが逝ってしまってとても寂しいですわ」

それ以上は言葉を引きだせなかったため、ダイアナは話題を変えた。

「ソーンとは親しくしていらっしゃるんでしょう？」

マダム・ヴィーナスは眉をつりあげ、しばらくダイアナの顔を見つめた。

「何年も前から存じあげておりますす」それから彼女はつけ加えた。「ですが、親しい間柄になったことは一度もありませんわ。ほっとされました?」

ダイアナは顔が赤くなるのがわかった。本当は不安だったのだ。

「ええ、正直に言うと安心しました。昔の……女性関係に嫉妬するなんてばかげているとわかっているのに、ときどき自分でもどうしようもなくて」

マダム・ヴィーナスはダイアナの声に物悲しい響きを感じ取ったようだ。

「心配する必要はありませんよ。あなたは特別な女性ですもの。ソーン卿に求婚させたのですから」

しょせん偽りの求婚だわ、とダイアナは思った。

ダイアナが黙りこんでいると、マダム・ヴィーナスは続けた。

「じつを申しあげると、ソーン卿が婚約された方にお目にかかれるのを楽しみにしておりましたのよ。まさか結婚するなんて夢にも思っていませんでしたから。だって、ソーン卿はおっしゃっていましたもの。妻をめとって、おとなしくなるつもりはないと。彼がその言葉を撤回する日が来るなんて不思議ですわ」

ダイアナはほほえんだ。「撤回する気はないと思います。わたしは彼をおとなしくさせようとするつもりはありませんもの」

「それがあなたの魅力なのかもしれませんね」

「魅力?」

「ソーン卿がどうしてあなたに惹かれたのか、わかる気がいたします。ああいう男性には、あなたみたいな女性がおもしろく見えてしかたがないのでしょう」

どういうことだろうと思い、ダイアナは筆を動かす手を止めた。

「なぜそう思うんですか？」

「あなたは、ソーン卿に色目を使う女性たちとはまったく違いますもの。まずひとつには、絵を描かれる。それに多くの女性に欠けているものをお持ちだわ。美人だけれど奥深いし、精神的に成熟していらっしゃいます」

ダイアナは目を丸くした。

「ヴィーナス、あなたにそう言われると、本当に褒められているのだという気がしますわ」

その言葉は決して誇張ではなかった。マダム・ヴィーナスの華やかさに比べると、自分が野暮ったくて平凡に感じられる。とても太刀打ちできるわけがない。昔からあまたの男性たちが魂を売り払って、こういう女性たちを愛人にしてきたのだろう。そう思うと気後れした。

ダイアナは黙って筆を進めた。白い長衣、影、顔の造作、髪の色。そのあいだもずっと頭を働かせ、マダム・ヴィーナスをくつろがせる話題をひねりだそうと努めた。

そして、ようやくひとつ思いついた。

「だけど、ソーンは……ほら、いろいろと噂があった人でしょう。もちろん今はわたしを愛していると言ってくれるし、ほかの女性には興味がないと誓ってくれたけれど――」

「でも、結婚したらまたふらふらと遊ぶのではないかと心配なんですね？」マダム・ヴィーナスが単刀直入に訊いた。

とくに芝居はせずとも、おのずと恥ずかしさが顔に出た。

「男性というのは結婚したら愛人を囲うものだと聞いていますもの。本当はそういうのはいやなんです。だけど、ソーンのような人はわたしにはどうすることもできない。あなたなら……移り気な夫の気持ちをつなぎ止めておく秘訣《ひけつ》をご存じかしら？」

マダム・ヴィーナスの緑の目には、この話題を楽しんでいるような表情が浮かんでいた。

「ええ、存じておりますわ。ソーン卿は愛人にするにはすばらしい方だとの評判ですもの。さぞご心配でしょう。そういう男性は飽きっぽいですから。ですがわたくしなら、男性を満足させるすべをひとつふたつ、伝授してさしあげられます。結婚後でもいいし、お望みなら結婚前でも」

わたしとソーンの関係がどこまで進んでいるか探ろうとしているんだわ、とダイアナは思った。

思わず顔がほてり、そんなことは恥ずかしくて答えられないとばかりに首をすくめてみせた。「結婚後で結構です」

ソーンが情事の相手としては申し分ないと肌で知りはじめていることや、自分の経験が浅いことまでしゃべる気はない。

純潔のまま親密な関係を持ちたいと言えば、ソーンは喜んでわたしの好奇心を満たしてくれるだろう。世間に隠れてこっそりベッドをともにすることもできるかもしれない……。

恥ずべき思いを抱いてしまったことを、ダイアナはすぐに後悔した。そんなふしだらなまねをするわけにはいかない。今はエイミーのことを考えなければならないのだから。それに自分の仕事のことも。もちろん、マダム・ヴィーナスのこともだ。

ダイアナはかぶりを振り、また絵筆を動かしはじめた。

しばらくすると、キャンバスから一歩後ろにさがった。「そろそろ休憩にしましょうか。疲れたでしょう？　ホット・チョコレートを運ばせますわ。今日はもうそんなに時間は取りません。あと一時間かそこらかしら。よかったら、ぜひ昼食をとっていってください」

「ありがとうございます。でも、ご遠慮しますわ。体型に気をつけなければいけませんもの」マダム・ヴィーナスは皮肉な口調でつけ加えた。「男性は曲線美がお好きですけれど、わたくしどもの仕事ではふっくらしてしまうわけにはいきませんから」

ふたりは暖炉のそばの椅子へ移った。ホット・チョコレートが届くと、ダイアナは自分が画家になったいきさつを語りはじめ、子供のころの話や、幼いころに両親を亡くす悲痛な経験をしたことをさりげなく織りまぜた。マダム・ヴィーナスは孤児だったとソーンから聞いていたので、なんとかして子供時代の話を引きだせないかと思ったのだ。

マダム・ヴィーナスは、ダイアナが画家になった経緯は礼儀正しくうなずきながら聞いていたが、彼女が両親の死を悲しむ言葉を口にすると顔が暗くなった。これで将来の会話のきっかけがひとつ作れたかもしれないと思い、ダイアナは満足した。

ふたりはまた絵に戻った。ダイアナは顔や長衣にハイライトを入れ、腕や手の線を描き足した。マダム・ヴィーナスが帰ったあとで長衣に陰影をつけ、背景をざっと描き、顔の造作を整えて次回に備えるつもりだった。

そのときダイアナは、思わぬ質問に不意を突かれた。

「キュレネ島へ行ったことはございますの？」

一瞬、なんと答えようか迷った。ソーンとの打ちあわせでも、この質問は想定していなかった。ここは正直に答えるのがいちばんだろう。

「ええ、先日もソーンを訪ねていったばかりなんです。エイミーも連れていきました。相手の男性から引き離そうと思って」

「とても美しい島だそうですわね」

「ええ、あんなすてきなところは初めてです」

ダイアナは島の印象や、輝くばかりの美しさや、不思議な雰囲気について話して聞かせた。キュレネ島がアポロンによって作られ、訪れる人を情熱的に変えるという伝説について、マダム・ヴィーナスはすでに知っていたようだ。だが彼女はそんな過去の話より、現在に興味があるらしかった。

「ガウェイン・オルウェン卿をご存じですか？　お会いになりました？」

「ええ、ちょっとだけ。礼儀正しい、すてきな紳士に見えました」ダイアナはキャンバスから顔をあげた。「あなたもガウェイン卿をご存じなの？」

一瞬、マダム・ヴィーナスの表情がこわばって見えた。

「ええ、面識はございます」どういうわけか険しい口調に聞こえた。けれど、どうやら気持ちを切り替えたらしく、ダイアナのほうを向いて色っぽくほほえんだ。「それ以上は申しあげられませんの。ほら、わたくしのような職業の女は守らなければならない秘密が多くて」

さぞたくさんの秘密を抱えこんでいるのだろう。しかし、ガウェイン卿との間柄が色恋沙汰にまつわるものだとはどうしても思えない。

ダイアナはあれこれ考えながら、またキャンバスに視線を戻した。早くこの場を終えて、今日の印象をソーンに伝えたかった。

その日の午後、二輪馬車でハイドパークへ行ったとき、ダイアナはソーンに午前中の出来事を報告した。キュレネ島やガウェイン卿について訊かれたと話すと、ソーンは眉をひそめた。

「そうなるのを恐れていたんだ。マダム・ヴィーナスはきみから情報を引きだそうとしたんだろう」

「情報ってどんな？」

ソーンは明らかに返事をためらっているようすで、二頭の元気のいい栗毛の馬を巧みに駆けさせながら人ごみを抜け、やがてため息をついた。

「外務省に関することだよ。キュレネ島に、ある部門の本部が置かれているんだ」

ダイアナは目を丸くした。「どうしてあそこに？　イングランドから遠すぎるわ」

「だが、ヨーロッパの特定の国々には近い。そこで問題が発生したとき、イングランドからよりキュレネ島からのほうが迅速に要請に応じられる」

「じゃあ、ガウェイン卿のことは？」

「その部門の長なんだ」

「まあ」ダイアナはそれ以上どう尋ねていいかわからず、ソーンが自分からなにか話してくれないかと待ったが、彼は無言のままだった。仕事に関して質問されたくないのだろう。

ダイアナは事実だけを口にして我慢した。「でも、わたしは外務省のことも、あなたがキュレネ島でなにをしているのかも知らないわ」

「だがマダム・ヴィーナスはそうは思っていないだろうから、きっとまたあれこれ訊いてくるぞ。なにを尋ねてくるのか興味深いな」

「あなたがどんな仕事をしているのか、少し教えてもらったほうが心の準備ができていいんじゃないかしら？」

ソーンは首を振った。「なにも知らなければ、嘘もつかずにすむ」そう言うと、いったん黙りこんだ。「マダム・ヴィーナスは敵方に寝返っているうえに、人殺しでもある可能性が高い。やはりきみを巻きこむんじゃなかった」

「もう手遅れよ。わたしは引きさがるつもりはないわ」

ようやく自分が役に立てると思うとダイアナはうれしかった。それに本音を言えば、反逆罪に問われるような相手と知恵比べをすることに興奮も覚えていた。そんな話は、ソーンは聞きたくもないだろうが。

「いずれにしても、彼女に心を開かせる話題はいくらでもあるわ」そういえばと思いだし、ダイアナはつい苦笑した。「いちばん見こみを感じたのは、結婚後にあなたが愛人を作るんじゃないかと心配してみせたときよ。移り気な夫の気持ちをつなぎ止める秘訣を知っているかどうかと訊いてみたの」

ソーンはダイアナをじろりとにらみ、それからにやりとした。

「ぼくの移り気を心配しなくてもいい。今は偽装婚約ときみのことで手いっぱいだ。これ以上、事態を複雑にする気はないよ」

それを聞いて、ダイアナは不覚にも心の底からほっとした。暗に愛人はいないと言われた気がする。

もちろんソーンが愛人を一〇人囲っていようが、わたしには関係のない話だ。ただし、ふたりが本当に恋愛中なのかと世間は怪しみはするだろうけれど。

それに、彼のことをあれこれ考えるのはもうやめようと決めた。今は目の前のことをひとつひとつこなしていくだけだ。やり手のマダム・ヴィーナスから秘密を引きだし、逆にこちらが訊かれているときはなにも知らないふりをしなくてはいけない。

翌週はダイアナにとって、興味深くも焦燥感のつのる一週間となった。本格的な社交シーズンが始まり、ダイアナのもとへも、舞踏会や大夜会、晩餐会、朝食会など、次々に招待状が送られてきた。その慌ただしい日々の合間を縫って、マダム・ヴィーナスには三度アトリエまで来てもらった。

さりげなく探りを入れながら、ダイアナはじらしあいのゲームをしている気分になった。マダム・ヴィーナスは自分の過去に関しては口が重く、こちらがひとりでしゃべるばかりで、いっこうに成果があがっているように見えなかった。

ダイアナはエイミーのことも心配になりだしていた。いとこは社交界でうまくやっていたが、ある日の午後ダイアナがアトリエから帰ると、ベッドに突っ伏してさめざめと泣いていたのだ。無理やりわけを尋ねると、男友達のひとりがこの一週間で三度も約束を破ったのだという。

エイミーをこれほど嘆き悲しませる男友達はひとりしか考えられないため、どうやらレジナルド・ナイリーがいよいよ恋人を無視しはじめたのだとダイアナは推察した。

ひそかに会っていたふたりの仲に亀裂《きれつ》が生じたのは大いに安堵すべきだし、これがいずれ決定的な別れに発展してくれればいいと思う。けれどもエイミーを見ていると思わず母親のような気持ちになり、抱きしめて慰めたくなってしまう。正直なところ、エイミーの恋が本物だとは思っていないが、それでも傷ついているいとこの姿を見るのはつらかった。

と同時に、昔の自分を思いだしているのも事実だった。もう何年も前になるのに、恋人に裏切られたときの絶望感がよみがえってくる。エイミーとレジナルドを別れさせると決めたときは、まさか自分の心の傷や胸の痛みが解き放たれてしまうとは思ってもいなかった。

ダイアナはなんとか自分を鼓舞し、もうひとつの大きな問題であるマダム・ヴィーナスの件に専念しようと努めた。

マダム・ヴィーナスが三回目にアトリエに来たころから、ダイアナは自分も探られていると確信を持つようになった。互いに相手から情報を引きだそうとして、ふたりの会話はさりげない知恵比べの応酬となった。マダム・ヴィーナスに昔の話をさせることができたのは四回目のときだった。きっかけは彼女に、なぜそんなにホット・チョコレートが好きなのかと尋ねたことだった。

「子供のころは毎朝、家庭教師がベッドまでホット・チョコレートを運んでくれましたの。それがわたしのいちばん幸せな思い出なんです」マダム・ヴィーナスは沈んだ声でそう言い、ため息をついた。「そのあとは何年も、大きなカップに入った湯気のあがるホット・チョコレートを夢見ることしかできなくて。あまりに恋しかったものですから、大きくなったら毎朝ホット・チョコレートを飲めるようなお金持ちになろうと心に誓ったものですわ。今では朝は、ベッドでホット・チョコレートをいただくことから一日が始まりますのよ」

ダイアナの好奇心が頭をもたげた。マダム・ヴィーナスが育った家庭は、家庭教師を置き、毎朝ベッドでホット・チョコレートを飲む贅沢ができる程度には裕福だった。しかしそれが恋しい状況になったということは、不幸に見舞われたという意味なのだろう。

「家庭教師の方になにかありましたの？」ダイアナは詮索《せんさく》する口ぶりにならないよう気をつけた。

マダム・ヴィーナスはなにかを思いだすように遠くを見やった。「子供のときに両親を亡くしましたの。あなたと同じですね。そのせいで……つらい思いをしましたわ」

「お気の毒に」ダイアナの胸に同情がこみあげた。「わかりますわ。さぞ悲しかったでしょう――」

「あなたにはおわかりにはならないわ。あなたのご両親は馬車の事故で亡くなった。わたくしのふた親は、わたくしの目の前で殺されたのですから」

「なんですって？」ダイアナは思わず息をのんだ。

マダム・ヴィーナスがかすれた暗い声で笑った。

「驚くのも無理はありませんわね。無惨な死に方でした。今でも夢に出てきますもの」

「ひどいわ……」

「ええ。ですが、それよりもまだつらかったのが兄を失ったことです」

ダイアナは胃がよじれた。「お兄様も殺されたんですか？」

「いいえ、兄は生き延びました。でも、わたくしにとっては死んだも同然です。別々の施設に入れられたのですから。わたくしは少女用の孤児院、兄は少年用の救貧院に送られて、再会できたのは一〇年も経ってからです」

「大変な思いをされたのね」ダイアナは弱々しく言った。それ以上の言葉が見つからなかった。

マダム・ヴィーナスが肩をすくめる。

「わたくしのほうはそれほどでもありませんでしたのよ。孤児院の子供たちはお針子をさせられました。主に漁船の帆を縫っていたんです。相応に人間らしい扱いは受けていましたわ。それでも早く出たくてしかたがありませんでしたけれど」

ダイアナはどうしてもわが身を振り返らずにはいられなかった。

「わたしは運がよかったんです」ダイアナは静かに話した。「おじとおばに引き取られました。孤児院に入らずにすんでよかったとずっと思っていましたし、それを少し申し訳なくも感じていました」これは正直な気持ちだった。言葉を切ったとき、ふいにある考えが頭に浮かんだ。「そういう施設に寄付をしようと思ったことは何度かあるんです。でもお恥ずかしい話ですが、どこにしようかと具体的に探したことがなくて。孤児院は数が少ないうえに、資金集めが大変なんですってね」

マダム・ヴィーナスは苦々しげに笑った。

「ホット・チョコレートを飲ませるほどのお金がないのはたしかですわ」

「そうだ、あなたが育ったところに寄付をすればいいんだわ」ダイアナは無邪気に言った。

「それは教区の孤児院？　それとも私立かしら？」

「教区ですわ。ライにある〈恵まれない少女の家〉です」

ライといえばサセックスにある町だ。マダム・ヴィーナスには同情するものの、初めて自分の手で事実をひとつつかんだことに、ダイアナは震えが来るほど有頂天になった。これを知らせたら、ソーンはさぞ喜ぶだろう。

ふと今日は彼に会う予定がないのを思いだし、彼女は少しがっかりした。けれども明日の夜にはエイミーとセシリーのための舞踏会があり、ソーンとダイアナも出席する予定になっている。そのときに話せばいい。

マダム・ヴィーナスの兄が入っていた施設の名前も聞きだそうかと考えたが、そこまですると怪しまれる気がしてやめておいた。

ダイアナはそれ以上は孤児院のことに触れず、無難な話題に切り替えようと、マダム・ヴィーナスに顎をあげて顔を少し右へ向けてくれるよう頼んだ。これでナサニエル殺害の真相に迫るために追うべき手がかりがひとつ得られたと思うと、興奮を抑えきれなかった。

11

お披露目の舞踏会の当日、主役であるエイミーとセシリーの晴れがましい姿を、ダイアナは誇らしい思いで眺めた。エイミーはピンクと白のドレスが金髪によく似合い、セシリーは赤毛と色がぶつからないよう水色のドレスを着ている。これが正式な社交界デビューとなるため、ふたりは舞いあがらんばかりに興奮していた。

舞踏会の客は午後九時半ごろからぞくぞくとやってくるだろうが、その前に二〇数組の客を招いての豪華なディナーが予定されていた。そこにはレディ・ヘネシーの弟として、またソーンの父親として、レッドクリフ公爵も参加する。

ジョン・イェイツはディナー客たちのなかでもとりわけ早い時間に到着し、いちばんにダイアナのドレスを称賛した。今夜は金のサテンのドレスに、同色のきらきらと輝くオーバースカートを重ねている。

すぐにソーンも到着した。前裾を斜めにカットした黒色の上着、銀色の刺繍《ししゅう》を施したベスト、白いサテンのズボンという正装を粋に着こなしている。真っ白なクラヴァットとシャツの襟の角が日焼けした顔をきわだたせていて、ダイアナはひと目見るなり鼓動が速くなった。

ソーンも同じように感じたのだろう。ダイアナを見るとはたと足を止め、ハシバミ色の目に称賛の色を浮かべた。

「われらが優秀な仕立屋は、きみの魅力を存分に引きたたせるのに成功したな。だが、そのドレスは危険だ」当世風の大きな襟ぐりに目をやる。「それだけ胸元が広く開いていると、男どもが気を取られてつまずくだろう」ソーンは体をかがめ、ダイアナの手にキスをしながらかすれた声でささやいた。「ついでに、そのドレスの下にあるなまめかしい秘密を見たいと思わせてしまうぞ」

ダイアナは頬を染めた。このドレスは気に入っていたし、ふたたび社交の場で人目にさらされるときに最高のおしゃれができたことをうれしくも思っていた。

彼女はソーンにのちほどふたりきりで話したい旨を伝え、マダム・ヴィーナスに関する情報をつかんだとささやいた。ソーンはすぐに強い関心を見せた。

だが、楽しい気分でいられたのもつかのまだった。ディナーが始まる直前、レディ・ヘネシーに脇へ呼ばれた。伯爵未亡人は申し訳なさそうな顔をしている。

「白状しなければならないことがあるの」彼女は謝るような口ぶりで言った。「舞踏会にアクランド男爵を招待してしまったのよ」

ダイアナは顔をこわばらせた。フランシス・アクランド、はるか昔に愛した男性だ。爵位のある画家で、わたしのさして多くもない財産に手をつけられないとわかると、無情にも去っていった。

動転のあまり、ダイアナはレディ・ヘネシーの言葉をろくに聞いていなかった。「……彼の奥様のお母様がわたしのお友達で、アクランド夫妻もちょうどロンドンに来ているの。社交界の半分もの人を招待しているのに、ご夫妻をお招きしないのもおかしな話だし……。もしかしたら招待を断ってくるかもしれないと思ってあなたには黙っていたんだけど、今日の午後に出席の返事が来てしまって。だけど、これでよかったのかもしれないわ。あなたが彼と話しているところを世間に見せつければ、過去のスキャンダルは水に流せるもの」

ダイアナはなんとかほほえみを浮かべた。寝耳に水だった。「教えてくださってありがとうございます。アクランドご夫妻を招待なさったのは当然ですわ。彼とはいずれどこかで顔を合わせるしかないんですから、世間の目のあるところで早くすませてしまったほうがいいんです」

そう言ったものの、内心は不安でいっぱいだった。アクランドに再会すれば、必死に忘れようとしてきたつらい記憶がよみがえるに決まっている。

せっかくのディナーも味がさっぱりわからなかった。魚料理の皿をろくに手をつけもせずにさげさせたのを見て、ソーンがどうしたのかというように眉をつりあげた。

ダイアナは自分がぼんやりしていたことに気づいて、気を取り直してディナーを楽しんでいるふうを装った。左側に座っているソーンの父親とも当たり障りのない会話を交わした。

だが午後一〇時に近づくにつれて、緊張が高まってきた。彼女は舞踏室のドアのそばで、レディ・ヘネシーやセシリー、エイミー、ソーンとともに来客を歓迎する列に並んだ。すでに集まっている客の数を見ると、今シーズンではこれまでで最大の舞踏会になるのは明らかだ。それはエイミーとセシリー、それにダイアナにとっても大成功を意味した。

右隣に立っているエイミーは今宵《こよい》がいかに大切な夜か理解しているとみえ、精いっぱい礼儀正しく振る舞っていた。けれども、ジョン・イェイツが現れると態度が豹変した。どうやらまた喧嘩をしているらしく、ダンスの申しこみをにべもなく断っている。

「あなたの脚とはなんの関係もないわ」エイミーが小声で言った。「あなたが無礼で横暴だからよ」そして、悔しさで真っ赤になっているイェイツを尻目に、次の客人にとっておきのほほえみを向けた。

左隣では、ソーンが婚約者然として大勢の友人や知人をダイアナに紹介していた。そのとき、ダイアナに緊張を忘れさせるような出来事が起きた。それはデビューして間がなさそうな若い女性が母親のあとについて入ってきたときだった。

「こちらはミセス・マーリングと、ミス・エマ・マーリングだ」ソーンがそっけなく紹介した。

エマ・マーリングはダイアナをにらみつけると、ソーンに向かってとめどなくしゃべりだした。あまりのうるささにソーンも閉口しているようすだ。マーリング親子が去ったあと、ダイアナは問いかけるような目をソーンに向けた。

「訊きたいことがあるんだろう?」ソーンが不愉快そうな声でささやいた。「ぼくの裸を見て、傷物にされたと騒いだお嬢さんだ。たいしたものだよ。ぼくと結婚するために、こっちが眠っている隙に寝室に忍びこんで、その現場を自分の母親に目撃させた。だが、ぼくは名誉ある行動を取らず、彼女の世間体を守ろうともしなかったというわけだ」

ダイアナは眉をつりあげた。「それだけのことをしておきながら、よくスキャンダルにもならずに、まだ社交界にいられるものだわ」

「父親が皇太子と親しい間柄だから、娘の振る舞いはたいがいのことが許されてしまうんだ。多分、今夜も父親は皇太子と一緒にここへ顔を出すだろう。母親のほうは、ぼくを釣れないとわかると、賢明にも娘の不祥事をもみ消したよ」

レディ・ヘネシーが摂政皇太子が来るのを心待ちにしているのは知っていた。セシリーとエイミーの舞踏会に大きな花を添えることになるからだ。しかし、ソーンを罠にかけようとしたのがそういう素性の女性だとは初めて聞いた。

いつもなら興味を持つところだが、今はいつ元求婚者が現れるかと思うとそれどころではなかった。

アクランドが来るのは承知していたはずなのに、列の後ろに彼の姿が見えたとき、ダイアナは胸がどきりとした。手前にはアクランドの妻もいる。太った高慢そうな女性で、隣に並ぶ長身で金髪の夫と比べるとあまりにも平凡だ。この男性をわたしはかつて偶像化していたんだわ、とダイアナは思った。

アクランドは六年前と変わらずハンサムで、夢見るような目をしていた。その姿をちらりと目にしただけで、胸が痛いほどに高鳴る。一瞬、彼に夢中になっていたころの自分に戻った気がした。

アクランドに目をのぞきこまれ、うやうやしく手にキスをされた際には、ダイアナは彼の顔をじっと見つめないようにするのが精いっぱいだった。

容赦なく記憶がよみがえってきた。アクランドに捨てられたときの屈辱感や、それに続くスキャンダル、世間からのけ者にされたときのつらさや、ひしひしと身にしみた孤独感が押し寄せる。

ふと、彼の妻が嫉妬にこわばった笑みを顔に張りつけているのに気づいたダイアナは、心のわだかまりを押し殺し、礼儀正しく歓迎の言葉を述べた。そして現在の婚約者に、アクランド男爵とその奥様だと紹介した。

爵位を聞いてぴんときたのだろう。ソーンは鋭い目で冷ややかに挨拶した。

夫妻が行ってしまうと、ソーンが顔を寄せて苦々しげにささやいた。

「あれがきみを傷つけた男だな？　だからきみは今夜、ずっと言葉少なだったのか。どうしてそんなに不機嫌そうな顔をしているんだ？」

まだ動揺の残っていたダイアナは返事を避けた。ソーンに悟られたことに驚きはなかった。彼はなんでも見透かしてしまうのだ。

幸いにも次の客が待っていた。しばらくすると出迎えの挨拶を終え、一曲目のダンスが始まった。数組でパートナーを変えながら踊るコティヨンだ。

ソーンにエスコートされて、ダイアナはダンスフロアに出た。コティヨンはひそひそ話ができるような踊りではない。曲の半ばあたりで、マダム・ヴィーナスの件を話さなくてはならないのを思いだしたが、実際に話せたのはそれから三〇分以上も経って、ワルツに誘われたときだった。

マダム・ヴィーナスが育った孤児院の名前と所在地を告げると、ソーンはすぐに調べると約束した。だが、どういうわけか、せっかくの成果を喜ぶようすはまったく見られなかった。

そのとき、ふいにアクランドが妻と踊っている姿がダイアナの視界に入った。そんなつもりはなかったのに、気がつくと昔の恋人を目で追っていた。どうしてわたしはあれほどアクランドにのめりこんでしまったのだろう。

若かった自分が彼をすばらしくハンサムだと思ったのはうなずける。アクランドの芸術家としての魂に惹かれたのも理解できる。世間知らずだったため、底の浅い人だと見抜けなかったのもわかる。

だが今にして思えば、実際はそれ以上に根の深い理由があったのだ。あのころのわたしは不安定だった。愛に飢えていたと言ってもいい。

人生の大半を、わたしは孤児として生きてきた。おじの家族は大好きだったが、否定しようのない孤独感を抱えていたのもたしかだ。その心の隙間をアクランドが埋め、愛されたいという思いを満たしてくれた。

ダイアナは力なくかぶりを振り、ため息をついた。

自分がまだぼんやりとアクランドを見ているのに気づいたのは、腰にまわされた腕に力がこもったのを感じたときだった。

「ぼくのほうを見ていないとだめだろう？」ソーンが刺のある口調で言い、ダイアナをくるりとまわした。険しい顔をしている。

ダイアナは顔を赤らめ、早くダンスが終わればいいのにと願った。ソーンのワルツはすばらしく巧みだが、今の彼女はドレスで上半身を締めつけられ、無数にあるシャンデリアの熱気が暑く、踊っているせいで少しめまいがしている。

ダイアナが具合の悪いことに気づいたのか、ソーンは曲が終わると無言で彼女をせきたてて、フレンチドアからテラスへと連れだした。

四月も終わろうという今夜は気候が心地よく、眼下の庭園に並ぶ中国製のランタンがきれいだ。けれども、ソーンの口調は聞き間違えようがないほどに冷たかった。

「少し気を落ち着けたほうがいい」

薄暗いテラスなので赤面したのを見られずにすむことにほっとしながら、ダイアナは石造りの手すりへ寄り、庭園を見おろした。

「心構えをしておくべきだったわ」彼女は低い声で言った。ソーンに説明するしかないだろう。「ロンドンに来たら、いつか顔を合わせるのはわかっていたことだから」

「まだあの人でなしを愛しているのか？」ソーンが隣へ来た。

アクランドをどう思っているのかは自分でもよくわからなかったが、もう愛してはいなかった。六年かけて、彼のことは乗り越えた。今ではアクランドの裏切り行為を嘆かわしく思うだけだ。

ダイアナは肩をすくめた。「それはないわ。でも、顔を見たら動揺してしまったの。忘れたい記憶がよみがえってきたから。恋人に捨てられるのは決して楽しい経験ではないもの」

無理に自嘲的なほほえみを浮かべ、ちらりとソーンを見た。「わたしの自尊心のためにも、あなたと婚約していてよかったわ」

ソーンは鼻を鳴らして吐き捨てた。

「人でなしよりぼくのほうがましだと？　それで褒めているとでも言いたいのか？」

ダイアナはソーンを見て顔をしかめたが、なるべく軽く受け流すことにした。「アクランド卿は別に人でなしではないわ。お金持ちの女性をつかまえなければならなかったからといって、責めることはできないもの」

「きみひとりをスキャンダルにさらしたんだぞ。ぼくの考えでは、そんなやつは充分に人でなしだ」

アクランドが弱い人なのはたしかだ。彼には失望している。だが、もう恨みはない。どちらかといえば、腹を立てているのはダイアナ自身に対してだった。恋におぼれたがために何年もの歳月を無駄にしてしまった……。

今のわたしはあのころより大人になり、知恵も身につけ、精神的にも強くなった。行く手には明るくて新しい将来が待っているし、ソーンのおかげで世間からつまはじきにされる日々も終わった。人生を取り戻したのだ。

それでもまだ、あのころの思い出を語る気にはなれなかった。

「ごめんなさい、その話はしたくないの」

「いいだろう、この話はなしだ。ついてきてくれ」ソーンはぶっきらぼうに言い、ダイアナの手をつかむと、石でできた幅のある階段をおりて庭園へ出た。

「どこへ行くつもり？」

「温室だよ。伯母は柑橘《かんきつ》類が好きだから、亡くなった伯父が温室を作ったんだ。ふたりはよくそこでお茶を飲んだものだった」

ソーンが長い脚で庭園を突き進んでいくため、ダイアナは小走りにならざるをえなかった。そのため、入り口へ着いたときにはいくらか息が切れていた。

レディ・ヘネシーの温室に入るのは初めてだった。イチゴなど季節はずれにも常備しておきたい果物や、ロンドンの涼しい気候には耐えられない熱帯植物などをそこで育てているのは知っていた。

ソーンのあとに続いて、ダイアナはなかへ入った。入り口のすぐ内側にあるランタンは明かりが灯《とも》されたままになっている。おじのカントリーハウスにあるもっと大きな温室と、基本的には同じ構造だ。壁は材木と漆喰《しっくい》で造られ、屋根は日光を取り入れるために格子の細かいガラス張りになっている。どこかで石炭をたいて温度をあげているのだろう。湿度を増すための噴水もあるのかもしれない。顔や腕に触れる空気は湿っていて暖かく、生い茂った植物の向こうから水の流れる音が聞こえてくる。

ソーンはドアを閉め、ダイアナを連れて三本あるうちの一本の通路を進み、薄暗い温室の奥へ入っていった。花々の香りと湿った土のにおいがしている。通路の両脇には大きな飾り鉢が並び、観賞植物が植わっていた。ライムやレモン、オレンジ、小ぶりのヤシ、それに初めて見る異国の植物もある。向こう側の壁際には座ってくつろげる場所が用意され、ティーテーブルやサイドボードまで置かれていた。その前には大理石の噴水がある。

ライオンが足元に寝そべっている、若い女性の彫像には見覚えがあった。「あなたのお屋敷の中庭にあった噴水によく似ているわ」

「同じデザインだ。何年か前に伯母への贈り物として、島から送ったんだ。この女性は、ギリシア神話に登場する精霊のキュレネだよ」

彫像を見ていると島を思いだし、憂鬱な気分が少し晴れた。ダイアナは水の流れる噴水に近寄って、濡れた大理石のなめらかな曲線を指でたどった。「このライオンはなに？」

「伝説では、キュレネはライオンと格闘したことになっている」ソーンの口調はまだそっけなかった。「それを見て、アポロンはキュレネに恋をしたんだ」

ダイアナは思わず笑ってしまった。「ライオンと？　嘘でしょう？」

「本当だ。アポロンはキュレネの並はずれた勇気を称賛したわけだ」

「わたしに言わせれば、そんなのは勇気じゃないわ」彼女は疑いのまなざしをちらりとソーンに向けた。「ライオンと戦うなんて無謀なだけよ」

なにげない色香のにじみでたほほえみに、ソーンの心臓は跳ねあがった。ダイアナの気持ちをあの卑劣漢からそらすことができて、彼はほっとしていた。これでこっちの怒りも少しはおさまろうというものだ。

ディナーのあいだじゅうずっと、ダイアナのようすがおかしいのには気づいていたが、その理由が元恋人だとわかったときには腹が立った。そうでなくてもみずからの手でろくでなしの首を絞めてやりたい気分だったのに、気がつくとダイアナは未練がましくあいつを見ていた。

それを目にしたとたん、獰猛な感情がわき起こった。認めたくはないが、男の嫉妬にほかならない。独占欲もこみあげた。ぼくにしては珍しいことだ。女性をひとり占めしたいと真剣に思ったことは一度もないのだから。だが、ダイアナに対してはそういう思いを感じる。

ソーンは胸のうちで毒づいた。ダイアナがまだあのいまいましい元求婚者を愛していたところで、ぼくには関係ないはずだ。しかし、それが気になってしかたがない。なにをおいても、彼女につらい思いだけはさせたくなかった。

その一念から、自分のためというよりはダイアナのことを思って舞踏室から連れだし、ほとんど引きずるようにして温室へ連れてきた。ここなら落ち着ける。今はただ、あの人でなしのことや、昔のつらかった記憶を忘れさせたい。

ソーンは怒りを静めようと深呼吸をした。

そして手を伸ばし、親指でダイアナの唇に触れた。その感触にはっとしたのか、彼女は少し唇を開いたまま、言葉もなくソーンを見た。

彼のなかの怒りや嫉妬が、相手を求める気持ちに変わった。ダイアナも同じ緊張を感じているのだろう。息を詰め、身動きができないとばかりに、じっと見つめてくる。

それを見てソーンは優しい気分に包まれたが、そこには別の感情があることも自覚していた。彼女を慰めたいという思いのほかに、わがままな願いが頭をもたげている。ダイアナにはぼくのことだけを考えていてほしい。そうさせる方法なら知っている。

ソーンは彼女の下唇に親指をはわせ、そのまま首筋をたどって胸へと手を滑りおろしていった。ダイアナはじっとしている。ソーンはドレスの襟ぐりに指をかけ、胸の先のバラ色が見えるまで引きさげた。

ダイアナがはっと息をのんだ。ソーンが手の甲をダイアナに向けて二本の指で乳首を挟み、そっと力を加えると、彼女は柔らかい吐息をこぼして彼の手をつかんだ。

「だめ……そろそろ舞踏室に戻らないと気づかれるわ」

「まだしばらくは大丈夫だ。今、戻る気はない。きみに見せたいものがある」

「なんなの？」

「いいものだ。この前の続きをしよう」

ソーンはさらにドレスを引きさげ、きめの細かい肌を、肩と乳房を、夜気と自分の視線にさらけだした。ダイアナは抵抗しなかった。気をしっかり保とうとするように、固く目を閉じている。

彼が触れる乳首が、すぐに硬くなった。まわりを指でたどられたダイアナが身をよじる。

気持ちが高ぶっているのだろう。

「きれいな胸だ」ソーンはささやいてふくらみを包みこみ、体をかがめて片方の先端を口に含んだ。

静まり返った温室内に、ダイアナの息をのむ音だけが聞こえる。震える乳首をさいなみ続けると、ダイアナはよろけ、支えを求めるように彼の両腕をつかんだ。

ソーンは彼女の体をサイドボードまで押しやった。いったん唇を離して、銀製のトレイをどけてからダイアナを持ちあげ、磨き抜かれた木製の天板にこちらを向くようにして座らせた。そして逆らう暇も与えず、また胸の頂を口にした。

快感がこみあげ、ダイアナは声も出せなかった。ソーンがふくらんだ乳首をゆっくりと味わっている。ダイアナはめまいがするほどの恍惚感に目を閉じた。

唇の愛撫は続き、柔らかい布地の裾が腰までたくしあげられ、腿の内側をなぞられる。その悩ましい感覚に、ダイアナは身をこわばらせた。体が熱を帯びる。

茂みのなかに指が分け入ってきたのを感じ、彼女の腿に力が入った。敏感な部分に軽く触れられ、吐息がもれる。

「仰向けになってくれ」ソーンがかすれた声で言った。

彼は片手をダイアナの腿のあいだに置いたまま、もう一方の手で彼女の肩を押した。ダイアナはされるがままに倒れこんで両肘をついた。

「ずっとここに口づけたいと思っていた」

その言葉の意味を察し、ダイアナは高揚した。

ソーンが上半身をかがめ、秘めたところに探るようなキスをした。熱い唇の感触に耐えられず、ダイアナの体が緊張を帯びた。

彼の口が蕾を見つけ、舌が軽く触れる。

甘い衝撃がダイアナの体を貫いた。

ソーンの両肩を力なく押す。「やめて……お願い……」

「だめだ」ソーンは意地悪なキスを続けた。

ダイアナは腰を引こうとしたが、両手で押さえられて身動きができなかった。

快感の波が押し寄せ、抵抗する気持ちは甘いため息とともに押し流されていった。彼女は観念して仰向けになった。

ソーンが満足そうな声をもらし、ダイアナの腿を開くとさらにしっかりと体をつかんで、温かい茂みを口で探った。

舌がふたたび歓喜の源をとらえる。

ダイアナはめくるめく悦びに襲われ、さらなる愛撫を求めて腰を突きだした。

巧みな刺激に、苦しげな声が喉からもれる。

「もっとその声を聞きたい」ソーンがささやいた。

ダイアナはこみあげる衝動に抗えず、頭を後ろに倒して焼けつく感覚に身を任せた。さらに強く攻めたてられると、どうしようもなく腰が動く。

ソーンは喜悦の芯を巧妙にさいなみ、ダイアナを絶頂の際まで追いあげながらも果てるのは許さなかった。

「震えていいんだよ。そうすれば、ぼくはきみを悦ばせていると実感できる」

言われるまでもなく、狂おしい悦びに体の震えを止められなかった。ダイアナははしたないほどその先を求めた。「もう我慢できない……」

ソーンが満ち足りた声を喉の奥からもらした。ダイアナの腿に腕をかけて自分の肩にのせる。

彼の唇によってつけられた炎が体じゅうに広がり、ダイアナは身をよじった。舌の感触が熱く、愛撫のひとつひとつに全身の神経が反応し、呼吸がせわしなくなる。ダイアナはソーンの髪に手を差し入れて頭をつかんだ。

ソーンも呼吸が荒くなっていた。ダイアナに触れることで、彼もまたこのうえない快感を得ているようだ。信じられないことに、ソーンはさらに彼女を高ぶらせた。

ダイアナは舌がゆっくりと体の奥へ進むのを感じ、悲鳴がもれそうな鋭い衝撃を受けた。ソーンの両手が腰を離れて、乳房を包みこむ。それは生涯でもっとも官能的な経験だった。腿のあいだに彼の顔があり、むきだしの胸に彼の手が置かれている。

熱い吐息がすすり泣きに変わった。

ダイアナは体が激しく震え、肌が熱くほてり、自分がとろけてしまう気がした。肺を焦がすほどの勢いで、空気が出入りしている。

想像をはるかに超えた感覚に、彼女はなすすべもなく頭を前後に振った。ふいに、そしてようやく、太陽がはじけたのかと思うくらいの爆発があり、火の粉が勢いよく上方に噴きだしたかに思えた。

喉から絞りだされる絶頂の声が温室の静寂を満たし、激動のクライマックスに体が震えて跳ねる。

ソーンは勝利に身を震わせた。長いひとときが過ぎたのちにようやく顔をあげ、上半身をかがめてダイアナの震える体を腕のなかに包みこんだ。守らなければならない貴重なものだというように。

いや、本当に守らなければならない。この自分から。ダイアナに覆いかぶさりながら、ソーンはわが身の欲求と葛藤していた。紳士らしく振る舞いたいが、もう自制心はかけらしか残っていない。

決断のときだろうか？　その気になれば甘い言葉を駆使して、ダイアナのほうからぼくを求めさせることもできる。彼女は今にも最後の扉を明け渡しそうだ。こんなに熱くなっている。そしてぼくはといえば、もはや我慢ができないほど高ぶっている。

だが、ダイアナは処女だ。純潔を奪うというのは後戻りのできない一歩になる。体のうずきを静めようと、ソーンは深呼吸をした。心のなかで欲望と良心が闘っている。

自分がどういう結論を出したかは、結局、一生わからなくなった。このとき、かすかな物音がしたからだ。温室のドアが開いたらしい。

その直後に、女性の小さな声が聞こえた。

「ソーン卿？　ここにいらっしゃるんでしょう？」

聞き覚えのある声だった。生い茂った植物のあいだを縫って、こちらへ近づいてくる。

こんな場面を見られるわけにはいかないので、ソーンはダイアナの唇に指を当てて声を出さないように指示し、黙ったまま彼女のドレスを直すのに手を貸した。

薄闇のなかでも、ドレスが乱れて、唇は濡れてふっくらと腫《は》れ、髪がくしゃくしゃになっているのがわかる。たった今、奪われましたと言わんばかりだ。

震えるダイアナの体をサイドボードからおろしたとき、二、三メートル後ろからまた声が聞こえた。

「やっぱりおいでになったのね。そうだと思いましたわ」

ソーンはダイアナをかばいつつ振り向き、侵入者と対峙《たいじ》した。やはり知っている人物だった。一年前に卑怯な手を使って結婚を迫ってきたエマ・マーリングだ。

ソーンの乱れた髪を見て、彼女はちゃめっけのある笑みを浮かべた。

「まあ、ソーン卿ったら、レディをこんなところに連れこむなんて。もっとも、お相手はレディではないのかもしれませんけど……」

エマ・マーリングは言葉尻を濁した。ソーンのような手の早い男とこんな人目のないところへ来る女性は、それだけでレディの名に値しないと言わんばかりの口ぶりだ。

ソーンは鋭くののしり、一歩前に出た。この悪意に満ちた小娘の首を絞めてやりたい気分だ。エマ・マーリングが、彼と一緒にいるのがダイアナだと承知しているのは間違いない。

ダイアナが制止するようにソーンの腕に触れた。彼はこぶしを緩め、努めて冷静に答えた。

「ミス・マーリング、きみは不適切な場所に現れるという嘆かわしい傾向があるね」

「ソーン卿、あなたは純情な女性を誘惑しているところを目撃されるという残念な運命にありますね。もっとも、ミス・シェリダンが純情かどうかはわかりませんけれど」

ソーンの背後で、ダイアナの心臓は早鐘を打っていた。エマ・マーリングから嫌みをひとつ聞くたびに動揺が増していく。だがもう小さくなって隠れているのはごめんだと思い、ダイアナは顎をあげて姿を見せた。

「ソーン卿はわたしを誘惑などしていません。それに、いずれにしろわたしたちは婚約しています」

「でも、結婚はしていないでしょう？　みんながこのスキャンダルには飛びつくわ。だって、あなたが騒動を起こすのはこれが二度目なんですもの」

そのとおりだと思い、ダイアナは気が重くなった。今回は世間も決して許してくれないに違いない。エマ・マーリングのことだから、復讐とばかりに、会う人ごとに噂を振りまくだろう。醜聞は野火のように広がり、わたしの信用は地に落ちる。

それでもダイアナは無理やりほほえみ、落ち着いた声で答えた。

「わたしをねたんでいらっしゃるのね。けれども、嫉妬なんてみっともないですわよ」

エマ・マーリングは今にもダイアナの目玉をえぐり取りそうな形相でにらみつけた。「今の言葉、絶対に後悔させてあげるから」そしてくるりと背を向けると、足早にその場を立ち去った。

ドアを乱暴に閉める音が響き、温室全体が揺れた。あとには噴水の静かな水の音だけが聞こえていた。

ソーンが目を細めて、難しい顔でダイアナを見た。

ダイアナは目を閉じ、愕然としてうつむいた。悔しさや怒りなど、さまざまな感情が渦巻いている。いちばん強く感じているのは後悔の念だ。わたしはうかつで愚かな振る舞いをしてしまった。言い訳は立たない。たしかにソーンもいけないが、わたしにも責任がある。いいえ、わたしのほうこそ気をつけるべきだった。身を任せてしまったらどんな結果が待っているかは、容易に想像できたのだから……。

そのとき、ソーンがかすれた声でなにかをつぶやいた。それを聞き、ダイアナは息が止まりそうになった。

「ぼくは決めた」彼は言葉を切り、しばらくしてから言った。「偽りの婚約は終わりだ。本当に結婚しよう」

12

　ダイアナは身をこわばらせた。わたしの聞き間違いかしら？　それともソーンの頭がどうかしてしまったの？

「本当に結婚するだなんて、どういう意味？」

「ぼくたちの婚約は世間をだますための芝居だったが、今回のことで事情が変わった。きみはぼくと夫婦になるんだ。それも、できるだけ早いほうがいい」

「冗談じゃないわ！　この婚約は一時的なものだと言ったはずよ」

「それはこんなことになる前の話だ。こうなるとスキャンダルは避けられない。世間を黙らせるには、一緒になるのがいちばんだ」

　ソーンが真剣だとわかり、ダイアナは信じられない思いで彼を見た。

「本当はそんなことになるなんて望んでいないくせに。そもそもあなたは結婚なんかしたくない人だもの」

　ソーンはおもしろがるように皮肉っぽい笑みを見せた。

「そうかもしれない。だが、ぼくの家名できみを守りたいとは思っている。あの悪知恵ばかり働く小娘が言ったとおりだ。騒動も二度目となれば、世間は黙っていないぞ」

「そんなのはわかっているわ。でも、罪の意識から犠牲になってもらわなくても結構よ。無理やり結婚させたりしたら、わたしは一生あなたの目を見られなくなるわ」

「無理やりじゃない。きみをここへ連れてきたのはぼくだ」

ダイアナはかたくなに首を振った。

「あなたを責める気はないわ。わたしは自分の意思でついてきたんだもの」

「それは違う」ソーンは体の向きを変えてサイドボードにもたれかかり、片方の眉をあげて、なにを考えているんだという顔で黙ってダイアナを見た。「今、ぼくは正式に求婚している。どうしてきみが断るのか理解に苦しむね」

そう言われて、ダイアナはもどかしさに肩をすくめた。

「高潔な意志は立派だと思うわ。だけど、こんなことで夫婦になるのは愚の骨頂よ」

「それ以外にも、ぼくと結婚したくない理由があるのか？」

「あるに決まっているでしょう」そんな質問が出てくること自体が驚きだった。体裁を取り繕うためだけの婚姻はごめんだし、女癖の悪い男性を夫にするつもりはないし、愛のない夫婦にはなりたくない。それ以上に、ソーンとだけは結婚するわけにいかなかった。彼が相手だと、わたしはまた傷つくことになるかもしれない。

「理由なんかいくらでもあげられるけれど、いちばんの問題はあなたがわたしを愛していないことよ」ダイアナはにべもなく言った。「わたしもあなたを愛していないわ」

「愛をどうこう言っている場合じゃないだろう？」

ダイアナはいらだって天を仰いだ。「こんな会話、ばかげているわ。あなたに救いの手を差し伸べてもらわなくても、自分のことは自分でなんとかする。これまでだって、スキャンダルを抱えて生きてきたんだもの。慣れたものよ」

「きみはエイミーのことを忘れている」

とたんにダイアナは気持ちが沈み、表情を曇らせた。自分のスキャンダルでエイミーの評判に傷がつくことだけは避けたいとずっと思ってきた。ただ、今のいとこは社交界で安定した交友関係を築きつつある。わたしが距離を置けば、エイミーは新しい醜聞が広まってもそれほどつらい思いをせずにすむかもしれない。どちらにしても、自分の身を守るためだけにソーンと結婚するのはまっぴらだ。

ダイアナは頑として言い張った。

「ご親切にありがとう。でも、求婚はお断りするわ。偽装婚約は続けるけれど、エイミーの将来が安定したら解消させてもらうわね。とにかく今は、舞踏室に戻らないと。早くエイミーを見つけて、このゴシップを他人から聞かされる前にわたしが話しておきたいの」

ぼくも行くというように姿勢を正したソーンを、ダイアナは手で制した。

「別々に戻りましょう。一緒にいるところを見られて、噂の火に油を注ぐことはないわ」

ダイアナは自分の姿を見おろし、ドレスの乱れを直した。ソーンが一歩前に出たのに気づいてどきりとしたが、彼はただ手を伸ばしてほつれた髪を耳にかけてくれただけだった。

「そんな格好で戻ったら、いかにもという感じだぞ」

「ええ、そうね」ダイアナはこわばった笑みを浮かべた。「わたしなら大丈夫よ。スキャンダルに向きあう訓練は積んでいるもの。しばらくは過ちを悔いているふりをしなければならないわね。本当は堂々としていたいけれど、エイミーのためには少し謙虚に振る舞っておかないと」

覚悟を決めるように深呼吸をすると、彼女は振り向きもせずに熱帯植物のジャングルのなかを抜けて去っていった。

その背中を見送りながら、ソーンの心のなかでさまざまな感情が渦巻いていた。

覚悟を決めたダイアナはたいしたものだ。それに比べて、ぼくはなんと愚かなのだろう。

普段、誰かに対して申し訳ないと思うことはほとんどないが、今は罪悪感にさいなまれている。こんな温室で手を出せば、誰かに見られるかもしれないと考えるべきだった。

さっきはあれ以上の言い争いを避けたが、彼女をこんな状況に追いこんでしまったのはぼくなのだから、紳士たるもの、けじめをつけるのが筋だろう。厳密に言えば処女を奪ったわけではないが、その寸前だったのはたしかだ。無粋な邪魔が入らなかったら、今ごろは事に及んでいたに違いない。

ソーンはかぶりを振った。これがほんの二カ月前なら、身を固めて足かせをはめられるのかと思うとぞっとしただろうが、驚いたことに今はそういう嫌悪感はない。考えてみれば、ダイアナに偽りの婚約話を持ちかけたころは、結婚についてまじめに考えたことがなかった。

自由をあきらめたくないばかりに、条件反射的に避け続けてきたからだ。

だが、今は迷う余地もない。新たなスキャンダルでダイアナを傷つけるわけにはいかないし、ましてや自分が原因ならなおさらだ。結婚すれば、彼女の体面は守られる。

ソーンは顔をしかめて考えこんだ。ダイアナとの結婚が自分を犠牲にすることだとはどうしても思えない。ぼくは彼女の知性や精神に惹かれている。一緒にいて退屈したこともない。それどころか、これまで出会ったなかでダイアナほど興味をそそられる女性はいないくらいだ。彼女なら自立しているから、夫を支配しようとは考えないだろう。つまり、ぼくは好き勝手にできるわけだ。それに結婚してしまえば、父からうるさく言われずにすむ。それだけでも大いなる利点だと思い、ソーンは皮肉のこもった笑みを浮かべた。

いずれにしても父の望みどおり、いつかはぼくも結婚して跡継ぎをもうけるしかない。それだったら、これまで父が押しつけてきた花嫁候補より、ダイアナのほうがどれだけいいかわからない。

ダイアナのよさを数えあげているうちに、ソーンは目を輝かせた。きっとベッドでの相性もいいだろう。それはいずれわかる話だ。また、貴族のなかで〈剣の騎士団〉のメンバーの妻になれそうな器の女性には出会ったことがないが、彼女ならその条件も満たしそうだ。少なくとも高い能力を持っていて、判断力にも優れている。ダイアナに対する信頼は日ごとに増すばかりだ。

先ほどの会話を思いだして、ソーンは顔をしかめた。もちろん、彼女はそれなりの理由があって結婚を拒んでいる。

あそこまで頑固に求婚を断るとは意外だった。スキャンダルを回避できるわけだから、感謝の気持ちとまでは言わないまでも、やむをえないと観念して申し出に応じると思っていた。拒絶する大きな理由は、ふたりが愛しあっていないからだという。だが、愛は必ずしも婚姻に不可欠なものではない。

ソーンは衣服のしわを伸ばし、温室のドアへ向かった。

彼女がどう思っていようがかまうものか。ぼくはダイアナ・シェリダンと結婚する。ダイアナにはその現実を受け入れてもらうしかない。


舞踏室に戻ったダイアナは、摂政皇太子が出席していることを知ってほっとした。客人たちがそちらに注目しているあいだにこっそり入れるし、摂政皇太子がわざわざお出ましくださったとなれば、エイミーとセシリーにとってこの舞踏会は大成功ということになる。

ダイアナはエイミーを捜すのをしばらく待つことにした。せっかくの輝かしい瞬間を台なしにしたくない。だが、いつまでも引き延ばせないのもわかっていた。それからの一時間ばかりは、ダイアナはピンを山ほどのみこんだ気分で、いつ噂が広まるかとはらはらしながら過ごした。

ふと、エマ・マーリングが口さがない友人たちに得意気に話している姿が目に入った。相手が意地悪な笑みをこちらへ向けたのを見て、ダイアナは転落の瞬間が切って落とされたのを悟った。

摂政皇太子が取り巻きの貴族たちを従えて舞踏室を出ていくなり、ダイアナはエイミーを群がる紳士たちから引きはがし、ふたりきりで話すために図書室へ引っぱっていった。そしてソーンとの不祥事を目撃されたことを打ち明けて、スキャンダルになるだろうと話した。

エイミーは最初は黙って聞いていたが、みるみるうちに青ざめ、最後は悲嘆に暮れた。

「そんな……」彼女はかすれた弱々しい声で言った。「わたしとセシリーの将来がだめになるかもしれないじゃない。この舞踏会には、わたしたちの社交界デビューの成功がかかっているのよ」青い目に涙があふれた。「それなのにそんな不名誉なことをするなんて」

ダイアナは恥ずかしさと申し訳なさで胸がいっぱいになり、低い声で言った。「ごめんなさい。ソーンに連れていかれる前に、どんな結果になるかよく考えてみるべきだったわ」

エイミーは唇を震わせ、ぽろぽろと涙をこぼした。

「言っていることと、やっていることが違うじゃない。あなたはわたしが慎みに欠けているとよく叱るくせに、自分はそんなはしたない振る舞いをするのね」

エイミーは不満を吐きだしているのだろう。責めたくなる気持ちはわかる。ダイアナは息を吸った。だが、世間知らずの若いいとこを守り導くのは自分の務めだ。彼女の行動を制限したことを謝るつもりはない。

「わたしのことはどうでもいいの」ダイアナは静かに諭した。「わたしはただあなたに、わたしと同じ過ちを犯してほしくなかっただけ。財産だけが目的の男性に心を許してほしくないのよ。行きすぎをたしなめたのは、純粋にあなたを思ってのことよ」

驚いたことに、それを聞いてエイミーは急に背筋を伸ばした。嗚咽をのみこみ、乱暴に涙を拭いて顎をあげる。

「わたしがまだレジナルド・ナイリーに熱をあげていると思っているのなら、どうぞ安心して。わたしのほうから別れましょうと言ったの。あんまり何度も約束を破ったから」

心配していたレジナルドとの恋が終わったのだと知り、ダイアナは心の底からほっとした。今、自分に感じている怒りさえ吹き飛んでしまうほど安堵した。

エイミーの社交界での立場を危うくしかねないまねをした自分自身に対し、ダイアナは猛烈に腹を立てていた。けれど、これで選択肢ができた。もうそばで目を光らせていなくても大丈夫だとわかれば、エイミーから離れられる。ソーンと偽りの婚約をする前は、どのみちいとことは距離を置こうと決めていたのだ。

「わたしにいらだつ気持ちはよくわかるわ。わたしだって、どれほど自分を情けなく思っているか」ダイアナは決意を口にした。「でも、わたしのスキャンダルであなたに迷惑はかけたくないと思っているの。明日の朝いちばんにレディ・ヘネシーの屋敷を出て、自分のアトリエへ移るわ」

「ええ、それがいいと思うわ」エイミーは打ちひしがれたようすで声を震わせた。「それでもレディ・ヘネシーの親切にそむいたのに変わりはないけれど……」そう言うとかぶりを振り、背を向けて図書室から走り去った。

つらい現実を突きつけられ、ひとり残されたダイアナは顔をゆがめた。わたしはエイミーとセシリーの社交界デビューを邪魔したばかりか、レディ・ヘネシーに恩を仇《あだ》で返すまねをしてしまったのだ。

ふいにこみあげてきた涙はなんとかのみこんだが、忸怩《じくじ》たる思いはぬぐいきれないまま、とぼとぼと舞踏室へ戻った。

その夜、ダイアナはずっとソーンに対してよそよそしく振る舞った。親しげにしているところを客人たちに見られたくなかったのだ。しかし、ちらちらと向けられる冷たい視線から、すでになにをしても手遅れだと察した。数時間もすれば、わたしは世間からつまはじきにされているだろう。

ある身分の高い裕福な未亡人などはあからさまにダイアナを無視し、ソーンの父親のレッドクリフ公爵はかすかに軽蔑《けいべつ》を含んだ表情を見せた。落胆しているのかもしれない。

最後の客が馬車に乗ったのは午前四時だった。ダイアナは終わりまで舞踏室に残った。逃げ隠れはすまいと心に決めたし、レディ・ヘネシーがやすむ前に話もしたかった。

疲れきった顔で無数にあるシャンデリアの蠟燭を消す使用人たちを残し、ふたりは一緒に階段をあがった。

「若い娘たちの言葉遣いをまねるなら、〝すごい〟大成功というところね」最初の踊り場にさしかかったとき、伯爵未亡人が言った。「摂政皇太子もお越しになってくださったし、望んでいた以上の盛大な催しになったわ。そう思わない？」

「ええ、すばらしい舞踏会でした。ただ、とんでもない問題がひとつ起きてしまって……」

話はすでに耳に入っていたらしく、レディ・ヘネシーはわかっているとばかりにほほえみ、ダイアナの手をぽんぽんと叩いた。「ソーンから聞いているわ。ダイアナ、あなたは今は落ちこんでいるけれど、ひと晩ぐっすり寝たらまたすべてが違って見えると思うの」

朝まで待ちたくないと思ったダイアナは、話を引き延ばそうと努力した。

「でも、これ以上わたしがここにとどまるわけには――」

「とにかく睡眠を取ってから話をしましょう」レディ・ヘネシーはきっぱりと言った。「ああ、ぐったりだわ。この場で気絶してしまいそう」

疲れている相手を無理に引き留めてしまったことを申し訳なく思い、ダイアナはレディ・ヘネシーと別れて自室に向かった。

疲労しているはずなのにまったく眠れず、彼女は午前一〇時ごろ、ひどい気分のまま重い足を引きずって朝食の間へおりていった。驚いたことにすぐにレディ・ヘネシーも姿を見せ、エイミーとセシリーはまだ寝ていると告げた。

従僕がコーヒーと半熟卵とトーストをテーブルに置くと、公爵未亡人は礼を言ってさがらせた。

「さて、なにがあったの？」彼女は優しい口調で言った。

ダイアナは温室でソーンと一緒にいるところを見つかった顚末《てんまつ》を、余計なことは省いて説明した。

レディ・ヘネシーは酸っぱいレモンでものみこんだような顔をした。

「まあ、あのマーリング家のわがまま娘ときたら、母親が鞭《むち》のひとつもくれたほうがよさそうね。昔からソーンを追いかけているのよ。でも、わたしの甥っ子と結婚したいなんて笑止千万だわ。彼女はあなたに嫉妬しているのよ。だから、あなたの評判を落とそうとしているだけ」

「ええ、わかっています。ですがやっぱり、わたしがいけなかったんですわ」

「それはもうすんだ話よ。あとはさっさと結婚式の日取りを発表するのね。早く一緒になってしまえば、それだけ早く噂は静まるわ」

ダイアナはとっさに返事をのみこんだ。早くても遅くても、ソーンと結婚するつもりはない。だが、それを今ここでレディ・ヘネシーに話すわけにはいかなかった。ソーンとは恋愛中であるふりをしなければならない。

「無理強いはしたくないんです。彼はわたしを愛しているとは言ってくれますけど、果たして本当に独身を捨てる覚悟ができているのかどうかわからなくて。迷いがあるまま結婚するのは絶対によくないと思うんです」

「甥がずっと結婚を避けてきたことを言っているのなら、心配はいらないわ。これまでは縁がなかっただけ。貴族のお嬢様たちでは、あの子にはおとなしすぎてだめだったのね。かといって、オペラの踊り子を連れてくるわけにもいかないし。好き放題にしているように見えて、彼は彼なりに家名を大切にしているの」

レディ・ヘネシーはトーストにジャムを塗りながら、ダイアナの返事も待たずに続けた。

「ああいう男性は追いかけられるのを嫌うものなの。小さいころから女性に媚《こび》を売られ、ずうずうしい母親たちから娘を押しつけられて、辟易《へきえき》しているのよ」

伯爵未亡人はうんざりした顔で咳払いをした。「それに、あれの父親が長いあいだ政略結婚を強要していたのもいけないのよ。弟の結婚はまさにそうだったわ。裕福な家同士が利害関係のために縁組みしたんだから。甥はそんな婚姻をいやがっていた。あの子がそう思っていた気持ちはよくわかるわ。ソーンは世間の常識に甘んじる子ではないし、人生を謳歌しているので、心の通いあわない夫婦関係は足かせにしか思えなかったんでしょう」

「わたしにもそれは理解できます。だからこそ後戻りできなくなる前に、彼の気持ちを確かめたくて」

レディ・ヘネシーがほほえんだ。「これまでソーンが結婚を渋っていたのは、父親が持ってくる縁談が気に入らなかっただけよ。従順な花嫁などいらない、自分と対等に渡りあえる女性でなければ愛せないと思っていたみたい」彼女は穏やかな目を向けた。「ダイアナ、あなたはまさにあの子が求める女性だわ。たとえ最初は父親に反抗するために求婚したのだとしても」

「ご存じでしたの？」ダイアナは驚いた。

「そうじゃないかと思っていただけよ。あのやんちゃな甥っ子のことはずっと見てきましたからね」

ダイアナは無理にほほえんだ。「わたしのことをそこまでおっしゃってくださるなんて。ご親切には感謝しますし、ご慧眼《けいがん》には感服するばかりです。でも、だからこそ、わたしたちが結婚してもうまくいかないこともおわかりなのではないかと」

「さあ、どうでしょうね。夫婦になってから愛が生まれることもあるわ。ソーンがあなたを称賛しているのは間違いないし、どうやらあなたもあの子に惹かれているみたいね」

ダイアナは否定できなかった。わたしもソーンをすばらしい人だと思っている。あの探求心といい、自由な精神といい、生きざまといい、彼が体現しているものはすべてわたしの憧れだ。この六年間というもの、ずっとわたしは社会の呪縛から逃れたいと思ってきたのだから。

ダイアナは一瞬、愛と情熱によって築かれたソーンとの結婚生活を想像してみた。自分もかつては大恋愛を夢見たことがある。

だが、すぐに頭を振った。なんという甘い考えだろう。わたしとソーンのあいだにそんな関係が成立するわけがない。

ソーンは誰に対しても心を捧げるような人ではないし、わたしは怖くてそれができない。もう二度と無防備にはなるまいと誓ったのだ。

ソーンと結婚すれば、わたしは不安な日々を送ることになる。ソーンに愛されていないのはわかっているし、無理やり結婚したとなれば彼の目を見ることもできなくなるだろう。

やはりこの求婚は受けられない。たとえソーンが紳士らしく責任を取りたいと言い張ったとしてもだ。

どれほどスキャンダルの嵐が吹き荒れようが、自分で立ち向かうしかない。ナサニエルが逝ってしまったあとはずっとひとりでやってきたのだ。今のわたしは大嵐にも耐えられるほど強くなった。

なんとかするしかない。


だが、ダイアナの固い決意はすぐにぐらつくことになった。その日の午後、アトリエでマダム・ヴィーナスの肖像画に取り組んでいるとき、英国美術院の校長から手紙が届いたのだ。

ミス・シェリダン
誠に残念ながら、貴女の英国美術院への入学願は不許可となったことをお伝え申しあげます。品格を重んじる当校が評判に問題のある人物を受け入れるのが難しいことは、ご理解いただけるものと存じます。
ジョージ・エンダリー卿

膝から力が抜け、ダイアナは寝椅子に座りこんだ。そして長いあいだ、胸の前で手紙を握りしめたまま、虚空をにらんでいた。

生涯の望みがついえた。

何年もかけて温め続けてきたはかない夢が砕け散ったのだ。

しばらくしてアトリエに入っていったソーンが見たのは、血の気のない顔に苦渋の色をにじませて座っているダイアナの姿だった。まるで愛する者を失ったかのような表情だ。

ソーンはいやな予感に襲われた。「どうした？」彼は大股でアトリエを横切った。

ダイアナは返事をせず、ただ黙って手紙を手渡した。

ソーンはそれを斜め読みして、手のなかで握りつぶした。英国美術院がスキャンダルを理由にダイアナの入学を拒否しただと？

彼は歯を食いしばった。まず怒りがわき起こった。そして顔をあげたダイアナの悲嘆に暮れた目を見て、胸が締めつけられた。本当に愛するものを彼女は失ったのだ。ダイアナにとって絵は、多くの人が親や子や伴侶を思う以上に大きな意味がある。それなのに、こんなくだらない理由で入学を拒否されるとは……。

ソーンはののしりの言葉を吐いた。昨晩、舞踏会から帰る前に父に呼びつけられ、不届きな所行をこっぴどく叱責された。当然だ。すべてぼくが悪い。

今は誰かを怒鳴りつけずにはいられない気分だ。怒りの矛先を向けるべき相手はわかっている。

「待っていてくれ」

ぶっきらぼうにそう言うと、ダイアナにひと言も発する間を与えず、手紙を握りしめたままアトリエをあとにした。

二時間も経ったころ、ソーンが戻ってきた。絵は仕上げの段階に入っていたが、あまりのショックと絶望感でダイアナは描くことに集中できずにいた。

アトリエに入ってきたソーンを、彼女はぼんやりと見た。彼から新しい手紙を差しだされたが、手を伸ばす気力もなかった。「それはなに？」

「前言を撤回する手紙だ。エンダリー卿がきみの入学を再検討した」

ダイアナはよく理解できないままに封を開け、信じられない思いで手紙を読んだ。ソーンが言ったとおりだ。エンダリー卿は先ほどの件を謝罪し、ダイアナの入学を熱烈に歓迎していた。

「どうしたらこんなことが起こりうるの？」困惑してソーンに顔を向けた。

「きみの入学許可を条件に、多額の寄付をしたんだ」

ダイアナはぽかんと口を開けた。「買収したの？」

ソーンが愉快そうに口元をゆがめる。「根まわしと脅迫と買収だ。父を見習って、財力にものを言わせた」ダイアナがあっけに取られていると、ソーンが彼女の顎をつついた。「口を閉じたほうがいい。ぽかんとしている女性はばかに見える」

彼のやんちゃそうな目を見てからかわれているのだとわかったが、ダイアナの頭はさっぱり働かなかった。もっと困惑すべきなのか、それとも怒るべきなのかさえ判断がつかない。

「勝手なことをしないで」

「どうしてだい？」ソーンは悪びれるふうもなかった。「きみには入学を認められて当然の才能がある。そしてぼくは、それを邪魔する元凶にはなりたくない」

彼は絵のほうへ顔を向け、熱いまなざしを注いだ。ソーンがマダム・ヴィーナスの肖像画を見るのはこの日が初めてだ。「ほら、これだ」彼は一歩後ろにさがり、等身大のキャンバスに見入った。「すばらしいのひと言に尽きるよ」あきれたように頭を振る。「これできみを不合格にするなんて、愚かにもほどがある。教授連中を一〇人束ねても、きみには勝てやしないのに」

ダイアナはこめかみに手を当て、まだ頭が混乱したままかぶりを振った。小言を言いたいのに、笑いだしたい気分にもなっている。ほんの二時間前はお先真っ暗だったのに、ソーンのおかげで改めて生涯の夢を追いかける機会を手に入れられた。

しかし、それにしてもやりすぎだ。黙って甘えてしまえることではない。「だめよ。あなたに入学許可を買ってもらうなんてできないわ。どの面さげて学校へ行けというの？」

「なんの問題もないよ。授業はまだ一カ月先だが、来週から始まる美術展にはきみの絵が展示される」

「それほどの大金を出してもらうわけにはいかないわ」

ソーンは絵の具のついた手から手紙を取りあげて脇に置き、ダイアナの両手を握りしめた。

「いくらかかろうが、そんなのはどうでもいい。ゆうべはぼくが悪かった。だから責任を取らせてくれ」

「でも、わたしだって了解のうえで――」

「ぼくがそうさせたんだ」ダイアナがまだ難しい顔をしているのを見て、ソーンは声を落とした。「お願いだからぼくの気持ちを受け取ってくれ。ぼくのせいできみが苦しむことになるのかと思うと耐えられない」

守られている感覚が奇妙にも心地よかった。こういう安心感は久しぶりだ。ナサニエルが亡くなってから、ダイアナは以前にもまして孤独を覚えていた。エイミーとの関係がぎくしゃくしはじめてのちはなおさらだった。

わたしは彼の優しさに感謝すべきだ。

それにエイミーのこともある。ダイアナは昨夜、いとこと交わした会話を思いだした。ソーンはレジナルドを追い払ってくれた。

いまだいくらかの戸惑いを感じながらも、ダイアナは頭を振った。

「わかったわ……ありがとう」

「よかった」

ソーンが顔を傾けた。キスをされるのだとわかり、ダイアナははっとして手を引っこめた。

ソーンの手が届かないところまでさがり、眉をひそめて彼を見る。

「でも、これでわたしが結婚を受けると思ったら大間違いよ。あなたと一緒になるつもりはありませんからね」

「その件は今後のお楽しみだな」ソーンはきっぱりと言い、瞳をきらめかせた。

13

ダイアナはソーンを説得して結婚をあきらめさせるつもりでいたが、すぐに相手を甘く見ていたのに気づかされた。

ソーンはしつこかった。

社交行事を欠席することは頑として拒み、これまでどおり何事もなかったようにふたりで人前に姿を見せるべきだと言い張った。さらに困ったことに、恐るべき魅力をこれでもかというほど最大限に発揮してきた。

バークリー・スクエアにあるレディ・ヘネシーの屋敷を出て、アトリエのある自分の邸宅に移り住んだ翌日、ダイアナがひとりで朝食をとっていると、約束もしていないのにソーンが彼女用の馬を引いて玄関先に現れ、公園で乗馬をしようと言いだした。仕事があるからとダイアナが断るとソーンは、今すぐ二階にあがって乗馬服に着替えてこないなら無理やり連れていくまでだと脅した。

彼はダイアナが服を替えるのを辛抱強く待った。そしてふたりがそれぞれの馬に乗るや、馬丁を追いやって戻るまで待つよう言いつけた。

ソーンに本気で口説かれたのは初めての経験だった。ハイドパークに着くまでの道すがら、彼は妙にちやほやしてきた。

二度目に外見を褒められたとき、ダイアナはソーンをにらんだ。「結婚はしないから」

ソーンが申し訳なさそうなほほえみを浮かべて頭を振った。「結婚に希望を抱けない気持ちはよくわかる。ぼくはこんな男だからね。でも、ぼくたちの状況が変わったのは間違いない」彼はダイアナの目をまっすぐに見た。「ほら、言うだろう？　毒を食らわば皿まで、と。どうせ陰口を叩かれるなら、少しはいい思いもしないと割に合わない」

「どういう意味？」

「こうなったら、自分の体を楽しんでほしいというぼくの忠告を素直に受け入れたほうがいいということだよ。ぼくはベッドの相手としては悪くない」

ダイアナはむせそうになった。「あなたとそういうことをするつもりはないわ！」

「つれないな」

ソーンはいったん言葉を切り、ダイアナを先導して荷馬車が行き交う交通量の多い通りを渡りきると、また同じ話題に戻った。「男は抵抗されるとますますその気になるんだ。さっさとあきらめて、お互いの手間を省かないか？」

「冗談じゃないわ」

「本当はそうしたいくせに」

そのとおりだわ、とダイアナは不本意ながら思った。今朝のソーンは愛くるしい小悪魔だ。

金色と緑色のまじった目でにっこりと笑っている天使のような顔を見ていると、拒み続けることなどとても不可能に思える。

「きみと愛しあいたい」ダイアナの顔をのぞきこむソーンの目はきらきらと輝いていた。

「もう拒否する理由はないだろう?」

この笑顔を目にすると、ソーンに愛されている場面を思い浮かべてしまい、意に反してダイアナは体がほてってきた。だが、それを彼に教えるつもりはなかった。

「もちろん理由ならあるわ。わたしにわずかでも残されている名誉を死守したいの」

ソーンの口元に笑みがちらちらと揺れた。

「夜、ベッドに入ったとき、ぼくに抱かれているところを空想したりしないのかい?」

「とんでもないわ」それは嘘だった。

「ぼくは空想する。眠っているときも起きているときも、きみのことが頭から離れない」

ダイアナはいらだってかぶりを振った。

「最初に言ったけれど、あなたって本当に女癖が悪いのね。エイミーに見せてやりたいわ。そうすれば遊び人には気をつけなければならないとわかるのに」

ダイアナがほっとしたことに、ようやく公園に着いた。これでしばらくソーンもおとなしくしているだろう。馬を走らせるのは気持ちがよかった。つかのまでも自由を感じられる。家に戻るころには、二日ぶりにいくらか元気が出た気がした。

ところが馬からおりるとき、ソーンが手を伸ばしてきたのを見て、また不安が戻ってきた。

ソーンはダイアナの腰に手を添え、じっと彼女の目を見つめたまま、自分の体に添わせるようにして地面におろした。そして遠慮するようすもなく、ダイアナのうなじに手をかけた。

「ソーン、やめて――」

言い終わらないうちに、顔を傾けたソーンに口をふさがれた。じらすような長いキスに、感情が夏の嵐のごとく渦巻き、めまいに襲われた。

そのとき人がいることを思いだして、ダイアナははっとした。数メートル先で、ソーンの馬丁が関心のないふりをしている。ダイアナは赤面して後ろにさがった。ソーンは自分が彼女を慌てさせていることを自覚しているらしく、いたずらっぽい目で笑っている。

ダイアナは彼の顔を平手打ちしてやりたい気分になった。

「わかっているよ」ソーンが低い声で挑発するように言う。「どうしてぼくはこんなに礼儀知らずなんだろうな。だけど、どうしても確かめずにいられなかったんだ。やっぱりきみはぼくを求めている」

「うぬぼれないで！」ダイアナは小声で言い返した。

ソーンはダイアナの頭のなかなどお見通しとばかりに、自信満々のほほえみを浮かべた。そんな表情にさえも、惹きつけられてしまう。ソーンはダイアナの鼻先を人差し指で軽く突いた。「今夜はひとり寝のベッドでぼくの夢を見てほしいな」

そう言うと、またもや愛嬌たっぷりの笑みをこぼして立ち去った。

困ったことに、それは始まりにすぎなかった。そのあとの一週間というもの、ソーンは数えきれないほどの心理戦を仕掛けてきて、そのたびに勝利をおさめた。相変わらず婚約者にぞっこん惚れこんでいる芝居を続け、人目をはばからずに口説いてくる。

英国美術院に入学を認められたことで、ダイアナの評判はほんの少しだけ回復した。大きなニュースがほかにあったので、ダイアナのスキャンダルが口の端にのぼらなくなったという事情もある。

世間はナポレオン・ボナパルトの話題で持ちきりだった。コルシカ人の独裁者は三月にパリへ戻ると軍を立て直し、帝国の再建に努めた。そして先週、新たな憲法を引っさげて帝位に復帰したのだ。イングランドの新聞は、この重大な脅威に際して連合国はどう対応するか、あるいはどう対応すべきかについて書きたてた。

ダイアナにとっては、目の前の脅威にどう対処するかのほうが問題だった。ソーンは社交の場では彼女に魅力を振りまき、ふたりきりになると隙を狙ってキスをしたり、体に触れてきたりした。

アトリエに移り住んだのは間違いだったとダイアナは悟った。彼女が仕事中であろうが、ソーンは好き勝手なときに現れ、追いだすと脅してもどこ吹く風だった。

彼の魅力に抵抗して、自分の気持ちを押し殺すのは不可能に思えた。ソーンに触れられるたびに、ダイアナは不覚にも体が反応してしまった。そこでソーンがいつふらりと姿を見せてもいいように、彼女はつねにメイドか従僕をアトリエにいさせるようにした。

肖像画を仕上げるため最後にマダム・ヴィーナスを呼んだときも、ソーンはアトリエにやってきて、女性ふたりを相手に甘い言葉をかけた。ダイアナはなんとかしてソーンを追い払い、婚約者の失礼な態度を繰り返し詫びた。

博愛主義の男性にはよくある話だ、とマダム・ヴィーナスは鷹揚《おうよう》にほほえんだ。ダイアナのスキャンダルの件は耳にしていたらしく、その話題になると彼女に同情して、怒りさえ見せた。

「女性だけが非難されるなんてあまりにも不公平ですわ」マダム・ヴィーナスは低い声で言った。「ですが、少なくともソーン卿は結婚するおつもりのようですわね。あなたにとってはそれが唯一の選択肢でしょう」考えこむようにダイアナを見る。「あるいは、わたくしのように春をひさぐ女になるか。あなたならきっと成功するでしょうね」

ダイアナは目を丸くした。マダム・ヴィーナスの言葉をどう受け止めていいかわからない。

「褒められていると思っていいのかしら？」

マダム・ヴィーナスは笑った。

「もちろんですわ。あなたほどの美貌と色香を兼ね備えた方はそうはいらっしゃいませんもの。男性にはたまらないでしょうね。もし仕事を変えようと思われたときは、ぜひわたくしのところへおいでください。もっとも、ソーン卿が猛反対されると思いますけれど」そして淡々とつけ加えた。「あなたにずいぶんとご執心みたいですから」

ダイアナは答えなかった。ソーンの熱愛ぶりは単なる芝居だ。だが、それがわかっていても、いつまで自分が持ちこたえられるか自信がなかった。

ソーンは自分が社会の慣習を無視してダイアナを口説いていることを自覚していた。卑怯と言われてもしかたがない。しかし、そんなことはどうでもよかった。少しでも機会があるなら、遠慮なく利用するつもりだ。拒絶されたからといって、引きさがるわけにはいかない。ダイアナが拒みきれなくなるまで、強引に迫るつもりだった。

ソーン自身がそうせざるをえない心境になっていた。まさかこうも苦労するとは思っていなかったが。女性の心をつかむのにこれほど努力したのは何年ぶりだろう。ここまで抵抗されたのはもっと昔の話だ。だが、このゲームの闘い方なら知っている。必ず勝てる自信がある。

それでも頭がどうかなりそうだ。晴れて結婚式を挙げたら、最低、一週間はベッドで過ごしたい。そうしてようやく、この渇きが癒えはじめるかどうかというところだろう。何十回も愛すれば、少しは苦痛がおさまるかもしれない。

花嫁が欲しいかどうかはともかく、ダイアナとベッドをともにしたいのは間違いない。彼女の柔らかさとぬくもりをこの手に感じたい。彼女を熱く燃えあがらせて、自分を求めさせたい。

遅かれ早かれ、絶対にダイアナを口説き落としてみせる。

その週の半ばに、ソーンは一日だけダイアナを解放した。マダム・ヴィーナスが育った孤児院を調べるために、サセックスにあるライを訪ねたからだ。道中、頻繁に馬を替えれば、馬車で半日の距離だ。ソーンはジョン・イェイツを同行させて、早朝にロンドンを出発した。すでに面会を申しこむ手紙を送ってあったため、ふたりはすぐに狭い院長室へ通され、愛想のよい挨拶を受けた。

院長のゴフはやせた背の高い男で、ふたりの訪問に少し戸惑っているふうだったが、喜んでなんでもお答えしましょうと請けあってくれた。

ソーンは尋ねた。「こちらで育ったマデリンという名の女性について教えてほしいのです。二〇年ほど前に孤児として引き取られたはずなのですが」

ゴフは両手を合わせた。「マデリンという名前の子は何人かおりましてね」

「燃えるような赤毛です」

「ああ、それなら誰かわかりました。マデリン・フォレスターでしょう」

よく知っている姓を耳にしたことで、ソーンの胃が縮みあがった。彼はイェイツが驚いているようすを目の端でとらえた。

マダム・ヴィーナスとトーマス・フォレスターのあいだになんらかのつながりがあるのではないかとは考えていた。子供時代の姓が同じだということは、夫婦ではなくて家族なのだろう。マダム・ヴィーナスはダイアナに、別の施設へ送られた兄がいると打ち明けている。

「じつは……」ソーンは作り話を始めた。「伯母に頼まれて、その女性を捜しているんです。

何年か前、伯母はロンドンへ向かう途中の宿屋で、マデリンという名の若い女性から親切を受けましてね。姓は忘れてしまったのですが、ライの孤児院で育ったことだけは覚えていたんです。そのときの親切に報いるために、伯母はそれ相応のお礼をしたがっているんですよ。なにか彼女の居場所がわかる手がかりはないでしょうか？」

ゴフはこの話を信じたらしく、おもむろにうなずいた。

「たしか、ここを出ていったのは一六歳のときでした。お兄さんが迎えに来ましてね」

「お兄さんがいたのですか？」

「ええ。名前は思いだせませんが」

「ふたりがどこへ向かったかはご存じですか？」

「ロンドンへ行くと言っていました。残念ながら、詳しい場所まではわかりません」

「ご両親はどうしたんです？　そもそも、どうしてこちらの施設へ来ることに？」

「マデリンはなかなかの名家の生まれでした。どこかこの近くだったとは思いますが、ライではありません。ですが、両親が殺されたんですよ。衝撃的な事件でした。妻ならもっと知っているかもしれません。あのころ寄宿舎の責任者をしていましたから」

ゴフが妻を呼びに行っているあいだ、ふたりは無言で待った。ソーンはイェイツと目を合わせ、彼も同じことを考えているらしいと悟った。結論を急ぐのはよくないが、もしかするとフォレスター兄妹が〈剣の騎士団〉を探ろうとしている理由が見つかったかもしれない。両親の殺害事件がなんらかの形で〈剣の騎士団〉の任務と関係していたとすれば、兄妹がその復讐を誓ったという可能性が考えられる。

しばらくすると、ゴフの妻がばたばたと院長室に入ってきた。だが、マデリン・フォレスターに関して覚えていることは夫とさして変わりなかった。

「ここに来たころは、口数の少ない難しい子供でしたよ。でも、あのころからすでにきれいな顔をしていましたね。あの美貌のせいで不幸になるんじゃないかと、わたしはずっと心配していたんです」

結局、そうなったと言えるのかもしれない、とソーンは思った。まだ若かったマデリンは高級娼館で体を売り、のちに経営者になった。両親が生きていれば、まったく違った人生を歩んでいただろう。それも復讐の強い理由になりうる。

「マデリンのお兄さんについて、なにか覚えていることはありませんか？」

「たいしたことはなにも。お兄さんのほうは救貧院へ送られたことしか知りません。多分、住んでいた家から近い教区の施設でしょうね。マデリンがここへ送られてきたのは、その教区には少女向けの孤児院がなかったからだと思いますよ」

ソーンはゴフ夫妻に礼を述べ、孤児院の慈善基金に寄付をした。馬車に腰を落ち着けると、ソーンとイェイツは互いの推理を話し、同じ結論に達した。次になすべきは、フォレスター兄妹の両親が殺害された事件に〈剣の騎士団〉がかかわっていたのかどうかを調べることだ。

「至急、ガウェイン卿に報告書を送ってほしい」ソーンはイェイツに言った。「二〇年ほど前にフォレスターの両親が関係している任務がなかったかどうか、記録を調べるよう頼んでくれ。きみは秘書だから、どのあたりから調べはじめたらいいか説明できるだろう」

「わかりました。でも、キュレネ島から返事が来るのは一カ月も先ですよ」

「わかっている。だから、そのころ活動していたと思われる同志にも手紙を送ってほしい。引退した者にもだ。現在ロンドンにいる仲間には全員、トーマス・フォレスターという名前に覚えがないかと訊いてみたが、成果はなかった。外務省にも当該人物に関する報告書がないかどうか調べてくれと依頼したけれど、ナポレオンがまた戦争を始めかねない情勢だから、きっとあとまわしにされているだろう。だが昔の同志に訊けば、なにか思いだしてくれるかもしれない」

イェイツは考えこみながらうなずいた。

「いいですね。うまくいくことを祈りましょう。焼けた下宿屋でトーマス・フォレスターと一緒だった者には当たってみましたが、なにも情報は得られませんでしたからね」彼は言葉を切った。「ミス・シェリダンがマダム・ヴィーナスから孤児院の話を聞きだしてくれて本当によかったですよ。そうでなければ、調査は行きづまっていたでしょうから」

「そうだな」ソーンはしぶしぶ同意した。「しかしこれ以上、彼女をかかわらせるつもりはない。肖像画はもうすぐ仕上がるはずだから、それが終わればいっさいの危険から手を引かせる」

「今日わかった事実をミス・シェリダンに話すんですか？」

「いや。もし訊かれたら、ライを訪れたことと、なにか新しい手がかりが見つかるかもしれないことだけ話すつもりだ。もう彼女はこの件から除外したい」

事件の調査にダイアナを関与させるのはここまでだ。スキャンダルが起きて唯一よかったのは、ダイアナにナサニエル殺害の真相についてあれこれ考える余裕がなくなったことだ。これで四週間後に学校が始まれば、彼女はさらに忙しくなって、より都合がいい。

あとは、できるだけ早くマダム・ヴィーナスとの関係を断ちきらせるまでだ。


だが、ダイアナをマダム・ヴィーナスから引き離すのは思った以上に難しかった。ソーンはダイアナの自立心をみくびっていた。ひとたび認めたことを撤回するのはひと筋縄ではいかないらしい。

その週末、ソーンがアトリエを訪ねると、昨日、マダム・ヴィーナスに完成した絵を見せたとダイアナから聞かされた。「とても気に入ってもらえたわよ」

「そりゃあ、そうだろう」ソーンは肖像画に目をやった。光と影の表現がすばらしい。「きみの作品のなかでも最高傑作の部類じゃないか？」

「これならいくらでもパトロンがつくと言われたわ」

ソーンは顔をあげて眉をひそめた。「パトロンならぼくが見つけてくる」

ダイアナは広いアトリエを見まわし、掃除をしているメイドに目をやった。

「あなたにはもう充分にしてもらったわ」彼女は声をひそめた。「わたしは自分の作品そのものを認めてほしいの。お金で評判を買うのではなくて」

「もちろんだとも」ソーンはなだめるように言った。「だが、マダム・ヴィーナスの顧客をパトロンにするのはきみのためにならない」

ダイアナは冗談めかして怒った表情を作り、両手を腰に当てた。

「信じられないわ！　さんざん遊んできたあなたに、世間体を気にしろと忠告されるなんて」

ソーンはにやりとした。「世の中にはいろいろなことがあるものだ。ぼくのことはいいとして、とにかくマダム・ヴィーナスとつきあうのはもうやめたほうがいい」

「わが身かわいさに彼女を切り捨てるようなまねはできないわ。マダム・ヴィーナスはとても親切にしてくれるのよ。正直に言って、わたしは好感を持っているわ」

ソーンはダイアナに鋭い視線を向けた。

「彼女がナサニエルの殺害に関係しているかもしれないのを忘れるな」

ダイアナは顔を曇らせ、申し訳なさそうな目をした。

「そうだったわ」弱々しい声で言う。「いい人だからつい……」

今日のところはもう充分に釘を刺したと判断したソーンは、ダイアナの腕を取ってドアのほうへ連れていった。「この話はもうやめよう。ドレスを着替えておいで。これからきみを拉致《らち》するつもりだから」

ダイアナはしかめっ面をして頭を振った。「なんなの？」

「リッチモンドで園遊会があるんだ。未亡人の有力者がたくさん出席する会だから、ぜひぼくたちも顔を出しておきたい。せいぜい女性たちの機嫌を取って、きみの味方についてもらうつもりだよ」

ダイアナはソーンに同行して、ロンドンから南西へ馬車で一時間ほど行ったところにあるリッチモンドへ向かった。胃のあたりに不安がしこってはいたが、道中はそれなりに楽しかった。テムズ川沿いには、みごとな庭園や生い茂った森が広がる立派な屋敷が続いている。ダイアナはずっと馬車の窓から景色を眺め、目の保養をした。

園遊会では、ソーンはダイアナのそばについて離れず、社交界の実力者である年配のレディたちと歓談してまわった。

そしてもくろみどおり、次々と女性たちに取り入った。彼が魅力を振りまくようすにダイアナは思わず苦笑し、人心を掌握する技に舌を巻いた。

一度だけひやりとする瞬間があった。ある子爵夫人が聞こえよがしに三流画家をやり玉にあげはじめたのだ。ソーンは極上のほほえみを浮かべ、すぐさまダイアナを守る態勢に入った。選び抜いた言葉で、英国美術院はミス・シェリダンの入学を認めたが、その神聖なる殿堂に三文芸術家を立ち入らせたりはしないと述べ、貴族にさえ自分は芸術文化を理解する審美眼を持ちあわせていると公言してはばからない俗物がいると嘆いた。

日が沈みかけたころ、ダイアナはソーンの手を借りて、ロンドンへ戻る馬車に乗りこんだ。試練のときが終わったことにほっとして疲労がこみあげ、座席に頭をもたせかけた。

「疲れたのかい？」ソーンが心配そうに訊いた。

「ええ」ダイアナは目を閉じた。「こんなふうにさらし者にされたら、もうくたくたよ。努力が報われるかどうかもわからないんだからなおさらだわ」

ソーンが抱き寄せようとしたので、ダイアナは背筋を伸ばし、反対側の座席に避難した。

「そのいたずらな手に行儀よくしてもらえるとうれしいんだけど。こういう社交の場に出るのはいいとしても、そのたびにあなたに手を出されるのはごめんだわ」

ソーンは低い声でくっくっと笑い、手を伸ばすことなくダイアナをひとりにしておいた。

それから一五分ほど経ち、空がたそがれはじめたころ、ふいに馬車の速度が落ちた。ソーンはいぶかしく思い、窓を開けて外をのぞいた。

人けのない道路の前方に、馬に乗った男が見えた。顔には覆面をして、手にピストルを持っている。いや、ふたりだと気づき、ソーンは顔をゆがめた。道路の両側に陣取って、こちらの御者と、馬車の後部に立っているお仕着せ姿の従僕に銃口を向けている。追いはぎに停められたのだ。

ソーンの胸に怒りがこみあげた。こんなときのために用意してある装塡《そうてん》ずみのピストルを手に取ろうとして頭を引っこめかけたとき、突然銃声が響き渡り、御者の悲鳴が聞こえた。撃たれたのかとソーンが思った瞬間、御者が道端に転げ落ちるのが見えた。

突然、馬車ががくんと前に飛びだした。従僕が振り落とされ、御者の近くに倒れこんだ。四頭の馬は手綱を握る者もいないままに暴走しはじめた。

馬車は速度を増しながら、ふたりの追いはぎのあいだを突進した。右側の男が銃口を向けているのがちらりと目に入った。ソーンは毒づき、頭をなかに戻しつつダイアナを押しやった。同時に弾が頭上をかすめた。

ダイアナが鋭い声をもらして座席に突っ伏したのを見て、ソーンは心臓が止まりそうになった。撃たれたのか？

彼は恐慌状態に陥り、ダイアナのようすを確かめようと手を伸ばした。だが、彼女が体を起こしかけたのが目に入り、どっと安堵がこみあげた。ダイアナは顔こそ真っ青だが、決然とした表情を浮かべている。

そのとき馬車が大きく左右に揺れ、ソーンは床に転げ落ちそうになった。疾走する馬車のなかにいるのは危険だ。

彼は座席の下を探って箱を取りだし、なんとか蓋《ふた》を開けた。なかには一対のピストルが入っている。そのうちの一挺《ちょう》をつかみ、窓に体を向けた。

「わたしにできることはある？」ダイアナが強い口調で訊いた。

「ピストルを取れ」扱い方を知っているのかどうかはわからなかったが、とにかく彼女に武器を持っていてほしかった。

ダイアナは床に膝をついた。ソーンは窓から頭を出して後ろを見た。ふたりの覆面をした男はあとを追いかけてきていた。

ソーンは狙いを定めて引き金を引いた。命中した気がしたが、確かめている余裕はない。パニックに陥った馬がさらに足を速めている。

彼はガタガタと揺れる馬車のなかで体を支え、窓から上半身を突きだすと、仰向けになって窓枠に尻をのせた。

「なにをするつもりなの？」ダイアナが叫んだ。

「馬車がひっくり返る前に馬を停める！」

手綱をつかむには、窓から出て御者台にのぼるしかない。

ソーンは振り落とされないよう屋根につかまり、体を持ちあげて窓枠に立った。目いっぱい腕を伸ばし、御者台の端をつかむ。また馬車が大きく揺れて危うく手が離れそうになったが、しっかり握りしめてなんとか持ちこたえた。この速度で地面に投げだされたら、肋骨《ろっこつ》を折るくらいですめば御の字だろう。

彼は御者台へ少しずつ近づいていった。耳元で風がうなり、自分の鼓動が大きく鳴り響いている。ソーンは片脚を御者台の手すりにかけて胸を屋根の前方に押しつけ、勢いをつけて御者台に倒れこんだ。

急いで体を起こして、暗さを増しつつある夕暮れのなかで手綱を探した。手綱は二対の馬のあいだに落ち、暴れる蹄《ひづめ》の下で地面に当たって跳ねている。

馬車は激しく揺れ、今にも横転しそうだ。この速度で横倒しになれば、衝撃で車体が粉々に砕けてしまうだろう。自分は飛びおりれば助かるかもしれないが、馬車のなかに閉じこめられたダイアナは死ぬ。

それを思うとソーンの胸に恐怖がこみあげた。しかし、そんなことを考えている暇はない。

彼は迷わず泥よけに乗り、引き具をつなぐ横木に足をかけて、右側の後馬の上下する尻を目がけて飛び移った。

　胸を強く打ったのにもかまわずに、驚いていななく馬の分厚い革の腹帯に手をかけた。あまりの速度に地面がかすんで見える。腕の力で体を前方に引き寄せ、首輪をつかんで手綱を握った。

　急にくつわを引かれた先頭馬がよろめいて膝をつきそうになり、ソーンの乗った後馬がバランスを取ろうと体を傾けた。

　ソーンは手綱を握りしめたまま踏ん張ったものの、すぐに体がずり落ちて左足が地面にこすれた。

　顔をゆがめ、左足首の内側を蹄に蹴られた激痛に歯を食いしばりながらも、必死に右手で腹帯につかまり、渾身《こんしん》の力をこめて左手で強く手綱を引っぱった。てのひらに焼けるような熱さを感じたが、奇跡的にも先頭馬がわずかながら反応した。いくらか速度が落ちた隙に彼は御者台にのぼり、痛みをこらえつつ小刻みに繰り返し手綱を引いた。

　永遠とも思える時間が過ぎたころ、汗をかいて息を切らした馬たちの足が遅くなりはじめ、やがて停まった。

　背後で車体が停止するや、ソーンは御者台から滑りおりた。脚に力が入らず、左足首に痛みが走る。体重をかけることができなくて、彼はがくりと片膝をついた。

　馬との格闘で全身の筋肉が震え、心臓が痛いくらいに早鐘を打っている。だが、ダイアナの無事を確かめなくてはならない……。ソーンがふらふらと立ちあがったとき、馬車の扉が勢いよく開いた。

ダイアナが転げるように馬車から飛びだしてきた。手にはピストルを握りしめたままで、髪は乱れ、真っ青な顔で震えている。左腕の肩から肘にかけて、外套が血でぐっしょり濡れていた。

ソーンは心臓が止まりそうになった。「くそっ、撃たれたのか」

「平気よ」ダイアナがよろめきながら近づいてきた。「肩をかすめただけだから。あなたは……？」片脚を引きずりながらそばへ来るソーンを見て、彼女は声をあげた。「大変、脚が！」

ソーンは肩で息をしながら、なにも言わずにダイアナを引き寄せてきつく抱きしめた。

ダイアナが彼の肩に顔をうずめた。

「まさかあの馬を停められるとは思わなかったわ……。あなたはわたしの命の恩人よ」

背後では、馬たちが荒い息を吐いている。もう勝手に走りだす元気もなさそうだ。大惨事になる寸前だったのだと悟り、ソーンはぞっとした。

ダイアナも同じように感じているのか、震えが止まらないようすだ。落ち着くまで抱きしめていたいが、こうしているあいだにも暴漢が近づいてくるかもしれない。それに御者と従僕も心配だった。

ソーンは体を離してダイアナの手からピストルを取ると、暗い道路の先へ狙いを定めた。

もう一方の手でハンカチを取りだし、彼女の傷口に当てる。

ダイアナが顔をしかめ、ソーンを見てはっと息をのんだ。「血が出ているわ」

ソーンは道路の先に気をつけながら、自分の怪我の具合を確かめた。左手に出血が見られ、皮がめくれている。上着は破れ、ズボンの左足首のあたりに血がにじんでいた。右頬には馬具の留め具で顔をこすったときにできたと思われる切り傷があり、全身の骨が痛んだ。だが致命傷はない。

「死ぬような怪我じゃない」彼は小声で言った。「さあ、静かにするんだ。まだ狙われているかもしれない」

深まりつつある宵闇のなかでもうしばらく待ち、蹄の音が聞こえないのを確認して、ようやく危険はないと判断した。

ソーンはピストルを口にくわえ、ダイアナの傷口にハンカチを巻こうとした。だが、ダイアナは震える手でハンカチを取りあげ、痛みを気遣う言葉を口にしながら、ソーンの無惨なてのひらにそっと巻いた。彼女の頬には涙がこぼれている。

ソーンの胸に愛おしさがこみあげてきた。自分がピストルで撃たれたというのに、ダイアナはぼくの心配をしてくれているのか？

改めて恐れと怒りが突きあげてきた。ダイアナは危うく死ぬところだったのだ。それに今ごろ御者は、遺体となって道端に転がっているかもしれない。

ソーンは険しい顔になった。この襲撃は間違いなく用意周到に計画されたものだ。

14

ソーンが襲撃についてじっくりと考え、犯人の目的を思案できるようになったのは二時間後のことだった。なによりも御者が心配だったからだ。

事件のあと、彼はランタンを灯して馬車の向きを変え、御者台にのぼった。ダイアナも隣に座らせた。彼女がひとりで馬車のなかにいるのをいやがったこともあるが、御者と従僕を捜す手伝いが欲しかったという理由もあった。

二キロ近く戻ったあたりで、ふたりを発見した。御者は生きていて、ときおり悪態をついたり、うめき声をあげたりしていた。従僕は怪我人を楽な姿勢にさせるために頭を支えていた。どちらも、犯人はリッチモンドのほうへ逃げたと断言した。御者は襲撃者を〝腰抜けのふたり組〟と呼び、自分のラッパ銃を抜く暇さえなかったのを悔しがった。

ソーンは膝をつき、御者の傷を調べた。肩を撃たれている。命に別状はなさそうだが、早く弾を取りださなければならない。

「手術が必要だわ」彼の考えを読んだかのように、ダイアナが言った。

ソーンはうなずき、自宅に戻るのがいちばんいいと判断した。外科医ならすぐに呼べる。

先にダイアナをアトリエのある邸宅に送り届けることも考えたが、御者の傷の深刻さを考えると手当てを遅らせたくなかったし、ダイアナの怪我を医者に診せて安心したい気持ちもあった。それに自分の使用人を何人か警護につけるまでは、ダイアナを自宅に戻したくなかった。彼が命を狙われたのだとしたら、ダイアナも危険だということだ。

どちらにしてもダイアナが御者より自分を優先させることに同意するはずもなく、馬車はすぐにキャヴェンディッシュ・スクエアを目指して走りだした。

従僕が疲労した馬を駆り、ダイアナとソーンは馬車のなかで御者を揺れから守りつつ、出血を止めようと努力した。御者は痛みに顔をゆがめていたが、ダイアナがいるので汚い言葉は慎み、うめき声をもらす程度で我慢していた。感覚を鈍らせるために、ソーンは携帯用の酒瓶に入った年代物のスコッチ・ウィスキーを御者に飲ませた。

屋敷に着くころには、御者はかなり酒がまわっていた。ソーンの使用人たちは優秀らしく、すみやかに外科医を呼びに行き、てきぱきと手術の準備をした。その手際のよさを見て、ピストルで撃たれた怪我人を扱うのは初めてではないらしいとダイアナは感じた。銃創を見た外科医も驚きもせず、すぐさま処置に取りかかった。

銃弾の摘出は厨房で行われ、ソーンはみずから怪我人を押さえた。

ダイアナはそこから追いだされるのを拒否して、広い厨房の片隅で静かに座っていた。気持ちが静まるようにとソーンがブランデーをくれたが、ようやく緊張がほぐれたのは外科医が満足そうな声をもらし、今夜はこれ以上できることはなにもないと言ったときだった。

意識のない御者が使用人の居住区域にある自室へ運ばれると、外科医はダイアナの肩の傷を診察し、かすり傷だから心配はいらないけれども、傷口を洗って包帯を巻いたほうがいいと言った。ソーンのてのひらの怪我はもう少し重傷だとわかり、外科医はその場で即座に手当てにかかった。

外科医が生傷にブランデーをかけたのを見て、さぞ痛いだろうとダイアナは顔をしかめた。だが当のソーンはダイアナにウインクをしてみせ、ブランデーの瓶を口に運んだ。左足首の傷口を消毒され、包帯を巻かれているあいだも、彼はずっと飲んでいた。左足首は打撲傷を負って腫れているうえ、骨に達するほどの深い切り傷ができている。

ソーンは左脚をかばいながら、ダイアナと外科医を上階の客用寝室へ案内した。ダイアナの世話をするために、家政婦とメイドもついてきた。ソーンの屋敷のなかを初めて目にしたダイアナは、上品で趣味がよいとぼんやり思った。

寝室はダイアナのために準備が整えられていた。洗面器には熱い湯が張られ、暖炉には火が入り、いくつか灯されたランプが緑色と金色を基調にした内装や天蓋つきベッドを照らしだしていた。

ソーンは廊下で待っていた。ダイアナは破れた外套とドレスを脱ぎ、シュミーズは着たまま体にキルトを巻きつけ、洗面台のそばに置かれた椅子に座った。外科医は乾いて固まった血を洗い流し、傷口に消毒剤の粉をかけて、脇から肩にかけて包帯を巻いた。

「二、三日はさわると痛いでしょうが、完治すれば傷跡はほとんどわからなくなると思いますよ。しばらくは肩の筋肉をあまり使わないように。傷口が開いて出血しますからね」

レディたるものがなぜピストルで撃たれるはめに陥ったのかはいっさい訊かず、外科医は職業的な笑みを浮かべて立ち去った。

外科医が出ていくと、年配の家政婦はランプを手早く消してまわり、最後のひとつだけを残した。「すぐに食事をお持ちいたします」メイドは捨てる以外ない、血のついた外套とドレスを拾いあげた。

「ありがとう、ミセス・リール。でも、おなかはすいていないの」

「大変なことがあったあとですもの。よくわかります」家政婦は親切な口調で言った。「今はとにかくおやすみになることです。わたしのフランネルのネグリジェをベッドに置いておきました。いつもお召しになっているものほど上等ではございませんが、寸法は合うと思いますよ」

「自宅に戻りたいので、ネグリジェではなくドレスと外套を――」

「今夜はこちらにお泊まりになると旦那様からうかがっておりますが」

そのときソーンが別のメイドを従えて寝室に入ってきた。メイドは蓋をした料理がのったトレイを暖炉の前の小さなテーブルに置いた。

ソーンはすぐさま使用人たちをさがらせた。横暴だとダイアナは思ったが、ドアが閉まるまで抗議するのは控えた。「ここに泊まるわけにはいかないわ。そんなことをしたら、どれほどのスキャンダルになるか」

「世間の噂なんかどうでもいい」ソーンは穏やかに言うと、料理の蓋を取った。「安全だと確信が得られるまで、きみから目を離すつもりはない。それに、今のきみには睡眠が必要だ。うちの使用人たちは口が堅い。本当だ」

彼は最後のランプを消して暖炉の火明かりだけにし、テーブルのそばに置かれた二脚の肘掛け椅子にダイアナを手ぶりで誘った。「さあ、食べよう。きみもぼくもなにか腹に入れたほうがいい。すきっ腹でブランデーばかり飲んでいると、頭がどうにかなりそうだ」

たしかにダイアナは頭がぼんやりしていた。だがそれがブランデーのせいなのか、この二時間緊張にさらされていたせいなのかはわからなかった。いずれにしても、これ以上言い争うには疲れすぎていた。それに、今夜はとてもひとりでは過ごせそうにない。

キルトを体に巻きつけたままダイアナは暖炉のほうへ行き、片方の椅子に腰をおろしてソーンが座るのを待った。ソーンは料理ののった皿を差しだした。肉汁たっぷりのロースト・チキンと、クリームソースであえた小ぶりの新ジャガ、それにシナモン風味のフルーツ・コンポートだ。ダイアナのためにワインが用意されていたが、ソーンは自分のグラスにはブランデーを注いだ。

ダイアナは思っていたより空腹だったし、料理はどれもおいしかったものの、それでも少しつついただけで食事を終わらせた。銃撃のことや、馬車が激しく揺れたこと、ソーンがせっぱ詰まった賭けに出たことが頭を離れない。あれは死と紙一重だった。彼はいつ馬に蹴られてもおかしくなかったし、車輪にひかれた可能性もあった。それに、ピストルで撃たれていたかもしれないのだ。銃弾はわずかにそれたが、ソーンの頭を狙ったものだった。

「単なる物取りじゃないのね」ダイアナは沈黙しているソーンに尋ねた。「あのふたりはわたしたちを殺そうとしていたわ」

それについて訊かれるだろうとソーンは思っていた。だからこそ、一緒に食事をとることにしたのだ。衝撃的な事件を経験したのちは、神経をなだめる必要がある。ダイアナにとって、これほどの危険にさらされるのは初めての経験だったはずだ。精神的な打撃を自覚するのはすべてが終わったあとだということを、ソーンは経験的に知っていた。

もうひとつ、ダイアナに安心感を取り戻させなくてはならないこともわかっていた。そうしなければ、化膿した傷のように不安が体のなかへと浸食していく。

事件について尋ねられたらなんと答えようかと、彼はこの三〇分ほど考え続けていた。単なる物取りでないことは確信していた。ソーン家の馬車は世間でよく知られているし、扉には紋章がついているから、暴漢たちは相手が誰だかわからずに襲ったわけではない。それに金品も要求せずに、いきなり発砲してきた。

こういう事態を予測できないまま、無防備な状態で襲われたのが無念でしかたがない。だが、ダイアナに答えるときはその怒りは押し殺した。

「十中八九、やつらの目的は物取りではないと思う」

「つまり、誰かが意図的にわたしたちを殺そうとしたということ？」

「ぼくを、だ。きみは関係ない。狙いはぼくひとりだ」

ダイアナがソーンの顔をのぞきこんだ。「ナサニエルを殺したのはマダム・ヴィーナスかもしれないとあなたは言ったわ。今回の件にも彼女がかかわっていると思っているの？」

ダイアナもぼくと同じ結論にたどり着いたらしい。否定しても無駄だろう。ダイアナは愚か者ではない。安心させようと嘘をついたところで見破られるだけだ。それに、彼女にはある程度は正直に話しておくべきだ。いくらか真実を伝えておいたほうが、こちらとしても都合がいい。

「昔のある出来事が理由で、マダム・ヴィーナスは外務省の特定の要員を恨んでいる可能性がある。引き続き調査は行っていくつもりだが、今のところナサニエルの殺害は彼女が復讐のために仕組んだ線が濃い。同じ理由で、マダム・ヴィーナスはぼくの死も願っているのかもしれない。とにかく、きみをかかわらせたくないんだ。彼女をモデルにした絵はもうできあがったんだから、今後はいっさい彼女に会わないでほしい」

ダイアナはのろのろとうなずいたが、心配そうな表情は消えなかった。

「でも、あなたは？　マダム・ヴィーナスがもう一度あなたを殺そうとしたら、どうやって身を守るつもり？」

やりたければやればいいとソーンは苦々しく思った。襲撃の黒幕がマダム・ヴィーナスだという証拠がなければ、こちらから行動を起こすことはできない。だが、証拠は必ず見つけてみせる。たとえ暴力的な手段に訴えてでも、だ。必要とあらば彼女を鎖で縛りつけて閉じこめてもいいし、この手を使って真実を吐きださせることもいとわない。マダム・ヴィーナスはぼくとダイアナの命を危険にさらした。それに黙って甘んじる気はない。

そんな気持ちを押し隠し、ソーンは大丈夫だというようにほほえんだ。

「これからはちゃんと警戒するよ。それにマダム・ヴィーナスの手のうちを暴く手段をなにか考えてみる。もし向こうがまたなにか仕掛けてきたら、そのときこそ証拠をつかむいい機会だ」

「それではあまりに危険だわ」ダイアナは動揺していた。「今のうちに彼女を止められないの？」

ソーンはうなずいた。「マダム・ヴィーナスは用心棒をふたり雇っているんだ。そいつらがぼくたちを襲ったのかもしれないから、やつらには見張りをつける。それに、きみの自宅には武装した従僕や馬丁を置く。今後外出するときは、必ず警護をつけろ。いいな」

命令的な口調に腹を立てたのか、ダイアナが顎をあげた。

「あなたも自分に警護をつけるのなら、言うとおりにするわ」

「ああ、約束するよ」ソーンはダイアナをなだめるためにそう言った。

自分の身は心配していないし、敵の標的となるのも怖くない。危険に直面すると血が騒ぎ、自分は生きているのだという高揚感を覚えるほどだ。これまでもずいぶん危険な橋を渡ってきたが、後悔したことは一度もない。

ただし、今回は違う。自分だけではなく、ダイアナを巻きこんでしまった。彼女の命を脅かしたと思うと恐怖がこみあげてくるし、罪悪感にさいなまれる。

ダイアナが頭を撃たれる寸前だったことを思いだすとぞっとした。彼女はなんとしても守ってみせる。たとえ命をなげうっても、指一本触れさせはしない。

今はただダイアナを抱きしめたかった。けれどもそうしてしまえば、自分を抑える自信がない。

無意識のうちにソーンはダイアナを見ていた。彼女の顔からは血の気が失せている。なんとはかなげに見えるのだろう。暖炉の炎に照らされ、ほつれた髪のかかる顔がせつないくらいに美しい。体を覆っているキルトが少しずり落ち、真っ白な包帯と血のついたシュミーズの肩紐が見える。

改めて怒りがこみあげてきて、ソーンは厳しい顔になった。

「ぼくのことは心配ない」思わずきつい口調で言う。

彼はブランデーの残りを飲み干し、グラスを置いて立ちあがった。

「少し寝たほうがいい」

ふいにダイアナは狼狽《ろうばい》した。今ひとりにされたら耐えられない。

彼女は慌てて皿を置き、ソーンの手をつかんだ。「お願い、まだ行かないで」

ソーンがさらに険しい顔になる。陰鬱な表情は底が知れず危険に見えた。

彼は暴力をふるえる人だとダイアナは確信した。こんなに恐ろしげな男性には出会ったことがない。けれども、彼女の身の安全をはかろうとしてくれているのは伝わってくる。本質的に弱者を守ろうとする人なのだ。ほんの二時間前に、わたしはそれを目の当たりにした。

ソーンにははかり知れないほど感謝している。まさに命の恩人だ。だがそれ以上にありがたく思うのは、彼が無事だったことだ。あの勇ましい行動のほぼ一部始終を、わたしは馬車の窓から目撃した。恐慌状態に陥った馬を停めようとするのを祈る思いで見ていた。息が詰まりそうなくらいに怖かったが、それは自分ではなくソーンの身を案じてのことだ。

彼は怖いもの知らずで、怪我を恐れず、迷うことなく命をも懸ける一面がある。けれどわたしはそのときのことを思いだしては命の重みを痛感して震えている。

ダイアナはキルトを床に落として立ちあがり、ゆっくりとソーンに近づいた。

ソーンが息をのむ音が聞こえて一瞬ためらったが、怪我をしていないほうの腕をたくましい肩にまわし、首筋に顔をうずめた。

「あなたが死んでしまうのではないかと思って怖かった」

ソーンは苦しげに笑い、感情を抑えこもうとするように体をこわばらせた。ダイアナは顔をあげた。唇にソーンの温かい息がかかる。

「きみがここにいたら、ぼくは自分を保てる自信がない」

「かまわないわ。行かないで」

ソーンは自分と闘っていた。キスこそ避けたが、ダイアナの顔をあげさせると我慢できずに唇で首筋に触れた。そして、体を押しやろうと彼女の腰に手をかけた。

「抱いて……」

その言葉に体が震え、息が止まった。何週間ものあいだ自分をつかんで放さなかった激情の鉤爪《かぎづめ》が、わずかに残されていた自制心を突き破った。

自分がなにをしているのかもわからないまま、次の瞬間にはダイアナの体に腕をまわしてきつく抱きしめ、キスを奪っていた。彼女の唇の奥に分け入り、思いの丈を伝えるように舌を絡める。もはや自分を止められなかった。今はただダイアナのなかに身を沈め、深くひとつにつながりたい。

ダイアナも熱く燃えあがっていた。懇願の声をもらしつつソーンの髪に指を差し入れ、頭を自分のほうへ引き寄せている。

ソーンは荒々しく唇を重ねつつ、ダイアナの頭からピンを引き抜き、シルクのような髪を肩に垂らした。まだ物足りない思いで唇を重ねながら、ダイアナを抱きあげてベッドまで運ぶと、そっとおろして靴と靴下を脱がせた。そして肩の傷を気遣いながらシュミーズを頭から取り去った。

美しい体を目にして、彼は胸の奥に痛みにも似たうずきを覚えた。ダイアナを求めてすでに身は高ぶっている。ソーンは手早く服を脱ぎ、隣に横たわった。

肌を触れあわせることだけで、ダイアナは悦びを感じているようだった。彼女は熱い吐息をもらして体をぴったり重ね、顔をあげてソーンの唇を求めた。一瞬、濃厚なキスを交わしたあと、ソーンは顔を離した。ダイアナにとっては初めての経験なのだから、心の底から満足してほしかった。乳房の柔らかさをてのひらに感じ、乳首が硬くなるさまを口で味わい、その細い脚を腰に巻きつけられたい。

ソーンは頭をさげ、アイボリー色の首筋から華奢《きゃしゃ》な鎖骨へ、そして甘美で豊かな胸へと唇を滑らせた。

彼がふくらみに熱い舌をさまよわせはじめるとダイアナは背中をそらし、先端を口に含んで刺激されると降伏のため息をこぼした。

ソーンは喜悦に体を震わせているダイアナの腿の合わせ目に手を伸ばした。すでに充分に潤っている。彼が敏感なところを探り当てると、ダイナはあえぎ声をもらして身をよじった。

その熱い反応に、ソーンのなかでいっきに炎が燃えあがった。ダイアナを自分のものにしたいという激しい思いに襲われる。

ソーンはふたたび彼女の唇をむさぼって腿のあいだに入り、ゆっくりと体を沈めた。

ダイアナは一瞬身をこわばらせ、初めての感覚に息を詰めていたが、やがてみずから腰を浮かせて奥深くまでソーンを迎え入れた。

熱く潤った部分に包まれ、ソーンは体を震わせた。耐えがたいほどの快感だ。それを感じ取ったのか、ダイアナが動きはじめた。

身を焼かれるような、狂おしいまでの至福のときだった。

ダイアナも同様に、無上の歓喜を味わっているのだろう。すすり泣きの声をもらし、ソーンの肩に爪を立て、無我夢中でリズムを合わせてくる。

その直後、ダイアナの体が小刻みに震えはじめた。懇願するような低い声で彼の名前を呼ぶ。だが、ソーンはリズムを緩めなかった。歯を食いしばって胸の奥からせりあがってくる咆哮《ほうこう》をのみこみ、ダイアナの悦びのために必死で自分を抑え、彼女を絶頂へといざなった。

ダイアナのほっそりとした体が跳ねる。ソーンは彼女の悲鳴をキスでふさいだ。やがて彼自身もこらえられなくなり、激しく震えながら欲望を解放して爆発的なクライマックスに身を投じた。

静寂のなかに、ふたりの荒い息遣いだけが響いていた。やがて、ゆっくりと興奮の波が引いていった。

頭がまだくらくらしていたが、ソーンはそっと体をどけた。ダイアナの包帯を巻いた肩を気遣いながら、ぐったりとした彼女を抱き寄せ、汗ばんだこめかみにキスをする。彼の胸にかかっているダイアナの濃い色の髪はいい香りがした。じっと彼女を抱きしめ、ソーンは不思議な感情にとらわれていた。

純潔を奪うというのは取り返しのつかない大きな一歩だ。だが結婚しようと固く決意しているのだから、ダイアナが処女でなくなってもぼくにはなんの問題もない。それどころか男女の関係になったことで、ようやく彼女も結婚を承諾してくれるのではないかという気がしている。

今宵、こうなるのは必然だったのだろう。死の淵《ふち》を見たあと、抱きあって慰めあうのは自然なことだし、そうなればおのずと互いを求める気持ちにもなる。ぼくはもっとも本能に根差した形でダイアナの心を癒やしたのかもしれない。

けれど、自分がこれほどわれを忘れてしまうとは思わなかった。彼女の情熱に体の芯まで揺さぶられ、今までに経験したことのない、身を引き裂かれるような炸裂を味わった。

ダイアナには最初から強く惹かれていた。出会った瞬間から、こうなるときを夢見てきた。暖炉の炎に照らされた暗闇を見つめながら、ソーンは考えた。今夜、ぼくはダイアナを勝ち取った。いや、彼女がぼくを勝ち取ったのか？　こんな気持ちは初めてだ。この女性のなにに、ぼくはこれほど心を動かされるのだろう。

当惑した気分のまま、ダイアナの体の下から腕を引き抜き、洗面台へ行って濡れた布を手に取った。それからベッドへ戻って、純潔の証である血をきれいに拭き取った。淡々と振舞おうと思っているのに、想像どおりの愛らしい体を見ると息をのまずにいられない。

ソーンは無理やり視線をあげた。ダイアナが暗い目でこちらを見ている。乱れた髪が顔にかかり、唇はまだ濡れている。

その唇がかすかに開いてキスを求めたときのことを思いだし、ソーンはまた気持ちが高ぶった。

「想像していたとおりだったかい？」重苦しい雰囲気を吹き飛ばそうと、彼は明るい声で訊いた。

「想像よりもずっとよかったわ」ダイアナは恥ずかしそうな、それでいてちゃかすような口調で言った。「あんなに無我夢中になってしまうとは思わなかった」

「光栄だね」

ソーンはダイアナの顔にかかる髪を後ろにすいた。なんと呼べばいいのかわからない感情がこみあげてきたが、それを無視して彼女の肩の包帯に目をやった。またしても新たな怒りがわいてくる。

彼はそっと包帯に触れた。「痛むかい？」

「いいえ、あなたの手はどう？」

「大丈夫だ。でも、足首は頭に来るくらいずきずきする」

ダイアナはくすりと笑い、ベッドカバーをさげようとするソーンの動きに合わせて体の位置を動かした。

ソーンはベッドに横たわり、ダイアナのほうを向いてシーツを引きあげた。今度はただ慰めるだけではなく、かたくなな心を少し解きほぐしたい。

彼女は最初に結婚の約束をした男のことでつらい思いをした。もう二度と傷つきたくないと思うのは当然だろう。だから、ぼくが裏切ったりしないことを態度で示さなければならない。あの財産目当てのろくでなしみたいにダイアナを捨てたりしないと、理解してもらう以外にない。

だが、そのためにはきっと今のやり方ではだめだ。ぼくはなんとしてもダイアナを妻にしたいと思っているが、この気持ちを彼女に押しつけても通じない。それよりは、なんとかして男女の関係を続けたほうがいい。そうすれば、いつかはダイアナも結婚を考えてくれるかもしれない。

〝その方法は危険だ〟とささやく声がしたが、ソーンはそれを頭から追い払った。ここであきらめたくはなかった。

ダイアナとの関係を継続したい。彼女は熱くて、奔放で、情熱的だ。ベッドの相手に望むものすべてを備えている。だが、ダイアナとの関係を続けたいと思う理由はそれだけではない。男女のあいだで生まれるありとあらゆる悦びを彼女に教えたいのだ。ぼくを求めて燃えあがらせたい。

ダイアナの目を見つめながら、ソーンは体を寄せて自分のぬくもりで包みこんだ。

「きみの勝ちだよ」彼は静かに言った。「きみが本当に望んでいないのなら、ぼくはもう結婚を迫ったりしない。でも、きみを妻にできないなら、せめて恋人にしたいんだ」

ダイアナは眉根を寄せ、本当だろうかという顔でこちらの表情をうかがっている。

「本気で言っているの？　もう結婚を強要しないということ？」

「恋人になってくれるのならね」

彼女の美しい目には迷いが浮かんでいた。しばらく時間をかけて考えればいい。ソーンは人差し指をダイアナの唇に当てて、答えを待った。

そっと唇に触れられ、ダイアナは目をつぶった。こんなに感情が高ぶっているときにそんな誘いこむような目で見つめられたら、よく結果を考えもせずに同意してしまいそうだ。結婚ではなく体の関係だけを求められているのに、わたしはそれを受けたいと思っている。これほど驚異的な男女の神秘を見せられたら、自分の心を守るなどどうでもいいと思えてきた。彼との関係はなににも代えがたいくらいにすばらしい。

自分が純潔を捨ててしまったのは信じられないが、それはあっけないほど簡単な決断だった。ひとつには慰めが欲しかったからだが、それとは別に死を実感したことも理由にある。今日もしかしたらわたしは、女性としての悦びも知らずに死んでいたかもしれないのだ。それに今夜、ソーンの情熱をかいま見たことで、もっと求めたいという気分になっている。これ以上、彼を拒否し続けるのは耐えられない。何年ものあいだ醜聞を避けようと、女性としての望みも、心が求めることもすべて遠ざけてきた。けれども、そんな努力は結局なにも実を結ばなかった。無駄に寂しさに耐え、不毛な人生を送ってきただけだ。

もう我慢するのは終わりだ。ダイアナは静かに誓い、ソーンと視線を合わせた。人生に一度くらいは思いのままに生きてみたい。

それは強い気持ちだった。

彼女の心を読んだのか、ソーンが口元に優しい笑みを浮かべた。

彼の肌はなんてなめらかで、ぬくもりに満ちているのだろう。ソーンが顔を傾け、ダイアナの片方の胸の先を口に含み、もう片方を指で刺激した。またもや体が熱くなり、彼女は甘美な世界へといざなわれた。

肌を焦がす感覚に息をのむ。

「恋人になってくれるね」ソーンの声は、唇や手の愛撫にも増して悩ましかった。

「ええ」ダイアナはささやいた。初めて会ったときから惹かれていた男性に、とうとう身を任せるのだ。

15

ダイアナが恋人になるのを承諾したことで、ふたりの関係はこれまでとはまったく違う親密なものとなった。ソーンが男女の営みのさまざまな楽しみ方を彼女に教えはじめたからだ。だがその前に、ソーンはまずダイアナの身の安全をはかった。翌朝ダイアナが自宅に戻るときに、召し使いの男性を三人つけ、以後使用人として彼女に添わせることにした。

次に、ダイアナには手を出すなと暗黙のうちに警告するために、マダム・ヴィーナスを訪ねた。

ソーンは私室へ通された。マダム・ヴィーナスは寝椅子でくつろぎ、ホット・チョコレートを飲んでいた。この日は雨で肌寒いせいか、なまめかしい体にヴェルヴェットの化粧着をまとっている。ソーンが左足首を怪我し、杖《つえ》をついているのを目にすると、マダム・ヴィーナスは眉をひそめた。さらには包帯をした左手で彼女の指を取り、身をかがめて手の甲にキスをしたのを見て、いっそう怪訝《けげん》な顔になる。

「事故にでも遭われたのですか？」

「ゆうべ、馬車が追いはぎに遭ってね」ソーンは気だるげに言って椅子に腰をおろすと、必要があってというよりは見せかけのために持ってきた杖を脇に置いた。

「まあ、おいたわしいこと」

彼はマダム・ヴィーナスのようすを観察した。それほど驚いているふうには見えない。だが、今この場で問いただすつもりはなかった。今日はさりげなく脅しつけられればそれで充分だ。

ソーンは前夜の襲撃について詳しく説明し、御者とダイアナが撃たれたと話した。

「ダイアナが？」マダム・ヴィーナスは動揺した声で言うとやにわに立ちあがり、ホット・チョコレートをこぼしそうになった。「お怪我の具合は？」

「たいしたことはない。追いはぎはぼくを狙ったんだが、弾がそれて彼女の肩をかすめたんだ」

「まあ、大変」

ソーンは冷ややかな笑みを浮かべた。「深刻な事態にならなくて幸いだった。そんなことになったら、追いはぎふたりの命はなかっただろうからな。これからも、もしダイアナの身になにかあれば、ぼくは地獄の果てまで犯人を追いかける」

彼の語調の強さに、マダム・ヴィーナスはかすかに体を震わせた。ソーンが話題を変えたときも、まだ心ここにあらずのようすだった。

ソーンはキティに依頼した件で最後の報酬を支払った。そしてキティがうまくレジナルド・ナイリーの気を引いてくれたおかげで、エイミーは何週間も放っておかれ、ついには彼に別れを宣告したと伝えた。エイミーが財産目当ての男と縁が切れたことに、ソーンはほっとしていた。また、マダム・ヴィーナスにとりあえず釘を刺せたことにも満足した。

それから、ソーンはマッキーに会いに行った。マッキーはまだ眠っていた。ソーンが襲撃事件について説明し、マダム・ヴィーナスのところの用心棒ふたりが犯人かもしれないと話すと、マッキーはたしかに昨日の夜はどちらも店にいなかったと言い、彼の疑念を裏づけた。ソーンはマッキーにふたりから目を離さないよう頼み、寝室をあとにした。

その日の午前中、最後に訪ねたのはもうひとりのマダムだった。昨夜、ダイアナから妊娠が心配だと遠慮がちに言われ、そんな事態にはならないようにすると約束したのだ。本当は子供ができてしまえば自分にとっては好都合だった。社交界から永久に追放されないために、ダイアナは結婚を承諾するしかなくなるからだ。だが、ソーンはそこまで狡猾なことをする気にはなれなかった。マダム・フーシェならこちらが望むものを内密のうちに提供してくれる。

ソーンはマダム・フーシェの娼館からまっすぐダイアナの邸宅へ向かった。思ったとおり、ダイアナはアトリエで仕事をしていた。

優しいほほえみを見て、ソーンの胸は高鳴った。

彼はダイアナを抱きしめ、濃厚なキスをした。やがて彼女は笑いながらソーンを押しやった。

「だめよ、絵を描かないと。よかったらシャツを脱いでもらえないかしら」

「喜んで全部脱ぐとも」ソーンはいたずらっぽく笑った。

「それはありがとう。でも、結構よ。そんなことをされたら気が散るだけだわ」

ふたりで話しあい、ソーンが頻繁にアトリエを訪れる理由を作るために、ダイアナは彼の肖像画を描くことにした。まずは、イングランドに戻る船中で描きはじめた一枚を仕上げることからだ。

ソーンは上着とクラヴァットとベストを取り去りながら、イーゼルに載ったキャンバスに目をやった。まだ全体の輪郭と影が描かれているだけだが、すばらしい作品になることは信じて疑わなかった。

ただし、どれほどの傑作になろうが、人目に触れさせるつもりはない。半裸の肖像画を描くのはふたりのあいだの秘密だ。彼はモデルになる機会を利用して、ダイアナを口説くつもりでいた。

ソーンはおとなしくシャツを脱ぎ、ダイアナが光の角度を考えて立てかけておいた大きな額縁を船の壁に見立て、それにもたれかかりながら言われるままにポーズを取った。

一時間ほど黙ってダイアナに仕事をさせたところで、彼は体を伸ばしてもいいかと訊いた。ダイアナから許しが出たので、怪我をした足首をゆっくりまわし、物置へ行って、以前にほかの道具や衣装のなかから見つけておいたクロテンのマントを取ってきた。アトリエに戻ると、その贅沢な毛皮を暖炉の前に敷き、弱まりかけた火に薪《まき》をくべた。そして上着のポケットからシルクの袋を取りだして、毛皮の上に放り投げた。

ダイアナが問いかけるように眉をあげたが、ソーンはそれには答えず、アトリエを横切ってドアに鍵をかけた。そのままダイアナのそばへ行き、絵筆とパレットを脇に置かせると、描きかけの作品を眺めるふりをした。

「唇の描写がよくないな」彼は気だるげに言った。「もっと近くで形や感触を観察したほうがいい」

そう言ってダイアナを引き寄せ、待ちきれない気持ちが伝わるようキスをした。抵抗するかと思ったが、ダイアナは愛らしいため息をこぼしてキスに応《こた》えた。

ソーンがようやく顔を離すと、ダイアナはうっとりした目をしながらも怒ってみせた。

「どうしてもわたしの仕事を邪魔したいみたいね」

「肖像画はいつでも描ける。今日は暖炉の前で愛しあおう」

「あなたって本当に奔放な人だわ」

「きみはきまじめすぎる。自分を縛りすぎだ。もっと自由になったほうがいい」

ダイアナはいぶかしむような目をした。「昼のさなかから愛しあうの?」

「最高だろう?　きみが知らないことはまだまだたくさんある。いろいろと教えたいし、ぼくを楽しませる方法も伝えたい。まずはきみの服を脱がせるところからだ」

ソーンは絵の具がついた彼女の上っ張りに手を伸ばし、首と腰の紐をほどいて取り去った。

「初めてこの上っ張りを見たときから、脱がせてみたくてしかたがなかった」

ドレス、靴、靴下と続き、最後にコルセットとシュミーズを脱がせる。ソーンが腰をかがめて乳房の先端にキスをすると、ダイアナが身を震わせた。肩の包帯だけを残した姿になり、ソーンの熱い視線を気にして両腕を体に巻きつけて覆う。

恥じらうさまが愛おしかったが、ソーンはその腕をおろさせた。

「わたしはオペラの踊り子や、マダム・ヴィーナスみたいな体はしていないもの」ダイアナが頬を染める。

「ぼくがきみにぞっこんなのは知っているだろう？　きみほど心惹かれる女性は初めてだ。きみの体は完璧だよ」

それは本心からの言葉だった。しなやかさといい曲線美といい、男の妄想を丸ごと現実にしたような体だ。眺めているだけで、ソーンは激しい渇きを覚えた。

今すぐにでも彼女を奪い、激しく燃えあがらせて身もだえさせたかったが、今日はゆっくり進めるのだと自分に言い聞かせ、そのつややかな髪からピンを引き抜きはじめた。

「美しい髪だ」ソーンの声はかすれていた。「きみが髪をおろしている姿を何度も心のなかに思い浮かべた。この髪がぼくの肌にかかる感触を何度想像したことか」

ソーンはもう一度キスを盗み、後ろにさがって自分も服を脱いだ。

そのようすを見ていたダイアナの鼓動が速まった。引きしまった筋肉質の体、日焼けした肌、細い腰、硬そうな腿。画家としてだけでなく、女性としても称賛せずにはいられない。

つい、下腹部に目が行った。彼はすでに熱くなっている。

彼女の視線に気づき、ソーンが口元をほころばせた。

「ぼくがきみにまいっている証拠だよ」

それはこちらのせりふだ。ダイアナは前夜、彼とひとつになったときのことを思いだした。ソーンが前に進みでて、彼女の乳房を両手で包みこんだ。包帯が気になったが、彼の手の感触にダイアナの心は浮きたった。

彼女の反応を見て、ソーンが笑顔を見せた。

「きみはぼくにぴったりの女性だ。証拠を見せてあげよう」悩ましい約束の言葉に、ダイアナの胸は躍った。

毛皮の上に寝かされたときには、期待のあまり、めまいに襲われた。ソーンはダイアナの髪を広げ、腰をおろしてその姿を愛《め》でた。

「きみはとても美しい。もしきみがぼくの目線で見ることができたら、自分がどれほど生き生きとしていて色香に満ちているかがわかるのに。ぼくがどんなにきみを欲しているかも」

ダイアナは体の奥がうずいた。一糸まとわぬ姿を彼の視線にさらしているだけで感じてしまう。

どういうわけかソーンは隣に横たわらず、シルクの袋から中身を取りだしてみせた。紐のついた小さな海綿がいくつかと、琥珀色《こはくいろ》の液体が入ったガラスの小瓶が現れた。

「酢かブランデーをしみこませた海綿を体内に入れておくと、避妊効果があるんだ」いつものごとく、ざっくばらんな口調で言う。

ソーンは海綿に液体をかけて小瓶を置き、ダイアナの下腹に手をのせると、カールした茂みをしばらく探ったあとそれをもぐりこませた。

ひんやりとした感覚にダイアナはぞくりとしたが、ソーンの優しい表情を見ているとなぜか恥ずかしさは感じなかった。ソーンは温かい目で彼女の顔を見つめながら、海綿を奥へ進めた。濃い金髪がひと房、彼の額に垂れる。ダイアナは手を伸ばして、それを後ろになでつけたい衝動に駆られた。

ソーンがダイアナの隣に横たわり、情熱の証を彼女の体に触れさせた。

「きみもぼくの体に興味を持ってくれているのかい？」

「わかっているくせに」

「じゃあ、それを見せてほしい」

「どうしたらいいのかわからないわ」

「好きにすればいい。さわってごらん」

ソーンは彼女の手を自分の広い胸に持っていった。ダイアナはそれに応じ、ぬくもりを感じながら、男らしくたくましい肌にてのひらをはわせた。

そのあと手を下へと滑らせて平たい下腹部にさまよわせ、そこで躊躇《ちゅうちょ》した。

「あなたを楽しませる方法を教えてくれると言ったわよね」

「喜んで」ソーンの目が熱を帯びる。「もっと下のほうを探ってごらん」

ダイアナはさらに手をおろしていき、初めて触れるその部分を慈しんだ。

「こんなふうに？」

「そうだ」彼の声はかすれていた。

ソーンが仰向けになった。ダイアナは体を起こして膝をついた。男性的な裸体を見つめているうちに、自分も潤ってくるのを感じる。硬くなったものを手で包みこむと、それに合わせて彼女の体もうずいた。

ソーンは目を閉じ、ダイアナの愛撫を堪能していた。

「ほかにはどうすればいいの?」

「口で愛してほしい」かすれた声の調子から、そうしてもらうのを心の底から欲しているのが伝わってくる。ダイアナもまたそうすることを望んでいた。

体をかがめ、顔を近づけて軽く口をつけた。ソーンが身をこわばらせる。

「どう?」

「すばらしいよ……」半ばため息のような、それでいてうめいているような至福の声だ。

ダイアナは張りつめたものを口に含み、舌を絡めた。彼がわたしにそうしたように、ソーンを震わせ、われを忘れさせたい。

さらに刺激を続けると、ソーンが苦しげな声をもらした。

ダイアナははっとして顔をあげた。「痛かった?」

「まるで拷問だ」

「やめましょうか?」

喉から絞りだすような笑い声を聞いたとき、ダイアナはソーンの気持ちを察した。彼は手を伸ばしてダイアナの頭を自分のほうへ引き寄せた。「お願いだ、続けてくれ」

ダイアナはうれしかった。やめたくなかった。相手に尽くすことで、彼女もまた酔いしれていたからだ。

そんな気持ちを察したのか、ふいにソーンが手を伸ばし、ダイアナを自分の体の上に導いた。

彼がなにを望んでいるのか悟り、ダイアナは一瞬驚いたが、みずから望んでいざなわれるままに彼を体の奥深くまで招き入れた。

「無理をするな」息をのんだダイアナにソーンが言った。「きみの体はまだ慣れていないんだから」

だがすぐに衝撃は薄れ、代わりに快感が戻ってきた。ソーンはさらにその先の悦びをダイアナに見せようとしているらしい。

熱い視線を注ぎつつ両手でダイアナの乳房を包みこみ、指先で頂を刺激しながらリズミカルに体を上下させて、さらに奥深くへと進んできた。

ダイアナは体のなかに彼の存在を感じ、熱い息をこぼした。

「ほら、ぼくたちはぴったりだろう?」甘く優しい言葉に、ダイアナの体が震えた。

驚いたことに、ソーンはゆっくりと体を回転させてダイアナを下にした。

「ぼくの腰に脚をまわしてごらん」

そう言うと、彼はゆっくりと動きはじめた。

ダイアナはあえぎ声をもらし、ソーンに合わせて自分も動いた。

「そうだ、とてもいい……」

おぼろげな意識の向こうからソーンの声が聞こえてくる。きみはきれいだとか、きみが欲しくてたまらないといった言葉に、ダイアナはさらに高みへと押しあげられ、やがておのれの絶頂の声にすべてがかき消された。

ダイアナの体がソーンの腕のなかで激しく跳ねる。ソーンもまたこらえられなくなり、秩序のない忘我の彼方《かなた》へと自分を解き放った。

ふたりは荒い息をつきながら、ぐったりと横たわった。

ダイアナは目を閉じ、まだ朦朧としたまま、自分に覆いかぶさっている恋人のぬくもりと肌ざわりを堪能した。背中にまわしたてのひらに筋肉が感じられ、濃厚な麝香《じゃこう》の香りが鼻腔《びこう》をくすぐる。

やがてソーンが体を離し、疲れ果てたダイアナを引き寄せた。

「自由になりさえすれば、こんな高みにのぼりつめられるんだ」彼の声はかすれていた。

そのとおりだわ、とダイアナは思った。二度目の結びつきは一度目よりさらに悦びが大きく、このうえないほどわたしを酔わせてくれた。

「愛しあう行為はいつもこんなふうに……最後は砕け散るような感覚を味わえるものなの？」

「そうあるべきだし、必ずそんなふうにしたいとぼくは思っている」ソーンはダイアナの汗に濡れたこめかみにキスをした。「ほかにもまだきみが知らないことがたくさんある。ぼくは自分を抑えることを覚えなくてはならないな。きみのなかにいると我慢するのがとても難しい。今もきみが欲しくてしかたがないよ。次はもっとゆっくり進めたいと思っている。少しだけ待ってくれ。そうしたらすぐにもう一度、すばらしいものを見せてあげるから」

ダイアナは思わず笑い声をこぼし、ソーンの肩に顔をうずめた。

「いいえ、わたしがもっとしっかりしなければならないわ。さっさとあなたを追いだしておくべきだったわね。でないと、あなたみたいに奔放な人にされてしまう」

ソーンはくっくっと笑った。

「それこそまさにぼくの望むところだ。早くあきらめるんだな」

それからというものソーンは頻繁にアトリエを訪れ、さまざまな技を駆使してダイアナを悦ばせた。

ソーンは愛しあう行為を心から堪能することをダイアナに教えた。そして、かたくなに自分に課していた呪縛から彼女を解放した。ソーンに触れられるとダイアナは別人になり、恥ずかしさも忘れて大胆に振る舞った。

そうした自分のはしたなさを、ダイアナはいいとか悪いとかいう言葉で決めつけるのをやめた。将来もあまり考えないようにしたし、ソーンの本心も深くは探らなかった。

けれども、どうしてこれほどソーンが自分を求めてくるのかは本能的に理解していた。抵抗されるとなおいっそう征服したくなるということもあるが、それを除けば本質的にはただ彼女が欲しいからだ。どちらにしてもソーンは女心をくすぐるのが上手だし、今はそんな彼とのひとときをただ楽しみたいと思った。

それから数日のうちに、ダイアナの仕事にも転機が訪れた。スキャンダルにまみれた自分に、思ってもいなかった幸運が舞いこみはじめたことに彼女は驚いた。

そのひとつは、見知らぬ男性が作品を買いたいと言って自宅を訪ねてきたことだった。使用人が持ってきたカードを見ると、名前はジェームズ・アトリー、職業は貿易商とあった。用心のためにソーンの従僕を脇に立たせ、ダイアナは客人を応接間に通させた。入ってきたのは頭がはげかかって腹の突きでた年配の男性で、明らかに下層階級だとわかるアクセントでしゃべった。

握手をしたあと、アトリーは勧められるままに巨体を長椅子に沈めた。

「わたしはずばりとものを言うことで知られてましてな。単刀直入に申しあげましょう。ぜひ、あのすばらしいマダム・ヴィーナスの肖像画を譲っていただきたい」

ダイアナはびっくりして目を丸くした。マダム・ヴィーナスの肖像画は、二日前から英国美術院が開催している春の美術展で展示されている。ほかにも風景画を数点とそれより風格のある歴史画、素朴な風俗画を出品してあった。これらの作品は自分の所有物だが、肖像画だけは違う。

ダイアナは礼儀正しく返答した。

「ご希望に添いたいところですが、あの肖像画はお売りできませんの。美術展が終わったら、マダム・ヴィーナスにさしあげることになっておりますので」

アトリーは難しい顔をした。「わたしはいわゆるインド成金でして、東インド会社との商売でひと財産を作ったんですよ。金に糸目はつけません。あなたの言い値で買いましょう」

「申し訳ありませんが、本当に無理なんです」

「そうですか。では、マダム・ヴィーナスと交渉することにしましょうか。彼女が相手では、ずいぶんと高値を吹っかけられそうですがな。それで、ほかにはどんな作品が？」

「ほかの作品と申しますと？」

「これでも絵を見る目はあるんですよ、ミス・シェリダン。わたしはぜひともあなたの作品が欲しい。自分は絵画を収集しておりまして、近いうちに個人の展覧会を開きたいと思っています」

ダイアナが返事に困っていると、アトリーは続けた。

「市民階級のくせにそんな貴族みたいなまねをするとは、おかしなことを言うやつだと思っているでしょう。なに、なりあがり者と呼んでもらってもかまいません。だが、わたしは芸術を愛してるんですよ。亡くなった女房も画家でした。わたしも画壇ではちょっとは知られています」

どうやら彼は、絵画を購入して展示することによって名声を得たいと考えているらしい。だからといって、わたしの作品を買いたいというのは少し怪しい。ダイアナは冷ややかにほほえんだ。

「もしかしてソーン卿から遣わされていらしたのですか？」

「ソーン卿ですと？　いや、噂はいろいろうかがっていますが、お会いしたことはありませんな。これは純粋にわたしとあなたの商売です。必ずご満足いただける金額をお支払いしましょう。絵を見せてはいただけませんかな？　もし今は忙しいというのであれば、別の日にうかがってもかまいません。ぜひ、あなたの作品を手に入れたいのです」

「そういうことであれば、少しお待ちください。絵を並べてきましょう。お売りできる作品をお見せしますわ」

交渉はすぐにまとまった。アトリーは傑作を選んで四枚購入した。風景画が二枚と肖像画が一枚、それに風俗画が一枚だ。たしかに彼は作品を見る目を持ちあわせていたし、気前もよかった。ダイアナが提示した金額に上乗せしてその場で一〇〇ポンドの小切手を切り、絵画の梱包《こんぽう》と引き取りのために今日じゅうに従僕を来させると言い残して帰っていった。

ダイアナが奇妙な幸運に感じた戸惑いがいまだ消えないでいるところへ、ちょうどソーンが訪ねてきた。即刻、彼女は絵を買わせるために商人をよこしたのではないかと詰め寄った。

ソーンはむっとした顔をしたが、すぐに喜んでくれた。

「誓って言うが、ぼくはなにもしていない。だが、それにしてもそのアトリーとやらは趣味がいいな。どうだ、お祝いに愛しあわないか？」

ダイアナはその言葉を信じた。ソーンがこんなことで嘘をつくとは思えなかったからだ。

ダイアナは黙って抱きしめられた。誰の力も借りずに絵が四枚も売れたことが心の底から誇らしかった。


それから二日後の朝、ダイアナが朝食をとっているとソーンが現れ、得意満面のようすでテーブルに新聞を置いた。

「今朝の『モーニング・クロニクル』紙はもう見たかい？　言っておくが、これに関してもぼくはなにもしていないからね」

一面のたっぷり三分の一を使い、今をときめく芸術評論家のハウエル卿が英国美術院の美術展について書いた記事が掲載されていた。

ソーンは勧められもしないのに椅子に座り、自分用にコーヒーを注いだ。ダイアナはその記事を読みはじめた。

自分の名前を見つけ、どきりとした。酷評で知られるハウエル卿だが、今朝はダイアナの才能を絶賛していた。


ミス・シェリダンは、過去一〇年間に現れた画家のなかでもまれに見る逸材だ。その光と色の使い方は卓越しているとしか評しようがない。描いたのが女性だという事実は、制約の多さをおもんぱかるになおいっそう驚嘆すべき点であろう。先般、ミス・シェリダンは英国美術院への入学を許可されたが、小生が考えるに彼女の技量はすでに、表現法、遠近法、構成法とともに、指導する側に立つに充分であり、この天賦の才を教授陣に阻まれることがあるとしたら誠に遺憾である。

イングランドの画壇の評価を左右する大物評論家による手放しの褒め言葉に、ダイアナは呆然とした。

そのほうけた顔を見てソーンはくすくすと笑った。

「ハウエルは自分を天才だと思っている。ぼくがいくら金を積んだところで、彼の称賛は買えないよ。この記事はまさに、きみの才能と熱意が評価されたものだ。これで客が殺到するだろうな。すぐに予定を書きこめるように、手帳をそばに置いておいたほうがいいんじゃないか？」

この予言はすぐに現実となった。朝食を食べ終える前に、応接間でお客様がお待ちですと従僕が告げに来た。

誰だろうと思いながらダイアナが応接間へ行くと、背の高い銀髪の婦人が尊大な笑顔で待っていた。

「ランワースと申します。レディ・ヘネシーの舞踏会でお目にかかりましたわね。ジュディスとは親しくさせていただいておりますの。こちらの住所は彼女に訊きましたわ。こんな朝早くに訪ねたことを、どうぞ許してくださいね。今朝の『モーニング・クロニクル』紙を読んで、ほかの方々が見える前に一刻も早くお会いしなければと考えたものですから。わたくしの肖像画を描いてほしいと思って、お願いにあがったんですのよ」

一瞬、ダイアナは頭が混乱したが、すぐさま笑みを顔に張りつけた。

「喜んでお引き受けいたしますわ。いつから始めるのがご都合がよろしいでしょうか？」

「早いに越したことはございません。きっと、わたくしのお友達も次々とこちらへやってくるでしょうからね。ぜひ、わたくしをいちばんにお願いしたいと思っておりますのよ」

夢がかなうのだろうか、とダイアナは思った。一八世紀に数少ない女流肖像画家として名を馳せたアンゲリカ・カウフマンは、イングランドのレディたちから絶大な支援を得て、経済的に成功をおさめた。

「それでしたら、明日の午前中はいかがでしょう？」

「ええ、ぜひ」

時刻と報酬が決められた。金額は田舎で肖像画を描いたときの四倍だった。

ダイアナはレディ・ランワースを見送り、突然の幸運に驚きながら食堂へ戻った。まだそこに残って新聞を読んでいたソーンが、ぼんやりと椅子に腰をおろしたダイアナに尋ねた。「いい知らせかい？」

「びっくりするようなことよ。ロンドンに来て初めて、肖像画を依頼されたの」ダイアナはソーンに目を向け、信じられない思いでかぶりを振った。「きっとこれは夢よ。頬をつねったら目が覚めるんだわ」

ソーンがにやりとした。「言ったとおりだろう……なんて、わかりきったことは口にしないでおくよ。でも、あまりたくさんの依頼は引き受けないでくれ。ぼくが先客だからね。ちゃんとぼくの肖像画も仕上げてくれよ」彼は声を落とした。「それに、ぼくの全裸も描いてもらわないと。裸体画を稽古したいと言ったのはきみなんだから」

ソーンの熱い視線に気づき、ダイアナは顔を赤らめた。ソーンは何事もなかったかのように新聞に戻った。次にふたりでアトリエにこもるときのことを想像して、ダイアナは心が浮きたつのを感じた。

16

次にモデルになったとき、ソーンは本当に脱ぐと言いだした。だが、ダイアナは喜んでその申し出を受けることにした。男性の裸体を勉強するいい機会だし、これを逃したら二度とチャンスはないかもしれないと思ったのだ。

そこで、完成目前の船上の肖像画を仕上げるのはあとにして、その日は裸体のスケッチに取り組んだ。とくに胸と禁断の部位は詳しく描いた。ところがいつものごとく、ソーンがちゃちゃを入れてきた。

ソーンは引きしまったしなやかな体を寝椅子に横たえ、ダイアナはスケッチブックを手に向かいの椅子に座っていた。しかし気がつくと、彼女はスケッチブックではなく、ソーンの体を称賛の目で眺めていた。その姿は神のように美しく官能的で、男性の象徴が屹立《きつりつ》している。

ダイアナに奔放な悦びを与えるそれを見せびらかすかのように、一五分もするとソーンは背中をそらして伸びをした。

ダイアナは無視していたが、そのうちにソーンが寒いと文句を言いだした。最近は春の陽気が続き、アトリエは暖炉がいらなくなっていた。おまけにいくつも並ぶ縦長の窓から日光がさんさんと降り注いでアトリエを暖めている。それなのに寒いと言うのはいかにも怪しい。

ダイアナは眉をひそめた。「それなら毛布を持ってくるわ」

「毛布じゃなくてきみが欲しいな。きみに温められたい」

彼女はソーンをじろりとにらんだ。「ほんの一時間もおとなしくしていられないの？」

「もちろんしていられるよ。ただ、する気がないだけだ」

ダイアナは思わず笑った。憎めない人だ。ソーンの物憂げな笑みを見ると体がほてる。

「それに、下半身をいつまでこんなふうにしておけるかもわからない」ソーンが気だるげな口調で言う。「そんなにじっくりと眺められれば元気になるのはわけもなかったけれど、ずっとこの状態を保つにはなにか褒美が必要だ。たとえば、きみがドレスを脱ぐとか」

「別にわたしのために元気でいてくれなくても結構よ。裸でさえあれば、こちらとしては充分だもの」

「きみとひとつになりたいんだよ」ソーンはなんとも悩ましい口ぶりで言った。

彼女とひとつになったときの感覚を思いだし、ダイアナは口のなかがからからになった。恥知らずな人だが、ソーンの魅力には抗えない。

「あと三〇分したらね」彼女はなんとか自分を制して答えた。

ソーンは自信たっぷりの笑みを浮かべて、寝椅子に体を横たえた。

「かまわないよ。きみがそんなに長い時間我慢できるならね」

その言葉どおりになった。二〇分も経たないうちに、ダイアナはソーンの口説きに屈していた。だが、唖然としたのはこのあとだった。ソーンはダイアナに全裸でポーズを取らせて、彼女の体をキャンバスに見立てたのだ。

自分の職業にこんな官能的な一面があることをダイアナは初めて知った。

ソーンはダイアナのドレスを脱がせて、すっかり治った傷跡に軽くキスをした。それから自分も包帯を取り、一糸まとわぬ姿となって美しい体をさらす。怪我はもう包帯を巻かなくても大丈夫だった。ソーンはダイアナの隣に膝をついて彼女のなかに海綿を入れ、持参したバスケットを開いた。

そして木製の器をふたつ取りだした。ひとつにはよく熟したみずみずしいイチゴ、もうひとつにはクロテッド・クリームが入っていた。ソーンはイチゴをひと口かじり、甘い果肉でダイアナの唇をなぞってから彼女の口に入れた。それから品定めするように、ダイアナの全身に視線をはわせた。

ダイアナは見られていることに興奮を覚えた。まるで唇や温かい吐息で愛撫されているように、視線の熱さを肌に感じる。ソーンはまたひと口イチゴをかじると、今度はそれをダイアナの乳首にすりつけ、果汁をすすった。ダイアナは吐息をこぼして、思わず背中をそらした。

「食べたいかい?」ソーンがじらすように言い、イチゴをダイアナの口に入れた。「ぼくも食べたいよ。イチゴのことではないけれどね。今日は試してみたいことがあるんだ」

ソーンはダイアナにポーズを取らせた。左腕は寝椅子の背もたれにかけて、右腕は脇におろし、左脚は寝椅子の上で少し膝をまげ、右脚は床におろさせた。

「ぼくは退廃的な構図が好きなんだ」彼はいたずらっぽい目でダイアナの全身を長々と愛でた。「ぼくが欲しくてたまらないって顔をしてくれたらなおいいな」

ソーンが両手を伸ばし、親指で彼女の乳房の下をたどる。ダイアナのなかで火花がはじけた。

その次は乳首を刺激して立たせた。彼女は歯を食いしばった。

「わたしを苦しめるのが目的なの？」

ソーンはいたずらっ子のような顔になった。「ああ、それもある。でも今日はただ、画家のまね事をしてみたいんだ」クロテッド・クリームを人差し指に取る。「ぼくはずっと芸術をすばらしいと思ってきた。芸術は感覚を刺激し、知性を鼓舞する……」

そして物憂げなようすで、ダイアナの胸の先端にクリームをなすりつけた。

「ずっときみの才能をすばらしいと思ってきたんだ」

もう一度クリームをすくい取り、ダイアナの茂みの上からなかへと、筆を使うようにして塗っていく。

「でも今日は……」ソーンは金髪の頭を低くした。「ぼくにも芸術的な素質があることを見せてあげるよ」

たしかにソーンにはダイアナを満足させてやまない芸術性豊かな才能があった。驚くほどに。

だが熱いひとときを楽しむ贅沢は、その日を境に許されなくなった。『モーニング・クロニクル』紙のおかげで、ほんの二、三日のうちにダイアナの人気に火がついたからだ。ロンドンに滞在するレディの半数にものぼろうかという人々が急に肖像画を描いてほしくなったらしく、ダイアナのもとへ殺到した。依頼のすべてを引き受けることは不可能で、彼女はいくつかの注文を断らざるをえなかった。

翌日の午後五時、馬車で公園へ散歩に行くためソーンが迎えに来た。ダイアナは最初の依頼人であるレディ・ランワースの肖像画にカーテンを描き加え、仕上げに入っているところだった。

ダイアナが申し訳ないと謝って散歩の約束を断ると、ソーンは快く承諾してくれた。そして彼は帰ろうとする足を止め、イーゼルにのった完成間際の絵に目を留めた。

「レディ・ランワースがこんなに魅力的だったという記憶はないな。これは美化しすぎだ」

ダイアナは皮肉なほほえみを浮かべ、キャンバスに朱色を足した。

「依頼人を喜ばせるのは大切な仕事だと話したはずよ。肖像画家として成功したければ、モデルの美点を強調して、欠点は隠さないと。誰でも自分がすてきに描かれている肖像画には高いお金を出したいと思うものよ」

ソーンはアトリエの奥の壁に立てかけられた、最終段階の乾燥に入っている自分の肖像画を見に行った。

「これも実物よりもよく描いてあるのかい？　がっかりだな」

傷ついたような口調を聞いて、ダイアナは苦笑いをした。

「そんなことはないわと言ってほしいんでしょう？　これ以上あなたをうぬぼれさせるのは気が進まないけど、大丈夫よ。あなたは充分に魅力的だから美化する必要はなかったわ」

そのとき、開け放たれたドアから騒々しい物音が聞こえてきた。階段を駆けあがってくる足音と、ダイアナの名前を呼ぶいとこの声だ。エイミーはここへは遊びに来たことがあるため、アトリエがどこにあるのかは知っている。

彼女は勢いよくアトリエに飛びこんできて、怖い顔でなかを見まわし、ダイアナの姿を見つけると体をこわばらせた。

「ひどいわ！」かすれた声で叫んだ。「よくもこんな卑怯なまねができたわね」

ダイアナは困惑して眉をひそめた。「どういうこと？」

慌てたようすのジョン・イェイツが、片脚を引きずりながらエイミーのあとについてアトリエへ入ってきた。必死で追いかけてきたのか、真っ赤な顔をして息を切らしている。

「ミス・ランスフォード、これはミス・シェリダンを責めるようなことじゃない」

ソーンが顔をしかめて一歩前に出た。「なんの話だ？」

「わたしも聞きたいわ」ダイアナは言った。「とにかく椅子に座って、落ち着いて話してちょうだい」

「座りたくなんかないわ！」エイミーは目に涙を浮かべている。「ダイアナはわたしの人生をめちゃくちゃにしたのよ！」

ダイアナは絵筆とパレットをそっと脇に置いた。

「もしそうだとしたら謝るけれど、いったいどういうわけなのかさっぱりわからないの。わたしがあなたにどんな卑怯なことをしたというの？」

「変な女を雇って、レジナルドの気を引かせたでしょう？　知らないとは言わせないわ！」

罪悪感にダイアナは顔を赤らめた。たしかにソーンと一緒にマダム・ヴィーナスのところで働いている女性を雇い、レジナルド・ナイリーを誘惑させた。どうやらエイミーはその事実を聞きつけたらしい。

「ミス・ランスフォード、とにかく座ってくれ」イェイツがなだめ、エイミーの肘を取って椅子のほうへ連れていこうとした。だがエイミーはその手を払いのけて唇を震わせ、涙をこぼしてダイアナをにらみつけた。

「こんな卑劣なことができる人だとは思ってもいなかったわ」

ソーンが険しい顔をした。

「エイミー、言葉を慎め。恋人がきみを裏切ったのはダイアナのせいじゃない」

エイミーは激しく取り乱していて、ソーンの言葉に耳を貸さなかった。

「なぜそんなにわたしが嫌いなの？　どうして？　わたしに自分と同じみじめな人生を歩ませたくて、こんなことをしたの？」

ダイアナは愕然としていとこのもとへ寄った。「わたしがあなたを嫌いなわけがないわ。そんなのはわかっているでしょう？　それにあなたにみじめな人生を歩ませようなんて、これっぽっちも思っていない。いったいなにがあったのか話して」

エイミーは握りこぶしで涙をぬぐった。

「ミスター・イェイツにエスコートしてもらって、さっきボンド通りで買い物をしていたの。わたしがなにを見たと思う？　道の真ん中でレジナルドが女性を抱きしめていたのよ！　一生、わたしを愛すると誓ったくせに！　問いつめようとしたんだけど、馬車で逃げられてしまった。だからあのキティとかいう女に詰め寄って、裁判所に訴えてやると脅したの。そうしたらあの女、自分はレジナルドを婚約者から引き離すために高額の報酬で雇われているんだと言ったのよ！　そんなまねをするのはあなたしかいないわ」

「違う」ソーンが口を挟んだ。「キティを雇ったのはぼくだ。後見人として、きみを財産狙いの遊び人から守るのがぼくの務めだと思ったものでね」

「あなたが？」エイミーは怒りに満ちた目でソーンをにらみつけた。「最低ね。あなたはわたしの人生を台なしにしたのよ！」

「そうは思えないな」ソーンは穏やかに答えた。「落ち着いて考えれば、すぐにわかる話だろう。もしレジナルドが本当にきみを愛していたのなら、そもそもほかの女性になびいたりしなかったはずだ」

エイミーは頬を打たれたかのようにあとずさった。そして辛辣な言葉に負けまいとばかりに、一瞬ソーンを見据えた。しかし目を合わせているのに耐えられなくなったのか、すぐに視線をそらして、壁に立てかけられたソーンの肖像画をぼんやりと眺めた。

やがて彼女は両手で顔を覆ってわっと泣きだすと、アトリエを駆けだしていった。

ジョン・イェイツが申し訳なさそうにダイアナを見た。

「ミス・ランスフォードは自尊心が傷ついただけです。あの男を本当に愛しているわけじゃありません。これから慰めてきます。そして、ソーンとあなたは彼女のためによかれと思うことをしただけだと諭してみます。少し落ち着けば、わかってくれるかもしれません」

そう言うとダイアナに頭をさげ、エイミーを追いかけてアトリエを出ていった。

ダイアナは思わず自分も前に進みでたが、ソーンに止められた。

「二、三日、放っておくことだ。少し頭を冷やしたほうがいい」

「そうね」本当にそれでいいのだろうかと思いながらもそう答え、ダイアナはずきずきするこめかみを押さえた。「キティのことは知らないほうが幸せだったのに。隠しておきたかったわ」

ダイアナは罪の意識に胸が痛んだ。アトリエに移り住んでからの三週間、エイミーとはほとんど会っていなかった。自分が彼女のそばにいないほうがいいと思い、わざと距離を置いてきたのだ。けれど、間違いだったのかもしれない。今日だって、エイミーと一緒にいたら、キティと遭遇するのを防げたかもしれないのに。

ソーンがダイアナに近づいてきて手を握り、キスをした。

「思い悩むのはやめるんだ。エイミーはちゃんと元気になるよ。イェイツがついているから大丈夫だ」

ダイアナは不安をぬぐいきれず、かぶりを振った。だが一瞬ののち、ソーンの最後の言葉が耳に届いた。

ダイアナは顔をしかめた。「いつからエイミーのなかでミスター・イェイツの地位がそんなに高くなったの？　あんなに邪険にしていたのに」

「エイミーが恋人に捨てられた傷を癒やす薬としてイェイツを利用しはじめてからだよ。このところ、イェイツはしょっちゅうエイミーを訪ねている。そのうちに求婚するんじゃないか」

「求婚ですって？」ダイアナは仰天した。

ソーンがにやりとした。

「驚いただろう？　若者たちの恋は理解に苦しむよ。だが、イェイツは真剣だ」

17

その翌日の夜、ダイアナは自分が若かったころの恋を見つめ直すことになった。ソーンと一緒にドルリー・レーン劇場へ行ったときのことだ。ちょうど真向かいのボックス席に、昔の恋人であるフランシシス・アクランドと太った高慢そうな妻が座っていた。

彼の金髪とハンサムな顔を目にしたとき、苦い思い出がよみがえり、ダイアナは一瞬、感傷的な気分になった。だが、すぐに気を取り直し、ほかの貴族たちに目を向けた。エイミーたちの社交界デビューを披露する舞踏会で会って以来、アクランドと裕福な夫人との結婚についてはいくつか噂を聞いている。夫人は四人の子供を産み、夫を尻に敷き、そしてダイアナのことは気に入らないらしい。

驚いたことに最初の幕間《まくあい》の時間に、アクランドがダイアナに会いに来た。ソーンが友人たちに挨拶がてらダイアナの飲み物を取りに出ていくと、それを待っていたようにアクランドが入ってきたのだ。

アクランドはダイアナの手にキスをしたが、座るよう勧められなかったため、立ったまま彼女を見おろした。

ダイアナは礼儀正しくほほえみを浮かべた。大勢の客がなにか起きないかと興味津々とこちらを見ているのがわかる。

「なにかご用かしら？」彼女はようやく口を開いた。

「おめでとうと言いたくて来たんだ。美術展に出品されたきみの作品を見たよ。本当にすばらしい。でも、きみならいつか成功するだろうとずっと思っていた。やっと夢がかなって、きっと幸せだろうね」

「ええ、おかげさまで」ダイアナは素直に答えた。

「ぼくはもう絵を描いていないんだ」アクランドが寂しそうな顔をした。「絵を描くなんて、貴族の男がすることじゃないと妻が思っているものでね。金のために結婚すると、こういうはめになる。結局は財布の紐を握っている者が強いのさ」

ダイアナは眉をひそめた。彼は同情してほしくてここへ来たのだろうか？

「それはさぞ残念でしょうね。あなたにとって絵は生きがいだったもの」

アクランドが声を落とす。「それと……謝りたかった。きみを傷つけたのを心から悔いているんだ。あのときはほかにどうしようも――」

「どうにかできたことだわ」ダイアナは静かにさえぎった。

それでもアクランドの苦悩に満ちた表情を見ていると本当に後悔しているのだと感じられ、ダイアナは哀れみの気持ちを覚えた。

「どちらにしても昔の話よ」彼女は明るい声でつけ加えた。「もう思いだすこともないわ」

「なんの話だ？」冷ややかな声が聞こえた。ソーンが戻ってきたのだ。手にはパンチの入ったカップをふたつ持っている。彼はそのひとつをダイアナに手渡し、硬い笑みを浮かべてアクランドを見た。「奥方が怖い顔でこちらを見ているぞ。さっさと戻らないと、警備員をよこすんじゃないか？」

アクランドは苦々しげな顔でぞんざいに頭をさげ、その場を立ち去った。ソーンがダイアナの隣に座った。

彼はダイアナの目を見つめ、いかにも恋人同士らしく手にキスをした。このボックス席に目を向けているほかの客たちに見せるための芝居だろう。しぐさは優しいが、目が怒っている。

ダイアナは顔を赤らめながらも毅然《きぜん》として手を引き、カップを口に運んだ。

「あんなあからさまなことを言わなくてもよかったのに。彼はただお祝いを言いに来てくれただけよ」

「きみを捨てた時点で、アクランドはきみに話しかける権利を失ったんだ。今度やつが近づいてきたら、決闘を挑んでやる」

ダイアナはあえて返事をしなかった。ほっとしたことに、そのときようやく第二幕が始まった。けれども舞台を眺めていても、ダイアナはうわの空だった。

嫉妬をしてくれるのはうれしいが、ソーンがアクランドのことを気にする必要はまったくない。先ほど彼女が、もう思いだすこともないと言ったのは本当だった。

アクランドは今でもすこぶるハンサムだが、もう彼を見ても心は動かされなかった。ほんのわずかなときめきすら感じないし、アクランドの妻をうらやましいとも思わない。

それどころか、彼に対して抱いたのは軽蔑だけだ。あんな人と結婚せずにすんで本当によかったと思う。たとえ駆け落ちが失敗したせいでスキャンダルを甘受しなければならなかったとしてもだ。あれほど意志の弱い男性と一緒になっても幸せになれるわけがない。

そのことに気づいたとき、ふいに心が解放された。無防備に喜んで心を差しだした無邪気で世間知らずの自分は今はどこにもいない。人生という書物のつらかった一章にとうとう終止符を打つことができた。もっと早くにそうしておくべきだったのだ。

だが、将来の章になにが書かれているかというのはまた別の問題だ。

ダイアナはちらりとソーンを見た。相変わらず端整な横顔をしているし、劇場の大きなシャンデリアに照らされて金髪が輝いている。

ソーンはアクランドと変わらないほど、いや、それ以上にハンサムだ。けれど、ふたりが似ているのはそこまでだった。ソーンのほうがずっと人間性が豊かで深みがあるし、わたしに財産がないからといって捨てたりするどころか、自分のことはあとまわしにして擁護し、世間から守ろうとしてくれる。

それに、ソーンほどわたしを女として燃えあがらせてくれる男性はいない。彼はわたしを変えた。無味乾燥な人生から救いだして、楽しむことや希望を持つことを教えてくれた。もう一度、自分が生きているのだと実感させてくれた。

ソーンのおかげで、今のわたしは喜びに包まれている。体のことだけを言っているのではない。魂が楽になり、自由にどこまでも舞いあがっていける気がする。

彼には深い恩義を感じている。だがソーンに対して抱いているこの優しい気持ちは、決して感謝の念だけではない。

そこまで考えたとき、ダイアナは自分の思いに気づいてはっとした。わたしはなんという過ちを犯してしまったのだろう。この数週間はわざと、いや、それどころかかたくなと言っていいほど危険な兆候を無視してきた。ソーンに対して無防備になるまいとあれほど固く誓ったはずなのに、すっかり忘れてしまっている。

ダイアナは強く唇を噛み、眉をひそめた。最初からこれが彼の狙いだったのかしら？　わたしに少しずつ警戒心を解かせるのが。

ソーンの意図がどうであれ、このままの関係は続けられない。彼の情熱におぼれてしまう前に、なんとしても身を引くべきだ。ソーンに守られていることに頼りきってしまう前に。

もちろん、今すぐに関係を絶つことはできない。いずれは偽装婚約を解消するつもりでいるが、ナサニエルの死の真相が明らかになり、エイミーの将来が安心できるものになるまでは、もうしばらく待つしかない。

ダイアナは無理やり芝居へ目を向け、厳しい表情になった。愚かにもソーンに心を許してしまったけれど、こんな思いは忘れよう。

そのためには、彼と距離を置いたほうがいい。もう親密な関係になったりはしない。

ところが、その決意は数時間ももたなかった。劇場で、ダイアナはさりげなくソーンから遠ざかっていた。だがソーンはそんな彼女の気分を敏感に感じ取り、変化に気づいたらしかった。ダイアナもまた、彼が不機嫌なのを察した。ソーンがそれを口にしたのは、帰りの馬車がメイフェアの暗い通りを進んでいるときだった。

「今夜はやけに静かだったな。まさか、あのろくでなしのことを考えていたわけじゃないだろうね」

馬車の外側についているランタンのほの暗い明かりが、ソーンのむっつりした顔を照らしだしている。ダイアナは無邪気を装った。

「アクランドとのあいだに起こったことは若気のいたりだったと考えていたの」

「なるほど」ソーンは短く答えた。「やっと気がついたか」

ダイアナは冷静に対応しようと決め、眉をつりあげた。

「あなたが嫉妬深い人だとは知らなかったわ」

「じゃあ、今後はその認識を改めるんだな。きみはぼくのものだ。たとえ心のなかだけであっても、浮気は許さない」

わたしを独占したがっていることには自尊心をくすぐられたが、ソーンの考えは間違っている。ダイアナは目を細めた。

「わたしはあなたのものじゃないわ。わたしたちは婚約を偽装しているだけよ」

「いや、それ以上の関係だ」

ソーンはダイアナの肩に腕をまわして、自分のほうへ引き寄せた。

ダイアナは身をこわばらせたが、唇が触れるまでもなく、彼に肩を抱かれただけで体が熱くなった。顔が両手で挟まれ、唇を荒々しく奪われる。

その乱暴で男性的な激しさに引きずりこまれた。舌を絡められ、彼女は思わずわれを忘れた。

ソーンの目は情念に燃えていた。ダイアナの手をつかみ、自分の気持ちをわからせようとするように下腹部に触れさせる。

ダイアナは口のなかが乾いた。

ソーンはズボンの前を開き、ダイアナのスカートをめくりあげて、息を荒らげながら秘所に手を伸ばした。

「ソーン……」

「黙って」

彼は手を広げてダイアナの腿のあいだを探り、熱く潤っているのを確かめてから、さらに刺激を与えた。ダイアナが喉の奥から絞りだすような声をもらした。腰をそらし、リズミカルな馬車の動きに合わせて愛撫を求めてくる。

ソーンの胸に勝利感がこみあげた。ダイアナは体を震わせ、膝の上にのせても抵抗しようとしない。ひとつになれば、きっと身をよじらせるだろう。

彼はダイアナの腰をつかみ、自分の張りつめたもののほうへと引き寄せた。このままでは、彼女のなかに入る前に果ててしまいそうだ。

ダイアナを持ちあげて自分の上におろすと一瞬のうちにぬくもりにとらわれ、彼女を悦ばせるより先にソーンのほうが終わりかねないほどの至福に包まれた。

ソーンは歯を食いしばって、突きあげてくる快感をこらえた。うなり声をもらし、濃厚なキスをする。

ふたりは激しく互いを求めて燃えあがった。舌を絡め、体を動かし、情熱をぶつけあう。次の瞬間、ソーンの喉の奥から咆哮にも似た声がこみあげた。ダイアナもまた爆発寸前だった。ふたりは唇を重ね、互いの声をのみこみながら、歓喜の嵐に乗って舞いあがった。

ダイアナはぐったりとソーンにもたれかかった。ふたりとも息を切らしていた。

ソーンはダイアナを上にのせたまま座席にもたれかかり、ぼんやりした頭でどうしてこんなことになったのかと考えた。ダイアナに続いて馬車に乗りこんだときから、激しく彼女を求めていた。そして唇に触れた瞬間、深くつながること以外はなにも考えられなくなった。

ダイアナは自分のものだと確かめたかった。

こんなふうに節操なく奪うつもりではなかったが、彼女を愛したのを後悔はしていない。

だが、ダイアナは違うようだった。ソーンから体を離して反対側の席へ座ると、せわしない手つきでドレスのしわを直している。

「自分が情けないわ」

彼女はソーンを見ようともせずにつぶやいた。

「どうしてだ？」ズボンの前ボタンを留めながら、ソーンは皮肉っぽい口調で訊いた。

「だって、ついさっき自分に誓ったばかりなのに……」ダイアナは言いかけた言葉を途中で切った。「あなたと一緒にいると、わたしはどんどんふしだらになっていくわ」

「それがいけないのか？」

「ソーン……」ダイアナがいらだたしそうに言葉をのみこみ、深いため息をついた。「妊娠するのは避けたいの」

「そうなったら、結婚すればいいだけだ」

「いやよ、結婚なんかしない。ねえ、こんなことは終わらせましょう。これ以上続けられないわ」

馬車の速度が落ちた。ダイアナは険しい表情のまま、慌てて身なりを整えている。ぼくにというよりは自分に怒っているのだろう。

馬車が停まると、ダイアナが厳しい目でソーンを見た。

「明日は来ないで……というより、当分顔を見せないでほしいの。しばらく距離を置きたいわ」

ソーンが答える前に従僕が馬車の扉を開け、階段をおろした。ダイアナは急いで馬車をおり、玄関前の石段をのぼって家のなかに消えた。

ソーンは身動きもせずに座っていた。突然の冷淡な宣言にショックを受けて、われを忘れてしまったことを後悔した。ぼくは嫉妬に駆られ、ダイアナを娼婦のように扱ってしまった。馬車のなかで事に及ぶなど、とんでもない話だ。ダイアナが劇場でぼんやりと物思いにふけっていたのを見て、アクランドを忘れさせたいと意地になってしまった。

玄関のドアがぴしゃりと閉められるのを見て、ソーンは顔をしかめた。あとを追うべきだろうか。ありったけの魅力を総動員して謝れば、彼女の機嫌を直せるかもしれない。

だがその一方で、たしかにいっとき距離を置くのはいい考えかもしれないと感じていた。この数週間は毎日のように顔を合わせ、とりわけつい先日までは甘く熱いひとときにおぼれていた。

ダイアナを求める気持ちの強さには自分でも驚いている。何度か愛しあえば少しは冷静になるだろうと思っていたのに、恋しさは増すばかりだ。

ひとりの女性にこれほど焦がれたのは初めての経験だった。ダイアナに会えない時間は彼女の肌の感触や香りを思って過ごし、一緒にいるときは愛しあうことばかり考えている。たった今、絶頂を迎えたというのに、波が去るとすぐにまた求めたくなる。

これではだめだ。ソーンは険しい顔をした。あとを追うのはやめよう。たしかに今は距離を置く必要がある。少し頭を冷やして、ダイアナへの執着を忘れたほうがいい。

そうすれば彼女を望む感情が多少はおさまり、いくらか自分を取り戻せるかもしれない。

それから二日後の夜に〈マダム・ヴィーナスの館〉を訪れたときも、ソーンはまだそんな心境にはいたっていなかった。ダイアナへの気持ちは冷めるどころか、会いに行けないことで欲求不満がたまるばかりだった。いらだちがつのり、誰かにちょっとでも挑発されたらすぐさま殴りかかってしまいそうなくらいぴりぴりしていた。

もちろん娼婦を相手に欲求を解消する手もあるが、ほかの女性とベッドに入る気にはなれなかった。

ナサニエル殺害事件の調査が進まないのにもむしゃくしゃしていた。ジョン・イェイツのもとには引退した〈剣の騎士団〉のメンバーから返事が何通か来ていたが、フォレスターという名前を覚えている同志はおらず、二〇年前にフォレスター兄妹の恨みを買うような任務に携わった仲間もいなかった。

ソーンはふたたび外務省を訪れ、フランス人工作員がかかわった過去の事件にもれがないかどうか確認したが、やはりどのファイルにもフォレスターの名前は記されていなかった。

ひとつだけ、調査の方向性は間違っていないという証拠が明らかになった。ソーンの馬車が襲撃された事件以来、〈マダム・ヴィーナスの館〉で働いている用心棒のうち体の大きなほうが姿を消していたのだが、それが昨晩戻ってきたとマッキーから報告があったのだ。サム・バーキンは左肩をかばっているらしい。ソーンにピストルで撃たれて怪我をしているのだとすれば、やはりバーキンが犯人だったということになる。〈マダム・ヴィーナスの館〉にはさらにふたりの部下を召し使いとして潜入させ、マッキーと三人で用心棒ふたりを見張らせた。

　友人たちと賭け事でも楽しめば少しは気が紛れるかと考えて、ソーンは〈マダム・ヴィーナスの館〉へ行った。だが一歩足を踏み入れるなり、また別の問題で激怒するはめになった。多くの友人がカードをする手を止め、まわりに寄ってきたのだ。

「ああ、これがかの有名な〝裸の胸の男〟だな」ヘイスティングズがからかい、自分のテーブルに招いた。

「半分裸の姿で永遠にキャンバスに残るのはどんな気分だ？」ブースが訊いた。

「なかなかすばらしい絵だったぞ」三人目の紳士が感想を述べた。

　ソーンはなんのことかさっぱりわからず、眉をつりあげた。

「いったいなんの話をしているんだ？」

　ヘイスティングズが答えた。

「アトリーのところの展覧会に出ている肖像画のことさ。今日の午後、ブースが見つけて、ぼくたちを引っぱっていったんだ。いや、なかなか恐れ入ったよ」

　ソーンは眉根を寄せた。ジェームズ・アトリーといえば、先日ダイアナから何枚か絵を買った、芸術好きの金持ちだ。

「おまえは幸せ者だよ」ブースが笑う。「あの肖像画を見たら、ロンドンじゅうのレディがおまえと一夜をともにしたがるだろう」

　いくつか質問をした結果、どうやらソーンの肖像画がアトリーの手に渡り、それが展覧会で公開されたらしいのはわかったが、どうしてそうなったのかは見当もつかなかった。人目にさらされるのを承知でダイアナが絵を売ったとは思えない。もっとも先日の無作法な振る舞いに怒って、ぼくに復讐しようと思ったのなら話は別だが……。

そんなことを考えていると、マダム・ヴィーナスがやってきてブランデーのグラスを差しだし、ソーンの腕を取って、まだくすくす笑っている友人たちから引き離してくれた。

「ありがとう。助かったよ」ソーンは心から礼を言った。「どうしてぼくが連れだしてほしがっているとわかったんだい？」

「あまりにいじめられていらしたものですから」マダム・ヴィーナスはきれいな眉をひそめた。「ダイアナにとって、これは決していいことではありませんわ」

「きみも絵を見たのか？」

「ええ、今日の午後、見てきました。噂を聞いて、自分の目で確かめたいと思ったのです。すばらしい絵でした。とても官能的でしたけれど。あなたの魅力が余すところなく表現されていましたわ。その男らしくて奔放な目の表情までも」

「ダイアナの作品だとひと目でわかるようなものなのか？」ソーンは気が重くなった。

「署名は入っていませんでしたが、画家を推測するのは難しくありません。以前にダイアナの別の作品を見ていますから。たとえ確証はなくても、世間も間違いなく彼女の絵だと思うでしょう」

周囲の人々がこちらを見ているのがわかっているため、ソーンは顔に笑みを張りつけていたが、内心は歯ぎしりをしていた。自分が世間の笑い物になっていることも腹立たしいが、本来はダイアナと彼だけが目にするはずの非常に個人的な作品が流出したことに怒りを覚えた。これでダイアナはまたもやスキャンダルにさらされるだろう。

本当は今すぐにでもここを飛びだしてアトリーの屋敷へ行き、どういう経路で肖像画を入手したのか問いただしたい気分だった。だが、そんな気持ちをこらえ、夜遅くまで〈マダム・ヴィーナスの館〉で遊びに興じた。過剰に反応すれば、さらに世間をおもしろがらせるだけだ。

とにかく展覧会を見ておくため、ソーンは翌朝早くに起きた。朝食の間へ入っていくと、イェイツが卵と燻製《くんせい》のニシンを食べながら『モーニング・ポスト』紙を読んでいた。

ソーンがコーヒーに口をつけたとき、イェイツが卵を頰張ったまま急に喉を詰まらせた。イェイツはむせて話せないまま、新聞の三ページ目をソーンに差しだした。

風刺画がソーンの目に飛びこんできた。明らかにソーンとわかる男がマストに立って髪を風になびかせ、裸の胸を突きだして顔に好色そうなにやにや笑いを浮かべている。イングランドの有名な風刺画家、トーマス・ローランドソンが描いたものだ。

ソーンはひと言も発さずに険しい顔で立ちあがり、朝食をとるのをやめて馬車の用意を命じた。

アトリーはまだ朝食の最中だったが、訪ねてきた人物が大物だとわかると喜んで屋敷に招き入れた。

「よくぞお越しくださいました」アトリーが大仰に挨拶した。「それで、どんなご用件ですかな」

「想像はついていると思うが」

「肖像画のことですか？」アトリーは赤ら顔にすまなそうな表情を浮かべた。

「そうだ。どうやって手に入れたのか教えてほしい」

「大金を支払って買ったんですよ。ボンド通りの画廊で売りに出されていました。そこの店主はいい作品が入ると必ず連絡をくれるんです。ひと目でミス・シェリダンの絵だとわかったので、ぜひとも欲しいと思ったわけで」

「見せてもらってもいいだろうか？」

「もちろんですとも。展覧会の開場は午前一〇時ですが、かまいません。わたしがご案内しましょう」

アトリーは別の棟へソーンを連れていった。そこには日光のたっぷり入る大きな広間があり、絵画が展示されていた。壁にびっしりと作品を並べた王立芸術院の美術展とは違い、こちらは趣味よく、細心の注意を払って絵が飾られている。ソーンの肖像画は大広間の真ん中あたりにあり、左右にはアトリーがダイアナから買った四枚の作品が並んでいた。ダイアナの技術はずば抜けているため、署名のないソーンの肖像画もひと目で同じ画家のものだとわかった。

彼が苦い顔で五枚の絵を眺めていると、アトリーが申し訳なさそうな表情になった。

「こんなふうに飾られるのは不快でしょうね」

ソーンは無理やり極上のほほえみを浮かべた。「たしかに風刺画の題材にされるのはうれしいものではない。だが、ぼくの自尊心が傷ついたことより、問題はミス・シェリダンの評判のほうだ。こちらのような立派な展覧会にこういう官能的な肖像画が飾られているとなると、世間があれこれ噂をする。これは売り物ではなく、ぼくへの結婚の贈り物なんだよ」

「では、どうしてそれが画廊にあったんです？」

「多分、アトリエから盗まれたんだろう」

「まさか盗品とは！　いったい誰がそんなまねを？」

思い当たる節はあったが、ソーンは口に出さなかった。

「ミスター・アトリー、この絵を売ってもらえないだろうか。充分な謝礼はさせていただく」

アトリーは困った顔をして両手を握りあわせたが、その目には小ずるそうな表情が浮かんでいた。

「ぜひともご希望に添いたいところですが、これほどすばらしい作品を手放すのはちょっと……」

「いいから金額を言いたまえ」

「それでしたらミス・シェリダンを説得して、同じくらいすばらしい作品と交換するというのはどうです？」

「どれでも好きな絵を二枚選ぶといい。それでどうだ？」

「結構ですとも！」アトリーは大喜びした。

「では早速ミス・シェリダンに返したいので、これを包んでもらえないか」

「今ですか？」

「わかってもらえると思うが、あまり人目にさらしたい絵ではないからね。約束は守る。今日じゅうに代わりの絵を持ってこさせよう」

それからしばらくしてソーンが訪ねてきたとき、ダイアナは動揺して仕事も手につかず、アトリエのなかを行ったり来たりしていた。考えるだけでもぞっとして、吐き気を覚える。あの風刺画のせいで、今度こそわたしの人生は台なしになる。これまで築きあげてきたものはすべて崩れ去るだろう。

ソーンの暗い表情を見て、胸に絶望感が突き刺さった。肖像画を紛失したことによって、ソーンも傷ついたと気づいたからだ。

「新聞の風刺画のことは本当にごめんなさい。どうしてこんなことになったのかわからないけど、あなたの肖像画がないのよ。家のなかをくまなく二度捜してみたんだけど――」

「大丈夫だ、ぼくが持っている」

ダイアナは驚いて目を見開いた。「どこで見つけたの？」

「きみの熱烈な信奉者であるアトリーから、今朝買い取ってきた。彼は昨日、ボンド通りの画廊で購入したそうだ。アトリーには盗まれたのだろうと言っておいたよ。売り物ではないからね」

「もちろんよ。あんな大胆な肖像画を売ったりしないわ。絵がないことに気づいたのはついさっきなの。ずっと仕事が忙しかったものだから、あのひどい風刺画を見るまでは、アトリエにあるかどうかさえ気に留めていなくて。でも、いったいどうして画廊に持ちこまれたのかしら……」

「想像はつく」ソーンはぶっきらぼうに答えた。「キティの件で怒鳴りこんできたあと、エイミーはここに姿を見せたか？」

「ええ……」ダイアナは顔をしかめて記憶をたどった。「あのあと一度、来ているはずよ。わたしは留守にしていたの」彼女は眉をひそめた。「たしかにエイミーは激怒していたけれど、あなたの肖像画を盗んで売るような卑怯なまねはしないんじゃないかしら」

「いや、彼女ならするだろう。この手で首を絞めてやりたいぐらいだよ。ボンネットを取ってくるんだ」ソーンは怖い口調で言った。「これからエイミーを問いつめに行く」

ソーンははらわたが煮えくり返っているらしく、どう見てもエイミーに対して手心を加えるとは思えなかった。ダイアナ自身はバークリー・スクエアへ行くまでの馬車のなかで腹立ちを静め、あの困ったいとこにとってどうするのがいちばんいいかと考えた。

レディ・ヘネシーの屋敷に着くと、エイミーはジョン・イェイツと一緒に応接間にいると告げられた。

大股のソーンについて部屋へ入ると、レディ・ヘネシーも付き添い《シャペロン》として同席していた。恐ろしい形相の後見人を目にして、エイミーは真っ青になってソファから立ちあがった。おろおろしているエイミーに、ソーンは指を突きつけた。

「言い訳できるならしてみろ。ぼくの肖像画を盗んで売ったな」

エイミーは答えに窮したようすで指をいじっていたが、やがて開き直って顎をあげた。

「ええ、盗んだわ！　レジナルドのことで、あなたに仕返しをしてやろうと思ったのよ。当然の報いだわ」

ソーンが表情をこわばらせた。彼が一歩前へ踏みだしたのを見て、本当に暴力をふるうのではないかと怖くなり、ダイアナは婚約者の腕を押さえた。「お願い、手を出さないで」

「止めないでくれ」ソーンはエイミーをにらみつけ、静かながらもすごみのある口調で続けた。「ぼくを笑い物にするのはかまわない。だが、きみがしたことはダイアナを傷つけた。彼女は画壇の大家たちから認められるために何年も努力してきた。社交界の権力者たちに受け入れてもらおうと必死に生きてきたんだ。しかし今回の件で、ダイアナは誹謗中傷にさらされる。ロンドンを出ていかなければならないかもしれないんだぞ」

エイミーの顔色が変わった。

「ああ、どうしよう……ダイアナのことなんて考えていなかった――」

「そうみたいだな」ソーンは痛烈に切り捨てた。

エイミーはダイアナを見たあと、ソーンに視線を戻した。

「ダイアナに意地悪をするつもりはなかったの。ただあなたに復讐したかっただけなのよ。だって、わたしの人生をめちゃくちゃにしたんですもの」

「その復讐がダイアナの人生を破滅させるんだ。ダイアナがきみのためにどれほどの犠牲を払ったか、少しは考えたことがあるのか？　自分はわがままで甘ったれた子供のくせに」

エイミーは血の気の失せた顔で黙りこんだ。

そのとき、一部始終を見ていたイェイツがゆっくりと前に進みでて、暗い顔でエイミーを見た。「やっぱりそうだったんだな。きみがミス・シェリダンから肖像画を盗みだして、あの下劣な風刺画が掲載される原因を作った……」

エイミーが懇願するように両手を差しだす。「これにはわけがあるの」

イェイツはかつて騎兵隊に所属していたときのように、直立不動の姿勢を取った。

「どんな理由があろうが、こんな恥ずべき行為は許されるものではないよ」

狼狽した表情から、エイミーがひどくこたえているのが伝わってきた。だが、イェイツは言葉を止めなかった。

「きみはまだ若いのだと思って、いろいろなことを大目に見てきた。そのうちに大人になってくれるのを願っていたからだ。でも、そんなことを期待したぼくが愚かだったよ。今回の件は、若輩者だからといって許される話じゃない。犯罪だよ。ソーンの言ったとおり、きみはわがままで甘ったれた子供だ。もうお守は疲れた」

イェイツは向きを変え、レディ・ヘネシーとダイアナに短くお辞儀をした。

「当分こちらへはお邪魔しないかもしれませんが、どうぞお許しください」

イェイツが片脚を引きずりながら応接間を出ていくのを、エイミーは呆然と見ていた。そしてわっと泣きだすと、そのまま部屋から駆けだしていった。

黙って事のなりゆきを見守っていたレディ・ヘネシーが重い腰をあげ、ため息をついた。

「あの癇癪《かんしゃく》を静めてやらないと、具合が悪くなるかもしれないわね」

「わたしが行きます」ダイアナは申しでた。「言って聞かせたいこともありますし」

ダイアナがいとこの寝室へ入っていくと、エイミーはベッドにうつぶせになり、枕に突っ伏して大泣きしていた。

ダイアナは優しい声をかけたい気持ちを抑えて椅子に座り、盛大に泣いているエイミーを眺めた。

しばらくすると、慰めてもらえないことに気づいたのか、エイミーはしゃくりあげながらもようやく泣きやみ、枕を抱えてダイアナのほうを向いた。顔は赤く、頬には涙の跡が残っている。

「叱るのはやめて。もう充分に後悔しているの」

「自分でまいた種なのは理解しているわよね」

エイミーはみじめな顔でそっぽを向いた。「わかっている。わたしはひどいことをしたわ。ダイアナが許してくれるとは思えないくらいよ。それにジョンも」

「そうね、彼は難しいでしょうね」エイミーはイェイツが気になっているのだろうか？

エイミーはまたベッドにうつぶせになり、涙で濡れた枕に顔をうずめた。

「わたしの人生はこれで終わったのよ」くぐもった涙声で言い放つ。「だってジョンに嫌われてしまったんだもの。初めて本当に好きになった人なのに」

「そうなの？」ダイアナは皮肉をこめて訊き返した。「レジナルド・ナイリーは？」

「あんなやつ、最低よ。どこがいいと思っていたのか、自分でも不思議なくらい。ジョンのほうが一〇倍もすてきだわ」

「そうね」そう思いはじめたのはとてもいいことだ。「でも、ミスター・イェイツは傷ついているし、あなたに失望してもいるわ。当然よ」

エイミーはダイアナに顔を向け、はなをすすった。

「あなたもいやな思いをしたし、わたしにがっかりしているわよね」

ダイアナは冷ややかな笑みを浮かべた。「そうよ。それに怒ってもいるわ」

「あなたを困らせるつもりはなかったの。ただソーンにひと泡吹かせたかっただけ」

「いい勉強になったわね。そんな幼稚な振る舞いをすれば他人に迷惑をかけるだけでなく、自分も傷つくはめになるわ。大切な人たちが自分から遠ざかっていくだけだもの」

エイミーが涙を拭いて、上半身を起こした。「あなたもわたしから離れていくの？」彼女は小さな声で言った。唇が震えている。「お願い、許すと言って」

そう簡単にエイミーの思いどおりになってはいけないと考え、ダイアナは唇を引き結んだ。

「さあ、わからないわ。あなたは本当に後悔しているとは思うけれど――」

「しているわ！　本当よ！」

「だといいけど」ダイアナは立ちあがり、エイミーに背を向けた。

「ダイアナ！　お願いだから、もういいわと言って」

「そういうわけにはいかないの。あなたが心の底から反省しているとわかるまで、しばらくようすを見ることにするわ」

　また泣きはじめたエイミーを残して、ダイアナは寝室を出た。つらいかもしれないが、今のいとこには、少々気をもませてじっくり考えさせることが大切だ。

18

今日はさんざんな一日だわ、とダイアナは思った。

朝起きるなり新聞であのひどい風刺画を見つけ、また世間から白い目で見られるのかと愕然とした。次にソーンの肖像画が紛失していることを発見し、それからエイミーのひと騒動だ。

そのあと、馬車でバークリー・スクエアから自宅まで送ってくれたソーンが、すぐに結婚特別許可証を取ると宣言した。ダイアナの汚名を少しでもそそぐには一日も早く夫婦になるしかないというのだ。ダイアナはかたくなに拒否した。世間体を守るためだけに結婚を強制されたくはない。

家に戻ってから三時間後、肖像画のモデルになるために訪ねてくるはずだった依頼人が、なんの説明もなしに予約を取り消してきた。新たなスキャンダルが理由なのは間違いない。二日前、レディ・ランワースは完成した自分の肖像画を見ていたく上機嫌になり、ダイアナのすばらしい才能を友人たちに宣伝しておくと言ってくれたばかりなのだ。きっと今日を境に、世間はどんどんわたしから離れていくのだろう。

そして今度は、従僕からレッドクリフ公爵の訪問を告げられた。話がしたいと言って居間で待っているとのことだ。

ソーンの父親がなにをしに来たのかは知らないが、もちろん思い当たる節はある。ダイアナは不安を抱えて階下へおりた。

レッドクリフ公爵は窓際にたたずみ、通りを眺めていた。背が高く、上品な立ち姿だ。ダイアナが入ってきたことに気づくと、彼は厳しい表情で彼女のほうを向いた。

挨拶を交わしたのち、ダイアナは慎重に訊いた。

「今朝の風刺画の件でいらしたのですね」

レッドクリフ公爵の整った口元に乾いた笑みがよぎる。

「たしかに息子がまた世間の笑い物になるのはうれしくない。家名を汚されるような騒動は大嫌いでね。がっかりしたよ、ミス・シェリダン。まさか息子の無謀な性格をあおったりするとは思わなかった」

ダイアナは両手を握りあわせた。どう答えても卑怯に聞こえるに決まっている。

「どうぞご理解ください。望んで彼をこんなことに巻きこんだわけではないのです。今回の件に関しては、わたしもとても心を痛めています」

公爵は優雅に肩をすくめた。「もちろんきみだけを責めるつもりはない。息子にはつねにスキャンダルが影のようにつきまとう。婚約したら少しは行儀よくなって、無謀な振る舞いはしなくなるかと思ったが……」言葉を切り、ダイアナに鋭いまなざしを向ける。「だが正直に言うと、わたしは今朝のことはそれほど気にしていない。過去にはもっとひどい醜聞もあったが、それでもクリストファーはなんとかしのいできた。そうではなく、今回は息子が心に傷を負うのではないかということが心配でね」

ダイアナはわけがわからず、眉をつりあげた。「どのような意味でしょう？」

「ぶしつけだが、ひとつきみに訊きたい。普通なら、娘の心配をする父親が尋ねるようなことだが。きみは息子をどう思っているのだろう？　誠実な気持ちでいると考えてかまわないのだろうか？」

「なんですって？」

「クリストファーを愛しているのか？」

「あの……ええ……もちろんです」ダイアナは言葉に詰まった。熱愛中の恋人を演じなければならないと思い、あせったからだ。だが自分の気持ちだけを考えれば、芝居だとは言いきれない。ダイアナは心のなかで顔をしかめた。「どうしてそんなことをお尋ねになるのですか？」

「息子がのめりこみすぎている気がしてね。端的に言うなら、きみに傷つけられる結果になるのではないかと不安に思っている」

驚いたのと信じがたいという気持ちから、ダイアナはレッドクリフ公爵をまじまじと見た。

「いったいなにをどうお考えになったら、そういう結論に達するのですか？」

「ひとつには、あれほど結婚をいやがっていたクリストファーが求婚したからだ。息子は強情なまでにわたしの薦めた花嫁候補を拒絶してきた。おとなしい女性は趣味じゃないらしい。だからこそ、クリストファーが選んだのは特別な女性に違いないと思っている」

「わたしを買いかぶりすぎですわ」

「いや、そんなことはない。たしかにきみは、息子がこれまで追いかけてきた女性たちとはまったく違う。だからこそ危ない気がするのだ」

「わざと彼を傷つけるようなまねは絶対にいたしません。お約束します」ダイアナは誠実に答えた。

「ぜひ、そう願いたいものだ」レッドクリフ公爵は重々しく答えた。「まじめな話だ、ミス・シェリダン。クリストファーは本気できみに惚れている。驚いたことに、肖像画が流出したとわかった直後にわたしを訪ねてきてね。きみのことを心配して非常に憤慨していた。なんと、きみの名誉を挽回《ばんかい》するために力を貸してほしいと頼んできたよ。こんなことは初めてだ。生まれてこのかた、息子は一度もわたしに助けを求めたことがない」

たとえそうであったとしても、ソーンがわたしを思っている証拠にはならない。彼は今回のことを自分の責任だと感じている。父親に協力を仰いだとしてもそれほど不思議ではない。

ダイアナの言葉を待たずにレッドクリフ公爵が続けた。

「もちろん、わたしにできることならなんでもするつもりだ。知ってのとおり、わたしは王立芸術院のパトロンになっているから、あそこの主だった画家たちにきみを擁護させようと思っている。まずはローレンスあたりからだな。彼はきみの作品を絶賛しているからね。その意見を公言するよう仕向けておくよ」

ダイアナは驚きのあまりぽかんと口を開けた。トーマス・ローレンスといえばイングランドを代表する肖像画家であり、摂政皇太子のお気に入りでもある。そんな大御所が支持してくれるとなれば、世間はまたわたしのことを認めるようになるだろう。

「あ……ありがとうございます」

「承知しているとは思うが、人の口に戸を立てるのは簡単ではない。しばらくは依頼人が離れていくだろうけれど、それはどうしようもないことだ」

「わかっております。それにお力添えには本当に感謝しています」

「きみはもうすぐわたしの義理の娘になるのだから、これぐらいはしないと。きみの評判はよくも悪くも当家の家名に関係してくる。きみのためにも、そしてクリストファーのためにも、ぜひともよい評判を取ってほしいと願っているよ」

レッドクリフ公爵は礼儀正しく一礼して立ち去った。ダイアナはなかなか動揺がおさまらなかった。

今の話を真に受けることはできない。公爵が心の底からわが子を愛し、息子の幸せを願っているのは伝わってきた。だが、ソーンがわたしに本気で惚れこんでいるとはとても思えない。

そもそもわたしたちの婚約が偽装であり、すぐに解消するつもりだったことを公爵は知らない。ソーンが結婚しようと言いだしたのは、単に名誉を重んじ、わたしを守ろうとしているからにすぎないのだ。

だいたい、ソーンは誰かに心を許すような男性ではない。

傷つくとしたら、それはわたしのほうだ。ダイアナは絶望感に襲われ、ここまで深みにはまりこんでしまった自分を責めた。

こぶしを握りしめ、よろよろと椅子に座りこむ。公爵の訪問はちょうどいい警鐘だと思うべきだろう。わたしが愚かだった。どうしてこんなになるまでソーンと深くかかわってしまったのだろう。

この二カ月間で、わたしはいとも簡単に心を開いてしまった。これまで誰に対してもそんな感情を抱いたことがないほど、ソーンに強く惹かれているからだ。彼はわたしに情熱を教えてくれて、笑わせてくれた。だけど、こんなことをしていてはいけない。このままでは本当にソーンを愛してしまう。

今度、失恋すれば、アクランドのときとは比べものにならないほどつらい思いをするだろう。

ダイアナはきつく目をつぶった。自分の愚かさには本当に腹が立つ。けれども、まだ遅くはない。今すぐに婚約を解消しよう。

ソーンは家名のもとにわたしを庇護するため、独身をあきらめるつもりでいる。彼にそこまでの犠牲を払わせるわけにはいかない。ソーンにはもう充分すぎるほどたくさんの恩義を受けた。今度はわたしが彼を守る番だ。

赤の他人に戻って、わたしを守る義務感から解放してあげよう。

きっとわたしの心にはぽっかり穴があくだろうが、それを埋める努力をしながらどうにかして生きていくまでだ。

結婚特別許可証を取るのは難しくなかったが、それを使うとなると話は別だった。ダイアナの説得は容易ではないとソーンは思っていた。そこでひとまずそれはあとまわしにして、まずは肖像画の流出によって受けた痛手を回復させることに専念した。

父親に頼み事をするなんてまったく自分らしくないが、ダイアナの名声を守るためだと思えば、謙虚に振る舞ってみせるなどなんでもなかった。天下のレッドクリフ公爵ならば世間の目を変えることもできる。

だが、その日の午後遅く、特別許可証をポケットに入れて自宅へ戻ると、結婚式の準備や父親との確執がどこかへ吹き飛んでしまうような訪問客がソーンを待っていた。

ジョン・イェイツが深刻な顔をして玄関広間に出てきた。

「フォレスター兄妹の両親について情報がありました。あなたの考えどおりでしたよ」

「引退した同志から返事があったのか？」キュレネ島からガウェイン卿の手紙が届くにはまだ早すぎる。

「ミスター・リチャード・ラドックという人物が、はるばるヨークシャーからあなたに会いに来ています。書斎でお待ちですよ」

ソーンはイェイツのあとについてすぐさま書斎へ向かった。年配の男性が立ちあがり、挨拶をした。見覚えのある顔だった。以前は〈剣の騎士団〉の一員だったが、任務の危険や興奮を返上するのと引き換えに、現在は静かな老後を送っている男性だ。

「もっと早くに返事をするべきだったのですが、孫娘に赤ん坊が生まれるというので遊びに行っていましてね」ラドックが謝罪した。

「いえ、わざわざ足を運んでくださって本当に感謝しています」ソーンは誠実に答えた。

「イェイツから聞いたのですが、フォレスターなる人物についてご存じだそうですね」

「ええ」

客人にはすでにワインが振る舞われているのを見て、ソーンはゆっくり話を聞こうと肘掛け椅子に腰をおろした。

「いただいた手紙によれば、フォレスターという名前に心当たりがないかとのことでしたが、ジョサイア・フォレスターなら知っています。売国奴で、悲惨な最期を遂げましたよ。二〇年前の八月に任務でかかわりました」

「具体的にはどんな犯罪だったのですか？」

「ジョサイア・フォレスターは表向きは地方の紳士でしたが、じつは密輸団を組織してかなり儲けていましてね。自分の邪魔になる者は、相手が役人であろうが平気で殺していたのです。地元当局は何年かかってもやつらの悪事を暴くことができず、ついには〈剣の騎士団〉のメンバーが送りこまれました。密貿易組織を壊滅させて、役人殺しを阻止するのが目的でした」

「ガウェイン卿もかかわっていたのですか？」

「ええ、現場の指揮官でした。われわれは殺人の実行犯を数名とらえました。いよいよフォレスターの身柄を拘束して、ロンドンで裁判にかけるところまでいったのです。フォレスターの領地はサセックスのイーストボーンにあり、令状を持って数名で乗りこんだのですが、最初から行きづまりました。フォレスターがこちらの同志をひとり射殺し、自分の家族を人質にして屋敷に立てこもったのです。生きてつかまるくらいなら家族を道連れにすると言いましてね」

「子供はふたりですね？」イェイツが尋ねた。

ラドックがうなずく。「男の子と女の子でした。にらみあいは二日ほど続きました。結局、逃げだそうとした妻をフォレスターが撃ち殺したんです。われわれはフォレスターを射殺し、子供たちを救出しました」

「当時、その子たちは何歳くらいだったのですか？」ソーンは尋ねた。

「さあ、はっきりとはわかりませんが、男の子が一二歳くらいで、女の子は七、八歳というところでしょう。兄のほうの名前はトーマスといいました。それはよく覚えています。両親の血をべっとりと浴びていましてね。われわれを悪人だと思いこんで大暴れしたんですよ。泣き叫んで人殺しとわめき、こちらの顔を引っかいて大変でした。おとなしくさせるのは三人がかりでしたよ」

トーマス・フォレスターとマダム・ヴィーナスが目撃したであろう凄惨《せいさん》な場面を、ソーンは頭に思い描いた。

「上の子供のことを忘れられない理由がもうひとつありましてね」ラドックが苦い顔でつけ加えた。「トーマスは恨みを晴らさんとばかりに、ガウェイン卿の脚を撃ったのです」

ソーンはうなずいた。二〇年経った今でも、ガウェイン卿は脚を軽く引きずる。おそらくこのときの怪我を機に第一線を離れ、キュレネ島へ戻って組織の指導者となったのだろう。時期はぴったり合う。

「それでどうなったのですか？」ソーンは話を促した。

「フォレスターの財産は国が没収し、子供たちはわれわれが救貧院と孤児院へ入れました」

「子供たちは〈剣の騎士団〉を許さなかったわけだ」ソーンはつぶやいた。

八歳くらいだった妹のほうはなにが起きているのかわからなかっただろうが、兄は自分なりの筋書きで状況を理解したのだろう。〈剣の騎士団〉は殺人者の集団であり、国賊だった父親は聖人に見えたというわけだ。子供たちは両親を亡くし、恵まれた生活を失ったことで心に傷を負った。空が落ち、大地が崩れたのは、〈剣の騎士団〉、とりわけガウェイン卿のせいだと思いこみ、二〇年を経ても復讐の誓いを忘れなかったのだろう。

やはり犯人はマダム・ヴィーナスに間違いない。〈剣の騎士団〉のせいで両親を失い、兄と引き離されて孤児院に送られ、夜の女となって生きていくしかなかったことの報復をしようとしているのだ。

その手段として、ナサニエルを誘惑したのだろう。だがフランスと内通していることを悟られて、彼女自身か兄のトーマス・フォレスターが殺したに違いない。

暗い思いにひたっていると、イェイツが訊いた。「これからどうするんです？　マダム・ヴィーナスをとらえるには確たる証拠が必要ですよ」

「それなら証拠を見つけるまでだ」ソーンは厳しい顔になった。「もう一度サセックスへ行くぞ」

こんな重要な時期にダイアナのもとを離れるのは不本意だったが、ソーンは手紙を書いて、申し訳ないが仕事で数日ロンドンを離れると伝えた。そして翌朝早くに、イェイツとともにサセックスへ向かった。

まずは、かつてジョサイア・フォレスターが所有していた屋敷を訪ねるつもりだった。二〇年前に〈剣の騎士団〉が売国奴の身柄を確保しようとして悲劇の結末を迎えた現場だ。次に教区の執政長官に会い、孤児となった子供たちについてなにか知らないか尋ねようと考えていた。とくに、ふたりがそのあとも地元の密輸団とかかわりがなかったかどうかが知りたかった。もし昨年の春、トーマス・フォレスターとマダム・ヴィーナスことマデリン・フォレスターが本当にフランスと密通していたとしたら、なんらかの形でサセックスでの人脈が関係していたのではないかと思われるからだ。

幸運なことに、どちらの訪問も成果があった。ソーンの勘は当たっていた。

イーストボーンに到着すると、町でいちばん大きな宿屋に部屋を取り、すぐに調査を始めた。まずは領地の所有者の記録が残されている教区教会からだ。だが、記録をひとつひとつ当たる必要はなかった。土地の売買が行われたのはかなり昔だったにもかかわらず、どういうわけか若い司祭がよく事情を知っていたのだ。

国がジョサイア・フォレスターの財産を没収したのち、土地は近隣の男性によって買い取られた。しかし一〇年ほど前、トーマス・フォレスターがイーストボーンを訪れ、自分と妹のために懐かしい屋敷を買い戻した。昨年の秋、トーマスがロンドンで火災のために死亡したあと、名義はマデリン・フォレスターに書き換えられた。

その屋敷を訪ねると、手入れはよく行き届いていたが、使用人の数は極端に少なかった。応対に出た執事によると、マダム・ヴィーナスはほとんどここにはやってこないが、屋敷の現状維持を条件に報酬はたっぷり支払ってくれているという。

地元の執政長官であるウィッカーズに面会できたのは翌朝だったが、こちらの収穫は大きかった。

ウィッカーズは二〇年前にジョサイア・フォレスターが非業の死を遂げたことをよく覚えており、当時の状況をいろいろと話してくれた。フォレスターの密輸団が何人もの役人を殺害していたこと、フォレスターがどのように妻を撃ち殺したかということ、そしてつかまるくらいなら罪のないわが子まで手にかけると脅したことなどだ。

ウィッカーズはトーマス・フォレスターがどこの施設に送られたかも覚えていた。サセックスのルイスにある救貧院だ。さらに彼に関して、非常に興味深い情報も提供してくれた。

「あれは去年の秋でしたな。フランスと密通している疑いのあった集団を、内務省とともに摘発したんですよ。そのとき逮捕したふたりの犯人が、トーマス・フォレスターから書類を渡されたと自白したので、やつの逮捕状を取りました。ところがその直後の一〇月に、フォレスターは火災で死亡しました。じつは処罰を恐れて自殺したのではないかと思っているんですよ。そう考えると、父親の最期によく似ているのが皮肉ですな」

ソーンは考えこんだ。これは有力な証拠だ。昨年の春、どうやらナサニエルは充分な根拠があってトーマス・フォレスターを調べはじめたらしい。フォレスター兄妹がナサニエルを殺した理由もそのあたりにあるのだろう。外務省がこの情報をつかんでいなかった事情もわかった。密通者を摘発したのが内務省だったからだ。

「実際にトーマス・フォレスターと後ろめたい仕事でかかわりがあった人物をご存じありませんか？　たとえばやつに雇われていた者とか」

「密輸をしていたときにフォレスターと関係があった連中が何人かおります。フォレスターにだまされて手紙を運んだり、工作員を輸送したりしていたやつらです。絞首刑になるほどたいした役割は担っていませんでしたがね。うまく説得すれば、フォレスターについて知っていることを話すと思いますよ。金でもちらつかせればなおさらです。当の本人は死んでいるんだから、秘密を守る理由もありませんしね。それになんといっても、反逆罪の容疑がかかっていた男のことですからな。よければ話をつけておきましょう。もっとも一日、二日かかるかもしれませんが」

「助かります」

ウィッカーズはふと眉根を寄せた。

「そういえば……以前にもトーマス・フォレスターについて調べに来た人物がいましたな。昨年の春でした。同じようなことを尋ねていきましたよ」

ソーンは心臓が止まりそうになった。「なるほど。名前を覚えていらっしゃいますか？」

「ええ。ランスフォード、ナサニエル・ランスフォードです」

19

婚約を解消しようとダイアナは心に誓っていたのに、それを言いだす前に仕事で数日ロンドンを離れるとソーンから手紙が来た。彼がいなくなったことがもどかしいのか、ほっとしているのか、ダイアナは自分でもよくわからなかった。

彼女の画家としての名誉を守ろうとするレッドクリフ公爵の画策は功を奏していた。肖像画家トーマス・ローレンスの、〝ミス・シェリダンは自己の作品に最高の様式と優美さをもたらした〟という言葉はそのまま新聞に掲載された。それに加えて、王立芸術院が今週から開催する夏の美術展にダイアナの絵を展示するらしいという噂が流れた。通常、出品されたなかから作品が選ばれるのは数週間前だ。

このふたつの好意的な評価が助けとなり、ダイアナに肖像画を描いてほしいという依頼人の減少はどうにか止まった。

ある日の午後、彼女が依頼人を座らせて肖像画を描いていたとき、家政婦が申し訳なさそうな顔でアトリエに姿を見せ、〝若い女性〟が緊急の用件で来ていると告げた。そのキティ・ワースンと名乗る女性はどうしても帰ろうとしないのだという。

キティといえばマダム・ヴィーナスの店で働いている女性で、エイミーからレジナルドを引き離すのにひと役買ってもらった相手だ。

いったいなんの用だろうと思いながら、ダイアナは早めに仕事を切りあげ、依頼人を見送った。そしていくらか不安を覚えながら、客人の待つ居間へ向かった。ソーンの肖像画を盗んだぐらいだから、エイミーがまたなにかしでかしたのかもしれないと思ったのだ。

キティは金髪の小柄な女性で、男性なら守ってやりたいと思わずにいられないようなかわいくて頼りなげな風貌をしていた。だが、この取り乱したようすは計算ずくの芝居ではないと、ダイアナはひと目で見抜いた。

「こんなふうに押しかけてしまって本当に申し訳なく思ってます」キティはすぐに説明を始めた。「でも、ほかに誰を頼ればいいのか思いつかなくて。ここ数日、ソーン卿はご自宅にいないし、どこに行けば会えるのか執事は教えてくれません。だけど、誰かが警告しないと、と思ったんです。ああ、もしかしたら……今ごろはもう危険な状況にあるのかも」

そう話すのを聞いて恐怖がこみあげたが、ダイアナは気を静めようと努力した。

「とにかく座って、どうしてそんなふうに思うのか話してちょうだい」

キティはソファに腰をおろして、落ち着かなげに両手を握りあわせた。

「どこからお話しすればいいのかわからないけど、先日、ある話を立ち聞きしてしまったんです。店の用心棒たちがどうやってソーン卿を始末するかと相談してました。つまり、殺すと」

「殺すですって？」ダイアナは心臓が止まりそうになった。

「話してたのは、ビリー・フィンチとサム・バーキンです」

馬車を襲った犯人だろうとソーンが言っていたふたりだ。

「ふたりはマダム・ヴィーナスと口論してました。というか、彼女がふたりを説得しようとしてたんです。さもないと大きなつけを支払うはめになる、と言ってました」

ダイアナは狼狽が声に出ないように努めた。

「マダム・ヴィーナスがふたりにソーンを殺すよう頼んでいたの？」

「いいえ、その逆です。会話の内容から察するに、誰かがビリーとサムに殺せと命じたけれど、マダム・ヴィーナスがそれを止めてたんだと思います。彼女は、〝あなたたちはトーマスではなく、わたしに雇われているのよ〟と言ってました。トーマスというのが誰かは知りません。会話に割って入って訊くわけにもいかないですし。でも、そのあとマダム・ヴィーナスがいなくなってしまったんです。それがとても心配で……わたしが会話を立ち聞きした夜以来、誰も彼女を見てないんです。先週の木曜日から」

もう五日も経っている。ダイアナはごくりと唾をのみこみ、頭のなかで必死に状況を整理した。ソーンから仕事で数日ロンドンを離れると連絡があったのは金曜日だ。手紙の文面はとても落ち着いていた。つまり、その時点ではソーンは無事だったということだ。もし怪我をしていたり、それより悪い事態が起きたりしていれば、わたしにもわかったはずだ。

「ソーン卿に伝えたほうがいいと思うんです。二度、お屋敷にうかがいましたが、会えませんでした。二度目は手紙を残しましたけど、それでは充分じゃない気がするんです」

「これからソーン卿のお屋敷に行くわ。わたしが訊けば居場所を教えてくれるでしょう」

「もしかしたら、もうソーン卿の身になにか起きてしまったのかもしれません……それにマダム・ヴィーナスの身にも」

ダイアナは深く息を吸い、頭を振った。そんなことは考えたくない。

「多分、わかってみれば簡単な話なのよ。彼は仕事で何日間かロンドンを離れていて、もしかするとマダム・ヴィーナスも同行しているのかもしれないわ」

「仮にそうだとしたら、どうして黙って行ったんでしょう？　マダム・ヴィーナスがこんなに長く店を空けるなんて、今までなかったことです」

キティがひどく怯えているのを感じながらも、ダイアナは冷静に状況を理解しようと努めた。「長くなければ店を空けたことはあるの？」

「ときどきロンドン市内の、ある家に通っていたみたいです。でも、いつもひと晩だけでした」

ダイアナはこめかみに手を当て、懸命に考えた。もしマダム・ヴィーナスを見つけだして問いただすことがかなえば、なぜふたりの用心棒がソーンを殺そうとしているのかがわかり、危険を回避できるかもしれない。

「どこでもいいからマダム・ヴィーナスが行きそうな場所に心当たりはないかしら？　さっきあなたが言っていたロンドン市内の家は？」

「ありうると思います。だけど怖くて、そこへは捜しに行けません。もしサムとビリーに見つかって、余計なことをしてると思われたら大変ですから。あのふたりは本当に恐ろしいんです……それにもしそこにいたとしても、マダム・ヴィーナスはそれを誰にも知られたくないと思ってる気がするんです。その家はおそらく愛人と会うためのものでしょう。わたしがそこの場所を知ってるのは、一度だけ使いを頼まれたからなんです」

「わたしをそこへ連れていってくれない？」

キティの顔から血の気が引いた。「ごめんなさい、それはできません……サムとビリーに見つかったら殺されてしまいます。場所を教えるだけで勘弁してください。劇場地区の近くで、パーカー通りの一二番地です。ミス・シェリダン、マダム・ヴィーナスはとてもいい人です。お願いだから無事でいてほしい……」

「わたしもそう思っているわ。もしかしたらマダム・ヴィーナスは病気か、あるいは怪我でもしているのかもしれない。とにかくわたしがその家を訪ねて、いるかどうか確かめてくるわ」

「本当ですか？　ああ、ありがとうございます。あなたになら、サムやビリーもきっと手は出さないはずです」

ダイアナにはそうは思えなかったが、口には出さなかった。どこにマダム・ヴィーナスを捜しに行くとしても、それなりの備えはするつもりだった。

「ソーンの使用人から話を聞いたら、すぐにその家を訪問するわ。ほかにマダム・ヴィーナスが行きそうな場所はないかしら?」

「さあ、とくに思い当たるところはありません」キティが暗い顔をする。「いろいろとありがとうございます。わたしみたいな者に自宅まで押しかけられたらご迷惑だと思ったんですけど、ほかにどうしていいかわからなくて」

「いいえ、キティ、ここへ来てくれて本当によかったわ。あなたから聞いた話は必ず彼に伝えるわね。そしてマダム・ヴィーナスを全力で捜すから」

ダイアナは急いでドレスを着替え、馬車を支度させてキャヴェンディッシュ・スクエアにあるソーンの屋敷へ向かった。ダイアナの警護のためにソーンがよこしてくれた三人の大柄な従僕を同行させているし、ソーンから無理やり持たされた装塡ずみの二挺のピストルも携帯している。ロンドンでもなじみのない地区へ足を踏み入れるのだから、警戒するに越したことはない。

ソーンはやはりまだ帰っていなかった。執事によれば、サセックスへ行っているらしい。ダイアナは長い手紙を書いてキティから聞いたことを伝え、身の安全に気をつけるよう警告した。

そのあと今すぐマダム・ヴィーナスを捜しにパーカー通りへ行くべきかどうか思案しながら玄関を出たとき、ソーンの馬車が戻ってくるのが目に入った。

ソーンが馬車からおりてくるのを見て、ダイアナはどっと安堵に包まれた。そして心臓が跳ねあがった。彼が無事だとわかったからではない。たった四日間離れていただけなのに、ソーンが恋しくてたまらないからだ。

こんなことでどうするのだろう。ほんの数日でこれほど心をかき乱されていては、永遠に関係を絶つなど本当にできるのだろうか？　だけど、今はそんなことを考えて感傷にひたっているときではない。

ソーンが問いかけるような顔でこちらを見た。ダイアナはジョン・イェイツに視線で詫び、使用人たちに声が届かないところまでソーンを引っぱっていった。

「なにがあった？」ソーンはダイアナの顔をのぞきこみながら低い声で訊いた。

「キティ・ワースンがわたしを訪ねてきたの」誰かがソーンを殺そうと企んでいることや、マダム・ヴィーナスが行方不明であることを、ダイアナは手短に話した。「マダム・ヴィーナスがどこに行ったか知らない？　もしかして一緒だったとか？」

「いや、違う」

「じゃあ、早く見つけないと。なにか事件に巻きこまれたのかもしれない。それに、用心棒たちがどうしてあなたを殺そうとしているのか説明も聞きたいわ。ちょうどこれからマダム・ヴィーナスを捜しに行くところだったの」

「ぼくが行く」ソーンがぴしゃりと言った。「どのみち彼女には話があるんだ。そのパーカー通りの家とはどこだ？」

「一二番地よ」

ダイアナは、体の向きを変えかけたソーンの腕をつかんだ。「マダム・ヴィーナスのことで、わたしたちが思い違いをしていた可能性はないかしら？　もちろん勘でしかないけれど……彼女が冷酷にあなたの殺害を命じたり、血も涙もなくナサニエルを殺したりするとは思えないの。マダム・ヴィーナスにそんなことができると、あなたは本当に思っているの？」

ソーンは冷ややかなほほえみを浮かべ、ダイアナの手袋をした手にキスをした。

「きみがそう考えたい気持ちはわかる。だが敵を侮ると、あとで痛い目に遭うぞ」

「だけど、マダム・ヴィーナスは敵じゃないかもしれないわ」

「もしそうなら、彼女は自分で証明するしかない」ソーンが暗い声で言った。「さあ、こんなことをしていても時間の無駄だ」彼は大股で馬車のほうへ歩きだした。

「一緒に行くわ」ダイアナは小走りにソーンを追った。彼がぴたりと足を止める。「もしマダム・ヴィーナスが本当に罪を犯しているなら、わたしは……」ソーンはすでにだめだと言いかけていた。「彼女がつかまるところをこの目で見届けたい。でも事件に巻きこまれているだけだとしたら、助けてあげたいの」

「マダム・ヴィーナスに対して理不尽な仕打ちはしないと約束する」

「それに、あなたをひとりでは行かせられないわ。危険な目に遭う気がして怖いの。用心棒たちが待ち受けているかもしれない。あなたの身が心配なのよ」

ソーンは顔をしかめた。

「それがわかっていながら、ひとりで乗りこむつもりだったのか？」

「ちゃんと準備はしたわ」三人の従僕を連れてきたことや、ピストルを持ってきたことをダイアナは簡単に説明した。「止めようとしても無駄よ。連れていってくれないなら、勝手にあとをついていくから」

ソーンはいらだちが四分の三、あきらめが四分の一まじった顔でまじまじとダイアナを見た。「いいだろう。だが、ぼくとイェイツが家を調べに入っているあいだ、きみは馬車のなかで待つんだ」

ダイアナはもっと主張したかったが、言葉をのみこんだ。今は小さな勝利で満足しておいたほうが無難だろう。

一二番地は静かな通りを半分ほど進んだところにあり、つつましやかな二階建ての家が立っていた。ソーンとイェイツはダイアナの馬車でここまで来た。ソーンの旅行用の馬車には武装した従僕たちが乗り、少し離れてついてきた。万が一のときのために、頼りになる援軍がいたほうがいいとソーンが判断したためだ。

ダイアナと違って、彼に迷いはなかった。用心棒に命じて馬車を襲撃させたのはマダム・ヴィーナスだし、彼女がナサニエルの殺害に荷担していたことはさらに明白だ。

だが、そのマダム・ヴィーナスが姿を消したのはたしかに気になる。

本当はトーマス・フォレスターに関する確たる証拠を集め、それを材料にマダム・ヴィーナスと対決して、必要とあらば共謀を認めるまで幽閉するつもりでいた。ところが事態は急な展開を見せ、しかも事情がよくわからないとなると、あとは出たとこ勝負でなんとかするしかない。

ソーンはダイアナのピストルに弾が入っていることを確かめ、彼女に馬車のなかで待つよう命じてから、イェイツとともに玄関へ向かった。そして逃げ道をふさぐために従僕ふたりを家の裏手へまわし、ひとりをそばに置いた。

ソーンが玄関のドアを叩いた。返事がない。もう一度、試した。かなりしてからドアが勢いよく開いた。

〈マダム・ヴィーナスの館〉で雇われている用心棒のうち、不器量なほうが現れた。顔をしかめ、充血した目でこちらを見ている。酔いつぶれて寝ていたところを起こされた表情だ。相手がソーンだと気づくと、ビリー・フィンチは仰天して目を見開いた。「嘘だろ」

「いや、現実だ」ソーンは冷ややかに切り返した。

フィンチは大声で叫び、家の奥へ逃げこもうとした。

ソーンはあとを追いかけて、玄関広間の奥で相手の脚に飛びついた。

フィンチは派手に倒れてうめき声をあげたが、すぐに仰向けになり、こぶしを繰りだした。頬骨に強烈な一発を見舞われ、ソーンの目の前に星が飛んだ。一方、頭の片隅では、背後が騒々しいことに気づいていた。木の階段を駆けおりるブーツの足音が聞こえる。用心棒の片割れが逃げだそうとしているのだろう。だが、今はフィンチを押さえこむので手いっぱいだ。そちらはイェイツを信頼して任せるしかない。

けれど、そううまくはいかなかった。巨体の用心棒が、まずイェイツに、そして従僕に体当たりするのが目の端に映った。ふたりはうめいて床に倒れ、二挺のピストルが宙を舞った。そのうち従僕のピストルが壁に当たって暴発し、銃声が鳴り響くのと同時に、サム・バーキンが玄関から外へ飛びだした。

またこぶしが向かってきたのに気づき、ソーンは目の前の相手に気持ちを集中させた。体重をかけて暴れるフィンチを押さえこみ、ポケットからナイフを取りだして喉元に当てる。

フィンチは一瞬でおとなしくなった。取っ組みあいの激しさを物語るように、ふたりとも肩で息をしていた。

ソーンは玄関に目を向けた。従僕が立ちあがり、バーキンを追って急いでドアの外へ走りだした。義足のイェイツは起きあがるのに時間がかかっている。

そのとき、巨漢があとずさりしながらドアの内側へ戻ってきた。まいったとばかりに両手をあげている。

ピストルを突きつけているのがダイアナであることに気づき、ソーンは戦慄《せんりつ》を覚えた。

馬車に残るよう言っておいたのに、みずから危険に飛びこんできたダイアナに毒づきたい気分だったが、気持ちとは裏腹に思わずにやりと笑みがこぼれた。優雅なレディが自分よりはるかに体の大きな荒くれ者を降参させている図はなんとも痛快だし、誇らしくも感じられる。

ダイアナはバーキンに銃口を向けたまま、玄関広間のなかに目を走らせた。そしてソーンに目を留めると、ほっとした表情を浮かべた。心配してくれていたのだろう。

ダイアナはわずかに銃口をうわ向け、淡々と訊いた。「この人をどうすればいいの?」

ソーンは笑い声をあげて立ちあがり、フィンチを引きずり起こした。

フィンチが逃走路を確認するような目つきで玄関のドアを見たのに気づき、ソーンはふたたびにやりとした。

「さあ逃げるがいい。ちょうどおまえを刺し殺す言い訳を考えていたところだ」

ソーンはフィンチの肩をつかんで、玄関広間の奥へ向かせた。「イェイツ、われらが大切な友人たちに、もう少し居心地のいい部屋へ移っていただくとしよう。ちょっとおしゃべりを楽しみたい。ネッド」彼は従僕に顔を向けた。「ミス・シェリダンからピストルを拝借して、まだほかに血に飢えたけだものが家のなかに隠れていないかどうか見まわってくれ」

「承知しました」

すでにピストルを拾っていたイェイツがダイアナから巨漢を引き受け、銃口を突きつけた。

ソーンとイェイツは用心棒ふたりを厨房へ連れていき、床へ座らせて麻紐で手足を縛った。

ダイアナはソーンの頬が切れて出血しているのに気づいて、乾いた布巾《ふきん》を見つけると黙って傷口に当てた。ソーンはかすかにほほえんで布巾を受け取り、細長い木製のテーブルに腰をのせてふたりを尋問しはじめた。

ふたり組はむっつりと黙りこんでいた。ソーンはイェイツに命じて、バーキンの体にピストルで撃たれた跡がないかどうか調べさせた。イェイツは紳士的とは言いがたい手つきでシャツをはぎ取った。左肩に治りかけた傷がある。どうやら銃創らしい。

「ぼくに撃たれた跡だな？」ソーンが傷をついた。

巨漢は憎悪をむきだしにした目でソーンをにらみつけた。

「まあ、ぼくにとってはどちらでもいいが、慈悲を乞《こ》わなければ間違いなく絞首台送りだぞ。ぼくを殺せと誰から命じられた？　マダム・ヴィーナスか？」

不器量な男が代わりに答えた。「違う、彼女じゃない」

「それじゃあ、誰だ？」

「トーマス・フォレスターだ」

ソーンは身をこわばらせた。キティがトーマス・フォレスターの名前を耳にしたのは聞き間違いではなかったのだ。「嘘をつくな。やつは七カ月前に火事で焼け死んでいる」

「死んじゃいない」

「黙れ」バーキンが止めた。

フィンチがにらみ返す。「おまえの道連れで首をつるされるのはまっぴらだ」

「そっちも同罪だろうが！」

ソーンはうんざりしてため息をついた。

「しゃべるのはぼくの質問に答えるときだけにしてくれるとありがたいんだけれどね。いいか、最初から訊くぞ。つまりトーマス・フォレスターは生きているんだな？」

巨漢がしぶしぶうなずいた。

「フォレスターは反逆罪で逮捕されそうになったんで、別の男を殺して身代わりにしたうえで下宿屋を燃やして、自分が焼け死んだと見せかけたんだ」

ソーンは表情が曇りそうになるのを押し殺した。フォレスターの死亡が偽装だったとするなら、そのあとに起きた事件はまったく様相が変わってくるし、マダム・ヴィーナスへの疑惑も考え直さざるをえなくなる。

「ここはマダム・ヴィーナスの家なのか？」ソーンは訊いた。「ここでたまに逢瀬《おうせ》を楽しんでいると聞いたが、本当はフォレスターに会いに来ていたんだな？」

「ああ」バーキンがうめくように答える。

「そして、ぼくを殺せと命じたのは彼女ではなくフォレスターなんだな？」

巨漢がぶっきらぼうにうなずいた。「そうだ。あんたに死んでほしがってた」

「なぜだ？」

バーキンはしばらく黙っていたが、やがて口を開いた。「あんたは〈剣の騎士団〉のメンバーなんだろう？　フォレスターは〈剣の騎士団〉が大嫌いなんだよ」

ソーンがダイアナを見ると、彼女は困惑した表情ではあるものの口は閉じていた。話をそらすために、ソーンは別の質問をした。

「ナサニエル・ランスフォードはどうなんだ。去年の春、ナサニエルを殺害したのは誰だ？　おまえたちふたりか？」

「違う、フォレスターがナイフで刺した。本当だ」

「マダム・ヴィーナスは関与していなかったのか?」

バーキンがうなずく。「事件のことを聞いたとき、悲しそうな顔をしてた」

「彼女は今、どこにいるんだ?」

「知らんね。先週から見てない。あんたに手を出すなと言われたんだ。そんなことをしたらただじゃおかないとね。なにか心配事があるみたいだったな。フォレスターのところへ話もしに行ったんじゃないか?」

「では、そのフォレスターはどこにいる?」

ふたりの用心棒は顔を見あわせた。

「さあな」バーキンがぼそりと答えた。

「それは知らないのか、それとも話す気がないのか、どっちだ?」

「知らないということだよ。おれたちの聞いたかぎりじゃ、もうイングランドにはいないと思う。先週のうちに船に乗ったはずだ」

ソーンはどきりとした。「行き先はどこだ?」さりげなく尋ねる。

「どこかの島だ。スペインのまだ向こうらしい」

ソーンの血が凍りついた。目的地はおそらくキュレネ島だろう。ガウェイン卿と〈剣の騎士団〉への報復を実行に移すつもりなのだ。マダム・ヴィーナスも一緒なのだろうか。もしそうだとすれば、五日前からの失踪《しっそう》とつじつまが合う。兄妹でガウェイン卿を殺害し、親の仇を討とうとしているのかもしれない。

ソーンは目を細め、巨漢と視線を合わせた。

「正確に思いだせ。最後にフォレスターを見たのはいつだ」

「木曜の午後だな」

ぐずぐずしている暇はなかった。木曜の夜に出航したなら、すでに五日遅れを取っている。ソーンは立ちあがり、必死に考えた。ひとまずこのふたりを牢に放りこんでおく手配をしよう。そしてもし可能であれば、ロンドンじゅうの船会社を当たってトーマス・フォレスターの行き先を確認したい。それから船員たちに命じて、船の準備を急がせるのだ。とはいっても、船を出せるのは早くて明日の夕方だろう。それにダイアナを家まで送らなければ……。

ダイアナのことを思いだして顔をあげると、問いかけるような目と視線が合った。この分では、黙って帰ってはくれないだろう。なぜフォレスターを追いかけてキュレネ島へ行かなければならないのかを説明するしかない。当然訊かれるであろう質問を思うと、気が重かった。

ソーンにそろそろ家に帰ったほうがいいと言われて馬車までエスコートされたとき、ダイアナは抵抗しなかった。できるだけ早く訪ねると言われたからだ。だが手を貸してもらって馬車に乗るときには、自宅ではなくソーンの屋敷へ行くよう御者に指示した。

「あなたの家で待ちたいの」ダイアナは愛想よく懇願し、ソーンの怒った顔は無視した。ここまではおとなしく従ってきたのだから、今度は彼が考えを改めて、安全のためだと言ってわたしを追い払おうとするのはやめるべきだ。

じっと待つのはとても苦痛だった。使用人たちはみなダイアナを歓迎し、応接間で快適に過ごせるよう気遣ってくれたが、どうしても気分が落ち着かない。

その理由のひとつは、今日の騒動や、危険と直面した恐怖感で、まだ神経が興奮していることだ。

先ほど家のなかから怒鳴り声と銃声が聞こえてきたとき、ダイアナはソーンの言葉に逆らって馬車をおり、玄関へ向かった。そのとき、バーキンという名前の用心棒が血相を変えて飛びだしてきた。ダイアナの存在には気づいていないようすだったので、彼女はとっさに片足を出した。バーキンはそれにつまずき、豪快な音をたてて倒れた。彼が立ちあがろうとしたので、ダイアナはピストルを突きつけた。こちらが本気で撃ちかねないと気づいたのか、バーキンはすぐにおとなしくなった。

その出来事以上に心がざわつく要因となっているのがソーンだ。彼の身が心配だった。バーキンとともに家のなかへ入っていったときに見た光景が忘れられない。ソーンは頬から血を流し、もうひとりの用心棒と格闘していたかと思うと、ナイフを取りだして相手の喉元に押し当てた。

彼が暴力をふるえる人なのはわかっていたが、またもや命を危険にさらしているのを目の当たりにして激しく動揺してしまった。今回はたいした怪我もなく終わったが、それでほっとできるわけがない。用心棒のふたり組といい、トーマス・フォレスターという人物といい、ソーンの命を狙っている者は何人もいる。

気分が落ち着かないもうひとつの理由は、隠し事をされているがゆえのいらだちだった。マダム・ヴィーナスに裏の顔があると思うだけでもつらいのに、それほどの悪事を働いていたトーマス・フォレスターなる人物のことを自分が知らされていなかった事実に愕然とした。

ソーンはわたしにすべてを話してくれているわけではなさそうだ。けれど、わたしはさまざまな疑問に対する答えが欲しい。

この際、個人的な問題は先延ばしにするしかないだろう。ソーンと話す機会があればすぐにでも婚約解消を申しでようと思っていたが、今はわたしへの義務感から彼を解放するよりも、殺人犯から守るほうがはるかに重要だ。


夜の一〇時が過ぎたころ、ソーンが疲れ果てた険しい顔で応接間へ入ってきた。まっすぐにブランデーのデカンターを取りに行き、琥珀色の液体をグラスになみなみと注いだあと、ダイアナの向かいにある肘掛け椅子に腰をおろした。

ダイアナは待ち時間をつぶすために読もうと努力していた本を脇に置いた。

ソーンはブランデーをあおり、ダイアナの目を見た。「なにから訊きたい?」

どうやらわたしの気持ちを察してくれたらしい。情報を引きだすために駆け引きをする必要はなくなったとわかり、ダイアナはほっとした。

「じゃあ、まずは一連の事件でわたしの知らなかったことから教えて。トーマス・フォレスターというのは誰？　その人があなたに死んでほしいと思っている理由は？」

「トーマス・フォレスターはマダム・ヴィーナスの兄だ。そのことは彼女がいた孤児院の院長から聞いた。ぼくの死を願う理由は、ぼくがやつの犯罪を追っていたからだろう。政府はフォレスターがフランスと密通しているのではないかとずっと疑っていた」

「ナサニエルも同じ疑惑を持っていたの？　たしか手紙では売国奴という言葉が使われていたわ」

ソーンは渋い顔をした。「そのとおりだ。去年の春、ナサニエルはフォレスターの過去を洗っていたらしい。この四日間、サセックスでいろいろ調べた結果、それがはっきりした。そして去年の秋、フォレスターに逮捕状が出た。ところが下宿屋が火災に遭い、フォレスターは焼死したと見なされた。なのに今日になってじつは生きているとわかり、どうしてそんな偽装をしたのかという理由も明らかになったわけだ」

ダイアナは少しのあいだ黙りこんでいたが、やがてソーンの顔をのぞきこんだ。

「〈剣の騎士団〉というのがなんなのか、話してくれる気はある？」

ソーンは身じろぎひとつせず、思慮深い目でじっとダイアナを見つめた。

「秘密を守ると誓いを立てた身なんだ」

彼は口をつぐんだ。しばらくして、ダイアナが静かに続けた。

「そう言われるだろうとは思っていたわ。ナサニエルが殺された動機だけじゃなく、それ以上に深い秘密を隠しているらしいとは薄々気づいていたもの。あなたはなにかもっと大きな陰謀を阻止しようとしているのね？　ナサニエルもその〈剣の騎士団〉に所属していたの？　わたしには知る権利があるんじゃないかしら」

ソーンは乱暴に髪を手ですき、ため息をついた。たしかにダイアナは、ナサニエルが殺害された理由や、ぼくが危険に巻きこまれている背景を知る権利がある。それだけの貢献をしたからというだけではなく、ぼくが彼女の能力や判断力を信頼するようになったからだ。だが、組織への誓いはやはり守らなければならない。

「あまり多くは打ち明けられないんだ。大勢の命が危険にさらされるからね。ぼくたちが結婚すれば話は別だけれど」

ダイアナは返事をためらっていた。

「どんなことだったら話せるの？　あなたは外務省の仕事をしているわけじゃないのね？」

「違う。ぼくが所属しているのは、はるか昔、圧政と闘うために結成された秘密結社だ。大義を掲げ、弱き者たちを守る組織だと思ってくれ。ぼくたちは〈剣の騎士団〉の存在を隠している。それを明らかにすると活動しにくくなるし、同志だけではなく、ぼくたちが助けた人々の命をも危うくするからだ」

ダイアナは難しい表情を保ちながらも、彼の説明を受け入れようと努めているようすだった。「あなたの伯母様のレディ・ヘネシーはその秘密結社のことをご存じなの？」

「いや、なにも知らない。甥はときどき外務省やガウェイン卿の仕事を手伝っているらしいと思っている程度だ。だが本当は、ぼくは組織の幹部だ」

「お父様は？」

ソーンは苦笑した。「父は知っている。更生してこいと言って、ぼくをガウェイン卿のところに送りこんだ張本人だよ」

ダイアナはからかうような顔でソーンを見た。

「それで、お父様の願いはかなったのかしら？」

「ぼくは立派に更生したよ。父は部外者だから内情までは知らないが、ぼくがときどき危険な任務に携わっているのはわかっている。だからこそ、早く結婚して跡継ぎを作れとうるさいんだ」ソーンはまじめな表情になり、前かがみになってダイアナの顔をまっすぐに見据えた。「ぼくは組織の信条に誇りを抱いているし、そのためなら命を懸けてもいいと思っている。話せるのはここまでだ」

ダイアナは納得しきれないようすだったが、それ以上深くは訊いてこなかった。

「これからどうするつもりなの？」

心のなかで彼女の配慮に感謝して、ソーンは椅子の背にもたれかかった。

「おそらくフォレスターはガウェイン卿を殺す気だ。ぼくはそれを阻止しに行く」

「ガウェイン卿を？」ダイアナが驚いた。

ソーンはうなずいた。「いずれそのつもりでいるのは間違いない。昔から〈剣の騎士団〉を憎んでいた男だからね。きっとこれが最後の機会だと思っているだろう」

「でも、どうやってそれを止めるの？」

「先まわりをしてキュレネ島へ行く。明日の夜には出航できるよう準備を進めているところだ。やつがどの船に乗ったとしても、ぼくの帆船は間違いなくそれより速い。ただし、こっちはほぼ一週間の遅れを取っている。それに、やつの行き先を確かめられたらそれがいちばんいい。今、イェイツがロンドン市内の船会社をまわって、フォレスターが地中海行きの定期便に乗らなかったか、あるいは船を雇っていないかを調べている」

「じゃあ、あなたは明日の夜にはロンドンを離れるの？」

ダイアナの声に動揺している響きを感じ取り、ソーンはうれしくなった。

「いちばん早いとそうなる。あとはやつより先に島へ到着できるよう祈るばかりだ。ぼくにとって、ガウェイン卿は父親みたいな存在なんだ。あの偉ぶった父よりもずっと父親らしいことをしてくれた。万が一手遅れになったら、ぼくは一生自分を許せないだろう」

「もちろんそうでしょうね」ダイアナはつぶやき、なにか別のことを思いついたのか、考えこんだ。「きっとマダム・ヴィーナスも一緒なのね。だから何日も前から姿を消しているんだわ」

「ぼくもそうだろうと思っている。マダム・ヴィーナスも兄と同じく、両親が亡くなったのは〈剣の騎士団〉のせいだと考えているからね。覚えているかい？　今でも両親を失った話をするとき、マダム・ヴィーナスは苦い顔をする。フォレスターと共謀している可能性は充分にあるだろう。少なくとも、ナサニエル殺害にかかわっていたのは間違いない」

「でも、あなたには手を出すなとマダム・ヴィーナスは用心棒たちに釘を刺したのよ」

「ぼくには好意を抱いているのかもしれない。というよりは、きみにだろうな。だが、だからといってガウェイン卿を狙うのをあきらめようとは思わないはずだ」

驚いたことにダイアナはおもむろに立ちあがり、ソーンの前に来て思惑のありそうな顔で見おろした。「わたしも一緒に行くわ」

ソーンは眉をつりあげた。「キュレネ島へか？」

「ええ。わたしはすでにこの件に巻きこまれているわ。ナサニエルはいとこだし、マダム・ヴィーナスは友達だもの。それにあなたは……」ダイアナは言葉を切り、唇を引き結んだ。

「ぼくはなんだ？」〝体を許した人だもの〟とでも言おうとしたのだろうか。

ダイアナは肩をすくめた。

「命を狙われているあなたをひとりで行かせるのは気に入らないの」

「ひとりじゃない。イェイツがついているし、船員たちもいる。それに自分の面倒ぐらい自分で見られる」

「あなたは大丈夫かと不安でやきもきしながら、ひとりで待っているのはごめんだわ」

ソーンはグラスを置き、立ちあがってダイアナの表情をうかがった。ぼくのことを心配してくれているのは間違いない。それに、守りたいとも思っているのだろう。「絵はどうする？　きみはこれから成功しようというときなんだ。来週から始まる英国美術院の授業には出られなくなるし、きみに肖像画を依頼した客たちもがっかりする。今ロンドンを離れれば、仕事に大きな影響が出るのは間違いない」

「わかっているわ。でも、こっちのほうがずっと大事よ。仕事は帰ってからまたなんとかする」

ソーンは迷った。ダイアナを危ない目に遭わせたくないのはたしかだ。だが、船に同乗させるくらいならたいした危険はないだろう。島に着いたら、充分な安全策を講じればいい。キュレネ島まで往復すれば最低一カ月はかかるが、そのあいだずっとダイアナと離れていなければならないのかと思うとあまりに寂しい。彼女をロンドンに残して、ひとりで社交界の狼《おおかみ》どもと対峙させるのもかわいそうだ。それに一カ月も経ったら、ダイアナは婚約を解消しようと言いだしかねない。

そんなことになるよりは、一緒にいる時間を利用して結婚しようと説得するほうがずっといい。なんといっても、片道二週間もあるのだ。口説きの技を最大限に発揮する絶好の機会だ。

そうと決めたからには、早速、実行に移すまでだ。今すぐにでもダイアナにキスをしたくてたまらない。甘い唇を味わい、体を求め、彼女がまだぼくのものだと確かめたい。

ソーンはダイアナの頰に触れた。「いいだろう。その代わり、ひとつ条件がある」

「条件？」

「今夜はここに泊まることだ」

ダイアナのまなざしが鋭くなる。断りそうな気配だ。ソーンは彼女のうなじに手をかけた。絶対にいやだとは言わせるものか。

「愛しあおう。この数日間というもの、きみが恋しくてしかたがなかった」

「でも――」ソーンは羽根のごとく軽いキスでダイアナの言葉をさえぎった。

本当は彼女もぼくを求めているのが充分に伝わってくる。

ソーンは唇を離し、ダイアナの迷っている美しい顔をのぞきこんだ。

「本当に〝でも〟と言いたいのかい？」

「いいえ、言いたくないわ」

ダイアナはささやき、あきらめたようなため息とともにキスを求めた。

20

ソーンはダイアナの手を引いて上階へ行き、暗い寝室へといざなった。ドアを閉めると、ダイアナが腕のなかへ滑りこんできた。ダイアナも彼に負けず劣らず熱くなっているらしい。燃えあがる気持ちはよくわかる。身の危険は興奮の香りを残し、今日の午後に知りえた衝撃的な事実は命の尊さを思いださせてくれた。それに数日間離れていて、お互い寂しさもつのっている。

ソーンは荒々しくキスを奪った。舌を差し入れると、ダイアナも応えてくれた。だが、こんなことでは自分を抑えられない。今はただ、早く彼女とひとつになりたくてたまらない。生々しい感情がこみあげてきて苦しいほどだ。

襲ってくる渇きをこらえ、ドレスを脱がせるために体を離した。もどかしげに互いの服を脱がせあい、ベッドの上でまた抱きあった。

「きみを感じたい」ソーンはかすれた声で言い、ダイアナの乳房を両手で包みこんだ。

豊かなふくらみがてのひらからこぼれた。ソーンが顔を傾けてつんと立った乳首を口に含むと、ダイアナははっと息をこぼし、もう待てないとばかりに身をよじった。

「きみとこうしたかった」彼女の気持ちは返事を聞くまでもなかった。ダイアナがキスを求めてソーンを引き寄せた。

それこそが望んでいた招待状だった。ソーンは矢も盾もたまらずダイアナが欲しくなった。早く思いの丈をぶつけ、至福のときをふたりで分かちあいたい。おぼれるほど深く彼女のなかに身を沈めたい。

ソーンはダイアナに覆いかぶさって腿のあいだに体を置き、いっきに深く貫いた。ダイアナは泣き声をあげて下半身をそらし、さらに奥までソーンを迎え入れると、本能の赴くままに動きはじめた。

ほんの一瞬でふたりの世界は真っ赤に燃えあがり、やがて華々しく砕け散った。ダイアナは悲鳴にも似た声を発した。ソーンは彼女を求め、征服し、賛美しながら体を震わせた。

ぐったりとダイアナに覆いかぶさったまま、彼は息をあえがせた。

ようやく炎の熱が冷めてくると重い体で横へと転がり、ダイアナを引き寄せた。そして毒づいていいのか、笑っていいのかわからず、黙って虚空の闇をにらんだ。自分がいとも簡単にわれを忘れてしまったことに戸惑っていた。

ぼくもダイアナも体の欲求に流されている。いや、自分のほうがその傾向は強いだろう。彼女とつながりたい一心で、避妊のことは脇へ追いやってしまったのだから。それどころか、妊娠させればダイアナを自分のもとにとどめておけるという魂胆がどこかにあったのかもしれない。

ソーンはきつく目を閉じた。どうしてダイアナを抱くといつもこうなってしまうのだろう。彼女と深く結ばれ、二度と放したくないと願ってしまう。

こんなことを思う相手はダイアナだけだ。その感情があまりに強くて激しいため、自分の体も心も制御できなくなる。

まさに甘い地獄だ。ぼくはそこまで彼女におぼれているのか？

ソーンはうろたえた。まさか自分がそんなふうに誰かに惚れこむとは考えてもみなかった。女性には警戒していたはずなのに、どうしてこんなことになってしまったのだろう。これまでベッドをともにしてきた相手はみな色気に満ち、ぼくを楽しませようと努力していた。だが、ダイアナはまったく違う。ダイアナはなにもしていないのに、ぼくは全身全霊で彼女を求めてしまう。こんなにも誰かに入れこみ、執着したのは初めてだ。

自分の独身時代に終わりが来ることを考え、ダイアナのつややかな髪に絡めたソーンの指に思わず力が入った。

ついにぼくと対等に渡りあえる女性が見つかったということなのか？

たしかに彼女はすばらしい。それは最初からわかっていた。マダム・ヴィーナスのところの荒くれ者に銃口を突きつけられる女性はそうはいない。殺人犯を追うのに一緒についていくと主張し、次の事件を阻止しようとする女性にいたっては希少な存在だ。

ましてや自分の花嫁にしたい相手となると、ダイアナ以外は誰も考えられない。

父から結婚を強要されるたびに、自分にぴったり合う女性と出会うまでは独身でいると言い張ってきた。求めていたのは〈剣の騎士団〉のメンバーの妻になるのにふさわしく、彼と一緒に危険に立ち向かってくれる人だ。

ダイアナはまさにそういった女性だ。

だが、たとえそういう相手が見つかっても、みずから望んで自由を放棄する気になるとは思っていなかった。長年、結婚の罠から逃れようとするばかりで、誰かを愛したことなど一度もない。

ところが今は自分でも怖くなるほど、ダイアナがすべてになっている。心の赴くままに彼女を求め、奪い、われを忘れたい。そして永遠に彼女を自分のそばに置いておきたいと思う。ある事実に気づき、ソーンは心のなかでののしった。ぼくは決して愛を返してくれないかもしれない女性のとりこになっているのだ。ダイアナは何年も前に最初の恋人に裏切られてひどく傷つき、男には心を許さないと誓っている。

たとえその件がなくても、いまいましいことに、自分では力不足かもしれないという気がしている。ぼくはダイアナが心を許してくれるようなことをなにひとつしていない。ダイアナの目に映るぼくは、女癖が悪く、無謀で、おのれの楽しみにしか興味のない奔放な男だ。彼女の尊敬を勝ち取り、愛されるのにふさわしい男だと証明するにはどうしたらいいのだろう？　もしそれができなかったら？

ソーンは恐慌状態にも似た感情に襲われた。

その気持ちを無理やり押し殺すと、ダイアナの顔をあげさせ、顔を傾けて唇を求めた。絶望的なことを考えるのは耐えられない。

今はただ彼女を燃えあがらせ、ぼくに夢中にさせることだけに専念しよう。


翌日はめまぐるしい一日だった。だがダイアナにとって、忙しいのはありがたかった。ソーンに同行してキュレネ島へ行くのが正しい判断かどうか悩まずにすむ。

船という限られた空間のなかで、何日も一緒に過ごすのがよくないのはわかっている。これ以上好きになってしまったらどうすればいいのだろう。けれども今、ソーンと離れるわけにはいかなかった。

ひとりで待つのにはきっと耐えられない。ソーンが危険な目に遭ってはいないか、いつ帰ってくるのか、なにか無謀なことをするのではないかと心配でたまらないに決まっている。愚かな考えかもしれないが、自分が一緒に行けば彼を見守れる気がするのだ。

それとは別にもうひとつ、自分もキュレネ島へ行きたい大きな理由がある。ナサニエルを殺した犯人がとらえられるのを見届けたいし、ガウェイン卿に危害が加えられるのをなんとしても阻止したいのだ。〈剣の騎士団〉という組織についてソーンはあまり多くを語ってくれなかったが、大義を掲げて弱い人々を守る秘密結社というのは想像力をあおられる。ナサニエルが殺されたのもこのあたりに大きな理由がありそうだし、いとこが国のために立派な任務を果たしていたのかと思うと、不思議とその死の悲しみも和らぐ。

ソーンが〈剣の騎士団〉の話をするのを聞いて、彼への称賛の気持ちが強まった。これでなおさら思いはつのってしまうかもしれないが、それでもキュレネ島行きをやめるつもりはない。

そういうわけで、その日は忙しく過ごすことで気を紛らせた。依頼人たちに向こう一カ月間の予約を断り、英国美術院のジョージ・エンダリー卿に急用でロンドンを離れなければならないと謝罪の手紙を書き、使用人たちには屋敷と作品の管理を頼んで、旅行鞄へ衣類や絵の道具を詰めた。

それらがすべてすむと、さようならを言おうといとこに会いに行った。

エイミーは買い物に出かけていたため、まずはレディ・ヘネシーに別れの挨拶をし、解決が長引いているナサニエル殺害の真相究明の件で、ソーンやイェイツとともにキュレネ島へ行くのだと説明した。

そわそわしながら一時間ほど待ったもののエイミーが帰ってこないので、会えなくて本当に残念に思っていると伝える手紙を書いた。それから急いで自宅へ戻ってドレスを着替えた。日没までに船に乗らなければならない。日が暮れるとすぐに引き潮になり、それに合わせて出航するため、乗船が遅れるわけにはいかなかった。

留守のあいだにソーンが荷馬車をよこし、旅行鞄を船まで運んでおいてくれた。準備をして待っていると、午後六時にソーンが迎えに来た。ロンドン港までは馬車で向かうのだ。

ソーンは厳しい表情をしていた。ダイアナは手を貸してもらって座席に乗りこみ、馬車が動きだすのを待って、トーマス・フォレスターについてあれからなにかわかったのかと尋ねた。

「残念な知らせだ。フォレスターは船を借りて乗員を雇い、先週木曜日の夜に出港したことがイェイツの調べでわかった。まともな船をよく見つけられたものだ。今は軍隊をヨーロッパへ輸送するのに多くの船が政府に駆りだされているというのに」

ダイアナは暗い顔でうなずいた。この一カ月、ナポレオン・ボナパルトが勢力を盛り返しているようすが連日、新聞に書きたてられている。ナポレオンはベルギーを征服するためにまた大軍を結集しており、再度それを阻止するべく、イングランドのウェリントン元帥とプロシアのブリュッヒャー元帥の指揮のもと、ヨーロッパに軍隊や軍需品が送られていた。近いうちにふたたび大きな戦争があり、大勢の犠牲者が出るだろうとソーンは考えているらしい。

だが今のダイアナにとっては、自分がなんの貢献もできない戦いよりも、フォレスターがなにをするかということのほうが怖かった。

「フォレスターが本当にガウェイン卿を殺そうとすると、あなたは思っているのね」

「ああ、確信している」

「先まわりできそうなの？」

「多分ね。ぼくの船は速いから二週間で島に着く。やつの船は三週間以上かかるはずだ。だから嵐にさえ遭遇しなければ、充分に追いつける」

その説明を聞いても、ダイアナは少しも安心できなかった。重苦しい彼の口調から察するに、間に合わない可能性もありそうだ。

ほっとしたことに馬車がにぎやかなロンドン港へ着き、余計なことを考えている暇はなくなった。ふたりが船に乗りこむと、すでにジョン・イェイツが乗船していた。硬い表情で荷物の積みこみを指示している。

ダイアナは自分の船室をのぞいてから、すぐにまた甲板に戻り、手すりへ寄った。ここなら、出航の準備のために帆やロープや荷物を忙しそうに運んでいる船員たちの邪魔にならずにすむ。

それから一五分ほどが経ち、船員が港と船のあいだに渡してある道板をはずしかけたとき、たいそうな量の荷物を積んだ馬車が恐ろしい速さで港を突っきるのが見えた。見慣れた髪型をした金髪の女性が窓から顔を出し、目当ての船を端から必死に捜している。

それがいとこだと気づき、ダイアナは仰天した。

エイミーは甲板にいるダイアナを見つけると甲高い声で叫び、急停止した馬車から飛びだしてボンネットを振りまわした。

「待って！　お願い、まだはずさないで！」そう言って、急いでこちらへ駆けてくる。

転びそうになりながら道板に飛びのり、船員を押し倒さんばかりの勢いで駆けあがると、甲板に飛びこんできた。

「わたしも一緒に行くわ！」エイミーは息を切らした。

イェイツが驚いた顔で近寄った。

ソーンとダイアナもそばへ行ったが、エイミーが見ているのはイェイツだけだった。

「いったいなにをしに来たんだい？」イェイツは怪訝そうだ。「ぼくたちは航海に出るんだよ」

「知っているわ。ダイアナの手紙にそう書いてあったもの。わたしも連れていって」

「冗談じゃない。向こうに着いたら危険が待っているんだ」

「ジョン、お願い……あなたの言うとおりよ。わたしはどうしようもない子供だった。だけど変わってみせるわ。約束する。だからわたしを許してほしいの」

イェイツが黙りこんでいると、エイミーはソーンに懇願の目を向けた。

「ねえ、お願い、わたしがいけなかったわ。でも、ジョンを愛しているの。彼がいなくなるなんて耐えられない」

思いがけない告白の言葉にダイアナは目を丸くし、ソーンは片方の眉をつりあげた。

「社交シーズンは？」ソーンが疑わしそうな口調で訊いた。「いいようにはべらせてきた男たちはどうするんだ？」

「関係ないわ」エイミーはきっぱりと言い放った。「ロンドンの社交界も、ほかの求婚者たちもどうでもいい。大切なのはジョンだけよ。彼の妻になってキュレネ島で暮らしたいの。もしわたしのこれまでのひどい行いをジョンが許してくれるならだけど」

ソーンが愉快そうな顔をした。「おいおい、もしかして求婚しているのか？」

「ええ、彼がわたしでもいいと言ってくれたら」

エイミーはあっけに取られているイェイツに顔を向けた。

「今はまだわたしを愛していなくてもかまわないの。いつまでも待つわ。絶対にわたしを愛させてみせるから」返事がないとみると、今度はソーンへ不安げな目を向けた。「ソーン、お願い。わたしもキュレネ島へ連れていって」

「イェイツが全面的にきみの面倒を見ると約束するなら、一緒に来てもいい」

エイミーはうれしそうな声をあげ、希望に満ちたまなざしで愛する男性を見つめた。

ダイアナは啞然としながらも、イェイツを見てほほえんだ。彼の顔には驚きと喜びがにじみでている。イェイツもエイミーを憎からず思っているのだろう。けれどもエイミーが相手では、今後もずっと手こずらされるはめになりそうだ。

「わたしと結婚してくれる？」エイミーが詰め寄った。

ジョンは咳払いをした。

「喜んで」彼の声はかすれていた。「ぼくがきみを愛しているのは知っているだろう。ひと目惚れだよ。きみを妻にできるなら、ほかにはもうなにもいらない」

「そうと決まったら急ごう」ソーンが言った。「さっさと荷物を運びこむんだ。引き潮に合わせて出航だ」

だが、エイミーはソーンの言葉を聞いていなかった。大喜びでイェイツの腕に飛びこみ、人目もはばからず夢中になってキスをしていた。

21

初めてキュレネ島へ向かったときとは違い、今回はあせりと不安で落ち着かない航海となった。だが出港してから二日後、重苦しい雰囲気は、船長が執り行ったエイミーとジョン・イェイツの結婚式で、つかのま和らいだ。

エイミーが結婚式のために着飾るのを手伝ったダイアナは、淡い黄色のクレープ地のドレスを身にまとい、髪をリボンと真珠で飾ったいとこの姿を見て、母親が感じるような誇らしさを覚えた。

「きれいよ」エイミーの輝く表情を見ていると、ダイアナの喉元に涙がこみあげてきた。たったひとりの親族だが、エイミーに対して負う責任はこれで終わりだ。これからはイェイツがいとこを幸せにしてくれる。

それがわかっていながらも、ダイアナはもう一度尋ねずにはいられなかった。

「本当にこれでいいのね？　キュレネ島で暮らすとなると、故郷のイングランドが恋しくなるわよ」

エイミーは力強くうなずいた。「わかっているわ。なによりあなたに会いたくてたまらなくなるでしょうね。でも、年に一度はイングランドを訪れるとジョンが言ってくれているの。それに、ジョンのいない人生のほうがはるかにみじめだわ」彼女は鼻にしわを寄せた。「わたしったらレジナルド・ナイリーのどこがいいと思っていたのかしら。片脚が義足であろうが、ジョンのほうが一〇倍も男らしいのに。それがわかって本当によかった」

ようやくエイミーも大人になったのだと思うと、ダイアナの顔におのずとほほえみが浮かんだ。とはいえ、エイミーはまだまだ年若い。

「初夜に関してだけど……助言してくれるお母様はもういらっしゃらないし、もしなにか訊きたい点があれば……わたしでわかることなら答えるわよ」

エイミーは普段の活発さに似合わず恥ずかしそうに顔を赤らめ、首をすくめた。

「きっとジョンがちゃんとしてくれるわ。彼を信じているもの。ダイアナ、これまでいろいろとありがとう」ダイアナのそばに寄り、彼女の手を握りしめた。「それと、本当にごめんなさい。ひどいことをしたものだと自分でも思うわ。ソーンの肖像画を盗むなんて犯罪よ」

「もう気にしていないと何度も言ったでしょう？」ダイアナは明るく答えた。エイミーが素直に謝るのは船に乗ってこれが四度目だ。「わたしにとっては、あなたが幸せになってくれるのがいちばんなのよ」

「それなら大丈夫よ。わたしとジョンみたいに、あなたもソーンと結婚して幸せになって」

ダイアナは心臓がよじれる思いだった。エイミーの将来が安心できるものになったのだから、もはやソーンと婚約している理由はなくなった。

引き延ばしていないでさっさと彼に話をしないと、とダイアナは自分を叱った。今夜、結婚式が終わったらすぐにでも伝えよう。早くソーンを解放し、わたしは心の痛みを癒やして、彼のいない人生を考えるのだ。

なんという寂しい将来だろう。

略式の結婚式はすぐに終わり、船長室で披露パーティが催された。すばらしいディナーが振る舞われ、若いふたりの幸せな将来を祈って何度も乾杯がなされた。

ダイアナはワインのおかげで少し気が大きくなっていたものの、やはり食事が終わるころには緊張が増していた。困ったことに船長は最後に、もうすぐ結婚するソーンの幸せに乾杯をした。ソーンの視線を感じ、ダイアナはぐずぐずしているわけにはいかないと悟った。

めいめいが自室に戻りはじめたとき、ダイアナはソーンを待ち伏せして、ふたりだけで話がしたいと告げた。自分の船室に招くのは不適切だと考え、風の吹きすさぶ甲板にあがった。彼女が左舷の手すりに寄ると、ソーンもついてきた。

ダイアナは深呼吸をして覚悟を決め、エイミーが結婚して、自分たちは婚約を偽装する必要がなくなったのだから、これで終わりにしましょう、と用意しておいた言葉を吐きだした。月明かりでソーンの顔は見えるが、無表情でなにを考えているのかはわからなかった。

ソーンは長いあいだ黙っていたが、ようやく口を開いた。

「そうだな。エイミーが落ち着いたから、もう茶番劇を続ける理由はなくなったな」

ダイアナは思わず手すりを握りしめた。もっと引き留められるだろうと想像していたし、心のどこかでそれを望んでもいた。「聞こえた？　もう終わりにしましょうと言ったのよ」

「ああ、聞こえたよ。ぼくは振られたわけだ」

その軽い口調を聞いて、ダイアナの目に涙がこみあげそうになった。ばかげているのはわかっているが、本当は反対してほしかったし、婚約を解消するなんて認めないと言ってほしかった。

彼女は涙をのみこみ、努めて明るい声を出した。

「別に振ったわけじゃないわ。ただ、こんなくだらないことはもうやめたいだけよ。あなたもほっとしたんじゃないの？　縛られるのは嫌いですものね。わたしのことで責任を感じて結婚するなんて、本当は不本意だったはずよ」

「さあね。だが、ぼくとしてはもうすっかり、きみを妻にする気でいた」

「すぐにそんな気は失せるわよ。こんな厄介者を背負いこまなければ、あなたはいつでもまた自由気ままな生活に戻れるんだもの。わたしへの義理ならきれいさっぱり忘れてちょうだい」

一瞬、ソーンは厳しい表情をしたが、黙ってダイアナの手を取り、ほほえみを浮かべて指に口づけた。

「たしかにぼくたちには、なにがなんでも結婚しなければならない理由はない」

ソーンがあっさりあきらめたことでダイアナはみじめな気分になり、胸がきりきりと痛んだ。「そうよ。じゃあ……おやすみなさい」必死にさりげない口調を装う。

　愚かな自分の心を呪いながら、ダイアナは背を向けて自室へ戻った。背中にはずっとソーンの視線を感じていた。


　こうするのがいちばんよかったと思ってはいるものの、ダイアナにとってそれからの航海の日々はつらかった。ソーンがそばにいるのが最たる理由だ。もう芝居は終わったはずなのに、相も変わらず魅力を振りまいてくるため、つい屈してしまいそうになる。

　どうして婚約を解消したのが正しかったのか、ダイアナは何度も自分に言い聞かせなくてはならなかった。片方しか愛情を抱いていない結婚など、どちらにとっても不幸なだけだ。ソーンはわたしを恨むどころか、軽蔑さえするようになるかもしれない。そしてわたしは、自分の思いが決して届かないとわかっていながら、どうしようもなく夫を愛し続けるのだ。

　だからこそ関係を解消してほっとすべきなのに、のしかかる憂鬱を振り払えず、絶望的な気分になる。ソーンと一緒にいられるのもこの旅が最後だと思うと、それもまたつらかった。航海の目的が頭から離れないことも、気分が重くなる理由のひとつだ。もしフォレスターの船に追いつけなかったら、ソーンが島で危険な目に遭ったら、と考えると怖くてしかたがない。

　船がジブラルタル海峡を越え、波立つ灰色の海から暖かくて穏やかな地中海の青い海へ入ったとき、不安はいっそう増した。ソーンの船はたしかに速いかもしれないが、フォレスター兄妹は一週間近くも先に出発している。ダイアナは絵を描いて気を紛らせようとしたけれども、まったく集中できなかった。

そして、彼女たちはとうとう追っている相手を見つけた。

明日にはキュレネ島へ着くと船長が言った日、マストにのぼった見張りが前方に船を発見したと叫ぶ声がした。それから半日が経ち、ようやく船長が小型望遠鏡で船の種類を確認できた。ブリガンティンと呼ばれる型の船で、フォレスターもこれを借りたとされている。

その知らせを耳にして、ダイアナはどきりとした。「フォレスターの船かしら？」不安に包まれながらソーンに訊き、船首の手すりから前方を見つめた。

「多分そうだろうな。このぶんだと、やつらは明日の午前中には島へ着く」

「追いつけそう？」

ソーンが表情をこわばらせた。「あと少しのところで追いつけないだろう」

ダイアナはぞっとした。翌朝のことを思うと、どれほど追い払おうとしても悪い予感がこみあげてきた。

その夜、ダイアナはソーンの船室を訪ねた。どうしても我慢ができなかった。船がキュレネ島へ着いてしまえば、あとはなにが起きてもおかしくない。どんな危険が待っているのだろうと思うと神経がすり減る。ダイアナは魔法を紡ぎだすソーンの手に慰められたかった。

それに、なんとしてでも最後にもう一度だけ彼に抱かれたかった。これからの長く寂しい人生を生きていく糧とするために。

ノックに応えて出てきたソーンは、ダイアナを見ても驚かなかった。黙って脇へ寄って彼女をなかへ入れ、静かにドアを閉めた。

「眠れないの」ダイアナは小さな声で言った。

「ぼくもだ」

ソーンはまだ服を着たまま、本を読んでいたらしい。寝台のそばにあるランプが狭い船室に温かな光を投げかけている。ベッドカバーはきれいにかかったままだ。

彼はひと言も口にせずにダイアナを抱き寄せ、荒々しいキスをした。ふたりの体にいっきに炎がついた。

ソーンが無言でダイアナのドレスを脱がせ、自分も服を脱いで一緒に狭い寝台に横たわった。肌が触れあうと、ソーンを愛しいと思う気持ちがダイアナの胸にこみあげた。手足を絡めて彼を自分のなかに導き入れ、もっと深くつながりたいと体をそらす。

ソーンの情熱の炎に満たされて燃えあがり、それが魔法をかけられたように一点に収束していく。耐えがたいほどのクライマックスに襲われ、ダイアナはすすり泣きの声をあげた。

ダイアナが果てたとき、ソーン自身の震えも極上の責め苦に変わった。心臓が激しく打ち、血がどくどく流れ、決して満たされない渇きを癒やそうと、彼はさらに奥深くまで身を沈めた。

どれほど愛したら、ぼくはきみに満足するんだ？　その思いが叫びとなってソーンの体を貫いた。

決して満足することなどない。それが答えだった。

航海が始まって間もないころ、ダイアナから婚約を解消したいと言われたときは恐慌状態に陥った。これは一時的なことだと自分に言い聞かせて彼女の希望を受け入れたものの、別れるつもりなどこれっぽっちもない。本当はどんなことをしてもダイアナを手に入れたいと思っている。

絶対にあきらめるものか。最後にはダイアナを妻にしてみせる。そして愛を勝ち取るのだ。彼女がぼくの愛を得るように……。

深い感情に胸をわしづかみにされて、ソーンは息をのんだ。〝愛〟だ。圧倒されるほどに力強く胸を包むこの優しい気持ちは、その言葉でしか言い表せない。ぼくの心にもこんな感情があったのだ。

疑いの余地はない。ぼくはダイアナを愛している。

自分でも驚いて呆然としながら、ソーンはダイアナを抱きしめた。

どうしてこうなったのだろう？　偽装婚約の話を持ちかけたときはそんなつもりではなかった。婚約してしまえば父親から縁談を勧められないし、小ずるい母親や適齢期のレディたちから罠にかけられずにすむと考えていただけだ。

まさか、結果的に愛にとらわれてしまうとは思ってもいなかった。

だが、そもそも体と心を切り離して考えたのが間違いだったのだ。最初からそうだった。

彼女に触れると、ぼくは経験したことのない感情に支配され、自制心が働かなくなったのだから。

そして、われながら信じられないことに、ぼくはダイアナに心を奪われた。ぼくは今、あるがままの彼女を愛している。

今にして思えば、ぼくはダイアナとの出会いをずっと待っていた気がする。彼女に焦がれる気持ちは、なにも体を求めているだけではない。体の欲求をはるかに超えた、どうにも力の及ばないところで、ダイアナのとりこになっている。

彼女は魂の渇きを満たしてくれる。心の空虚を埋め、自分が完全な存在だと感じさせてくれる。

ダイアナとともに人生を歩みたい。いや、彼女がいなくては生きていけない。ダイアナも同じ気持ちになってくれるなら、ぼくはどんなことでもする。もしダイアナに愛されなかったらと思うと怖くてしかたがない……。

そう考える気持ちが体の緊張となって伝わったのか、ダイアナが身を震わせた。頭を少しソーンのほうへ向け、彼の胸に顔をうずめる。

その不安そうなしぐさにさらに胸が痛んだが、ソーンは呼吸を落ち着けて冷静になろうと努めた。「どうしたんだい？」

ダイアナは黙っていたが、やがて静かに口を開いた。

「明日はどうなるのだろうと思うと不安なの。あなたが心配なのよ」

「ぼくのなにが心配なんだ？」

ダイアナは片肘をついて体を起こし、憂い顔でソーンを見おろした。

「フォレスターに追いついたら、そのあとはどうなるの？　彼はあなたを殺したがっているのよ」

ソーンは口元に笑みを浮かべた。「やつの願いはかなわない。大丈夫だ」

「たとえそうでも……あなたがどんな危ない目に遭うのかと考えると怖いの。あなたは怖いもの知らずかもしれないけれど、お願いだから気をつけて。ナサニエルみたいに死の危険は冒してほしくない」

ソーンは手を伸ばして、ダイアナの額にかかった髪を後ろになでつけた。

「ぼくにとって危険は仕事のうちだ。避けることはできない。でも無謀な振る舞いはしないと約束する。早死にするのはごめんだからね。以前より今のほうがそう思っているよ。老人になるまで長生きしたいものだ」

われながら驚くことに、それは本心だった。これまでは危険を避けるどころか、みずから冒険を求めた。運命に立ち向かい、並の男なら震えあがるような危機に直面すると、自分が生きていると感じられたからだ。

だが今、生まれて初めて、ただ興奮を覚えたいがためにむちゃをするのはやめる気になっている。急に命が大切に思えてきた。おそらく、悪に打ち勝つことよりも大きな生きがいが見つかったからだろう。それがダイアナだ。

絶対に生き抜いてみせる。自分が死にたくないというだけでなく、ダイアナを裏切りたくないと思った。死ぬというのは、ダイアナを捨てることと同じだ。彼女をひとりで置いて逝くなんて許されない。

ソーンはダイアナの豊かな髪に手を差し入れ、顔を引き寄せてそっとキスをした。

「きみをひとりにはしない」彼は厳かに誓った。

だがダイアナの体をきつく抱きしめると、また彼女が身を震わせたのがわかった。ぼくの言葉では安心しきれないということなのだろう。

真夜中を過ぎたころ、ダイアナはいくらか落ち着きを取り戻して自室に戻った。けれど、フォレスターの船が気になり、翌朝は早くに目が覚めた。甲板へ出ると、すでにソーンが船首に立ち、小型望遠鏡を目に当てて前方の船を見ていた。

夜間に距離は縮まっていた。今では肉眼ではっきりとマストの輪郭が見て取れる。さらに一時間もすると、甲板やマストの上で働く船員たちの姿も見えるようになった。最大速度を出すべく、帆はすべていっぱいに張られている。

それはこちらの船も同じだった。だからこそ、ゆっくりではあるが確実に前方の船に近づいている。にもかかわらず、港に入るまでに追いつくのは無理だとソーンは言った。その言葉を聞いて、ダイアナはまた不安に駆られた。

そして一時間後、キュレネ島が見えてきた。島の北部にあるふたつの山影や、絵のように美しい岩海岸がはっきりとわかる。

何度見ても不思議な魅力に満ちあふれた島だ。地中海らしい黄金の陽光に包まれ、サファイアやターコイズやアクアマリンといった宝石の色に輝く海に囲まれている。それでいて、いくつもの要塞や見張り塔など人工の砦《とりで》や、ごつごつした高い岸壁や岩礁などの天然の砦が、外部からの侵略を妨げている。

船が島の南端をまわるころ、イェイツと暗い表情のエイミーが寄ってきた。エイミーは、フォレスター兄妹がガウェイン卿の殺害をもくろんでいるという説明をイェイツから聞いたのだろう。ダイアナと同じく、エイミーもまた船が早く島へ着くよう願っていた。

「ガウェイン卿はあそこに住んでいらっしゃるんだ」イェイツが左の方角を指さした。断崖の上に城砦が立っている。「ガウェイン卿の一族に代々受け継がれてきたオルウェン城だ」

「わたしたちが行くことをご存じなの？」

その問いにはソーンが答えた。

「海岸沿いに見張り塔がいくつもあって、接近する船を監視している。だが、フォレスターの船はイングランドの国旗を掲げているから怪しまれないだろう。ガウェイン卿が警戒することもないわけだ。こっちの船から、鏡を使って太陽光を反射させる方法で信号を送ってはいるが、オルウェン城の歩哨《ほしょう》が気づくとはかぎらない」

「追いつけそうにないわね」エイミーが力ない声で言った。

ソーンが厳しい口調で答えた。「無理だな。少なくとも三〇分は遅れる」

前方の船はすでに島の南端をまわりこんで、視界から消えている。ダイアナは気が重くなった。

「島に着いたらどうしますか？」イェイツが落ち着いた声でソーンに訊いた。ソーンの指示に絶大な信頼を置いているのがうかがえる。

「ぼくはただちにフォレスターを追い、城へ入る前につかまえる努力をする」

「まだ見こみはあるはずです。フォレスターは島には不案内でしょう。入港するのに船から乗り継ぐ小舟や、島のなかを移動するための馬など、足も確保しなくてはいけません。ガウェイン卿の居場所を突き止めて侵入方法を模索するとなると、さらに時間がかかります」

ソーンは首を振った。

「雇った船長か船員のなかに、島に上陸したことのある者がいるかもしれない。フォレスターは入念に準備をしたうえで来ているはずだ。なんといっても計画を立てる暇は一年以上もあったんだからな。地図も用意してあるだろうし、目的地の詳細も調べてあるだろう。城に侵入するのは簡単だ。ガウェイン卿が情報のやり取りをするために、城にはしょっちゅう使いの者が出入りしている。ぼくがフォレスターなら、急な使者だと主張するね」

イェイツが難しい顔で考えこむ。

「そうですね。それに一刻を争う事態であるのもきっとわかっているでしょう。ぼくたちの船が後ろについていることには気づいていたでしょうから」

「そのとおりだ。ぼくたちが島に着いたとき、フォレスターがまだ船にいたら奇跡だな。とにかく船が港に入ったら、もっと状況がよくわかる。詳しい計画を立てるのはそのあとだ」

そう彼が言うのを聞いて、ダイアナに緊張が戻ってきた。船が島の南端をまわって港町に近づくと、さらに不安は増した。港町の守りはしっかりしていた。青い海はその一帯だけが浅瀬を示す緑色に変わり、白い波が立っている。船の航行を難しくする岩礁がある証拠だ。

小さな港に入るには、切りたった崖に挟まれた狭い水路を通り抜けなければならない。港町の上には大砲を備えた巨大な要塞があり、抜かりなく水路を監視している。

だがキュレネ島は決して岩ばかりの島ではなく、地中海独特の魅力ある景色が広がっている。活気に満ちた町が斜面に張りつくようにして延び、赤い屋根と青い木部が特徴的な白漆喰の家々が並び、背の高いヤシの木々が日陰を作り、ブーゲンビリアが咲き乱れている。砂利を敷いた急な坂道がジグザグに海まで続き、港にずらりと並ぶ漁船の無数にあるマストのあいだを、カモメやアジサシが急降下している。

港に入ると、フォレスターが乗ってきたと思われる大きな船が岸から離れた場所に停泊していた。だがソーンは船ではなく、波止場を見ていた。

小型望遠鏡を目に当て、ほんのしばらくのぞいたあと、黙ってそれをイェイツに渡した。

「男たちが丘をのぼっていますね。フォレスターと手下の連中でしょう」イェイツが言った。

視線の先をたどると、少なくとも一〇人はいると思われる集団が日光を反射している白壁の家々に向かって急な坂道をあがっていくのが見えた。

「女性の姿はなさそうですね」イェイツが考えこんで言った。

「マダム・ヴィーナスはまだ船のなかにいるのかもしれない」ソーンが答えた。「イェイツ、きみは船に乗りこんで確認してくれ。ぼくはフォレスターを追う」

「了解しました」イェイツはかわいい新妻にちらりと視線を走らせた。「エイミーとダイアナは？」

ソーンは迷わず指示を出した。「船に残ってくれ。ここなら安全だ」

そのとき船長が怒鳴り声を発し、船員たちに帆をおろすよう命じた。その声が消えるのを待ち、ダイアナはソーンの腕に手を置いた。

「わたしをイェイツと一緒に行かせて。もしまだマダム・ヴィーナスが船にいたら、計画の内容を話してくれるよう説得してみるわ。もう逃げられないとわかれば、観念するかもしれないもの」

ソーンがダイアナに視線を向けた。ダイアナは彼の表情から、どうしたものかと迷っているのがわかった。

「お願い。わたしも力になりたいの」

「いいだろう。イェイツ、充分な護衛を連れたうえでダイアナを同行させろ。自分もちゃんと武装しておくんだ。ダイアナを守ってくれ」

「もちろんです。マダム・ヴィーナスを見つけたら、どうすればいいですか？」

「彼女と船長の身柄を拘束しろ。船を逃走に使われたくない」ソーンたちの乗る船の速度が落ちはじめた。「それが完了したら、きみはぼくたちと合流するんだ。ぼくはまず男たちを引き連れてヴェラを捜し、連絡をまわして応援の者を城へ呼び寄せる」

ダイアナは唇を嚙んだ。イェイツには彼女ではなくソーンを守ってほしかった。だが一刻を争うときに、義足のイェイツを加えるのは望ましくないのかもしれない。フォレスターの一行とおぼしき集団は、すでに丘を越えて姿が見えなくなった。

「わたしは？」エイミーが訊いた。「なにか手伝えることはないの？」

ソーンがにやりとする。「その勇気は称賛に値するが、きみは行儀よく船で待っていろ。きみのことまで心配したくない」

エイミーはむっとしてなにか言いかけたが、夫の優しいほほえみを見るとあっさり引きさがった。

「いいわ、言うとおりにする。ちゃんとお行儀よくしているわ」

イェイツがエイミーに手を差し伸べた。

「おいで、急ごう。船室まで送るよ。そのあと、ぼくは準備があるから」

ダイアナはふたりを見送り、ソーンのほうを向いた。「ヴェラというのは誰なの？」

「サントス・ヴェラという名前のスペイン人だ。昔は密輸商だったが、今は町で酒場を経営している」

「その人もあなたたちの仲間なのね」

ソーンが表情を緩めた。

「そうだ、ヴェラになら命を預けられる。実際、何度もそういうことがあった」

またもや不安がこみあげ、ダイアナは気をつけてともう一度懇願したくなった。けれども今は余計なことを言うべきではないと思い、言葉をのみこんだ。

ダイアナの表情を見て葛藤を見て取ったのか、ソーンが彼女の手を取ってゆっくりと唇に押し当てた。「ぼくのことを心配しないと約束するなら、ぼくもきみの心配をするのをやめるよ。力になりたいという気持ちはよくわかるし、きみなら本当に役立ってくれると思ったから、イェイツに同行するのを認めた。だが本音を言えば、そんなことはやめさせたくてたまらない。マダム・ヴィーナスは冷酷にもなれる恐ろしい女だ」

ソーンが譲歩しようとしているのだと気づき、ダイアナは無理にほほえんだ。

「わかったわ。あなたのことでやきもきしないよう努めるわ」

「よかった。ぼくの幸運を祈ってキスをしてくれ」

ダイアナは抵抗する暇もなく、抱き寄せられて唇を奪われた。不安に包まれながらも、彼女は熱い口づけを返した。

長いキスのあと、ソーンはようやく顔をあげ、息を吐きだして毒づいた。そしてもう一度ダイアナの顔を見つめると、背を向けて歩きだした。

ダイアナはぼんやりと彼の姿を見ていた。ソーンは甲板を突き進み、船長と話をした。すぐに数人の船員がソーンを取り囲み、指示を聞いたのちに、めいめいが武器や必要な道具を取りに行った。

船が停まると、船員たちは甲板から海面へ手早く小舟をおろし、手すりに縄ばしごをかけた。

ソーンがひらりと手すりをまたぎ、縄ばしごをおりて小舟に乗るようすを、ダイアナは心臓が止まりそうな思いで見つめた。五人の船員があとに続き、たちまち波止場へ向かって力強く小舟を進めた。

そのとき、背後でイェイツの声がした。「ぼくたちも行きましょうか」

ダイアナは小舟から視線を引き離し、後ろを向いた。イェイツがピストルを差しだしている。

ダイアナは息を吸ってうなずいた。

「ええ、いつでもいいわよ」

そしてピストルを受け取り、戦いに向けて勇気を奮い起こした。

22

丘の頂上にある酒場に入ったソーンは、すぐにサントス・ヴェラの姿を見つけた。

浅黒い顔をしたスペイン人のヴェラは、数少ない客のそばを離れてこちらへ来た。島にいる同志を即刻オルウェン城に結集させるよう指示されると、驚いた顔をしたが、質問は差し挟まなかった。

「カーロとマックスがベルギーへ行っているのは知っている。島にはほかに誰がいる？」

「ホークは任務で出ているが、ライダーとトレイ・デヴァリルがいる」

「デヴァリルが？」長いあいだ不在だった冒険家が戻っていると知って、ソーンは眉をつりあげたが、それ以上はなにも訊かなかった。「デヴァリルとライダーを呼びにやって、銃を何挺か持って厩舎へ来てくれ」

ソーンが五人の船員たちを引き連れて通りの先にある厩舎へ行くと、たった今、イングランド人の紳士が一〇頭ばかり馬を借りていったと知らされた。ソーンは手早く自分たちの馬を手配し、二、三分後にヴェラがピストルを持って現れたときにはすぐに出発できる状態で待っていた。

馬で町を駆け抜け、南へ向かいながら、ソーンは蹄の音にも負けない大声で状況を説明した。

いつもは陽気なヴェラが表情を曇らせた。「やつらは殺す気で行ったな」

ソーンは厳しい顔でうなずき、身を低くしてさらに馬の速度をあげた。ヴェラもあとに続いた。

さんさんと日の光が降り注ぐなか、延々と続くオリーブや柑橘類やブドウの果樹園のあいだを抜け、まもなくオルウェン城に続く道へ入った。乗馬経験が豊かなふたりはすぐに船員たちを引き離し、遠くに堂々とした城砦が見えるころには四〇〇メートルほど先を行っていた。太陽の光を浴びた巨大な城は温かな色合いの金色に輝き、この世のものとも思えなかった。

だが、そのとき聞こえてきたなにかがきしむ音はまさに現実だった。古い跳ね橋があげられようとしているのだと気づき、ソーンは胃がよじれた。

「フォレスターだ！」彼は悪態をつくように名前を叫んだ。

「そのようだな！」ヴェラも同じことを察したらしい。追っ手をさえぎり、誰も城に入れないために、フォレスターが古い木製の橋をあげているのだろう。門番をだまして近づき、力ずくで押さえこんで見張り塔を乗っ取ったに違いない。城の住人たちはそういう姑息な手段に慣れていないのだ。

なんとか橋があがりきる寸前に飛び移れないかと、ソーンはいっそう速く馬を駆けさせた。

だが、すでに遅かった。汗をかき、息を切らした馬を濠《ほり》の手前で急停止させたときには、跳ね橋はもはや垂直になっていた。

同時に門の落とし格子がおろされた。外から入れる唯一の入り口を封じ、なかからも誰も出さないためだろう。そう思うと、ソーンの胸に苦々しさがこみあげた。

ヴェラと目を合わせ、なにか方法がないかと必死に考えた。たとえ泥沼のような濠を渡りきったとしても城壁をのぼるのは不可能だし、上から銃で撃たれたり、物を落とされたりしたらおしまいだ。

そのとき城壁の向こう側で発砲音が響き、男たちの叫び声や苦しげな声が聞こえてきた。なにが起きているのかを想像し、ソーンは歯を食いしばった。橋がきしる音を聞いて、ガウェイン卿の使用人たちが飛びだしてきたのだろう。だが武器も持たずに出てくれば、フォレスターたちの格好の餌食になるだけだ。

それがわかっていながら、自分はなにもできずにここにいる。

頭上を弾丸が飛び、ソーンは本能的に頭をさげた。いちばん近い見張り塔から敵がこちらを狙っているに違いない。ソーンは毒づきながら馬を後退させ、ヴェラにもさがれと合図した。どれほど高性能の小銃でも、一〇〇メートルも離れれば命中させられなくなる。

背後から蹄の音が聞こえてきた。船から連れてきた男たちが追いついたのだろう。しかし今、彼らにできることはなにもない。

「さがっていろ！　もし跳ね橋がおりたら、誰も逃がさないように見張っていてくれ」

ソーンは馬の頭を左へ向けさせ、ヴェラについてくるよう身ぶりで示した。オルウェン城には出撃路がなく、正門のほかには出入り口もない。だが、ひとつだけ希望がある。城の背後にある断崖に、秘密の通路に通じる岩の裂け目があるのだ。その存在は〈剣の騎士団〉のメンバーしか知らず、危急のときしか使用されない。けれども今はまさに緊急事態だ。

ソーンは濠に沿って馬を走らせた。ヴェラもすぐ後ろをついてくる。城壁の南東の角まで来ると、紺碧の海へ垂直に落ちる断崖絶壁へ出た。

馬から飛びおりたソーンは断崖の下をのぞきこんだ。「ついてこられそうか？」

ヴェラが浅黒い顔に白い歯をのぞかせた。「おれのことは心配するな」

「心配なのは手遅れになることだけだ」

ソーンは膝をつき、どこを足場にするべきか崖を調べた。その窮屈な通路には一度だけ入ったことがあり、断崖をおりる危険もさることながら、岩の裂け目を見つけるのが難しい。今は一刻の猶予もないのに、断崖をおりて岩の裂け目を見つけ、手探りで通路を進んで城の地下牢に達するまでには、たっぷり三〇分はかかるだろう。

あとは自分たちがなかに入るまで、城の使用人たちが持ちこたえて、ガウェイン卿を守ってくれることを祈るばかりだ。もし間に合わなければ……。

ぞっとする気持ちを抑えこみ、ソーンは慎重に崖に身を乗りだした。

もし間に合わなければ、城に入るころにはガウェイン卿は遺体となっているだろう。

フォレスターが乗ってきた船を制圧するのは簡単だった。ジョン・イェイツが国王の名のもとに降伏を要求し、こちらの部隊が武装していると告げると、わずかに残っていた船員たちは抵抗もせず、あっさりと指示に応じた。ダイアナにとってもっとも難しかったのは、小舟から甲板へ移るためにスカートで縄ばしごをのぼることだった。

船員たちの身柄を拘束して甲板をひととおり調べたあと、ふたりは船室へおりた。やはりトーマス・フォレスターの姿はなかったが、いちばん奥の船室の狭い寝台にマダム・ヴィーナスが寝かされているのを見つけた。

驚いたことに、マダム・ヴィーナスは縛りあげられ、猿ぐつわを嚙まされていた。マダム・ヴィーナスもダイアナたちを見てはっとした顔になった。びっくりしたのは、ふたつの銃口が自分のほうを向いていたからかもしれない。一瞬、マダム・ヴィーナスは怯えた顔で目を見開いたが、やがてほっとした表情になり、身じろぎして体を起こした。

「猿ぐつわを取ってあげてもいいかしら？」船室のドアを閉めたイェイツに、ダイアナは訊いた。

「ええ。でも、ロープはだめですよ。気をつけてください。なにかの罠だという可能性もありますから」

ダイアナはイェイツにピストルを預けて寝台へ行き、マダム・ヴィーナスの燃えるような赤毛の後頭部に両手をまわして猿ぐつわをはずした。

「ああ、助かりました」マダム・ヴィーナスの声はかすれていた。

「これはなんの芝居ですか？」イェイツが訊く。

「芝居じゃありませんわ」マダム・ヴィーナスが声を出そうと咳払いをした。唇の端が少しすりむけている。「ごらんのとおり、わたくしは好きでついてきたわけではありませんもの」

「どうしてこんなことに？」ダイアナは尋ねた。

マダム・ヴィーナスは目をそらさず、ダイアナの視線をまっすぐ受け止めた。

「しかたなしにかかわってしまったんです」

あいまいな物言いに、イェイツがいらだちをあらわにした。「ちゃんと説明してください」

マダム・ヴィーナスが挑むようにイェイツをにらみつけた。やがて事情を語りはじめた口調には、苦渋がにじみでていた。「兄がなにをしようとしているのか知って、わたくしは港まで止めに行きました。でも、逆につかまってしまって」

「どうしてトーマス・フォレスターはあなたを連れてきたんですか？」イェイツが尋ねる。

「わたくしがソーン卿のもとへ行って、すべてを話してしまうのを恐れたのです。だからわたくしを船室へ閉じこめて、無理やり一緒に連れてきたのですわ。あなた方がここにいらっしゃるということは、兄の陰謀を察したわけですね。もうご存じでしょうが、ガウェイン卿の身が危険です」

マダム・ヴィーナスの言葉をそのまま受け取ってもいいのだろうかという表情で、イェイツがダイアナを見た。だがマダム・ヴィーナスの緑の目に浮かんだ懇願の表情は本物だと、ダイアナは確信していた。

「本当のことを話していると思うわ」

「では、続きを聞くとしましょう。それで？」

マダム・ヴィーナスは逆に質問してきた。

「ソーン卿は？　命はご無事だったのでしょうか？」

イェイツが表情をこわばらせる。「大丈夫ですよ。殺害を指示したのはあなたですか？」

「まさか。兄がうちの従僕に始末しろと命じたのです。兄は今、ガウェイン卿を手にかけようとしているんです」

「知っています」

「だったら止めてください」

「ええ、この瞬間にも対応に当たっていますよ。ぼくたちは動機を知りたいんです。なぜガウェイン卿を狙うんですか？　それに、なぜナサニエル・ランスフォードを殺したんですか？」

マダム・ヴィーナスは縛られた両手に視線を落とし、乾いた唇を湿らせた。

「お水を一杯もらえませんか？」

「ええ、もちろんよ」ダイアナはイェイツの許可も求めずに小さな机のほうへ行き、そこにあったピッチャーからカップに水を注いだ。そして寝台に戻って腰をおろすと、マダム・ヴィーナスの荒れた唇にカップを当てがって水を飲ませた。

マダム・ヴィーナスは感謝のほほえみを浮かべた。

「兄がナサニエルを殺すつもりだったことは本当に知りませんでした。わたくしにはまったく内緒だったのです。そのあとも、兄はソーン卿を亡き者にしようと画策しました」

「でも、あなたも潔白なわけじゃない」イェイツが硬い口調で返した。「両親の敵を討つために、あなたも〈剣の騎士団〉をつぶそうとしていたんだから」

「ええ」マダム・ヴィーナスが低くかすれた声で言った。「ですが実際に手を下すのは、フランスの工作員に任せるつもりでした。それなのに、ナサニエルがあんなことになってしまって……」つかのま、黙りこんだ。「わたくしにはソーン卿を殺《あや》められませんでした。ガウェイン卿も。ですからここまで来る船のなかでも、もうこんなことはやめるよう必死に兄を説得しました」

マダム・ヴィーナスはダイアナに懇願の目を向けた。「お願いです、ガウェイン卿を助けてさしあげてください。兄は刺し違えてでも、ガウェイン卿を殺すつもりです」

あるいはソーンが刺し違えることになるかもしれない。ダイアナはそう思い、果てしない恐怖に襲われた。

彼女はイェイツに顔を向けた。

「もう充分に話は聞いたわ。わたしたちもオルウェン城へ向かいましょう」

「そうですね」イェイツがマダム・ヴィーナスに鋭い視線を向ける。「ぼくたちが戻るまで、あなたはここにいてください」

マダム・ヴィーナスは苦笑をもらした。

「こんなふうに縛られていたら、どのみちどこへも行けませんもの」

岸壁をおりるのはまだましだったが、水平に進むのがひと苦労だった。隠された岩の裂け目に到達するには、ほぼ垂直に近い、崩れかけた崖を横に進まなくてはならない。

ところどころに固まって生えているシダやローズマリーをつかみ、足をかけられそうな岩の隙間を探しながら、ソーンはブーツを脱いでくればよかったと後悔した。革の靴底は滑りやすく、一度ならず足を踏みはずしてどきりとし、体勢を立て直すはめに陥ったからだ。ときどき聞こえてくる悪態から察するに、ヴェラも似た状況なのだろう。

ようやく狭いながらも足場のしっかりした岩棚にたどり着き、ソーンはほっと息をついて指を曲げ伸ばしした。それから身をかがめ、秘密の通路を覆い隠している大きな石をひとつひとつ取り去った。

すると、入り口が現れた。人ひとりがはって進める幅しかない岩の裂け目だ。ヴェラに向かってうなずき、ソーンは膝をついて先に入った。

通路は狭く、頭上も低くて、天井も壁もごつごつしていた。床に相当する部分だけが、何百年ものあいだ、しみだし続けている地下水でなめらかになっている。

空気は湿っていてかびくさく、五、六メートルも進むと急に気温がさがって、光が届かない真っ暗な空間になった。

ソーンは冷たく暗い墓に埋葬された気分になった。明かりがないため、勘に頼りながら手探りで進むしかない。二〇メートルほど行ったと思われるころには、膝が痛み、てのひらはすりむけ、頭は突きでた岩にぶつけて怪我をしていた。それでもソーンは進み続けた。

暗闇のなかでは通路が永遠に続くかに思え、わずか数分が何時間にも感じられた。城のなかがどうなっているかわからない不安が、いっそう筋肉の疲れを増長させる。こうしているあいだも、ガウェイン卿に残された時間は刻一刻と減っているのかもしれない。

だいたい一五分くらい進んだところで、顔に風を感じた。ソーンは速度をあげたが、すぐに後悔した。岩壁に頭をぶつけて、全身に鋭い痛みが走ったからだ。

「くそっ」ののしりの言葉を吐き、岩壁は通路の行き止まりだったのだと察した。

後ろでヴェラがくっくっと笑った。

「もう少し悪態の語彙《ごい》を増やしたらどうだ？　いいのを教えてやるぞ」

スペイン語の冒瀆の単語がいくつかすらすらと出てきた。ひんやりとした空気が火ぶくれに変わりそうなほど、わいせつな言葉もいくつかある。

ソーンは思わずにやりとしながら、そこにあるべき出口を探った。それは壁の下方にあった。石の厚板が出口をふさいでいる。強く押すとその石板が動いた。

もう一度強く押して隙間を広げ、闇からはいだした。通路の向こう側は狭い洞窟《どうくつ》になっているはずだ。

そこも真っ暗なのに変わりはないが、記憶が正しければ、右手に数メートル行ったところに布切れを巻いたたいまつと火打ち石が置いてあるはずだった。手探りで目当てのものを見つけ、火打ち石を使って二度目で火をつけた。

炎の明るさに一瞬目がくらんだが、すぐに天井の低い空間の内部が見えてきた。ここが城の地下牢の下にある秘密の洞窟であることをソーンは知っていた。

ヴェラはすでに立ちあがって、こちらに手を差し伸べている。ソーンはヴェラの手を借りて立ちあがり、頭をさげて洞窟のなかを進んだ。たいまつがあるので、歩みは速くなった。すぐに奥の壁に小さな木製のドアを見つけたが、岩の隙間に隠してあるはずの鍵を捜すのに貴重な時間を使った。ドアを開けると、昔ながらの地下牢に出た。石造りの広大な空間に、文明から忘れ去られた囚人を閉じこめておく、鉄格子のはめられた独房が二〇ほどあり、中世時代の鎧《よろい》や鎖かたびらや、はては拷問の道具を置いてある部屋まであった。

ソーンは狭い石の階段をあがり、隠してある鍵を見つけて先ほどより重いドアを開けた。食糧やワインを保管する地下貯蔵庫を抜け、さらに狭い階段をあがって別のドアの前に立った。これは厨房に続くドアなので、鍵はかかっていないはずだ。

たいまつを壁にかけ、腰からピストル二挺を引き抜いた。ヴェラも同様にしている。ソーンはそっとドアを押し開けた。

案の定、広い厨房には誰もいなかった。料理人から洗い場のメイドや少年の召し使いまで、全員が城の守りに向かったらしい。火にかけられたままの大鍋《おおなべ》は中身がぐつぐつと煮立ち、鉄の串《くし》に刺された牛肉のかたまりは焼け焦げて、使用人たちが大慌てで厨房を出ていったようすがうかがえる。

「ふた手に分かれよう」ソーンはささやいた。「ガウェイン卿を見つける確率が二倍になる」

「了解」ヴェラが同意した。

「ぼくは大広間をのぞいたあと、中庭へ出る。きみはこの階のほかの部屋を捜したら、上の階を見てくれ」

ヴェラはうなずき、静かに姿を消した。

ソーンは厨房を通って開けっ放しのドアを抜け、石造りの廊下を進んだ。城のなかは銃声ひとつせず、ひっそりと静まり返っている。細長い窓からこっそり外をうかがうと、銃身の長い小銃を持った男が城壁のそばに配置されていた。フォレスターの一味はまだ中庭を見張っているのだろう。ソーンは気が重くなった。

大広間に近づくと、怒鳴りあう声が聞こえた。ソーンはどきりとして立ち止まり、よく知っている深い声が聞こえたのにほっとした。

ガウェイン卿は少なくともまだ生きておられる。

ソーンは足音を忍ばせて進んだ。大広間といえばどの城でも活動の中心となる部屋であり、出入り口がいくつかある。ソーンは部屋の後方にあるアーチ形の出入り口から入り、大きな柱の陰にしゃがみこんでようすをうかがった。

どうやら彼の願いが通じて、城の使用人たちは持ちこたえてガウェイン卿を守ってくれたようだ。だが現在の大広間は、フォレスターと三人の荒くれ者たちに占拠されていた。大きな洞窟を思わせる大広間の真ん中あたりで、濃い赤毛をした長身の男が銃を突きだしている。

ガウェイン卿は、古いタペストリーがかけられ、武器が並べられた壁を背にして立っていた。時間を稼ごうとしているらしく、ガウェイン卿は落ち着いた声で説得に努めていた。けれどもフォレスターの怒りといらだちは増しているようで、どんどん返事が乱暴になっていく。ソーンは短く息を吸いこみ、自分のほうに注意を引きつけようと、怒鳴りながらフォレスターに向かって突進した。

狙いどおり、突然のことに身の危険を感じたフォレスターは、本能的に銃口をソーンへ向けた。

ガウェイン卿はすぐさま振り向き、手を伸ばして盾をつかむと壁から乱暴にはずした。フォレスターが状況を把握し、向き直って銃を発射したときには、盾はすでにガウェイン卿の胸の前にあった。弾は磨き抜かれた鋼鉄に食いこみ、ことなきを得た。

フォレスターは毒づいて、もう一挺のピストルを腰から抜き取った。だがガウェイン卿から盾を投げつけられ、後ろによろめいた。ピストルが手から落ち、石敷きの床に当たって暴発した。盾は金属音を響かせながら、ソーンのほうへ滑ってきた。

フォレスターが壁に突進し、重い広刃の剣を握って引き抜いた。

ソーンは状況を頭の片隅で理解しながら、襲いかかってきた相手に立ち向かった。荒くれ者のひとりが前に立ちはだかったが、肩にソーンが撃った弾を食らった。もうひとりがソーンを撃ったものの、弾はわずかにそれた。

ソーンは身を低くして、その屈強な海の男に飛びかかった。勢いのあまり、ふたりは床に倒れた。ソーンはなんとか相手を組み敷いたが、もう一挺のピストルが飛んでいってしまったため、男の顎に強烈な一発を食らわせて気絶させた。

　余計な手間をかけさせられたことを苦々しく思いつつソーンが顔をあげると、まさにフォレスターがガウェイン卿に襲いかかろうとしていた。フォレスターは怒りに声をあげながら剣を掲げ、ガウェイン卿の頭を目がけて空気を切る鋭い音とともに振りおろす。ガウェイン卿は間一髪でそれをよけた。

「フォレスター！」ソーンは叫んだ。

　フォレスターが身をひるがえし、ソーンに向き直った。ソーンのほうをより脅威に感じたのか、剣を振りかざして突進してくる。

　無防備だったソーンは、床を転がって盾を手に取り、片膝をついて頭を防御した。剣が盾に激突し、衝撃が腕から肩、そして胸へと走った。

　フォレスターは激しい怒りに任せて、何度も剣を振りおろした。

「ソーン！」ガウェイン卿が叫び、壁にかかっていた剣を引き抜いて放り投げた。フォレスターの剣ほど重くも幅広の刃でもない。ソーンは巧みに柄をつかんで受け取り、立ちあがった。

「あきらめろ、フォレスター！　おまえはもう終わりだ」

「黙れ！　まずはおまえの心臓を貫いてくれる。ランスフォードのようにな。その次は、オルウェンのげす野郎の番だ」

ナサニエルの無意味な死を思いだし、フォレスターの侮蔑の言葉に挑発されて、ソーンの胸に怒りが燃えあがった。大広間に駆けこんでくるヴェラの足音が聞こえたが、手をあげて応援を拒絶した。

「さがっていろ！　こいつはぼくが倒す」

ヴェラは言われたとおりに立ち止まり、ひとり残っていた荒くれ者に二挺のピストルを向けた。男はすぐに両手をあげて降参した。

ソーンは盾を投げ捨て、剣を構えた。フォレスターが応戦し、剣同士のぶつかる金属音が大きく響いた。

剣を合わせた瞬間に、ソーンは敵がたいした腕だと気づいた。復讐のために、何年も訓練を積んできたのだろう。それに、公平な戦いではなかった。フォレスターの剣のほうがはるかに重量がある。その彼の目は血走っていた。たとえ素手で戦おうとも、相手を殺すと誓っている目だ。

だが、ソーンの決意も固かった。力強い攻撃を受け止めたり、機敏にかわしたりしながら、一歩もあとに引かなかった。

ふいにフォレスターが場所を入れ替わり、すばやいフェイントをかけたあとで鋭く突いてきた。身をかわすのが一瞬遅ければ、ソーンは間違いなく切られていただろう。

ふたりの男は互いを警戒しながら円を描くようにまわった。フォレスターが怒りに燃えた目でまた剣を突きだした。

鋭い金属音とともに、何度も剣がぶつかりあった。

どちらも優勢に立てず、戦いは永遠に続くかに思われた。六、七分も経つと、ソーンは腕が痛くなってきた。だが、敵も疲れているのが伝わってきた。せせら笑う余裕がなくなっている。

その直後、フォレスターがよろめいた。

ソーンはここぞとばかりに攻撃を仕掛け、両手で剣を握りしめて敵を追いつめ、バランスを崩させて仰向けに倒した。

フォレスターは右に体を回転させた。しかし、ふたたび仰向けになったときには、喉元にソーンの剣の切っ先が突きつけられていた。

「負けを認めろ。さもなければ命を落とすぞ」ソーンは言った。

「地獄へ堕《お》ちろ」フォレスターが言い返す。

死ぬ気でいるのだろう。彼は甲高い叫び声をあげると、ソーンの頭を目がけて剣を突きだした。

ソーンはとっさに身を引いて攻撃をかわした。その隙にフォレスターが立ちあがった。だが戦いを続けるのではなく、身をひるがえして大広間の後ろの出入り口から逃げ去った。

ソーンはただちにあとを追った。逃がす気はなかった。この城は兵器室といい、同志がよく剣の訓練をするロング・ギャラリーといい、どこへ行こうが武器ならいくらでもある。

驚いたことに、フォレスターは城の奥に逃げこまず、急に方向を変えて石の階段をあがりはじめた。

ソーンもすぐあとについて階段を駆けあがった。四階まで来たときには呼吸が苦しくなっていたが、それは相手も同じだった。

階段の上まで来ると、フォレスターに続いてドアから外へ飛びだした。そこは城壁通路だった。

大広間の薄暗さに目が慣れていたソーンは太陽の光に目がくらみ、まばたきをしながら周囲を見まわした。右手には腰高の胸壁がある。目を細めて向こうをのぞくと、はるか下方に中庭が見えた。ちょうど厩舎の一画が真下にある。

城壁の向こうには、跳ね橋を見張るよう命じておいた船員たちと、ヴェラが呼び寄せた助《すけ》っ人《と》たちがいた。ちょうどそのとき、別の一行が馬で駆けつけた。ダイアナがいる。だが、ソーンはすぐに敵に視線を戻した。

フォレスターがすさまじい形相でソーンをにらみつけ、剣を高く振りあげた。ぎりぎりまで追いつめられたわけではないが、もう逃げ場がないのはわかっているはずだ。

ふいにフォレスターは剣を投げ捨てると身を低くかがめ、雄叫《おたけ》びをあげながら突進してきた。

破城槌のごとき勢いで胸に頭突きを食らって、ソーンは後ろによろめいた。

胸壁に背中を強打し、息ができなくなった。そこへ飛びかかってきたフォレスターにのしかかられて、ソーンの背中は胸壁の外側へ押しやられた。

23

胸壁を越えて背中から落ちかけているソーンを見て、ダイアナはぞっとして息が止まりそうになった。

だが、どういうわけかソーンの体は落ちずに止まった。それを越えてフォレスターの体が宙を舞い、人のものとも思えない叫び声をあげて落下した。

ダイアナは口を手でふさいで悲鳴をこらえた。ソーンが後頭部を壁に打ちつけた。片脚だけを胸壁に引っかけた不安定な状態で、頭を下にしたままぶらさがっている。

針のような恐怖に全身を突き刺され、ダイアナは恐怖のあまり、動くことも、息をすることさえもできなかった。この一時間はソーンがトーマス・フォレスターと死闘を尽くしている場面ばかりが頭に浮かんでいたが、こんな身がすくむ光景は想像もしていなかった。

ソーンは永遠とも思えるほどそのままの状態でいた。ああ、なぜ彼は体を起こそうとしないの？

「方向感覚が戻るのを待っているんでしょう」イェイツが言った。「あれだけ強く頭を打てば意識が朦朧とするし、息が詰まります。だから力が戻るのを待っているのです」

イェイツの言うとおりだったのだろう。やがてソーンが動きはじめた。片手をゆっくりと伸ばし、胸壁の凸部に指をかける。

次にもう一方の手も伸ばし、胸壁の端をつかんだ。

ダイアナはこぶしを握りしめ、ただじっと見あげていた。体を引きあげようとする腕の筋肉の張りまでが伝わってくるようだ。

「神様、お願いです……」思いつくかぎりの祈りの言葉を唱え、全身全霊でソーンの命が助かることを祈った。

無限にも感じられるときが過ぎたころ、ソーンが凸部に腕をまわした。

長いあいだじっとそうしていたが、ようやく力を振り絞り、上半身を引っぱりあげて胸壁の向こう側へ戻った。

涙とともに安堵がこみあげてきて、ダイアナは固く目を閉じた。体がぐらついている。心臓がふたたび打ちはじめたせいで頭に血がのぼり、めまいがした。

イェイツのほっとした言葉が聞こえてきた。「ああ、よかった」

「ええ」ダイアナの声が弱くかすれていたため、イェイツが鋭い視線を向けた。

ダイアナが震えているのに気づき、彼は心配そうな表情になった。

「真っ青ですよ。馬をおりて横になりますか？」

ダイアナは血の気の失せた顔でなんとかほほえんだ。

「いいえ……大丈夫よ。でも……本当に怖かったわ」

「そうですね。だけどソーンはあの程度のことなら何度も経験していますから、そんなに不安にならなくても平気ですよ」

ダイアナは力ない笑みをのみこんだ。ソーンを案じるなというのは無理だ。今はただソーンのそばに行き、彼が怪我をしておらず無事でいるのを確かめたかった。

彼女はイェイツとともに跳ね橋がおりるのを待った。背後には馬に乗った男性たちが二〇人ほどたむろしている。城を守るために集まった島の人々だろう。イェイツがそのうちの数人と話をしているのが聞こえた。だがダイアナはそちらにはほとんど注意を払わず、跳ね橋がおりきると真っ先に渡った。

なかに入ると馬を停め、必死にソーンの姿を捜した。戦いはすべて終わったらしく、中庭には大勢の人がいた。身柄を拘束されているのはフォレスターの仲間だろう。ほかの人たちは城の住民に違いない。

右手の奥に話しこんでいる男性たちがいた。金髪を見つけてどきりとしたとき、ソーンが彼女に気づいた。ダイアナが急いで馬を向けると、彼もやってきて馬の前に立った。

ソーンは馬具を握って馬を落ち着かせてから両腕を伸ばしてダイアナをおろし、きつく抱きしめた。ダイアナもまた、両腕をソーンの首にまわした。彼が荒々しくキスをする。ダイアナは半ば笑い、半ば泣きながら、熱いキスの感覚にソーンが生きているのだという強い証を感じ、喜びにひたった。

ようやくソーンが体を離したときも、ダイアナはまだ震えていた。そしてソーンの額に血のかたまりがついているのを見てはっとした。

彼は口元に疲れた笑みを浮かべた。「岩にぶつけただけだよ。ほかに怪我はない」ダイアナを安心させようとしているのだろう。

だがすり傷やあざだらけの顔を見るに、本当はほかに痛むところがあるに違いない。けれども言葉をかける前に腕を取られ、彼女はその場から引き離された。「見ないほうがいい」

「なんなの？」ダイアナは思わず肩越しに振り返った。

うつぶせになった人の姿が見える。トーマス・フォレスターだと悟り、胃がぎゅっと縮みあがった。あの高さから落ちたのだから、相当ひどい状態になっているだろう。それはソーンだったかもしれないのだ……。

めまいに襲われたダイアナはソーンの腕にしがみつき、もう一度唇にキスをされて、いくらか元気を取り戻した。

そのとき、温かい笑みを浮かべた銀髪の男性がふたりに近づいてきた。ぼんやりとした頭で、ダイアナはそれがガウェイン卿だと思いだした。数カ月前に島を訪ねたときに会っている。

ガウェイン卿はダイアナの手袋をした手を優雅に取った。

「あなたには本当にたくさん感謝しなくてはいけないことがありますね。ジョンに案内をさせますから、どうぞ応接間でお待ちください。われわれは少し用事があるので、それが終わりしだい、きちんと礼を言わせていただきたい」

「イェイツと一緒に行ってくれ」ソーンが促した。「ぼくはこれから港に戻って、マダム・ヴィーナスを連れてくる」

ダイアナはしかたなくイェイツについて建物のなかへ入った。だが大広間に足を踏み入れたところで歩を止め、状況を知りたいのでここにいたいとイェイツに頼んだ。

イェイツは渋っていたが無理強いはせず、邪魔にならない隅のほうへダイアナを案内した。大広間はどんどん人が増えていった。拘束された者や怪我をした人にまじって遺体が運ばれてきたのを見て、ダイアナはぞっとした。ここでも争いがあったのか、床には武器が散乱し、家具が倒れている。

城全体の雰囲気がどことなく沈んで見えた。しばらくすると、ダイアナはそのわけを知った。敵の首謀者は死に、手下たちは抵抗せずに降参したが、ガウェイン卿のふたりの使用人が城を守ろうとして亡くなり、それ以外に何人もが怪我をしていたのだ。

それから一時間ほどのあいだに、島の医師が呼ばれて負傷者を手当てし、死者を弔う準備が進められ、身柄を拘束された男たちの行き先が決まった。やがてソーンが見張りのついたマダム・ヴィーナスを連れて港から戻り、これからガウェイン卿の取り調べを受けるのだと聞かされた。

尋問はガウェイン卿の書斎で行われ、驚いたことにダイアナも同席を許された。

ガウェイン卿直々にエスコートされて、ダイアナは座り心地のよさそうな椅子を勧められたり、ワインを振る舞われたりした。ジョン・イェイツとサントス・ヴェラも一緒だった。

ヴェラは、以前は密輸商だったとソーンが話していた人物だろう。陽気なスペイン人だ。

ダイアナが椅子に座ったとき、黒髪の印象的な男性が書斎に入ってきた。以前、島を訪れたときに会っており、アレックス・ライダーという名前のイングランド人だと思いだした。黒い瞳に激しさを秘めた、とても危険な男性に見えた。彼もまた〈剣の騎士団〉の一員なのだろうか？

そのあと、さらに背の高い男性が入ってきて、トレイ・デヴァリルだと紹介された。この男性のたくましい体つきや、大胆な視線や、日焼けした力強い顔立ちにダイアナはすぐさま魅了された。

どちらも肖像画のモデルとしては最高だ。

ガウェイン卿もその新顔の客人を待っていたのか、すぐに声をかけた。

「デヴァリル、ちょうどよかった。これからミス・シェリダンに、マダム・ヴィーナスとのいきさつを説明してもらうところだったのだ。ぜひきみにも聞いてもらいたい」

ダイアナは肖像画を描きながらマダム・ヴィーナスと交わした会話やそのあとの出来事について、覚えていることをすべて話した。自分は孤児だったとマダム・ヴィーナスが打ち明けたこと、娼館の用心棒ふたりに馬車を襲われて命が危なかったこと、マダム・ヴィーナスがロンドンから姿を消したこと、キティが立ち聞きした会話のこと、用心棒たちをとらえたこと、そのふたりがソーンを殺そうとしたことを認め、ナサニエル殺害の黒幕を白状したことなどだ。

ガウェイン卿はときどき鋭い質問を投げかけ、ダイアナ自身が気づいていなかった事実を引きだした。そして、マダム・ヴィーナスは兄の陰謀に深くかかわっていたようだというダイアナの意見をじっくりと聞いていた。

〈剣の騎士団〉を代表してガウェイン卿から勇気をたたえられ、礼を述べられたダイアナは、自分の立場にあれば誰でも同じことをしただろうと謙遜した。

ライダーがにやりとした。「本当にそう思っているのだとしたら、人間性というものを買いかぶりすぎだ。きみと出会えたソーンは幸せ者だな」

「自分でもそう思うよ」ちょうど書斎に入ってきたソーンが答えた。

ダイアナははっと顔をあげ、ソーンの姿を見つめた。疲れた表情はしているが、気だるそうなほほえみは胸が締めつけられるほど魅力的だ。ダイアナはワインのおかげで少し元気を取り戻し、気分が落ち着いていたが、ソーンが命を落としていたかもしれないことを思いだすと、改めてぞっとした。だが彼はこうして生き延び、今はハイドパークでも散歩しているのかと思うくらいにくつろいでいる。

その直後、マダム・ヴィーナスがふたりの見張りに連れられて入ってきた。

美しい彼女の姿を、ダイアナは寂しい気持ちで眺めた。さっきは気づかなかったが、ドレスはところどころしみがついたり破れたりしている。本当に兄に無理やり連れてこられたのだとすれば、キュレネ島までの長い旅のあいだドレスを着替えることもなかったのだろう。

それに加えて、縛られていたせいで手首の皮がむけているのに気づき、ダイアナは顔をしかめた。

ソーンは見張りをさがらせてマダム・ヴィーナスを部屋の奥へ案内し、イェイツを除くほかの男性――ガウェイン卿、ライダー、デヴァリル、ヴェラ――に紹介した。

ガウェイン卿はマダム・ヴィーナスをとても丁重に扱い、ワインを勧め、ダイアナのそばに座るのを待って話しかけた。

「兄上のことはお悔やみ申しあげます、ミス・フォレスター」

マダム・ヴィーナスは一瞬、緑の目に悲しみをたたえ、まっすぐにガウェイン卿を見据えた。「どうぞヴィーナスかマダムと呼んでください。ミス・フォレスターははるか昔に亡くなりました」

「いいでしょう、マダム。なぜ今日の悲劇が起きたのか、われわれはそれを知りたいと考えています。おわかりいただけますね？」

マダム・ヴィーナスは立ったままのソーンにちらりと視線を向けた。

「ソーン卿からも、包み隠さずすべてを話すように言われました」

「ええ、真実をうかがうのがいちばんです。こちらは罪もない者がふたり亡くなり、ひとりが重傷を負い、ほかにも何人かが怪我をしましたからね」

マダム・ヴィーナスは初めてうつむいた。「それについては本当に申し訳なく思っています。わたくしもこうなることは望んでおりませんでした」

「トーマス・フォレスターはどうしてわたしの死をあれほどまでに望んでいたのか、お聞かせ願えますか」

　マダム・ヴィーナスは皮のむけた手首をぼんやりと親指でこすった。

「ご存じでしょう。復讐です」

「そちらの視点からの話をうかがいたいのです」

　マダム・ヴィーナスは顔をあげ、またまっすぐにガウェイン卿を見据えた。

「簡単なことです。わたくしたちは憎んでおりました。〈剣の騎士団〉を、そしてとりわけあなたを。兄とわたくしはまだ年端もいかないころ、あなたに両親を殺されて、施設へ送られ、つらい毎日を送りました。あなたにすべてを奪われたのです。家族も、将来も、無邪気さも」

　ガウェイン卿が静かにため息をついた。「ご両親のことは残念に思います、マダム。だが、あなたは事実を著しく誤解していらっしゃる」

　マダム・ヴィーナスがきれいな口元をかすかにゆがめた。

「ソーン卿からうかがいました。実際は父が家族を人質にし、母を手にかけたそうですね。絞首刑になりたくないばかりに投降しなかったとか」彼女はかすかに頭を振った。「にわかには信じられません。二〇年間も違うふうに思っておりましたから」

「ですが、これが真実です。もちろん、幼かったあなた方が事実を誤解してしまったのはしかたがないと思っています。どうぞ続けてください。トーマス・フォレスターはわたしをひどく憎み、あなたもそれに共感されたのですね？」

「わたくしにとって、兄はたったひとり残された家族でした。貧しくてつらい生活から救いだしてくれた兄に、わたくしは喜んでついていこうと決めたのです」

「〈剣の騎士団〉を破滅させる計画は、どのようにして進められたのですか？」

「兄はずっとあなたの正体を知りたがっていました。あなたのことがわかったのは四年前です。ロンドンにおいでになったあなたを兄が見て、両親を殺した集団を率いていた人物だと気づいたのです。そのあと、あるフランス人があなたは〈剣の騎士団〉のメンバーだと教えてくれました。兄はフランス人の工作員たちと結託して、あなたのことを調べるようになりました。お住まいや仲間、組織、弱点など、手に入る情報はすべて集めたのです」

マダム・ヴィーナスを見ながら、ガウェイン卿は両手の指を合わせて唇に当て、じっと考えこんでいた。「そのフランス人の工作員について話してもらえますか？　当然、フランス軍の諜報員《ちょうほう》ということですね？」

「ええ。兄に負けず劣らず、あなたを破滅させたがっていました。フランス軍はさまざまな場面で、〈剣の騎士団〉に何度も邪魔をされていますものね。だから兄とは利害関係が一致したのです。あなたを亡き者にすれば兄にとっては復讐になりますし、彼らにしてみれば〈剣の騎士団〉の指導者を暗殺し、組織の弱体化をはかれることになります」

「でも、計画は頓挫《とんざ》したと？」

「そうです。昨年の春にナポレオンが退位して、フランス人の工作員から支援が受けられなくなりました。それにあなたは孤島にいらっしゃるので、なかなか接近するのが難しかったのです」

「だから昨年の秋、ダニエレとピーターのニューハム兄妹を島に送りこんで、われわれのことを探らせたのですね」

マダム・ヴィーナスがうなずく。「〈剣の騎士団〉のメンバーを調べることが彼らの任務でした。ですが、兄の究極の狙いはずっとあなたでした」

「ナサニエル・ランスフォードはどうかかわってくるのですか？」

マダム・ヴィーナスはまたうつむいた。「ナサニエルは兄が工作員と一緒にいるところを偶然目撃して、怪しみだしたのです。そのうちに兄がフランス側と共謀しているのを確信し、逮捕に向けての証拠を集めにかかりました」

「だからトーマス・フォレスターはナサニエルを消したのですね」

「ええ」彼女は弱々しい声で言った。

「マダム、あなたの役割は？」

「話すんだ」ソーンが口を挟んだ。くつろいだようすで壁にもたれかかっているが、口調は厳しかった。「さっき城へ来る途中でぼくに打ち明けたことを、ガウェイン卿にもしゃべるといい」

マダム・ヴィーナスはかすかに身を震わせたが、勇気を振り絞るように背筋を伸ばした。

「わたくしの務めはナサニエルを誘惑することでした。組織について少しでも聞きだすためです。彼が〈剣の騎士団〉の一員かもしれないと思ったのは、それまでに何度もキュレネ島へ行っていたことを知っていたからですわ」そこで言葉を切った。「わたくしはナサニエルの気持ちを知りながら、それを利用したのです」

「どんな情報を引きだしたのですか？」ガウェイン卿が静かに訊いた。

マダム・ヴィーナスは顔をあげ、ガウェイン卿の視線を受け止めた。

「キュレネ島のことや外務省の仕事をしていることなどを聞きだしました。ナサニエルはわたくしがトーマスの妹とは知りませんから、その程度ならしゃべっても大丈夫と思ったのでしょう。ところがあるとき、兄がうかつにも一週間のうちに二度も店を訪れました。それを見てナサニエルは、わたくしと兄が愛人関係にあり、共謀して情報をフランスに売っていると考えたようです。次に会ったとき、兄についてわたくしが知っていることを訊かれ、彼には近づかないほうがいいと警告されました」

「きみを守ろうとしたのだろう」ソーンが言った。

「わたくしもそう思います。彼は証拠もないのにわたくしを責めるような人ではありませんでしたから。ナサニエルはサセックスへ行く兄を尾行して、兄が売国行為にどっぷりとつかっているのに気づきました。でもロンドンへ戻って二日後、兄にうまく呼びだされて殺されてしまったのです」

マダム・ヴィーナスの声は震えていた。「本当に気の毒なことをしたと思います。わたくしも責められて当然です。兄は追いつめられたら、それくらいしかねないと気づくべきでした」彼女は悲しげな顔でダイアナを見た。「あなたにはなんと謝罪したらいいか……ナサニエルはあなたのことを大切に思っていました。いつも楽しそうに話をしていたのですよ」

大好きだったいとこを思いだし、ダイアナは涙がこみあげそうになった。なにか言おうと思ったが、その前にソーンが割って入った。

「トーマスがナサニエルを殺すかもしれないとは思わなかったのか？」

「ええ。兄はナサニエルを利用するだけだと嘘をついていましたから。もし兄の意図に気づいていたら、絶対に止めていました」

「だが先日はきみのところの従僕が、トーマスに命じられてぼくを襲った。ダイアナまで巻き添えにしてね」

マダム・ヴィーナスが顔をゆがめた。「あの件は心から申し訳なく思っています。ただ、あのころになると、兄はもうわたくしの言葉に耳を貸さなくなっていたのです。憎しみのあまり、理性をなくしていました」彼女はガウェイン卿へ顔を向けた。「言い訳をするつもりはありません。たしかにわたくしもあなたの破滅を願っていました。でも近ごろでは、もうこんなことは続けられないと思うようになっていました」

「そう感じるようになった理由は？」ガウェイン卿が穏やかな声で訊く。

「もう充分すぎるほど血が流れたからです。また誰かがナサニエルのように死んでいくのかと思うと耐えられませんでした」

「ご自分が反逆罪にかかわったという自覚はあるのですか？　絞首刑に値する罪ですよ」

「だめです！」ダイアナは思わず叫び、全員の目が自分を見ているのに気づいて唇を噛んだ。

「申し訳ありません、ガウェイン卿。ですがこの数カ月で、わたしは彼女の人柄を知りました。マダム・ヴィーナスは悪い人ではありません。トーマス・フォレスターとはまったく違います。それに彼女のしたことが絞首刑に値するとは思えません。もし同じ状況にあったら、ガウェイン卿もマダム・ヴィーナスと似たような行動を取られるのではないでしょうか。両親を殺した相手より、身内の側につくのは当然です。お願いです……マダム・ヴィーナスはもう充分に苦しみました」

ダイアナの懇願を聞いて、ガウェイン卿は考えこんだ。そしてゆっくりとマダム・ヴィーナスに語りかけた。「問題はこれから先、あなたを信用できるかどうかです」

「もし機会をいただけたら、信頼してくださっても大丈夫だと証明してみせますわ」

「もちろん絞首刑以外にも刑罰は考えられます。あなたを離れ小島へ送って幽閉することもできるのですから」

「あるいはロンドンへ戻して……」ソーンが続ける。「ぼくたちの任務を手伝ってもらうことも可能です」

ガウェイン卿がかすかに冷ややかな笑みを浮かべた。

「外務省の仕事をさせろというのか?」

「そうです。マダム・ヴィーナスはすでに組織について熟知しています。それにロンドンの中心部に店を構えていれば、われわれの敵とかかわる機会も多いでしょう。実際のところ、彼女はなかなかしたたかでしたよ。ぼくとしては、ぜひ味方につけたいですね」

「ジョン、きみはどう思う？　ナサニエルの殺害やソーンの襲撃に多少なりとも関与した者を仲間に入れるのは、いささか無謀だとは思わないかね？」

イェイツはしぶしぶといったようすで答えた。「試してみる価値はあるんじゃないでしょうか。最後はトーマス・フォレスターを止めようとしたんですし」

ほかの三人も意見を求められ、それぞれが短い言葉で賛成の意を示した。ガウェイン卿はマダム・ヴィーナスに視線を戻した。

「長年憎んできた相手の配下となって働くのに耐えられますか？」

一瞬、まさかという顔をしたあと、マダム・ヴィーナスは静かに答えた。

「もう憎しみは消えていますわ、ガウェイン卿」

ソーンがつけ加えた。「ロンドンに戻ったら、ぼくがちゃんと目を光らせていますよ。もしまた彼女が道をそれたら、そのときに改めてどうするか考えればいいんじゃないですか」

ガウェイン卿は水色の目に愉快そうな表情をたたえた。「マダム、あなたには信奉者が多いのですね。正直なところ、ご苦労をおかけしてきたことに、わたしも責任を感じています。互いの利益になる取り決めを結ぶのは可能かもしれません。結論が出るまで、どうぞ客人として城にご滞在ください。ジョンに言って、誰かに寝室まで案内させましょう。それに……着替えが必要ですね」

「ありがとうございます、ガウェイン卿」マダム・ヴィーナスはほっとした声で素直に礼を述べた。それから、感謝に満ちた目でダイアナを見た。ダイアナはマダム・ヴィーナスの手を握りしめ、無言で励ました。

女性ふたりが立ちあがると、男性たちも腰をあげ、マダム・ヴィーナスがイェイツにつき添われて書斎を出ていくのを見送った。

ドアが閉まると、ソーンがガウェイン卿に顔を向けた。

「もう結論は出ているんでしょう？」

「そうだな」ガウェイン卿はかすかにほほえんだ。「組織を手伝うことで彼女が償いをしていると感じられるなら、それがいちばんいいという気はしている。だが、事は慎重に進めたい」

そう言うと、ライダーのほうを見た。「きみはマダム・ヴィーナスをロンドンまで送り、向こうで見張っていてくれ。そしていくつか仕事を任せてみてほしい」

「彼女を試すんですね？」ライダーが訊く。

「そうだ。きみならマダム・ヴィーナスの魅力に抵抗できると信じているよ」

ライダーは軽く笑った。「せいぜい努力しますよ」

ガウェイン卿はデヴァリルに視線を移した。「たしか個人的な用事で近々ロンドンへ行くんだったね？」

「はい、来週には発とうと思っています」

「では申し訳ないが、マダム・ヴィーナスを乗せてやってくれないか」

「了解しました」

「きみの次の任務については、島に戻ってきてから相談しよう」ガウェイン卿はダイアナへ顔を向けた。「デヴァリルはこの一年ほど外国の海にいてね。だが、そろそろこちらの任務に戻ってきてほしいと思っているんだ」

声をかけられたので、ダイアナは機会を逃さず礼を述べた。「マダム・ヴィーナスに恩情をかけてくださってありがとうございました」

「お礼を言わなくてはいけないのはこちらのほうだよ。いろいろと力になってくれて本当に感謝している。さて、申し訳ないがわたしはこれで失礼しよう。ほかに片づけなければならない用事がいくつかあるものでね。それに、あなたもソーンとゆっくり話がしたいだろう」

ガウェイン卿は優しくほほえみ、ダイアナの手を取って深々とお辞儀をすると部屋をあとにした。

ちょうど入れ違いにジョン・イェイツが戻ってきた。

ライダーがイェイツににやりとした。

「ミス・シェリダンのいとこに鎖でつながれたんだって？　ご愁傷様」

イェイツが照れくさそうに笑った。「同情はいりませんよ。ぼくは自分をこのうえなく幸せな男だと考えていますからね。振られると思っていたんです。でも、エイミーはぼくなしでは生きられないと言ってくれました」

「そりゃあ、お幸せに」デヴァリルが声をかけた。

「ソーン」ライダーがからかうような口調で訊いた。「そっちの結婚式はいつなんだ？」

ソーンはダイアナをじっと見つめた。その表情からなにを考えているのかは読めなかった。

「それは彼女しだいだ」

婚約の解消をいつ公表するかはダイアナにゆだねようというのだろう。ダイアナは急に暗い気分になった。だが、今はそういう話をするのにふさわしいときではない。

イェイツもダイアナとソーンをふたりきりにしようと思ったのか、彼女にお辞儀をした。

「ぼくも失礼して、船までエイミーを迎えに行ってきます。彼女のことだから、きっと今ごろはやきもきしているでしょう」

「さてと」ライダーが言った。「ぼくはこれからフォレスターの手下の尋問だ。ミス・シェリダン、お会いできて光栄だった。この……」ソーンの背中をぽんと叩いた。「向こう見ずな男をつかまえたのには敬服するよ。せいぜいしっかりと縄で縛っておいてくれ」

「よろしく、ミス・シェリダン」デヴァリルが声をかけた。「ぼくになにかできることがあったら、いつでもおっしゃってください」

「おれもいますよ、セニョリータ」ヴェラも言った。

ダイアナは力なく感謝の笑みを浮かべた。そしてドアへ向かおうとしたが、ソーンに手で制された。「ここで待っていてくれないか？　この三人とちょっと話があるから」

ソーンは返事も待たずに三人について書斎を出ていった。

ほかにすることもないため、ダイアナはソファに座った。急にどっと疲れがこみあげてきた。

ここしばらく不安と心配が続き、今日はソーンが死ぬかもしれないという恐ろしい場面を見たせいで、神経がすりきれて魂がぼろぼろになっている。だがこの憂鬱《うつ》な気持ちは、終わった出来事が原因ではない。これから始まる、彼のいない荒涼とした虚ろな人生を思ってのことだ。

涙があふれそうになり、ダイアナは慌てて目をこすった。ソーンは無事だったのだから、わたしは次のことを考えなければならない。ロンドンに戻るしかないのだ。けれども、将来はぱっくりと口を開けた真っ暗な裂け目にしか見えない。ひとりの生活に、果たして耐えられるだろうか？

そのとき、ソーンが戻ってきた。ダイアナは背筋を伸ばして顎を引き、涙をのみこんだ。泣いているところは見られたくない。

具合の悪いことに、ソーンは彼女の隣に座った。手を取られ、ダイアナの胸にふいに熱い感情がこみあげる。彼は慰めようとそうしているのだろうが、手が触れあうだけでもダイアナは体がこわばって苦しくなった。

「きみの荷物を運ぼうと思うんだが、その前に相談がある。問題は、きみが今夜どこに泊まるかだ。エイミーはもちろんイェイツのところへ行く。そうなると、きみがひとりでぼくのところに来ることになるが、それはあまりよろしくない。またスキャンダルになるからね」

ダイアナの胃がしこった。ソーンはさよならを言っているの？　今日を境に別れようというのかしら？

だめよ。ダイアナは無言のまま心で泣いていた。そんなことはとてもできない。彼と別れるのは、心臓をえぐり取られるようなものだ。

ダイアナは深く息を吸い、ソーンの目を見た。

「スキャンダルになってもかまわないわ。あなたのところに泊まりたいの」

ソーンは黙りこみ、彼女の顔をのぞきこんだ。

「結婚なんかしなくていい」ダイアナは消え入りそうな声で続けた。「あなたは本当は結婚したくないのに、わたしのために自分の自由をあきらめようとしている。そんなことには耐えられない。だけど、それでもわたしはあなたの愛人でいたいの」

ふいに重い沈黙が落ちた。自分の心臓の音だけが響いている。彼はなんと答えるかしら？

ソーンが目を細めた。「それにはひとつだけ問題がある」彼は穏やかな声で言った。「ぼくは体の関係だけでは満足できない」

ダイアナの目に涙がこみあげ、彼女はそれを見られまいと顔をそむけた。そうしなくてはならないのなら、懇願でもなんでもしよう。でも今、口を開いたら、きっと泣きじゃくってしまう。そんな姿を見せたら、いやがられるだけだ。

ソーンはダイアナの手を握りしめた。「こっちを見るんだ」

彼が待っているのがわかったけれど、ダイアナはそうできずに首を振った。

「多分……」ソーンが話しはじめた。「ぼくが誤解させてしまったんだね。ぼくは結婚したくないわけじゃない。出会いを待っていただけだ。自分にぴったりの女性を求めてきた。きみはあらゆる意味でぼくにぴったりな女性だよ。本当は、少し前からそれがわかっていた。馬車を襲撃されて死に直面したあの夜からだと思う」言葉を切り、ささやくような低い声になる。「きみに出会うまで、妻にしたいと思う女性はぼくの前に現れなかった。だが、きみは違う。ぼくのそばにいて、一緒に危険に立ち向かってくれる人だ。それなのにぼくは、きみをどれほど愛しているか気づくのに時間がかかってしまった」

今、耳にした言葉が信じられず、ダイアナは顔をあげた。「わたしを……愛している?」

「そうだ。これ以上ないくらいにね」ソーンは苦笑いを浮かべ、ふたりの絡めた指に視線を落とした。「正直言って、われながら驚いているよ。こんなふうに誰かを愛せるとは思ってもいなかった」彼はダイアナの手を自分の心臓の上に当てさせた。「これほど深く、せつない感情を抱いたのは初めてだ」

ダイアナは言葉もなくソーンの顔を見つめた。驚きとともに、あふれんばかりの喜びがこみあげてくる。まさかこんなことがあろうとは想像もしていなかった。「きっとこれは夢だわ」彼女は力なく言った。「わたしがあなたに愛されるなんて」

ソーンは小さく毒づいて両手でダイアナの頬を包みこみ、親指で涙をぬぐった。

「夢じゃない。ぼくの気持ちは紛れもなく現実だ。ダイアナ……」

言葉を切り、ダイアナの顔をじっとのぞきこむ。「ぼくはきみにふさわしい男になりたい。きみが最初の恋でつらい思いをしたのは知っている。だが、ぼくはきみを傷つけたりしない。本当だ。ぼくを信じてくれないか。命に懸けて誓う。絶対にきみを裏切ったりはしない」

ソーンの気持ちの強さに、ダイアナは胸を打たれた。彼の不安そうな表情や、懇願する目から、言葉以上に告白の誠実さが伝わってくる。

熱に浮かされたハシバミ色の目を見て、ダイアナは笑い泣きをした。わたしはこんなにも必死にソーンを求めている。この胸のうずきや、こみあげる激情は魂の奥底からの叫びだ。

「わたしの心はもうあなたのものよ」ダイアナはささやいた。「ずっと前からそうだった。あなたが死ぬかもしれないと考えたとき、わたしは自分に嘘をついていたのに気づいたの。あなたを愛してはいけないと思ったけれど、どうしても自分を抑えられなかった」

ソーンは固く目を閉じ、ダイアナを抱き寄せた。「よかった……」

そして強く抱きしめて唇を重ねると、息もつけないほど熱く口づけた。

ダイアナが甘い声をもらした。深く絡められた舌をほとばしる情熱で受け止める。

やがてソーンは顔を離し、ダイアナの目をのぞきこんだ。

「ぼくと結婚してくれるね」彼はかすれた声で確かめた。

キスで頭がくらくらしていたダイアナは、一瞬、返事が遅れた。ソーンがもどかしげに彼女の肩をつかむ。

「妻になってくれるかい？」

「ええ」ダイアナの声もまたかすれていた。

ソーンはゆっくりとこぼれるような笑みを見せ、また唇を重ねながらささやいた。

「ぼくの花嫁になるまで、きみはこの島を出られないぞ」

その言葉の重みを感じながら、ダイアナは彼の一方的な態度をからかうように眉をつりあげた。「あら、どうやってわたしを引き留めるつもりなの？」

「必要なら、力ずくでだよ。どこかに閉じこめ、あらゆる手段を駆使して、きみがイエスと言うまで口説き続けるつもりだった」ソーンがにっこりする。「でも、そんなことにならなくてよかった」

今度はダイアナがソーンの目をのぞきこんだ。「本当に結婚していいのね？」

ソーンはすぐさま真剣な顔になった。「もちろんだ。心の底からそうすることを望んでいる」彼の目は輝いていた。「エイミーのほうが賢かったな。彼女はイェイツがいなくては生きていけないと言った。ぼくも同じだ。きみのいない人生など考えられない」

ダイアナはしみじみと幸せを感じてほほえんだ。「愛されていると思っていいのね？」

「信じてほしい」ソーンはダイアナの頰を両手で包みこんだ。「きみはぼくの心の空虚な部分を埋めてくれる。きみがいてこそ、ぼくは自分が完全な存在だと感じられるんだ。きみはぼくの体の半分みたいなものだ。ずっと一緒に生きていきたいと願っている。いつか死がふたりをわかつまで」

その死がすぐそこまで来ていたことを思いだし、ダイアナは身震いをした。こみあげる涙をこらえて目をあげ、ソーンの傷だらけの顔を指先でそっとなでた。

「もしあのとき、あなたに万が一のことがあったら、わたしはとても耐えられなかった」

ソーンは目を細め、わざとらしく眉をひそめた。「ぼくはいなくなったりしないよ。言っただろう？　ぼくは老人になるまで長生きする。きみと、それに子供たちと一緒に」

最後のひと言に、ダイアナははっとした。「子供たち……？　子供を望んでいるの？」

ソーンは優しい表情になった。

「もちろんだ。きみの子なら何人でも大歓迎だ。いやかい？」

「まさか。赤ちゃんを産むのがわたしの夢だったんですもの。だけど、あなたが家族を欲しがるとは思わなかったから」

「じゃあ、これからはどんどんそう思ってくれ。ぼくはきみと幸せな家庭を築きたい。きみと同じくらい美人で才能があって特別な存在の娘と、ちょっとやんちゃで誇らしい息子がたくさん欲しいんだ」ソーンはハシバミ色の目にいたずらっぽい笑みを浮かべた。「それに、いいかげん父に孫の顔を見せてやってもいいころだ」

その目が真剣になった。「ダイアナ……ぼくは〈剣の騎士団〉を辞めることはできない。だが、これからはもっと慎重になると約束する。もう二度と無謀なまねはしないよ」

ソーンの視線を受け止めながら、ダイアナは彼の唇を指でなぞった。

「組織から離れてくれと頼むつもりはないわ。仕事はあなたの生きがいだもの」

ダイアナは本気でそう思っていた。〈剣の騎士団〉はソーンにとって体の一部のようなものだし、だからこそわたしはいっそう彼に深い愛情を覚えている。

わたしが絵を描かずにはいられないように、いいえ、それ以上に、ソーンは〈剣の騎士団〉をあきらめることなどできないはずだ。人生に刺激や、スリルや、敵との駆け引きを必要としているのだから。

「あなたの気持ちはわかっているつもりよ。あなたは危険を糧に生きている人だもの」

ソーンは唇を引き結び、少し難しい顔になった。「そうかもしれない。でも、今は違う。きみがいるからだ。どんな危険を味わうよりも、きみを愛していることのほうが生きていると感じられる」

「ソーン……」ダイアナはため息をもらし、キスを求めた。彼と歩む人生は決して穏やかではないだろう。それどころか、困難に満ちた、はらはらする日々の連続になるかもしれない。けれども、覚悟はできている。

この人に心を開いてみよう。ソーンはわたしを傷つけたりしないはずだ。ダイアナはソーンの背中に手をまわし、思いの丈をこめて抱きしめた。彼の愛が欲しい。彼と一生をともにしたい。ソーンなら体がひとつになる喜びだけでなく、心がつながる幸せを感じさせてくれるはずだ。

ソーンは長いあいだダイアナの熱い思いを受け止めていたが、ふいにうめき声をもらして体を離し、ふたりのあいだに距離を置いた。

「この場できみを押し倒してしまいそうだよ」ソーンがぶっきらぼうな口調で言った。「でも、今度愛しあうときは、ちゃんとした夫婦になっていたいんだ。できれば明日の朝にでも結婚式を挙げたいところだが、数日待ってほしい。今日、亡くなった人たちを弔うのが先だ。島の司祭に頼んで、今週末までには挙式をしたいと思っている。ロンドンで結婚特別許可証を取っておいたから、面倒な手続きは必要ないしね。とにかくきみの気が変わる前に、さっさと結婚の誓いをすませておきたいからな」

ダイアナは苦笑しながら背筋を伸ばし、ドレスを整えて髪をなでつけた。

「そんな心配は無用よ。気が変わったりしないわ。それより、あなたのほうこそ――」

言い終わるのも待たず、ソーンはダイアナを引き寄せて、またもや濃厚なキスをした。

ぼくの心は決まっている。ダイアナを妻にするのだ。彼女こそぼくが一生をかけて待ち続けてきた、ただひとりの女性だ。

ダイアナと一緒なら、身も心も刺激に満ちた人生を送れそうだ。毎晩、彼女の夢を見て、朝は彼女のことを考えながら目覚めるのだろう。

そして生涯、この女性と出会えたことを運命に感謝しながら生きていくのだ。

エピローグ

一八一五年六月
キュレネ島

この夕方の深紅と金色に染まった夕焼け空もまた美しい一枚の風景画になりそうだと、夫のたくましい胸にもたれかかりながらダイアナは思った。ソーンの屋敷の裏手にある断崖に立ち、彼に背後から軽く腕をまわされ、心は幸せに満ちている。

結婚してから二週間近くが経ち、暮れなずむ空と紺碧の海を眺めるのは今やふたりの日課になっていた。

これほど官能的なひとときをダイアナは知らなかった。足下の岩の海岸に打ち寄せる柔らかな波音、頬をなでる涼しい海風、そよそよと揺れるイナゴマメの枝、髪に押し当てられたソーンの唇の感触、彼の鼓動が体に伝わり、自分の鼓動と重なっている。

まさに楽園に暮らす恋人同士だ。この瞬間がたまらなく愛おしい。

ふたりはここ半月のあいだに、この美しい島をずいぶん散策した。馬に乗って黄金色に輝く谷を通り、緑に覆われた山道をのぼり、シルクのような砂を素足に感じながら狭い海岸をのんびりと歩き、誰も来ない入り江で泳いだ。そして夫と妻としての親密なひとときを楽しんだ。今日は精霊キュレネとライオンの噴水が奏でる水の調べを聞きながら中庭で夕食をとり、そのあと手を取りあってこの地中海を望む岸壁にやってきた。

水平線から月がのぼり、暗い海が銀色にきらきらと輝くさまを眺めながら、ダイアナは満足のため息をもらした。この静謐《せいひつ》な光景はまるで魔法のようだ。

「なんてきれいなの」ダイアナはぽつりと言った。

「きみのほうがもっと美しい」ソーンが答えた。

今宵を予感させる声の響きに、ダイアナの胸は震えた。結婚してから毎夜そうしてくれているように、もうしばらくすればソーンがわたしを燃え盛る情熱の世界へ連れ去ってくれる。

結婚式の日まで、ダイアナはレディ・イザベラの屋敷に滞在した。レディ・イザベラは優雅で存在感に満ちたスペイン人のレディで、人生を謳歌し、スキャンダルを起こすことさえ楽しんでいる節があった。

教会で式を挙げたあと、ガウェイン卿がオルウェン城で舞踏会を兼ねた盛大な披露パーティを開いてくれた。ソーンが新妻をキュレネ島の社交界に見せびらかしたかったがために、島で暮らす大勢の貴族が招待された。

マダム・ヴィーナスも出席を許された。彼女は翌日には、危険な目をしたアレックス・ライダーと、大胆で不思議な魅力のある冒険家のトレイ・デヴァリルにつき添われ、ロンドンへ発つ予定になっていた。

そのどちらの男性ともダイアナは舞踏会で踊った。ダンスの相手にはホークハーストという名の伯爵もいた。どことなく謎めいた雰囲気のある鋭い目をした男性で、キュレネ島にすばらしい馬の繁殖場を所有しているらしい。その三人と夫の友情に満ちた会話を聞いたダイアナは、〈剣の騎士団〉のメンバーがみなよく似た特質を持っているのに驚いた。誰もが異彩を放ち、大義を重んじる。

〈剣の騎士団〉に女性はわずかしかいないようだ。同志であり親友でもあるカーロとマックスのレイトン夫妻に会えるようにと、ソーンはロンドンへ戻る時期を遅らせた。夫妻はベルギーに行っているとのことだった。元騎兵隊将校だったマックスは、ふたたび他国を侵略しはじめたナポレオンの息の根を止めるため、今年の四月に再入隊したのだ。腕のいい治療師であるカーロも夫に同行し、戦場で負傷者の治療に当たっているという。

二日前、連合軍が勝利したという知らせが島に届いた。約二〇年に及ぶ英仏間の戦争は、ベルギーの村、ワーテルローの近くで行われた激しい戦いをもって終焉《しゅうえん》となった。幸いにも、カーロとマックスは無事だったらしい。

勝利の知らせを受け、島は喜びにわいた。ダイアナももちろんうれしかったが、いとこのナサニエルもともに祝えたらよかったのにと思わずにはいられなかった。

「なにを考えているんだい？」ソーンが耳元でささやいた。ずっと一緒にいるため、彼はダイアナの心を読むことがよくあった。

「昨日の追悼式のことを考えていたの。とてもいい会だった。いろいろなことを思いだしたわ」

「それはぼくも同じだ」ソーンは静かに答えた。

前日、屋敷のテラス式庭園でナサニエルを偲《しの》ぶ会を催し、新しい噴水を捧げた。二〇人ほどの参加者があり、そのうちの数名はダイアナが〈剣の騎士団〉のメンバーだと知っている人たちだった。

ダイアナは夫の手を握り、その肩に頭を預けた。ナサニエルのことはよく思い起こす。長男ができたらナサニエルの名前をつけようとソーンは言ってくれた。

「いとこがそういう仕事をしているとは全然知らなかったの。だけど今にして思えば、わかる気がするわ。ずっとすばらしい人だと思っていたもの。子供のころのわたしにとって、ナサニエルは英雄であり、勇敢な騎士だった。じつの兄のように敬愛していたのよ」

「今度はぜひ、ぼくのことを敬愛してほしいな」ソーンがダイアナのうなじに唇をつけた。

ええ、敬愛しているわ、と思い、ダイアナはほほえんだ。〈剣の騎士団〉について知れば知るほど、ソーンに対する尊敬の念は深まっている。伝説の古代の王を信奉する者たちが島に流れ着き、この秘密結社を組織したのだと聞かされたときは畏怖の念に打たれた。

ダイアナはソーンの腕のなかで向きを変え、彼の唇に軽くキスをした。

「愛しているわ、心から」

「いい響きの言葉だな。でも、もっと具体的に示してほしいね。ゆうべからもう丸一日経っている」

ソーンはふいに新妻の手を取り、足早に屋敷へ戻りはじめた。そのせっかちなようすに思わず笑いながら、ダイアナは喜んでついていき、緑豊かなテラス式庭園を抜け、バルコニーへと続く階段をあがった。

主寝室の前まで来るとソーンは足を止め、新妻の体を抱きあげた。ダイアナは驚いてまた笑った。ソーンは彼女を部屋へ運びこみ、ゆっくりとキスをしながら足を床におろさせた。

「さて、奥方様、今宵はどのようにご奉仕いたしましょうか？　また絵を描きますか？」彼はかすれた声で言った。

「絵はもういいわ」ダイアナの声も同じくかすれていた。

「ですが、ぼくの腕前は堪能していただけたでしょう？」

「ええ、とても」からかうような表情を浮かべたソーンのハシバミ色の目が魅力的だった。

先週、ソーンは新妻のために用意したアトリエでふたりだけの絵を描こうと言いだした。ダイアナにポーズを取らせ、クロテンの絵筆と四種類の果汁を使って体に色を塗り、その汁を余すところなく口でぬぐい取ったのだ。これからは絵筆を手にするたびに、あのときのことを思いださずにいられないだろう。きっとそれが彼の狙いだ。

「今夜は……」ダイアナは優雅に結ばれたソーンのクラヴァットをほどいた。「モデルとしてではなく、妻として愛されたい気分だわ」

ふたりは蠟燭の明かりのなかで服を脱がせあい、ときおり唇や手で相手の肌を確かめた。

互いを求める気持ちは今なお強いが、以前のように先を急ぐことはない。時間は永遠にあると知っているからだ。

ソーンは一糸まとわぬ姿になった妻をベッドにいざない、淡い色のシーツに寝かせた。

「この場面を何度思い描いてきたか」そう言うと、自分も隣に横たわった。「ぼくのベッドへきみを誘い、心ゆくまで味わいたいとずっと思っていた」

ダイアナは笑いながら夫の首へ両腕をまわした。

「あら、わたしをベッドに誘うのにそんなに苦労したことはないと思うけれど？」

「嘘をつけ。ずっとぼくをじらしていたくせに。きみがまだあのろくでなしに気があるのかと思ったときは、あいつの首を絞めに行ってやろうかと考えたよ」

ダイアナはかぶりを振りながら、夫の目を見つめた。

「もうずっと昔に終わったことよ。それにあのときはただ、若い娘らしく熱をあげていただけ。あなたに対する気持ちとは全然違うわ」

「いいだろう。その代わりこれからは死ぬまで毎日、永遠の愛を誓い続けてぼくを安心させてくれ」

ダイアナはほほえんだ。「それならできそうよ」

ソーンは愛おしそうに温かい手で彼女の乳房を包みこんだ。そしてふと手を止めて目を閉じ、なにかとてもいやなことを思いだしたとばかりに身を震わせた。

「ひとつ間違えば、ぼくたちは出会っていなかったかもしれないな。きみのおじ上には、一生、感謝しなければならないな。きみが駆け落ちするのを止めてくれたんだから」

「本当ね」

ソーンはとびきりの笑顔を見せたあと、口元を皮肉な笑みでゆがめた。

「それを言うなら、ぼくの父にも借りができた。いいかげんに結婚しろとしつこいくらいに干渉されたが、あれがなければ偽装婚約をする気にはならずに、まだきみを見つけていなかったかもしれない」彼は目にせつない色を浮かべ、顔を傾けて口づけをした。「ぼくは人生の半分を、きみを待って過ごしたんだ」

わたしは一生あなたを待っていたわと思いながら、ダイアナは奪うようなキスにうっとりと身を任せた。ソーンほどすばらしい人はいない。わたしを守り、愛し、そして生涯をともに生きてくれる。

たくましい体に覆いかぶさられて、ダイアナの胸に幸せがこみあげてきた。彼を愛している。体が震えるほどに。そのソーンが両手で彼女の乳房を包みこみながら、腿のあいだに入ってきた。ダイアナは心の底から夫を歓迎し、体を開いた。

ふたりの魂がひとつになった。ソーンは妻のなかに深く入り、鼓動のリズムを伝えるように容赦なく情熱をぶつけた。

熱い思いと深い悦びがまじりあい、求める気持ちと奪う気持ちが溶けあい、ふたりは、相手に与えているのか、相手から受け取っているのかさえわからなくなった。結婚の誓いと同じように破ることがかなわない愛情によって、固く結ばれていた。

さらに深くひとつにつながり、ダイアナは果てしない絶頂の波にのみこまれた。ソーンもまた荒々しくみずからを解放した。

ソーンはダイアナを腕に抱いたまま横たわっていた。柔らかな頬が心臓の上にあり、豊かな長い髪が肌に広がっている。なんという深く満ち足りた感情だろう。ダイアナと愛しあうと、いく千ものかけらに砕け散る感覚を味わうが、そのたびごとに彼女はぼくをふたたび完全な存在に戻してくれる。

完全……ぼくが求めていたものはそれだ。ダイアナに出会うまでは、困難に立ち向かうのを生きがいにしていた。だが彼女を愛するようになってからは、生きているとか、満足するという言葉の意味が、以前とはまったく違うものになった。ダイアナこそが、身も心も、そして魂も、ぼくを満たしてくれる存在なのだ。

ぼくがこれまで知りえなかった幸せや充実感を彼女はもたらしてくれる。

ソーンはダイアナの髪にそっと唇を押し当て、ため息とともに目をつぶった。「ぼくの妻……」ひとり言のようにささやいてみる。なんて甘い響きの言葉だろう。

いつのまにか、うとうとしていたらしい。無意識のうちに隣にぬくもりがないのを感じ、やがて腕のなかにダイアナがいないのに気づいた。

目を開けてみると、彼女はベッドに座っていた。乳房に髪がかかり、蠟燭の光で肌が青白く見える。その美しさにソーンは胸が締めつけられ、体がうずいた。

視線をさげると、ダイアナが片手にスケッチブックを抱え、もう片方の手に鉛筆を持っているのが見えた。唇を嚙みながら、難しい顔をして絵に集中している。

ダイアナはソーンが目覚めているのに気づいていないようすなので、彼は手を伸ばして彼女の腰に触れた。「なにを描いているんだい？」

ダイアナが表情を緩め、ソーンを見おろした。

「あなたの肖像画よ。忘れないうちに描いておきたい表情があったから」

「どんな表情だい？」

「自分で見てみたら？」

ダイアナはスケッチブックを差しだした。

ソーンは片肘をついて体を起こし、絵を眺めた。それは裸体画だった。ほかの肖像画と同じく、髪が風になびいている。だが、表情が違った。愛と情熱と喜びに満ちた目をしている。

すばらしい絵だと思い、ソーンはゆっくりとうなずいた。

「ぼくがきみと結婚したことをどう感じているかがよく表れているな」

「わたしも同じように感じているのよ」

「わかっている」ソーンはほほえんだ。「ぼくを見るとき、きみもこんな目をしている」

「そうなの？」ダイアナが不思議そうな顔をする。

「本当だ」ソーンはスケッチブックを見ながら顔をしかめた。「でも、この絵には重大な欠陥がひとつある」

「なんなの？」

「ぼくひとりしか描かれていない。これじゃあ、孤独で寂しげだ。きみがそばにいてくれないと」

ダイアナは口元に笑みを浮かべ、手を差し伸べた。「わかったわ。貸してちょうだい」

「いや、今はいい」ソーンはスケッチブックを床に落とし、ダイアナを引き寄せて熱いキスをした。「そっちはあとまわしにしても大丈夫だが、こっちは無理だ」

訳者あとがき

ヒストリカル・ロマンスのベストセラー作家、ニコール・ジョーダンの〝パラダイス・シリーズ〟二作目はお楽しみいただけたでしょうか？

本シリーズの主人公たちは、地中海のキュレネ島に本拠地を置く秘密結社〈剣の騎士団〉の同志たちです。〈剣の騎士団〉とは〝道義を重んじ、正義を守るため、隠密に行動し、権謀術数を駆使してきた〟（本シリーズ一作目『愛の輝く楽園』の冒頭より）組織であり、そこに所属する者はそれぞれがみな社会での表の顔を持ちながら、ひそかに騎士団のメンバーとしての任務を遂行しています。

一作目の主人公はキュレネ島で暮らす治療師の女性でした。ナポレオン戦争で心に傷を負った騎兵隊将校と出会い、誘拐された女性を救出するという任務を通じて深い愛を築いていきます。

二作目となる本作のヒーロー、クリストファー・ソーンは公爵を父親に持ち、本人は子爵位を有している普通の貴族です。若いころから自由奔放に生きており、そのせいでゴシップが絶えません。早く跡継ぎを作れと厳格な父親が次々と持ちかける縁談をのらりくらりとかわし、結婚目当てで群がってくるレディやその母親たちからするすると逃げ続けています。結婚などすれば自由を謳歌できなくなるし、なにより妻にしたいと思うほどの女性がいないからです。

ヒロインであるダイアナ・シェリダンは画家です。若いころ、ある男性に熱をあげて駆け落ちをしようとしたのですがそれに失敗し、相手には裏切られ、自分はスキャンダルを起こした女という烙印を押されることとなり、それからは田舎でひっそりと暮らしていました。しかし絵の才能に恵まれたダイアナは、やがて肖像画家として成功したいと願うようになります。

両親が他界し、親代わりだったおじ夫妻も亡くなり、兄のように慕っていたいとこも死亡したダイアナにとって、ただひとり残された親族は年下のいとこのエイミーだけでした。財産目当ての男性に狙われているエイミーを心配したダイアナは、その後見人であり、いとこの親友でもあったソーンに相談に行くことにします。その荷造りをしていたとき、偶然にもいとこがソーンに宛てて書いた遺書を見つけます。その内容は、物取りの仕業だと思われていたいとこの死に、じつはなにやら不穏な陰謀がかかわっていたことを示していました。

ダイアナはその遺書を持ち、いとこのエイミーを連れ、まだ寒いロンドンから船に乗って灰色の大西洋を横切り、緑の地中海に浮かぶ暖かい楽園のようなキュレネ島へやってきました。そして早速ソーンを捜しに行ったところ、全裸で海からあがってくる獅子のような男性を見つけ、その独特の存在感に画家として、また女性としてときめきを覚えるのですが……。

本作では一作目に脚を失った元騎兵隊中尉のジョン・イェイツが活躍します。後半では〈剣の騎士団〉の指導者であるガウェイン卿、同志のサントス・ヴェラ、同じく同志で四作目の主人公であるアレックス・ライダーがふたたび登場し、三作目の主人公となるトレイ・デヴァリルも初お目見えします。騎士団のメンバーは異彩を放つ人物が多いのですが、今回の任務に携わる元俳優マッキーもなかなか味のある性格のようです。

著者ニコール・ジョーダンは言わずと知れたニューヨーク・タイムズのベストセラー・リスト常連作家です。父親が軍人だったため高校時代はドイツで過ごし、現在はユタ州のロッキー山脈近郊で愛する家族とともに暮らしています。これまでに約三〇冊に及ぶヒストリカル・ロマンスを執筆し、発行部数は累計五〇〇万部に達しています。RITA賞の最終選考作品に残ったほか、米国ロマンス作家協会の年間人気作品賞、ヒストリカル・ロマンス部門功労賞、ドロシー・パーカー優秀賞なども受賞している実力派です。

そんなニコール・ジョーダンが紡ぎだす愛と官能の物語をどうぞたっぷりとお楽しみください。

二〇一一年五月

ライムブックス

瑠璃色《るりいろ》の海《うみ》に誓《ちか》って

著　者　ニコール・ジョーダン
訳　者　水野凜《みずのりん》

2011年6月20日　初版第一刷発行

発行人　成瀬雅人
発行所　株式会社原書房
〒160-0022東京都新宿区新宿1-25-13
電話・代表03-3354-0685　http://www.harashobo.co.jp
振替・00150-6-151594
ブックデザイン　川島進（スタジオ・ギブ）
印刷所　中央精版印刷株式会社

落丁・乱丁本はお取り替えいたします。
定価は、カバーに表示してあります。
 ISBN978-4-562-04411-5　Printed in Japan